LE REQUIEM DES ABYSSES

MAXIME CHATTAM

LE REQUIEM DES ABYSSES

ROMAN

LÉVIATEMPS

**

ALBIN MICHEL

Le roman que vous tenez dans les mains est la seconde partie d'un diptyque commencé avec *Léviatemps*, aussi retrouverez-vous des personnages et des situations connus.

J'ai écrit ce roman comme un voyage dans le temps, et pour cela je me suis entouré d'une bulle pour oublier notre réalité. Cette bulle était musicale. La même que lors de mon premier voyage, dans *Léviatemps*, aussi, si vous souhaitez tenter l'expérience à votre tour, voici la matière qui a composé cette enveloppe :

– *The Village* de James Newton Howard.
– *Le Parfum* de Tom Tykwer, Johnny Klimek et Reinhold Heil.
– *Frost/Nixon* Hans Zimmer.
– *The Wolfman* de Danny Elfman.

Je vous souhaite un bon voyage en 1900. Après le monde industriel des villes, voici que s'ouvrent à nous les forêts et le folklore encore très présent des campagnes françaises… mettez de côté votre scepticisme, votre rationalisme, vous êtes à une autre époque où tout semblait encore possible…

M.C.

1

Paris, début juillet 1900

La lune épousait la bestialité.

Et de cette union naquit la sauvagerie.

Le voile oblique traversait la haute fenêtre et posait un suaire d'argent scintillant sur la gueule béante qui surgissait d'un mur.

Les crocs rutilants jaillissaient entre les poils, saisissant la nuit comme un morceau de viande. Les pupilles allongées buvaient toute la pièce, les paupières écartées, comme si les yeux s'apprêtaient à sortir de leurs orbites, emportés par la rage.

La pleine lune pénétrait la longue salle d'exposition et irradiait sur la tête empaillée du loup, faisant frissonner Jacques.

Le gardien du musée abandonna dans son sillage un profond soupir.

Il n'aimait pas ce trophée, il le trouvait violent.

Et puis il n'avait pas sa place ici, dans un établissement noble.

Le loup était un animal cruel. Un prédateur.

Un chasseur sanguinaire qui hantait le folklore populaire depuis toujours, pour terroriser les gens.

Ce n'était pas une simple bête sauvage, c'était un monstre.

Jacques ne comprenait décidément pas ce qu'il faisait là, au milieu des tapisseries anciennes, des armures chargées d'histoire, des vitrines d'armes médiévales et des vieux grimoires aux couvertures craquelantes.

Et puis cette lune qui le caressait, c'était obscène.

Jacques enfonça un pouce sous sa ceinture de cuir et, de son autre main, leva un peu plus sa lampe à huile.

Le halo de la flamme orange réchauffait les présentoirs, son reflet dansait sur le verre des casiers, fugace et transparent comme un fantôme.

Comme le souvenir des vies incarnées par tous ces objets.

Huit ans qu'il travaillait au musée de Cluny, la nuit essentiellement.

À surveiller ces collections, ces souvenirs de la civilisation. Pour l'intellectuel, ils avaient une valeur inestimable, pour le visiteur, un intérêt probable, mais sur un plan purement mercantile, Jacques se demandait encore, huit ans plus tard, pourquoi il fallait un gardien la nuit pour tout ce bric-à-brac poussiéreux et encombrant.

Personne ne viendrait jamais voler quoi que ce soit.

Ce n'était pas le musée du Louvre ici, il n'y avait pas d'œuvres d'art qu'un riche excentrique aurait pu monnayer une petite fortune, aucun bijou antique que des receleurs sans scrupules pourraient fondre et revendre au poids de l'or. Rien de valeur.

Seulement du temps.

Des fragments du temps des hommes.

Des jalons anonymes de l'Histoire.

À force de s'interroger, au détour d'une salle aux ombres un peu inquiétantes, et emporté par trop d'imagination, Jacques s'était demandé si sa présence n'était finalement pas un leurre.

Il donnait l'illusion de protéger ces trésors des vices du monde extérieur alors qu'il était peut-être là pour l'inverse…

Protéger le monde extérieur de ces antiquités.

Pour les empêcher de sortir.

Au creux de la nuit, dans ces instants d'inattention, lorsque la société tout entière était assoupie, la vigilance des scientifiques endormie, que les cartésiens ronflaient, se pouvait-il que, profitant de cette relâche du monde tel que nous le connaissons, ces choses ici se réveillent et tentent de sortir ?

Cette idée avait curieusement glacé les sangs du gardien avant qu'il ne vienne à en rire.

Lui, protecteur des dormeurs.

Contre quoi au juste ? Des personnages capables de sortir d'une tapisserie pour s'emparer de ces épées émoussées, de ces masses d'armes piquetées ? Des armures hantées ? Des ciseaux de circoncision rouillés volants ? C'était risible.

Pourtant, chaque fois qu'il croisait du regard la gueule menaçante du loup, Jacques ne pouvait réprimer un frisson.

Si le musée devait un jour se réveiller, il commencerait par cette tête aux crocs aiguisés.

Ce serait lui le meneur. Le cerveau de la révolte.

Lui le moteur des fantômes du passé.

Car la lune, cet astre aux pouvoirs antédiluviens, que l'humanité vénérait depuis toujours, baignait de son regard magique, nuit après nuit, cette figure de l'agressivité, elle la nourrissait, jusqu'au jour où la sauvagerie serait plus forte que le néant ; alors le loup se réveillerait…

– Si je continue comme ça, s'entendit-il soudain dire, je finirai à l'asile ! C'est la nuit ! Elle donne des idées, la nuit, des idées noires !

Jacques pressa le pas pour s'éloigner de la salle au loup et passa devant une autre qui abritait des faïences hispano-mauresques sans pour autant y entrer.

– Oh, bah, pas la peine ! lâcha-t-il, avec un soupçon de paresse.

Personne ne venait jamais là, en pleine journée, les visiteurs se rassemblaient principalement autour des reliques médiévales, en particulier les armes et les armures.

Il avait bouclé son tour et allait redescendre au rez-de-chaussée lorsqu'un grincement lointain le fit s'immobiliser.

Cela était si improbable que, pendant une seconde, le gardien pensa qu'il avait rêvé. C'était un très vieux bâtiment en pierre, la charpente pouvait parfois craquer les soirs de grand vent, mais les parquets ne bougeaient plus depuis longtemps, ils avaient cessé de respirer, leur bois ne se contractait ni ne se dilatait plus. Et jamais Jacques ne les avait surpris à s'exprimer sans la présence d'un poids sur eux.

Pourtant le grincement se prolongea presque aussitôt.

Quelqu'un marchait à l'autre bout du couloir.

Ou tout du moins s'était déplacé, furtivement.

Qui pouvait être là en pleine nuit ?

Ni le conservateur ni les gardiens de jour, c'était certain, il les avait tous vus, bien trop pressés de rentrer chez eux, lorsqu'il avait pris son service en fin de journée.

– Personne ne peut être là, dit-il tout bas, comme pour s'en convaincre.

Allons bon. Après huit ans entre ces murs, il en apprenait encore sur la vie nocturne de l'établissement.

Un bourdonnement intense, aussitôt suivi d'un claquement sec, similaire à celui d'un tronc fendu par la foudre, résonna dans les couloirs et salles du premier étage, faisant sursauter Jacques qui recula d'un pas et se retint à la poignée d'une fenêtre.

Sa petite lanterne lui parut alors bien ridicule.

Il avait envie d'un grand rayon de soleil, d'une clarté rassurante, de celles qui ne souffrent aucune ténèbre.

Que se passait-il ? Qui était là ?

Jacques respira un grand coup et s'élança. L'idée qu'un intrus puisse être dans *son* musée lui redonna l'énergie nécessaire. Si c'était un de ces chiffonniers prêts à tout pour s'emparer de quelques bricoles, il allait voir comment on les recevait ici !

Jacques accéléra, sa lanterne tressautant à chaque pas, et il pénétra dans la grande salle des tapisseries françaises et des verreries de Venise.

Il lui fallut plusieurs secondes pour s'assurer qu'il n'y avait personne, ni aucun dégât.

Nouveau grincement.

Dans la pièce mitoyenne, celle des expositions temporaires.

Jacques se faufila aussi discrètement que possible entre les deux battants pour brandir sa lanterne au-dessus de lui, espérant prendre le maraudeur sur le fait.

Personne.

Les pierres tombales se succédaient sur des présentoirs, au fond de la salle, l'écriture en partie effacée par le temps, les noms illisibles, gommés de l'Histoire par la nature.

Soudain de petits éclats de lumière attirèrent le regard du gardien sur le sol.

Des fragments de flammes cristallisées.

Des morceaux de verre, de toutes les formes, dans lesquels venait se prendre le reflet de sa lampe.

La vitrine du meuble central était en partie éventrée, renversée sur les parquets anciens.

Il s'agissait d'un long rectangle, presque une table.

Jacques ne s'intéressait que peu à cet endroit, les expositions temporaires n'étaient, la plupart du temps, qu'un moyen pour le musée de faire venir de nouveaux visiteurs, et avaient de moins en moins de rapport avec les collections, étant plutôt fonction des modes du moment.

Jacques se souvint alors que c'était l'intérieur d'un tumulus celte qui avait été entreposé ici, ainsi que les vestiges d'une nécropole retrouvée dans un marais d'Écosse ou d'Irlande, il ne savait plus bien.

Mais il se remémorait parfaitement cette longue boîte au centre.

Et son contenu.

Une momie.

Un chef de guerre celte parfaitement conservé. La peau parcheminée, plaquée sur ses os pointus, avait déjà fait son petit effet sur lui pendant les premiers jours.

Jacques avança, son cœur se mit à battre plus vite encore à mesure qu'il constatait les dégâts.

Il posa sa lampe juste au-dessus du sarcophage.

Vide.

On avait volé la momie.

Les miettes de verre croustillèrent sous ses semelles.

Jacques se pencha.

Le cœur encore un peu plus rapide.

Il y avait quelque chose d'étrange.

La disposition des fragments de verre. Tous à l'extérieur du rectangle. À ses pieds.

Comme si on l'avait brisé de l'intérieur.

– Tudieu ! jura Jacques en comprenant.

Il allait se redresser lorsqu'il capta un mouvement dans les reflets de verre.

Quelque chose s'approchait de lui, par-derrière.

Une forme longiligne. Décharnée.

L'odeur arriva en même temps.

Un parfum âcre, râpeux, une fragrance lourde, chargée de pourriture.

Puis un filet d'épices.

Jacques associa cette odeur à celle de la mort.

La mort qui se tenait dans son dos.

Et qui allait frapper.

Il vit la lune au loin, par une des fenêtres. Il n'eut pas envie de se battre, il savait que c'était inutile.

Alors la forme s'approcha, et l'odeur devint insoutenable.

La lune ronde semblait rire de ce spectacle.

Ses cratères comme une bouche cynique, encadrée de mille yeux vides.

Jacques songea que l'humanité s'était fourvoyée.

Comment pouvait-on croire en la bonté d'un astre mort depuis longtemps ?

Chaque nuit, c'était un cadavre qui flottait au-dessus de la terre.

Un cadavre qui brillait sur nos consciences endormies.

Jacques ferma les yeux, résigné.

Triste.

Une poigne froide et puissante se posa sur sa nuque.

La peur inonda son esprit.

Et la main serra.

L'étreinte de la mort.

2

Août 1900, dans le Vexin français

La peau se décollait lentement, avec un chuintement mouillé, découvrant des chairs frissonnantes.

Le sang chaud, le cœur battant à se rompre.

Le cerveau en ébullition, la conscience perdue quelque part dans cette tempête étouffante d'émotions.

Chaque mouvement était un supplice, le besoin d'en finir, de se dissoudre dans le néant, de s'oublier, de frémir une dernière fois.

La transpiration sur le corps perlait comme une rosée de souffrance, le martèlement n'en finissait plus, les muscles semblaient sur le point de rompre.

Elle était belle, cette femme aux courbes généreuses, avec ses reins capables d'aspirer le suc du plaisir ; belle et épuisante.

La délivrance finale allait surgir lorsqu'un flash de lumière embrasa toute la scène.

Guy ouvrit les yeux, aveuglé par le soleil de midi.

Faustine disparut dans les limbes du rêve et, avec elle, l'accomplissement de la posséder.

Guy de Timée se frotta le visage pendant que les moineaux pépiaient comme s'ils étaient hilares.

Une frustration puis la tristesse, bien concrètes elles, remplacèrent la joie onirique.

Guy détestait rêver.

L'écrivain avait encore le goût de la transpiration de Faustine sur la langue.

Il se redressa, au milieu d'une prairie d'herbes soyeuses. Une pente douce, tombant vers un vallon obscur d'arbres et d'arbustes denses, une pente interrompue en son milieu par un petit étang sous la cime déployée d'un colossal chêne. Guy se tenait à quelques mètres de cette silhouette massive, son carnet de notes sur le ventre.

À quelques heures de fiacre de Paris, cette nature lui paraissait infinie, protectrice, un sanctuaire impénétrable. Des collines au dos bossu, hérissées de forêts anciennes, encadraient sa prairie, sans nulle autre trace de civilisation que le château derrière lui.

Une large bâtisse du dix-huitième siècle, arêtes de pierres blanches, murs de briques rouges que de grandes fenêtres ouvraient au soleil. Le château et ses dépendances s'étaient nichés à l'écart d'un village, à l'abri d'un croissant d'herbe au milieu d'un coteau dominé par les bois.

Le domaine d'Elseneur semblait perdu dans un écrin sauvage, oublié du monde des hommes.

Guy enfourna son carnet dans sa poche de pantalon et remonta la prairie au milieu des criquets chantant et des papillons.

Le corps principal d'Elseneur datait de l'Ancien Régime. On avait sacrifié l'aspect défensif et militaire du château d'origine à l'esthétique et au confort. Les moulures remplaçaient les mâchicoulis, les caryatides et les atlantes trônaient sagement en lieu et place des meurtrières, et une terrasse ornée d'un balcon de pierre ceignait tout le rez-de-chaussée à la place des douves.

Trois mois et demi que Guy et Faustine avaient fui Paris.

Une centaine de jours en exil, loin des crimes de la capitale, de ses enlèvements, du monstre qui se faisait appeler Hubris et de sa terrible invention.

Une mise à l'écart nécessaire, le temps de se faire oublier.

Et d'oublier soi-même.

Il avait d'abord fallu trouver un point de chute, et pour cela un nom s'était imposé à Guy, un homme qui ne le trahirait pas, possédant une propriété retranchée de la ville, il n'en connaissait qu'un : Maximilien Hencks.

Le grand chasseur.

Après l'incident des Halles où Hencks avait mis Guy en relation avec des hommes de main qui s'étaient révélés être des extrémistes nationalistes, la confiance entre les deux hommes s'était émoussée, pourtant, au moment de fuir, il s'était imposé à l'écrivain.

Maximilien Hencks était un personnage étrange, mais qui les protégerait.

Un homme de parole, dont le sens moral se situait au-dessus des lois.

Faustine fut la plus difficile à convaincre. Ce n'était pas tant les accointances douteuses de Hencks que l'idée d'avoir à fréquenter la noblesse de province qui la rebutait, cette aristocratie déchue qu'elle avait fuie. Plutôt putain que puritaine.

Guy promit une existence de reclus, dans l'anonymat, une mise au vert totale, et Faustine suivit.

Ce qu'ils avaient vécu à Paris durant ce mois d'avril 1900 avait tissé un lien particulier entre eux. Ils avaient besoin l'un de l'autre pour continuer. Au moins le temps de se reconstruire. De dépasser l'horreur. Ils n'en parlaient presque jamais, mais ils savaient qu'ils n'étaient pas seuls. Cela suffisait.

Hencks en personne les avait introduits dans son domaine auprès des quelques employés, avant de retourner à ses affaires parisiennes. Il revenait de temps à autre, les fins de semaine, pour s'assurer que tout allait bien, et pour leur conter les dernières rumeurs de la capitale. Pour le reste, Guy et Faustine se contentaient des quelques courriers qu'ils recevaient de Julie, largement annotés par les filles du *Boudoir de soi*, des rares lettres de Louis Steirn qui ne cessait de les remercier de lui avoir sauvé la vie sans pour autant leur permettre de répondre – il ne leur donnait pas sa nouvelle adresse –, et enfin de Martial Perotti, le jeune inspecteur qui les avait aidés pendant toute l'affaire pour l'amour d'une catin morte.

L'affaire du Léviatemps, comme l'avait prédit Guy, ne sortit pas dans la presse, ne fit pas scandale. Personne n'en parla. On mentionna bien l'incendie d'un générateur de puissance dans les sous-sols de l'Exposition universelle, mais pas un mot sur d'éventuelles macabres découvertes.

Rien ne devait entacher la réputation de la France pendant l'Exposition, tandis que les regards du monde entier scrutaient Paris et sa débauche de savoir-faire ingénieux. Les diplomates devaient poursuivre en toute quiétude leurs tractations, les journalistes leurs comptes rendus dithyrambiques et les visiteurs leur exploration du génie humain. Un assemblage d'engrenages savamment huilé qu'aucun grain de sable ne devait venir enrayer.

La rumeur le disait : le vingtième siècle s'ouvrait sur l'Exposition universelle de Paris, et c'est là qu'il allait se décider et se dessiner.

Et pour Guy, les crimes d'Hubris et sa terrifiante création dans les profondeurs de l'Exposition exhalaient un parfum corrompu, il se dispersait comme des vapeurs dangereuses, baignant cette mascarade de surface, teintant l'avenir diplomatique de brumes méphitiques.

Depuis trois mois, le romancier avait repris le pas sur l'homme.

Il interprétait le monde à travers les yeux de la fiction possible, de l'imagination ; l'affaire d'Hubris avait rallumé la flamme de l'auteur.

Des carnets couverts de notes s'amoncelaient dans sa chambre, il sentait se profiler peu à peu le corps d'un roman.

Un roman noir. Sur la vie, la mort et le mouvement continu qui relie l'un à l'autre : le temps. Cette passerelle intangible sur laquelle marche tout être, ce corridor en sens unique dont la pente semblait s'accentuer avec l'âge. Une pente pleine de trappes.

Guy arrivait au pied des marches de pierre qui conduisaient à la grande porte du château lorsque Faustine en sortit d'un pas rapide, sa grande robe blanche s'agitant autour d'elle comme douée d'une vie propre, un panier d'osier dans la main.

– Vous voilà ! s'écria-t-elle avec satisfaction. Encore à vous cacher pour gribouiller sur vos cahiers !

– J'écris, Faustine, je ne gribouille pas.

– Celui qui produit écrit, vous, depuis que je vous connais, vous gribouillez ! Allons, venez, ajouta-t-elle, autoritaire et souriante à la fois, nous allons cueillir des prunes, je vais vous cuisiner une tarte pour le thé.

Guy bafouilla quelques protestations pour la forme, tout en sachant qu'il était inutile de s'opposer à Faustine lorsqu'elle était décidée.

La jeune femme s'était transformée à Elseneur.

Au fil des semaines, son anxiété s'était dissoute, son tempérament ombrageux avait fait place à davantage d'espièglerie, Faustine s'était apaisée. Elle ne parlait pas ou peu de Milaine et Rose, ses amies, ces filles de joie du *Boudoir de soi* assassinées par le père Camille et Marcus Leicester. Leur mort occupait encore probablement certaines heures de ses nuits, cependant elles ne la hantaient plus. Faustine avait fait la paix avec la culpabilité, la colère et la frustration. Elle avait accepté.

Semaine après semaine, son caractère s'était assoupli, son humeur aussi. Même ses traits se détendirent : les commissures de ses larges lèvres s'étiraient désormais vers le haut, son regard bleu était moins transperçant, moins dur. Lorsque les deux opales se posaient sur lui, Guy avait le sentiment, non plus d'être scruté, fouillé dans son intimité, mais couvé d'une lueur bienveillante.

Seule sa chevelure restait toujours aussi sombre sous le soleil d'été.

Faustine était plus belle que jamais.

Plus désirable aussi.

Guy sentait qu'ils se tournaient autour, qu'elle jouait au chat et à la souris avec lui, et pourtant il était incapable de tenter quoi que ce soit.

Quelque chose continuait de s'interposer entre eux. Quelque chose que Guy ne parvenait pas à identifier.

Faustine le prit par la main et l'entraîna vers les vergers, à l'orée de la forêt.

– Ne cueillez que les plus mûres ! Elles donneront un jus plus sucré à ma tarte.

Guy obtempéra et le panier commençait à bien se remplir lorsque les fourrés s'agitèrent brusquement et qu'une haute silhouette longiligne en sortit.

L'homme était aussi grand que mince, les joues et les yeux creux, les pommettes et les arcades proéminentes, les cheveux poivre et sel. Et les contrastes ne s'arrêtaient pas là : son regard était aussi effrayant que ses dents étaient blanches. Les muscles roulèrent sous ses mâchoires lorsqu'il s'approcha du couple. Deux chiens surgirent dans son sillage, des bâtards bruns et tachetés de blanc.

– J'ai bien tué aujourd'hui, lâcha-t-il avec un sourire carnassier.

Il leva une cordelette devant lui à laquelle étaient suspendus deux lièvres et un faisan.

D'un geste du menton, il salua Faustine, puis toisa Guy avant de prendre la direction du château, son fusil sur l'épaule.

– Ce soir, nous mangeons du gibier ! ajouta-t-il sans se retourner. Rosenkrantz ! Guildenstern ! Au pied !

Il remontait la douce inclinaison de la prairie et ni Guy ni Faustine ne purent détacher leur regard de Maximilien Hencks et de ses chiens.

– Il me donne la chair de poule votre ami, avoua enfin Faustine.

– C'est un des plus grands chasseurs du monde civilisé.

Faustine gloussa.

– J'ignore ce qu'il y a de civilisé dans le plaisir de traquer des êtres vivants pour les tuer !

– L'art. C'est ce que fait Hencks. Il transforme un acte bestial en art.

– Nous n'avons pas la même notion de l'art, murmura Faustine en ramassant son panier. Hencks est courtois, agréable même la plupart du temps, mais il me fait peur. C'est son regard, je crois. Je n'aime pas ce qu'il y a dedans. Ou plutôt ce qu'il n'y a pas : cette absence totale d'empathie, de vie même. Bon, je crois que nous avons ce qu'il nous faut, allons-y. Merci Guy.

L'écrivain lui prit le panier des mains pour l'emporter jusqu'aux cuisines du château.

Les cloches de l'église du village se mirent à sonner. À moins d'un kilomètre, sur un autre flanc de la colline, le bourg s'était construit autour d'une petite église étroite et, malgré le bois touffu qui séparait le clocher du domaine d'Elseneur, les carillons résonnèrent comme s'ils étaient au bout de l'allée.

– Que leur prend-il à Saint-Cyr ? s'étonna Faustine.

– Une fête peut-être…

Mais les cloches tonnèrent pendant plus d'une minute avant de brusquement s'interrompre.

– Un incendie ? songea Guy à voix haute.

Faustine haussa les épaules et, après avoir scruté le ciel en direction du village sans rien y déceler, elle entra dans le bâtiment.

Dans l'après-midi, Guy était installé à un secrétaire du salon, réfléchissant devant son carnet ouvert, lorsqu'il vit un homme traverser le parc d'un pas vif. Yorick, le gardien du domaine, reconnaissable à la balafre qui fendait son visage en deux, l'intercepta à mi-chemin et, après une courte conversation, se précipita dans le château. Maximilien Hencks en ressortit et vint s'entretenir avec son visiteur.

À la surprise de Guy, Hencks ne le fit pas entrer, ils échangèrent quelques mots et, pour ce qu'il pouvait en apercevoir, leurs mines semblaient graves. Le visiteur s'agitait, se prenant la tête dans les mains à plusieurs reprises. Hencks finit par l'attraper par les épaules et lui parla en le fixant dans les yeux. L'homme acquiesça et repartit en direction du village tandis que Hencks demeurait longuement immobile, les mains sur les hanches, l'air songeur.

Intrigué, Guy décida de se porter à sa rencontre.

Hencks allait rentrer lorsque l'écrivain l'interpella :

– Tout va bien ? Je vous ai vu discuter avec cet homme, il semblait perturbé.

Hencks approuva, la mine fermée.

– La fille d'un fermier a disparu ce matin. Elle aurait dû rentrer vers huit heures après avoir fait le tour des vaches de l'étable, comme tous les jours, mais sa famille ne l'a plus revue depuis. Le bourg organise une battue, ils craignent qu'elle n'ait eu un accident avec un animal. Peut-être un sanglier.

– Un accident ? Elle serait entre l'étable et la ferme, non ?

Hencks fixa Guy d'un air sévère.

– Pardonnez-moi, se reprit-il, le romancier en moi ne peut s'empêcher de chercher une réponse logique à tout. Je suppose que vous allez mener la battue ? Je vous accompagne, nous...

– Non, le coupa Hencks avec autorité. Restez ici. Ce n'est probablement qu'une histoire d'amour cachée aux parents. Je vais régler cela. Ce sera plus simple entre personnes qui se connaissent.

Guy n'insista pas et rentra se rasseoir dans le salon où Faustine lui avait déposé une part de tarte aux prunes chaude. L'odeur avait déjà envahi tout l'espace.

Lorsque Maximilien Hencks réapparut dans l'allée pour filer vers le village, Guy se redressa sur sa chaise, intrigué par un détail.

S'il s'agissait d'une histoire d'amour compliquée comme le supposait le chasseur, alors pourquoi sortait-il avec son fusil de chasse sur l'épaule ?

Hencks pressa le pas et disparut derrière la maison du gardien.

Les hypothèses les plus saugrenues envahirent l'esprit du romancier.

Les plus sombres aussi.

Et lorsque le pire se profila à travers les limbes de son imagination, il l'écarta aussitôt.

Non, en matière de crime sordide, il avait déjà donné.

Son regard tomba sur ses mains couvertes de cicatrices laiteuses. Des brûlures qu'il avait contractées pendant l'incendie de l'appartement de Louis Steirn. Deux ongles bleus repoussaient peu à peu depuis qu'il se les était arrachés dans les égouts en luttant pour survivre.

Et la foudre ne tombait jamais deux fois au même endroit, tout le monde le savait bien.

– Jamais deux fois au même endroit, répéta Guy tout haut.

3

La grande horloge du hall égrenait les secondes, un cliquetis imperturbable qui résonnait dans l'entrée, l'écho vibrant vers les étages par l'immense escalier, comme si le château pouvait démultiplier les secondes, le temps se fractionnant contre la pierre.

Guy et Faustine soupèrent dans le petit salon, la jeune femme raconta au romancier sa lecture de l'après-midi, elle venait de terminer *Résurrection* de Tolstoï. Malgré l'enthousiasme de Faustine, Guy n'écoutait qu'à moitié.

Il guettait le parc dont les ombres s'allongeaient d'heure en heure.

Hencks n'était pas rentré.

Le soir, tout le domaine se métamorphosait. Elseneur avait deux visages. Celui du soleil et celui de la lune. À mesure que le premier se glissait sous le drap de l'horizon, l'obscurité s'extirpait des buissons, des angles des murets, de derrière les massifs de fleurs, des courbes des statues du jardin ; chaque creux devenait puits sans fond, chaque tronc déversait sa sève sombre autour de lui. La nuit sortait de partout en même temps, progressivement, une marée noire qui sourdait de la terre, comme le sang obscur des ténèbres, même les êtres vivants propageaient dans leur sillage cette traîne du crépuscule.

La lune n'en était que le révélateur.

Tout devenait dualité. D'un côté la part concrète, le reliquat du jour, atténué, et de l'autre son ombre, plus épaisse que jamais, lourde et indissociable.

La mort.

Chaque soir, Guy admirait cette transformation et regardait les ombres de toute chose prendre consistance, lui rappelant combien les ténèbres étaient omniprésentes en chacun ; il ne pouvait y avoir de blanc sans le noir. Et chaque nuit, l'obscurité se rappelait au bon souvenir de la lumière, comme la mort guettant, en retrait, souriant depuis les coulisses à la vie, sur scène, sachant pertinemment que, tôt ou tard, le spectacle se terminerait et qu'il faudrait venir la rejoindre.

Maximilien Hencks l'avait initié à cette altération lors d'un coucher de soleil, au début du mois de juin, entre deux déplacements à Paris pour ses affaires.

Ils avaient assisté au déversement des ombres, par chaque fissure du monde, comme si la terre en était saturée. Puis il l'avait entraîné à l'intérieur, Guy se souvenait parfaitement des mots prononcés par Hencks : « Rentrons. Elseneur est aussi inhospitalier et imprévisible la nuit qu'il peut être accueillant et chaleureux le jour. »

Cela avait surpris le romancier. Hencks semblait presque craindre la nuit, lui le chasseur d'habitude imperturbable.

La nuit coulait par chaque pore du monde, et Hencks n'était toujours pas rentré.

– Le jardinier m'a donné cinquante francs pour me faire l'amour tout l'après-midi.

Guy cilla et fit face à Faustine qui le toisait avec un rictus.

– Pardon ? dit-il.

– Vous ne m'écoutiez pas. La littérature vous ennuie à ce point ?

– Non, c'est que… Maximilien est sorti tout à l'heure pour aider les fermiers à retrouver une adolescente qui a fugué. Je m'étonne qu'il ne soit pas encore rentré. Il commence à être tard.

– Et alors ? N'est-ce pas lui le *grand chasseur* ?

Elle avait lourdement insisté, avec dérision, sur les deux derniers mots.

– Il n'aime pas sortir à la nuit tombée.

Faustine pouffa.

– Lui ? C'est un comble !

– Le jardin devient piégeux lorsqu'on n'y voit goutte. Et puis les sangliers sortent, ce serait dommage de se blesser bêtement.

Faustine fixait Guy, une lueur maligne dans le regard.

– Dites-moi la vérité, Guy, pourquoi êtes-vous si tendu ? demanda-t-elle après un moment de silence.

L'écrivain repoussa son assiette qu'il avait à peine entamée.

– Pour rien, c'est idiot, cette histoire de fugue me dérange.

– Allons, prenez un de vos cigares et venez, il vous détendra pendant que je vous jouerai un des rares airs que je connais au piano.

Guy caressa la peau marron de sa vitole.

Suave au nez, tendre au toucher, bien faite, il en trancha le bout avant de la chauffer avec une allumette.

La fumée presque bleutée jaillit en bouquets épais et odorants.

Le goût poivré s'empara du palais de Guy.

Et les premières notes de piano s'envolèrent, harmonieuses et joyeuses.

L'écrivain demeura une demi-heure à savourer son cigare pendant que Faustine s'exerçait sur l'instrument, avec de rares hésitations qui la faisaient grommeler.

Faustine ne parvenait pas à s'abandonner à la musique, Guy pouvait le sentir. Chez elle, tout était contrôle et rigidité.

Pourtant elle restait tout aussi belle.

La porte du hall claqua et l'écrivain sursauta.

Il se précipita à la rencontre du maître des lieux qui arborait une mine grave.

– Vous l'avez retrouvée ?

Hencks hocha la tête pendant qu'il déboutonnait son manteau de laine.

Son fusil trônait sur la desserte de l'entrée.

– Eh bien ? insista Guy. Comment va-t-elle ? Était-ce bien une fugue amoureuse ?

Hencks s'humecta les lèvres et prit Guy par le bras pour l'entraîner dans le petit salon dont il ferma la porte.

– Non, elle ne va pas bien, lâcha-t-il sèchement.

Le cœur de Guy s'accéléra.

– À vrai dire, elle va très mal.

Guy porta une main à sa bouche.

– Elle…

– La battue a duré plus de cinq heures. Nous avions donné à flairer aux chiens de chasse des affaires de Lucile. Ils ont tourné en rond, sans rien trouver. À en croire l'odorat des chiens, la gamine s'était évaporée. Alors nous avons arpenté tout le secteur, par petits groupes. Nous l'avons retrouvée au bout d'un champ de maïs, complètement nue, roulée en boule à l'orée de la forêt. Elle n'a pas dit un mot. Son regard est vide. Une catatonie dont personne n'a pu la sortir.

Hencks se servit un verre de cognac dont il avala la moitié d'une traite.

– Une agression ? demanda Guy.

– Manifestement. Le médecin de Vétheuil a voulu l'examiner, une fois à la ferme, mais elle s'est mise à hurler comme une damnée ! Vous l'auriez entendue, on aurait dit qu'on l'égorgeait !

– Vous pensez qu'elle a été violentée ?

– J'en ai bien peur !

Il avala le reste de son verre.

– Elle a été battue ?

– Il semblerait, bien que ce ne soit pas évident. Elle s'est traînée je ne sais où, elle était toute crasseuse, et impossible de la nettoyer sans qu'elle ne résiste. Le coin où elle a été retrouvée est tout près de la ferme, et nous y étions passés un peu plus tôt, elle n'y était pas ! Tout ça est aussi dramatique qu'étrange !

Guy soupira.

– Vous connaissez sa famille ? s'enquit-il.

– Oui. Je connais au moins de vue tous les habitants de Saint-Cyr. Des braves gens, honnêtes et travailleurs.

– S'il y a quelque chose que je peux faire pour aider, faites-le-moi savoir.

– J'ai bien peur qu'il faille du temps et de l'amour pour que cette jeune fille puisse s'en relever. Mais l'ordure qui lui a fait ça ne s'en sortira pas indemne. Demain matin, la gendarmerie va venir s'en occuper. Ils vont le retrouver.

– Vous pensez à quelqu'un du village ?

– Non. Mais j'ai demandé aux villageois et il n'est passé aucun visiteur, ni hier ni aujourd'hui.

– Cela ne signifie pas qu'il n'est venu personne. Seulement qu'il n'a pas été vu. Le gaillard a été discret.

Hencks décocha un regard en coin à son pensionnaire.

– Comme un tigre en chasse ?

Guy haussa les épaules, l'air embarrassé.

– Si vous êtes sûr que les gens du coin seraient incapables de faire ça et que personne n'a vu d'étranger, c'est qu'il a pris soin de ne pas être remarqué. On n'a ce genre de comportement que lorsqu'on anticipe un mauvais geste.

– S'il rôde encore dans le coin, nous le retrouverons.

– Vous avez une certaine autorité dans la région, n'est-ce pas ?

– Les gens par ici sont encore très respectueux des anciennes traditions, et ma famille occupe Elseneur depuis plusieurs générations. Ce n'est pas tant moi qu'ils écoutent que ce que je représente.

– Vous devriez les inciter à un maximum de vigilance, on ne sait jamais.

– Je reconnais bien là vos préoccupations morbides, dit Hencks sans humour. Ceci étant, vous avez sans doute raison, on n'est jamais trop prudent. Je suis l'autorité de Saint-Cyr, du moins pour ces quelques habitants, aussi je dois être présent demain matin à la ferme pour recevoir la gendarmerie. Vous viendrez avec moi.

Guy opina du chef, l'air sombre.

Hencks secoua la tête en scrutant la nuit au-delà des grandes fenêtres.

– Pauvre gamine.

Ce furent les derniers mots que Hencks prononça de la soirée.

4

Après le royaume des ombres, c'était au tour de la brume de sourdre de terre.

La nuit s'était repliée, lentement, difficilement, comme si le jour devait lutter pour s'imposer. Adversaire tenace, l'obscurité avait laissé un dernier rempart dans son sillage : des volutes blanches, poisseuses, comme une haleine froide sortie d'un ventre mort. Elles s'étaient agglutinées, tandis que l'aube tricotait son maillage de rayons blancs et dorés à travers la cime des arbres, jusqu'à couvrir la lande d'une bave épaisse, coulant imperceptiblement depuis les entrailles du monde vers le néant des cieux.

Hencks marchait d'un bon pas, suivi par Guy de Timée, sur un sentier de terre qui serpentait en lisière de forêt, bordé par un champ de maïs plus haut que les deux hommes.

La nature semblait saisie par surprise, en plein éveil. Il n'y avait presque pas de bruit, pas de mouvement perceptible. Chaque brindille qu'ils écrasaient claquait comme un fouet, chaque pierre qui roulait sous leurs pas semblait commettre un sacrilège.

Des formes noires sortaient de la brume sur le sentier ou à ses abords, avant de disparaître d'un mouvement preste, des chevreuils, des cerfs, et même des renards, Guy se fiait aux commentaires de son guide, car pour ce qu'il en distinguait, ce n'étaient que de vagues silhouettes qui le fuyaient.

La ferme se tenait à deux kilomètres du village, un hameau ancien, tout en pierres et en ardoises soutenues par des poutres de chêne centenaires. Deux granges, une bâtisse d'un étage et une longue étable un peu à l'écart encadraient un vaste espace de terre battue occupé en son centre par un vieux pigeonnier croulant.

La brume matinale semblait demeurer à distance de la ferme, ceignant ses environs d'un mur opalescent, un large cercle de vie préservée.

Plusieurs meuglements s'échappèrent de la vacherie un peu plus loin.

Des beuglements qui ressemblaient à de l'agacement.

Hencks se dirigea vers la bâtisse aux volets encore clos et voulut frapper à la porte avec le pommeau de sa canne lorsque son geste s'interrompit dans les airs. La porte était entrouverte.

– Je crois que la famille Lornan nous attend déjà, dit-il.

Il repoussa le battant de bois et entra dans un couloir étroit et obscur.

Guy attendait sur le seuil, n'osant s'aventurer sans y être invité par le propriétaire, puis, se trouvant d'une politesse excessive, il s'élança à son tour.

Hencks lui faisait face, le pommeau de sa canne vint se planter sur le sternum de l'écrivain.

– Sortez, dit-il avec sévérité.

– Pardon ?

– Sortez de suite.

– Mais…

Hencks le repoussa et ils se retrouvèrent dehors aussitôt.

Hencks recula de plusieurs pas, étudiant l'entrée avec un air que Guy ne lui connaissait pas.

Il semblait perdu.

– Qu'y a-t-il ? s'étonna Guy. La fille est en pleine crise ?

Hencks leva un index ganté de cuir et désigna le couloir.

– Il y a des morts là-dedans. Et je crois qu'ils sont nombreux.

Guy était assis sur une souche, face à l'habitation principale de la ferme.

Il attendait depuis cinq minutes.

Hencks ressortit précipitamment, un mouchoir sur la bouche.

– Alors ? s'enquit Guy, à bout de patience.

Hencks secoua la tête avec gravité.

– Je… je crois que le malheur vient de s'abattre sur Saint-Cyr.

– Eh bien ? Parlez ! Dites-moi ! Qu'ont-ils ? Ils sont…

Hencks planta ses petites prunelles noires dans celles de Guy.

– J'ai parfois vu des crimes sordides dans les villages des colonies, en Afrique, parfois en Inde, mais pas comme celui-là. Il faut prévenir les gendarmes.

– Combien sont-ils dans cette famille ?

– Richard, sa femme et leurs deux enfants : l'adolescente et son petit frère, Louis je crois.

– Et tous… Ils sont tous morts ?

– Je l'ignore, je ne suis pas allé au-delà de la pièce principale, c'est bien suffisant, croyez-moi.

– Qui avez-vous vu ?

Hencks hésita et serra le pommeau de sa canne jusqu'à faire crisser ses gants.

– Je l'ignore.

– Vous l'ignorez ?

Un sentiment de déjà-vu flottait désagréablement dans l'esprit de Guy depuis une minute.

– Oui, je l'ignore, ils sont plusieurs, mais je ne sais pas de qui il s'agit.

– Maximilien, il faut s'assurer que personne n'a besoin de notre assistance, les gendarmes ne sont pas là, c'est peut-être une question de minutes ! Et s'il y avait un survivant à l'agonie à l'intérieur ?

Hencks soupira. Il fixa Guy avant d'acquiescer.

– Vous avez raison. Venez. Mais ne touchez à rien !

Le chasseur ouvrit la voie, jusqu'au bout du petit couloir.

La pièce n'était éclairée que par la porte d'entrée ouverte et par les interstices des volets fermés.

Guy remarqua l'odeur en premier.

Un remugle de viande fraîche, comme une côte de bœuf bien saignante qu'il aurait humée à quelques centimètres de ses narines. Parfum de fer, pénétrant, froid.

C'était une pièce à vivre, avec une cheminée, un coin-cuisine occupé par un gros poêle à bois et une batterie de casseroles cabossées accrochées à des clous. Une table et des bancs gisaient, renversés, dans le fond, près d'une porte.

Et au centre quelqu'un reposait, allongé, bras et jambes écartés, une forme familière.

Hencks s'écarta du couloir pour que la lumière du jour pénètre jusque-là.

Il n'y avait pas qu'une personne sur le sol. Il semblait y en avoir plusieurs.

Plusieurs bras, plusieurs jambes.

Un seul tronc.

Une seule tête.

Tel un insecte humain, un homme, nu, avec quatre jambes et quatre bras, la bouche ouverte, le regard vide.

La peau du visage entièrement décollée, ne laissant qu'un relief vermillon, sans masque reconnaissable.

Une créature abjecte.

5

L'homme de Vitruve.

Guy le reconnut aussitôt.

C'était l'homme de Vitruve comme l'avait dessiné Léonard de Vinci.

Les paires de bras et de jambes supplémentaires étaient cousues sur les épaules et les hanches.

Guy réprima un haut-le-cœur.

Ça recommence ! Un crime… Un autre crime…

La tête lui tournait.

La gorge était béante, un gouffre rouge bordé d'une écume séchée.

Le corps effrayant, presque surnaturel, de Milaine apparut sous les yeux de Guy.

Puis celui, mutilé, de Rose.

Réminiscence mal enfouie de ces filles assassinées quelques mois plus tôt.

Plus maintenant… C'est impossible… Ça ne peut pas recommencer…

Le vacarme provoqué par Hencks qui déplaçait la table renversée fit sursauter Guy.

– Je crois que c'est Richard, dit-il d'une voix caverneuse, enfin, en partie. Venez m'aider à dégager l'accès.

Guy prit une profonde inspiration et enjamba l'homme mutilé.

Son visage avait totalement disparu.

Méticuleusement dépouillé de sa membrane de peau.

Guy saisit un des bancs et le tira, cela lui permit de recoller davantage encore avec la réalité. Il repoussa l'autre banc, en même temps que ses souvenirs nauséabonds.

Hencks ouvrit une fenêtre pour repousser les volets afin d'y voir plus clair dans cette seconde salle.

En se retournant vers l'intérieur de la pièce, il brandit aussitôt une main devant lui, comme pour se défendre. Le dégoût et la stupeur se lisaient sur ses traits.

Guy le rejoignit dans ce qui servait de réserve, tout en longueur, avec des tonneaux, des bassines et des étagères pleines de vivres.

La même odeur de viande, encore plus puissante.

Le vieux plancher disparaissait sous un tapis d'entrailles.

Çà et là, Guy reconnut un genou au bout d'une cuisse, un pied, puis l'autre… Les jambes écartées de part et d'autre d'un gros morceau creux, les vestiges d'un abdomen. Le haut du corps, à partir des épaules, était à peu près intact.

C'était une femme.

Elle avait explosé de l'intérieur.

Une charge de poudre colossale l'avait éventrée de la gorge au pubis, séparant ses jambes de ses hanches, dispersant tous ses organes en une purée infecte. Guy marchait entre des côtes cassées, reliées entre elles par des filaments de peau, des débris de muscles, un estomac ouvert, des poumons piétinés…

Il marchait sur cette planète de chair, hagard, incapable de s'arrêter.

Tout au fond, une adolescente sans bras ni jambes le scrutait de sous ses paupières mi-closes, avachie contre la paroi.

Des yeux vitreux sur lesquels se reflétait l'aube par la fenêtre ouverte.

La gorge enfoncée, barrée d'un sillon violacé.

Son corps nu, amputé, les seins exhibés, le sexe étrangement présenté, sans cuisses pour le protéger, provoqua un spasme contre lequel Guy ne put lutter ; il se pencha et rendit la tartine de pain qu'il avait absorbée une heure plus tôt.

Le temps qu'il se reprenne, Hencks avait disparu, le laissant seul au milieu de la mort.

Des mouches noires commençaient à envahir la pièce.

Elles se posaient sur les fragments humains et semblaient danser, se baignant dans tout ce sang, entamant un spectacle à la gloire du macabre.

Le plancher de l'étage grinça et Guy ressortit pour trouver l'escalier et rejoindre son compagnon.

Il ne voulait pas rester seul avec ces cadavres.

Guy passa devant des chambres aux draps défaits, pour trouver Hencks dans la dernière, dont la porte avait été forcée.

Un garçon était étendu sur son lit, un foulard usé enroulé autour de la gorge, face contre le matelas, une partie des draps rabattus sur lui, comme pour le cacher.

– C'est Louis, dit Hencks sans se retourner. Il est déjà presque froid.

Guy s'adossa contre le chambranle, pour donner un peu de répit à ses jambes qui ne le portaient plus. Il avait l'impression d'avoir une armada de fourmis dans le ventre, le dévorant petit à petit.

Une table de chevet de fortune était renversée au pied du lit, ainsi qu'une pile de livres.

Louis était un grand lecteur.

À bien y regarder, il y avait des livres un peu partout. Des vieux ouvrages mal reliés, déchirés, des occasions achetées deux sous ou récupérées d'un héritage quelconque. Plus d'une centaine.

Louis, adolescent de treize ans, fils de fermier, destiné à travailler sa vie durant dans les champs, et passionné de mots.

Le regard errant de Guy tomba sur un petit bureau bien rangé.

Il s'en approcha sans s'en rendre compte et caressa le bois du bout des doigts. D'autres livres. Une pile bien dressée.

Pas de stylo à encre, pas de papier pour écrire, Louis était un lecteur, un consommateur, pas encore un producteur.

Il ne le sera jamais.

Guy chassa cette pensée pour se reporter aux titres.

De vieux romans d'auteurs oubliés. Louis lisait ce qu'il trouvait, n'ayant certainement pas le budget pour se payer le luxe de choisir.

Il aimait lire, c'était aussi simple que ça.

Lire pour lire. Et ne pas s'embarrasser du choix.

Lire pour les mots, pour se perdre, pour voyager, pour le sens.

C'était là tout le plaisir suffisant à son bonheur.

Un lecteur innocent, aussi pur que candide.

Avait-il lu, un jour, un des livres de Guy ? C'était peu probable. Pourtant, pendant un instant, l'écrivain se plut à imaginer qu'ils s'étaient croisés, au détour d'une lecture ; que l'enfant l'avait rencontré par ses mots, et que lui-même avait connu Louis parmi sa galaxie de lecteurs.

Il s'arrêta sur trois objets parfaitement disposés au milieu du bureau.

Trois objets qui contrastaient avec le reste.

Une petite boule de pain à peine entamée, un vieux chandail plié, poussiéreux et rongé par les mites, et un morceau de miroir cassé.

Guy s'assit sur le tabouret et contempla l'étrange assemblage.

Il pivota pour examiner la pièce et vit une commode dont le dernier tiroir était ouvert.

La table de chevet renversée, les draps tirés vers le sol ainsi que les livres répandus ne laissaient planer aucun doute sur ce qu'il s'était passé ici.

Louis s'était débattu.

Probablement pas longtemps, mais il s'était défendu.

La porte avait été forcée, le minuscule verrou gisait dans l'embrasure.

Parce que c'était son métier, Guy donnait du sens à tout. Il voulait qu'il y ait une raison à chaque chose.

Et cet assemblage sur le bureau ne répondait à rien de logique.

Mis à part les dégâts occasionnés par la lutte, la chambre était bien ordonnée. Louis ne possédait presque rien en dehors de ses livres.

Pourquoi avait-il disposé ces trois objets ici, bien en évidence ?

Guy refit un tour visuel de la chambre.

Il aperçut un petit clou rouillé planté dans le mur. La poussière dessinait un triangle en dessous.

La même forme que le bout de miroir. C'est là qu'il était accroché normalement.

On l'avait pris pour le poser sur le bureau.

Il n'y avait aucune raison cohérente de rassembler ces trois objets.

Sauf si on voulait qu'ils soient remarqués.

Un message.

Guy souleva la boule de pain.

Il n'est pas rassis. Il date d'hier.

Aucune marque particulière. Il palpa alors le chandail, sans plus de succès.

Il allait s'emparer du bout de miroir lorsque ses doigts s'arrêtèrent au-dessus de la surface polie.

Il n'y avait aucun message sous les deux premiers objets. S'il s'agissait vraiment d'un moyen d'expression, il était plus subtil que cela.

Guy hésita puis se pencha pour souffler sur le miroir.

Un dessin apparut fugitivement.

Un cœur barré d'un grand X.

C'était bien un message.

Mais soudain Guy réalisa qu'il n'était peut-être pas de la main de l'enfant.

Celui qui avait commis ces atrocités avait laissé derrière lui un mot.

Dans un langage tout aussi absurde que celui qu'il avait exprimé ici, avec cette famille.

Un langage abstrait, qui renvoyait à ce qu'il était, à ses pulsions, à ses actes.

En observant ces trois objets, Guy fut saisi d'un violent frisson.

Ce n'était pas un crime ordinaire.

L'horreur recommençait.

6

Les deux gendarmes chancelaient sous leurs képis.

Leur supérieur, qui arborait fièrement son vieux bicorne, tentait de faire bonne figure, mais il était pâle comme les morts qu'il venait de contempler.

– C'est monstrueux, gémit-il de derrière le poing qui masquait à peine les tremblements de sa bouche.

Hencks et Guy se regardèrent.

Près d'une heure après être entrés dans la ferme de l'horreur, ils n'allaient guère mieux.

– C'est l'œuvre d'un maniaque, dit enfin Hencks. Un dangereux maniaque. La fille, Lucile, a été agressée hier. Il est revenu ensuite s'en prendre à toute la famille.

– Il va nous falloir plus d'hommes, répliqua le gendarme. René ! Rentrez à Magny et allez me chercher tous les gars de la brigade que vous trouverez ! Et prenez l'appareil de photographie.

L'intéressé approuva vivement et s'éloigna rapidement en réajustant sa pèlerine sur ses épaules, sans un regard en arrière.

– Faites prévenir les villages alentour, demanda Hencks, qu'ils se protègent, qu'ils soient prudents. Un étranger ne passera pas inaperçu longtemps dans la région.

– Je peux vous dire que celui-là, je le conduirai moi-même à l'échafaud ! s'écria le gendarme.

Guy lut plus que de la colère sur ce visage crispé par l'émotion. De l'abattement.

Comme si sa foi en l'humanité venait soudain de s'ébranler.

Presque une envie de pleurer. Oui, il y avait des larmes refoulées derrière ces expressions rageuses.

L'autre gendarme s'approcha timidement.

– Mon adjudant, dit-il, je peux aller à Saint-Cyr interroger les habitants, s'ils ont vu ou entendu quelque...

– Non, vous allez me chercher le docteur Faulsôme, à Vétheuil, nous avons besoin de lui. Et dites-lui bien de prendre tout son matériel. Monsieur Hencks, puis-je vous demander de vous adresser aux gens de votre bourg pour leur annoncer la nouvelle ? Et de leur dire que toute information serait précieuse ? Merci.

Maximilien Hencks hocha la tête et, d'un geste de sa canne, invita Guy à prendre le chemin de Saint-Cyr.

Un peu de marche soulagea les deux hommes, tout autant que de s'éloigner de ce sinistre endroit.

Guy était toujours sous le choc.

Plus encore qu'il ne l'avait été à Paris, en avril, face aux crimes d'Hubris et de son disciple.

Parce qu'il était à nouveau au centre de la mort.

À peine se remettait-il des crimes parisiens, que de nouveaux surgissaient ici.

Était-il maudit ? Hubris avait-il eu raison de citer *Melmoth* ? Soudain, Guy eut le sentiment qu'il partageait quelque chose avec le personnage du roman de Maturin, une destinée tragique, une damnation... À force de vouloir se confronter au crime, à l'âme la plus noire de l'homme pour écrire son roman, pour disséquer la pulsion criminelle, n'était-il pas devenu une sorte d'aimant sordide ?

Rien de tel n'existe !

Pourtant l'évidence s'imposait.

La foudre ne tombe jamais deux fois au même endroit. Jamais.

Il fallait néanmoins regarder la vérité en face.

Elle venait de s'abattre sous ses yeux, une seconde fois.

Aussi improbable que cela pouvait paraître.

Mais Guy n'était pas Melmoth.

Pas vraiment.

Du moins l'espérait-il.

Guy avait laissé Hencks au village de Saint-Cyr pour rentrer à Elseneur.

Lorsqu'il s'installa dans le petit salon, il avait les os glacés par l'humidité matinale.

Et par ce qu'il avait vu.

Il déposa deux bûches dans la cheminée et fit partir une flambée pour se réchauffer.

Le bois craquait tandis que les flammes grimpaient en se dandinant.

La chaleur commençait à lui redonner vie.

Sans pour autant brûler les images qui passaient en boucle dans son esprit.

L'homme de Vitruve.

La femme explosée.

L'adolescente démembrée.

Le jeune lecteur étouffé.

À vraiment y songer, la femme n'avait pas explosé. Les chairs n'étaient pas calcinées, et encore moins répandues sur les murs ou au plafond, seulement sur le plancher.

Un abdomen ouvert comme un tronc d'arbre évidé pour faire un canoë. Avec une sauvagerie démentielle.

Ses organes dispersés en morceaux broyés.

Et cet assemblage écœurant dans la pièce centrale, l'homme sur lequel on avait cousu des membres supplémentaires…

Ça suffit !

Il n'avait pas à s'infliger cela.

Je le sentais. Dès hier, quand cet homme du village est venu s'entretenir avec Maximilien, je le sentais.

Il avait même voulu suivre Hencks dans sa battue.

C'était plus fort que lui. Depuis plusieurs mois, Guy vivait avec la passion du morbide en lui. Il filtrait le monde et ses informations à travers le prisme du Mal, du glauque ou du sinistre.

C'était pour cela qu'il avait pris tellement à cœur la mort de Milaine.

Au-delà de leur amitié.

C'était pour cela qu'il s'était entêté à poursuivre Hubris.

Même ici, après plus de trois mois, il continuait de guetter le moindre indice, le plus infime détail qui lui confirmerait la présence du Mal, sous quelque forme que ce soit.

Faustine fit son apparition, dans une robe bleu pastel, les cheveux noués en arrière en une couronne de tresses larges.

– Vous êtes bien matinal, s'étonna-t-elle.

Guy ne répondit que d'un hochement de tête.

– Je reconnais cette expression, répliqua Faustine avec une pointe d'inquiétude. Vous êtes préoccupé. (Elle changea de ton en venant poser une main sur son épaule, devenant plus douce.) C'est votre roman ?

Guy prit une profonde inspiration et l'invita à s'asseoir en face de lui.

– Je préfère vous en parler avant que vous ne l'appreniez de la bouche de la gouvernante ou du jardinier. Il y a eu un crime cette nuit, dans une ferme des environs.

Faustine se raidit brusquement.

– Une famille entière, ajouta Guy.

Le feu crépita pendant qu'une gerbe d'étincelles orange s'envolait dans l'âtre.

– Ils ont été... assassinés ? demanda la jeune femme avec horreur.

Guy acquiesça.

– Et le coupable ? voulut-elle savoir.

– Pour l'heure, il court encore. La gendarmerie de Magny-en-Vexin est sur l'affaire.

– Toute une famille, mon Dieu, les pauvres.

Cette phrase eut l'effet d'un coup de poing dans l'estomac de l'écrivain.

Il avait songé en priorité à sa propre situation, à sa damnation, sans même une pensée pour le martyre de ces quatre malheureux. Quel genre d'homme était-il ? Avait-il à ce point rompu avec ses émotions qu'il ne ressentait plus d'empathie pour quiconque ?

L'empathie était encore présente, dans les méandres de son cerveau, elle s'était manifestée dans la chambre du garçon.

Il l'avait aussitôt chassée.

Pour ne pas s'impliquer émotionnellement. Ne pas souffrir, ne supporter que le dégoût, rien qui risquerait de le désarçonner trop profondément.

Il se protégeait.

Je me protège depuis si longtemps que j'en ai perdu le goût des émotions...

Était-ce vrai ?

Faustine se pencha vers lui et couvrit sa main abîmée de sa paume chaude. Elle avait compris.

– Vous y êtes allé, n'est-ce pas ?

– Oui. Maximilien et moi. Je les ai vus.

La pression sur sa main s'accentua.

– Comment vous sentez-vous ?

Guy prit le temps de se poser sincèrement la question.

Il n'allait pas bien, à vrai dire. Trop de questions. Trop de bouleversements.

Trop d'images en tête.

De sang. De violence.

Il sentit une boule remonter de son ventre.

Un bouchon scellé depuis longtemps qui sautait.

Et qui revenait avec son cortège d'émotions enfouies.

Alors il ferma les yeux de toutes ses forces et bloqua le bouchon.

Il l'empêcha de poursuivre sa remontée.

Ne pas craquer. Ne pas se laisser submerger.

Il avait bien trop peur de ce qu'il endurerait ensuite.

Trop peur de se regarder dans un miroir après cela.

De faire face à ce qu'il était.

Il réprima l'humanité sensible en lui et, après un effort intense, put rouvrir les paupières sur le visage de Faustine, interloquée.

– Parlez-moi, dit-elle. Dire les choses, c'est les voir sous un nouveau jour, c'est parfois libérateur. Elles font moins peur lorsqu'on parvient à les faire sortir de soi.

Guy secoua la tête.

– C'était dur, mais ça va maintenant. Ça va.

Guy lisait depuis plus de deux heures.

Il n'avait pas tourné une seule page.

Un homme avec quatre bras et quatre jambes se superposait aux mots.

Une femme vide, ravagée, glissait entre les lignes.

Une autre, jeune, le sexe étrangement béant, encadré de cercles de chairs, surgissait du papier.

Et derrière chaque phrase, Guy avait l'impression qu'une voix d'homme lui susurrait un message.

Un message posé sur un bureau d'adolescent.

C'était plus fort que lui, il ne pouvait s'arracher à cette idée.

Au souvenir des trois objets bien alignés.

Que s'était-il passé dans cette maison ?

Pour ce qu'il se remémorait, Guy n'avait pas vu de trace d'effraction sur la porte principale. Avait-on ouvert à l'assassin ou était-ce une de ces fermes où les portes n'étaient jamais fermées au verrou ?

Quatre personnes maîtrisées en peu de temps, avant qu'elles ne puissent se défendre ou s'enfuir.

Si l'assassin avait agi pendant la nuit, c'était plus simple. Des coups violents sur le visage avant qu'ils ne se réveillent.

Louis était conscient, lui.

Il avait verrouillé sa porte.

Il s'était débattu.

Lucile, l'adolescente, encore sous le choc de son agression du matin, n'avait probablement rien pu faire.

Restaient les deux parents.

L'assassin avait commencé par eux.

Il avait d'abord attaqué Lucile au petit matin, pour la violenter. N'avait-il pu finir sa besogne ou était-ce par goût qu'il avait finalement attaqué la maison entière ?

Pourquoi toute une famille ?

Pourquoi un tel cérémonial avec le corps du père ?

Il savait où habitait Lucile. Il ne s'en est pas pris à n'importe quelle famille, mais à celle de sa victime du matin.

Il avait observé la ferme.

Personne à Saint-Cyr n'avait vu de rôdeur, il était prudent.

Toute la journée, il s'était tapi dans les fourrés, pour surveiller la ferme et en étudier les rites. Cerner ses occupants.

Il s'était trouvé une planque autour des bâtiments.

Guy se redressa sur sa chaise.

Il devait en faire part aux gendarmes. Ils devaient fouiller les environs, peut-être y était-il encore !

Guy se leva, sous le regard surpris de Faustine qui lisait également face à la cheminée et ses braises tièdes.

– Quel diable vous prend ?

– Je réfléchis.

– À votre livre ?

Guy ne répondit pas.

Il entrapercevait quelque chose sans parvenir à y donner du sens.

Dans le déroulement de cette agression, un élément était important, il le devinait sans pouvoir l'identifier. Son inconscient travaillait pour lui.

L'observation... les lieux ? La violence... l'ordre des mises à mort...

Le verrou cassé sur le sol dans la chambre de Louis.

Était-il le seul à dormir le verrou tiré ?

Cela étonnait Guy. Si toute la famille avait ses habitudes, c'est qu'ils se sentaient en sécurité. Il aurait suffi de fermer la porte du rez-de-chaussée. Et l'assassin était venu en pleine nuit, Guy en était à présent convaincu. Il n'aurait jamais pu maîtriser quatre personnes sans les prendre par surprise pendant leur sommeil.

Non, Louis avait fermé son verrou parce qu'il avait été réveillé par quelque chose qui l'avait effrayé.

S'il avait seulement entendu, il serait sorti voir. L'assassin n'aurait pas eu à enfoncer sa porte.

Il avait vu.

Et il avait pris peur. Il s'était enfermé.

L'assassin n'avait pas choisi sa chambre au hasard pour y déposer son message.

Si tant est que c'en fût réellement un.

Guy s'en voulut de ne pas avoir mieux observé les trois objets tandis qu'il en avait l'occasion.

Et si le message était *dans* le morceau de pain ? Tout comme le message du miroir était dessiné dessus, invisible de prime abord.

Il n'y avait rien dans le chandail.

C'était plus symbolique.

Guy le pressentait, il y avait là quelque chose de parlant qu'il fallait analyser pour comprendre la pensée du maniaque.

Il avait l'impression de presque pouvoir l'effleurer.

– Guy ?

– Pardon, je suis… absorbé par mes idées. Je vous présente mes excuses, je vais vous laisser, j'ai des notes à prendre. Ne m'attendez pas pour le déjeuner, je crois que je vais travailler.

Il sortit et rejoignit le hall.

Mais plutôt que de monter vers les chambres, il attrapa son chapeau, sa canne et sortit en direction du parc.

Il retournait à la ferme de l'horreur.

C'était plus fort que lui.

Il fallait qu'il fasse au moins cela.

Pour cette famille massacrée.

Et pour lui.

7

De la brume du petit matin, il ne restait qu'un voile transparent qui troublait l'horizon à bonne distance, un rideau fin sans consistance, tout effiloché.

Une dizaine de gendarmes s'affairaient devant la ferme. Une charrette et un coupé noir étaient garés sur le côté, leurs chevaux respirant à grand bruit comme s'ils venaient de courir.

L'adjudant Bollart était en pleine conversation avec un grand moustachu aux cheveux blonds, vêtu d'un manteau trois-quarts, et qui serrait contre sa poitrine une grosse sacoche en cuir.

Un des gendarmes, apercevant Guy, voulut l'intercepter mais l'écrivain se présenta comme celui qui avait découvert les corps et affirma devoir parler à son adjudant sans tarder.

Le sous-officier l'accueillit en touchant son bicorne en guise de salut.

– Pardonnez-moi, monsieur, je n'ai pas bien compris votre fonction, ce matin, avoua-t-il.

– Je suis le secrétaire de M. Hencks, je m'appelle Guy Thoudrac-Matto.

Guy de Timée séjournait à Elseneur en toute discrétion, sous une fausse identité.

– Voici le docteur Faulsôme, le médecin de notre région. Que peut-on faire pour vous ?

– J'ai… comment dire ? J'ai beaucoup songé à tout cela depuis ce matin. Vous comprendrez que ces visions me hantent… Et je crois que l'assassin est resté caché dans les environs toute la journée d'hier. Peut-être même s'est-il établi un campement, une cache où vous pourriez le retrouver.

L'adjudant fronça les sourcils.

– Qu'est-ce qui vous le fait croire ?

– Il semble évident que l'agresseur de Lucile est celui qui a décimé toute la famille, il n'y a pas deux rôdeurs différents dans le secteur le même jour ! Or cet homme est revenu quelques heures plus tard s'en prendre à la famille de sa victime du matin. Comment savait-il qu'elle vivait là ? Il l'a suivie. Et avant de s'en prendre à quatre personnes, je serais étonné qu'il ne soit pas resté à les observer un moment, pour s'assurer qu'il n'y aurait pas de mauvaise surprise. Il s'est ménagé une cachette qui donne sur la ferme, d'où il pouvait épier les allées et venues.

Le gendarme afficha une moue dubitative.

– Vous lui prêtez le machiavélisme d'un homme intelligent. Vous avez vu ce qu'il a fait, c'est un maniaque. Un fou sanguinaire. Pas un malin ! Un homme intelligent ne fait pas ça. Ça n'existe pas !

Guy se renfrogna.

– Croyez-moi, il y a des pervers capables de tout.

Le gendarme scruta le médecin, attendant une confirmation.

Le docteur Faulsôme était encore plus grand que Guy ne l'avait cru en s'approchant. Un homme fort, à l'étroit dans son costume noir.

– Tout est possible, se contenta-t-il de dire pour ne froisser personne.

Il avait une voix extrêmement grave, presque caverneuse.

– Les habitants de Saint-Cyr ont ratissé tout le coin hier en cherchant l'adolescente, enchaîna le gendarme, si le rôdeur était ici, à surveiller la ferme, soyez assuré qu'ils l'auraient repéré. Ne sous-estimez pas ces paysans, monsieur Matto, ce sont des gens braves et méticuleux. Ils connaissent leurs terres, on ne leur file pas entre les doigts comme ça.

Il fit claquer son majeur et son pouce devant son nez.

– Maintenant, poursuivit-il, si vous voulez bien nous laisser, nous avons à faire là-dedans. Je vous remercie pour votre assistance. Dites à M. Hencks que nous passerons le voir dès que possible.

L'adjudant le salua et Guy comprit qu'il ne servait à rien d'insister.

Il s'écarta lentement, plongé dans ses déductions.

Il ne partageait pas le point de vue de l'adjudant Bollart. Des hommes conscients de leurs actes étaient capables de pareilles horreurs. Il le savait mieux que personne pour l'avoir contemplé de ses yeux, pour l'avoir affronté. Des hommes sains d'esprit en apparence, malins, et ingénieux lorsqu'il fallait élaborer leurs crimes.

Toutefois, Bollart n'avait pas tort sur un point.

La battue.

Les villageois avaient sondé les environs tout l'après-midi, ils n'auraient pas manqué de repérer un campement de fortune.

L'assassin n'avait pu rester immobile ici, à regarder la ferme, c'était trop risqué pour lui.

Guy se rendit compte qu'il relançait la machine à explorer la pensée criminelle. En quelques heures, ses réflexes du mois d'avril étaient revenus à la surface, sans faire de vagues, efficaces et impatients d'entrer en action. Comme s'il n'avait pas cessé d'enquêter au plus profond de lui pendant ces mois de désœuvrement.

Mais il calquait le modèle qu'il avait élaboré avec Hubris sur cette affaire qui n'avait rien à voir avec le tueur parisien.

Il recommençait.

Les sens aux aguets, le cerveau en ébullition, excité au point d'avoir un rythme cardiaque différent, la respiration plus courte.

Qu'est-ce qui lui arrivait ? Soudain, l'idée d'une addiction nauséabonde le fit frémir.

Il n'avait rien à faire ici. Ce n'était pas sa place, pas son rôle.

Il n'était pas concerné.

L'homme de Vitruve apparut sous ses yeux en un flash qui lui fit tourner la tête.

La carcasse éventrée, répandue.

L'adolescente démembrée.

Guy leva la main devant lui pour capituler, avant l'image du garçon.

Son lecteur.

Il était incapable de l'expliquer, il se sentait touché par Louis.

Par ce passionné de livres. Plus encore que par ses proches pourtant massacrés avec plus de fureur encore.

La position des corps.

C'était comme s'il l'avait connu. Il s'en voulut immédiatement de se laisser aller à pareille mièvrerie, il était impossible qu'ils se soient croisés, Guy n'était jamais venu dans la région auparavant, et l'enfant n'avait certainement jamais ouvert un de ses romans.

L'acharnement quasi méticuleux.

Pourquoi était-il à ce point obsédé par l'envie de comprendre ? Pourquoi s'infliger de revenir ici, d'exposer son âme à la mort ? À la violence ?

L'homme de Vitruve.

Brusquement, Guy se figea.

Il pivota vers le bâtiment principal de la ferme.

La mise en scène. Voilà pourquoi. Ce n'est pas un crime ordinaire. C'est une mise en scène sanglante. Comme à Paris. Un homme qui ne parvient à s'exprimer réellement que par le sang. Et ceci est son langage. Ces corps sont ses mots. Son esprit étalé devant nous.

C'était un phénomène rare. Exceptionnel.

Au cours des années passées, il y avait bien eu les célèbres cas de Martin Dumollard, Jack l'Éventreur ou Joseph Vacher. Puis Hubris et le père Camille dont l'existence resterait secrète.

Mais se pouvait-il qu'un seul homme soit confronté deux fois, par hasard, à pareille abomination ? Qu'un seul homme croise deux génies du Mal dans son existence ?

C'était la mise en scène qui obsédait Guy.

La preuve qu'il était face à un esprit différent.

Et, de par son expérience, au fond de lui, il l'avait reconnu de suite.

Aussi improbable et fou que cela pouvait être, sa route croisait à nouveau celle d'un prédateur.

Il savait la police désarmée face à ce type de criminel, dépassée, pas formée. Que devait-il faire ? Le dire à Hencks.

Le chasseur ne lui rirait pas au nez, il ne le prendrait pas non plus pour un illuminé prétentieux.

Et ensuite ?

Il n'avait pas à s'en mêler. Cela ne le concernait pas.

Pourtant, il savait son esprit tout entier tourné vers cette maison.

Juste quelques minutes. Je jette un œil avant de repartir. S'il me vient quelque chose d'intéressant, une bonne idée, je la confie aux gendarmes.

Guy ne lutta pas contre lui-même, il savait que c'était impossible.

Il se donnait une heure avant de rentrer et de s'imposer d'oublier tout cela.

De faire une croix sur Louis et son calvaire.

Une heure, pas une de plus.

Guy commença par faire le point.

Lucile était sortie tôt le matin pour passer à l'étable et s'assurer que tout allait bien. Comme elle ne revenait pas, ses parents s'étaient inquiétés, ils avaient dû l'appeler, faire un tour dans la vacherie, puis autour. Après une heure ou deux, ils étaient partis chercher de l'aide au village. La battue n'avait été lancée qu'en milieu d'après-midi. Qu'avaient-ils fouillé ? Les abords de la ferme en priorité. Puis les champs alentour. C'était là qu'on l'avait découverte, muette, sous le choc. Parfaitement nue.

Hencks avait assuré être passé un moment plus tôt à l'endroit où ils l'avaient retrouvée sans qu'elle y soit.

Un coin près de la ferme.

Où son agresseur avait-il pu l'emmener pour être en paix ?

Une carriole fermée ?

Improbable. Les villageois l'auraient remarquée plus facilement qu'un étranger à pied.

Guy croisa les bras et étudia les environs.

Des champs de blé bordaient l'ouest, de maïs à l'est et l'ouest. Suffisamment hauts pour y perdre ou y cacher un homme.

Mais il n'aurait rien pu voir de derrière ce mur végétal.

Un bois au nord.

Assez peu dense, des petits arbres, quelques fourrés.

La battue avait probablement débuté par là.

C'est du point de vue de l'agresseur que je dois me placer, pour envisager ce qu'il a pu faire !

Lucile n'était pas rentrée de sa tournée à l'étable. Il était très tôt le matin.

Cela n'avait pas duré longtemps, quelques minutes tout au plus.

L'homme était donc présent ici dès l'aube.

À deux kilomètres du village ? Sur un chemin qui ne mène nulle part ?

Que faisait-il là ?

Un homme ne viendrait pas de si bonne heure, sur cette route qui ne conduit qu'ici, par hasard.

Hencks avait parlé d'une habitude, Lucile se rendait à la vacherie tous les matins.

L'homme attendait la jeune femme.

Soit il vivait dans le coin et avait fini par remarquer l'adolescente qui sortait tous les matins, soit il en connaissait les habitudes.

Il l'avait attendue et puis quoi ensuite ?

Les parents avaient fini par aller la chercher, par l'appeler. Ils avaient fait le tour de l'étable. Puis la battue avait sondé les environs.

Où était-elle pendant tout ce temps ?

Où se cacher pour la violenter en paix ?

Quel genre d'endroit était sûr pour un agresseur, dans une région qu'il ne connaissait pas nécessairement ?

Un lieu où ne pas être dérangé, où ne pas se faire repérer.

Guy tournait sur lui-même tout en réfléchissant.

Il éliminait les hypothèses les plus improbables, comme la carriole – trop voyante – ou le campement de fortune – que la battue aurait fini par débusquer.

Les champs ? Le petit bois ?

Un fossé non loin ?

C'était une région où l'on chassait beaucoup.

Un abri de chasseur ?

Où est-ce que j'irais me cacher avec ma victime si je voulais être tranquille ?

Il fallait faire simple.

Pour rester discret, l'agresseur ne pouvait pas utiliser de moyens de transport.

Il n'avait pas eu beaucoup de temps pour emporter sa victime avant que les parents ne finissent par se mettre à sa recherche.

La battue n'avait trouvé aucune trace particulière, les chiens – et Guy était certain que les paysans locaux disposaient de fins limiers pour la chasse – n'avaient pas reniflé de piste. Lucile s'était volatilisée.

C'était comme si son agresseur l'avait tout simplement arrachée au monde pendant quelques heures.

Envolée.

Enlevée par le vent.

Pour être redéposée ici ensuite, hagarde, traumatisée.

Il devait y avoir une solution évidente.

L'agresseur ne pouvait s'être compliqué la tâche.

Simplicité et efficacité.

Guy s'arrêta devant la ferme.

Simple et efficace.

Le bâtiment de vie. Puis deux granges et une longue étable.

Les policiers auront commencé par ces lieux-ci…

Le pigeonnier bien au centre.

Un vieux pigeonnier en mauvais état, juché sur quatre pieds de pierre. Totalement abandonné. Probablement dangereux.

Une ruine dont personne ne se souciait.

Qui aurait eu l'idée d'aller y jeter un œil ?

Les chiens n'avaient levé aucune piste en dehors de la ferme parce que Lucile ne l'avait pas quittée.

Les parents avaient probablement regardé rapidement dans les granges, autour de la ferme, mais étaient-ils montés dans cette ruine ?

Très peu probable.

Un toit pointu coiffait le pigeonnier, flanqué d'une lucarne sans vitre sur chaque pan. Une vue à chaque point cardinal.

Un parfait observatoire.

Guy s'élança pour traverser l'espace de terre battue. Une échelle permettait d'accéder à la porte du pigeonnier mais elle était toute vermoulue, impropre à supporter le poids d'un adulte.

Le bas de la porte n'était pas inaccessible, un mètre soixante tout au plus, estima Guy. Un homme costaud pouvait avoir porté Lucile sur ses épaules jusqu'ici, avant de se hisser à son tour.

Guy poussa le battant du bout des doigts pour jeter un œil à l'intérieur.

Il y faisait sombre.

L'écrivain coinça alors sa canne horizontalement derrière le chambranle et se glissa à l'intérieur en tirant dessus.

Ses yeux s'accoutumèrent à la pénombre et il découvrit une petite pièce carrée, pleine de fientes séchées.

Un halo provenant de l'étage éclairait les quelques marches qui y menaient.

L'ombre d'une silhouette se mouvait dans la lumière pâle distribuée par les quatre lucarnes.

Guy serra sa canne dans sa paume. Il préférait être prudent.

S'attendre à tout.

De la vieille paille recouvrait le sol du premier étage.

Guy termina de monter et il vit immédiatement la forme allongée face à lui.

Une longue robe bleue avec un tablier blanc par-dessus.

Deux souliers encrassés de boue parfaitement alignés à côté.

La tenue de Lucile lorsqu'elle avait été enlevée, devina Guy.

Une large bûche était posée dans l'angle le plus proche pour servir de tabouret. Guy s'approcha lentement.

La silhouette qui bougeait se tenait sur le rebord d'une fenêtre, prête à sauter.

Un énorme corbeau fit un pas sur le côté.

Il tenait, pendu à son bec, un précieux trésor.

L'oiseau planta ses billes noires dans celles de Guy.

Il ouvrit le bec pour émettre un croassement lugubre et son offrande tomba aux pieds de l'écrivain.

8

Le visage de Richard Lornan regardait Guy de ses orbites vides.

Il se mit alors à sourire.

Guy tressauta et recula vivement.

Il cligna des paupières pour chasser la vision de cauchemar.

Mais le visage souriait toujours, ses traits légèrement crispés, sa bouche s'étirant avec peine.

Le mouvement était difficile.

Masque de peau fine et de sang étalé sur la paille moisie, il se mit à frémir lorsqu'une brise s'infiltra par-dessous pour caresser ses lèvres.

Le corbeau croassa à nouveau, effrayant Guy qui lui répondit d'un moulinet de canne qui fit s'envoler l'oiseau aussitôt.

Guy s'assit alors sur la bûche.

Le bâtiment principal de la ferme était bien en vue.

L'assassin des Lornan s'était tenu ici pendant un bon moment. Caché dans l'ombre, observant chaque mouvement dans la propriété.

Il pouvait même distinguer l'intérieur de la maison tant que les volets restaient ouverts.

Le rebord de la lucarne, où s'était tenu le corbeau un instant plus tôt, portait les stigmates d'une longue attente : des centaines de petites éraflures faites avec un objet tranchant. C'était très récent, le bois entaillé n'était pas encore gâté par les déjections animales, ni par la mousse ou la moisissure. Un bois jaune, et non grisâtre comme partout ailleurs.

Combien de temps avait-il patienté ici ?

C'était depuis cette pièce qu'il avait guetté sa victime, supposa Guy. Il y avait peut-être même dormi la veille de son crime.

Une fois Lucile en sa possession, pendant la dizaine d'heures qu'avait duré sa géhenne, avait-il poursuivi sa surveillance ?

Et qu'avait-il fait d'elle pendant ce temps ?

Guy se leva pour considérer la pièce dans son ensemble.

En approchant de la robe, il nota la présence de paille plus tassée, écrasée. Presque la forme d'un corps allongé.

Il s'accroupit pour en examiner les contours.

Il y avait des traces marron tirant sur le rouge sur le plancher, du sang à coup sûr. Assez peu marqués mais nombreux, des sillons étirés produits par un frottement répété.

Pour qu'elle se taise, si près de ses parents, Lucile devait être bâillonnée. Entravée également.

Il l'avait forcée à se déshabiller, puis l'avait muselée pour abuser d'elle.

En constatant le nombre de traces de sang, comme celles de genoux frottés inlassablement, à plusieurs endroits, et la manière dont la paille s'était tassée, encore et encore, jusqu'à former une masse bien compacte contre le mur, Guy supposa que les viols s'étaient répétés tout au long de la journée. En tout cas, Lucile avait été brutalisée ici, longuement.

Il y avait une odeur acide aussi. En tournant la tête, il en localisa la provenance : de la paille assombrie par l'humidité.

De l'urine.

Une paume de sang apparut sous ses yeux, juste sur le mur.

Une main avec de petits doigts.

Celle de Lucile.

L'image de l'adolescente s'accroupissant pour uriner, se retenant au mur d'une main ensanglantée lui traversa l'esprit.

L'avait-il mutilée plus que ce que Hencks avait cru voir ?

Le sang de son sexe violenté, comprit alors Guy avec un frisson de dégoût.

Son ravisseur l'avait laissée uriner.

Elle n'était donc pas entrée en catatonie de suite.
Uriner.
De peur.
De douleur.
Pour se débarrasser de lui, de sa substance.
S'étaient-ils parlé ?
Guy en doutait, sinon pourquoi serait-elle tombée en catatonie ? Traumatisée, certes, mais pour entrer en catatonie Lucile devait avoir subi un calvaire sans mots, sans même un visage humain en face d'elle.
Un martyre graduel.
Au début, il l'avait violée.
Et, à mesure que la journée passait, il était devenu de plus en plus violent, jusqu'à ce que l'esprit de Lucile n'en puisse plus, qu'il refuse la réalité et qu'il s'enfonce loin à l'intérieur d'elle-même, pour survivre.
Mais pourquoi abandonner Lucile ensuite dans le champ en face ?
Pourquoi prendre le risque de sortir avec elle tandis que les environs grouillaient de personnes à sa recherche ?
S'était-elle enfuie ?
Non, elle était en catatonie.
C'était son agresseur qui avait décidé de la porter là-bas.
Il aurait été beaucoup plus simple pour lui de guetter le bon moment et de s'enfuir, seul.
Pourquoi la déposer ailleurs ?
L'évidence s'imposa d'un coup à Guy.
Pour garder cet endroit pour lui.
Pour pouvoir y revenir.
Le tueur s'était réfugié ici toute la soirée. Il avait assisté au retour de la battue, au retour de Lucile.
Pour s'assurer que tout le monde partirait ensuite.
Avait-il prémédité son geste ? Le massacre de toute la famille ?
Guy s'étourdissait avec ses considérations toutes plus folles les unes que les autres. Ce n'était pas à lui de poursuivre.
Il en avait fait assez.
L'heure était presque écoulée.

Il se l'était promis.

Il jeta un dernier regard à la pièce et descendit. Il devait prévenir l'adjudant Bollart. C'était à lui de continuer le travail.

Pour Guy, toute cette sordide affaire s'arrêtait ici.

Une bonne fois pour toutes.

Le masque de chair ensanglantée revint à sa mémoire.

Un visage sans yeux.

Le liquide rouge se déversait à grands flots dans le verre, éclaboussant le cristal de vagues pourpres qui répandaient leur bouquet puissant, mélange de raisins secs et de poivre.

Guy porta le verre de vin à ses narines et le huma longuement, paupières closes.

Raisins secs et poivre, confirma-t-il.

– L'adjudant Bollart est confiant, déclara Maximilien Hencks de sa voix grave. Les autres brigades de gendarmerie sont prévenues, le rôdeur sera rapidement appréhendé, ici ou plus loin.

– Les journalistes parisiens vont accourir, un crime aussi sordide, c'est une aubaine pour eux ! railla Faustine. Quatre mois qu'ils relatent l'Exposition universelle, je crois qu'ils saturent !

Guy goûta le vin, se laissant immédiatement happer par sa force, ses saveurs conquérantes envahissant son palais.

– Il y a bien assez de merveilles en son enceinte pour remplir tous les journaux du monde pendant encore une année, répliqua Hencks. Les gens d'ici sont peu bavards, ils n'inviteront pas les journalistes et, pour l'heure, je sais Bollart assez préoccupé par l'affaire pour tenir les langues de ses hommes. Non, je crois que nous ne verrons pas la presse avant longtemps.

Guy rouvrit les yeux pour reposer son verre.

– Et si ce n'était pas un étranger ? dit-il.

Hencks, qui allait enfourner une bouchée de carottes cuites dans le jus de son gibier, s'interrompit.

– L'assassin des Lornan, un gars du pays ? Vous voulez vous faire pendre sur la place du bourg ? Ne leur dites surtout pas ça, malheureux ! Depuis votre découverte de cet après-midi, Bollart vous tient en estime, mais si vous partez dans cette direction, il vous traitera de dément ! Pour lui, ça ne peut être qu'un aliéné sorti ou évadé d'un asile !

– Nous avons vu plus surprenant, commenta Guy en cherchant du soutien dans le regard de Faustine.

La jeune femme le crucifia de ses prunelles enflammées et détourna la tête pour se servir un morceau de pain tiède.

Elle lui en voulait de lui avoir menti, de s'être rendu à la ferme de l'horreur.

S'intéresser à ce crime, c'était, d'une certaine manière, raviver le spectre d'Hubris, de leurs dramatiques aventures qu'ils s'efforçaient d'oublier. Guy la connaissait désormais assez bien pour le savoir.

Il savait également qu'elle lui pardonnerait vite.

Parce que je n'y retournerai plus. J'ai fait ce que j'avais à faire.

Il le lui avait promis en rentrant, lorsqu'il lui avait tout raconté.

– Maximilien, enchaîna Faustine, comment se fait-il qu'à l'heure de la fée Électricité, vous n'ayez même pas le gaz dans votre manoir ?

Tandis que la nuit tombait au-dehors, la salle à manger n'était illuminée que par de grands chandeliers disposés sur la table et sur des vaisseliers tout autour d'eux.

– Le gaz ne vient pas jusqu'à Saint-Cyr, ma chère, voilà la vérité de nos campagnes françaises ! En 1900, sitôt le soleil couché, nous en sommes encore réduits à sortir nos bougies et nos lampes à huile ! Mais j'avoue apprécier ce côté archaïque quand je viens ici. Cela ajoute au charme d'Elseneur !

– Pour un homme qui roule dans une de ces automobiles à moteur, c'est assez ironique !

Guy n'avait pas abandonné son sujet de conversation :

– Je ne crois pas que les gendarmes locaux soient qualifiés pour comprendre pleinement ce qui s'est joué dans cette ferme, Maximilien.

Le sourire que le grand chasseur rendait à Faustine ne s'éclipsa pas, mais ses traits se figèrent dans une expression presque inquiétante et ses yeux devinrent plus froids alors qu'il pivotait vers l'écrivain.

– Parce que vous l'êtes davantage ? demanda-t-il en articulant parfaitement chaque mot.

– J'ai... *Nous* avons été confrontés à ce genre de crimes une fois. Cela ne fait pas de nous des experts, mais cette expérience ouvre les yeux sur un type de criminel très différent ! Et les méthodes pour l'appréhender doivent s'adapter à ce qu'il est. On ne saurait le comprendre et l'arrêter par des moyens traditionnels.

– Le comprendre ? Depuis quand faut-il comprendre un meurtrier pour l'arrêter ?

– Vous savez très bien de quoi je veux parler !

Hencks acquiesça avec un sourire glacial.

– Bien sûr ! Vous ressembliez à un enfant perdu dans une forêt lorsque je vous ai ouvert ma porte ce jour-là ! Je me fais l'avocat du Diable pour vous interroger, Guy. Pourquoi recommencez-vous ?

– Pardon ?

– Ne pouvez-vous laisser cette abomination là où elle est ? Elle ne vous concerne en rien. Bollart gérera, que vous l'en pensiez capable ou non.

– J'aime savoir. Et je pouvais me rendre utile tout à l'heure.

– Au printemps, lorsque vous êtes venu me trouver au sujet de votre *prédateur*, je vous ai mis en garde, vous et votre ami Perotti. Je vous ai prévenus que vous n'étiez pas de taille. La chance vous a permis de lui survivre. N'allez pas jouer avec le Diable, Guy. Votre intérêt pour ces choses sordides devient dangereux. Pas seulement pour votre intégrité physique, mais pour votre âme.

– « Quiconque lutte contre des monstres devrait prendre garde, dans le combat, à ne pas devenir monstre lui-même. Et quant à celui qui scrute le fond de l'abysse, l'abysse le scrute à son tour. » J'ai lu Nietzsche, Maximilien, merci. Et, après réflexion, permettez-moi d'affirmer que les monstres n'existent pas.

– Et celui qui a tué la famille Lornan la nuit dernière ? N'est-ce pas un monstre ?

– Non, c'est un homme perverti dans sa structure. Et je vais même aller plus loin : avant tout, c'est un enfant traumatisé au moment de sa construction, établie sur des fondations tronquées, instables, sur lesquelles est venue se bâtir une personnalité bancale.

– Peu importent les raisons, ce qu'il est devenu est inacceptable.

Un monstre, c'est aussi une créature qui a été un innocent petit bambin, sous quelque forme que ce fût. Cette créature n'en est pas moins un monstre désormais.

– Le terme de monstre n'est rien de moins que le tapis sous lequel nous venons balayer tout ce qui nous dérange et que nous ne comprenons pas. C'est la société qui a créé les monstres. Car à mes yeux, il n'y a que des hommes à différents niveaux de construction ou de déconstruction.

– Ne vous laissez pas happer, Guy, c'est là mon message.

– Je sais me préserver.

– Il n'est pas question de se préserver, c'est déjà trop tard lorsque vous êtes penché au-dessus de l'abysse ! Il s'agit de s'interroger sur les raisons qui vous poussent à venir contempler l'abysse des monstres.

– C'est une occasion inestimable de décortiquer la face obscure de l'homme. Mes amis, je sens à travers ce travail que je me rapproche de ce qu'il y a de pire en nous, je l'identifie ! Je suis si près de pouvoir donner une définition du Mal ! Et lorsque ce sera fait, je pourrai écrire mon roman. Le seul qui vaille. Le livre d'une vie. Mon œuvre.

Hencks haussa un sourcil.

– On ne côtoie pas le Mal des hommes sans en payer le prix. Soyez sûr que vous êtes prêt à le payer, Guy.

Guy déambulait de salle en salle, un verre de cognac à la main.

Il cherchait Faustine sans se donner l'air d'être à ses trousses.

Il la débusqua dans le petit salon, face à la cheminée, une broderie sur les genoux.

Elle ne lui adressa pas un regard lorsqu'il se posa en face d'elle, sur un voltaire qui grinça sous son poids.

– Pourquoi m'ignorez vous, Faustine ? Je vous ai présenté mes excuses tout à l'heure pour vous avoir menti. Je vous ai également dit que c'était terminé, que je n'y retournerais plus.

Faustine hocha la tête en faisant la moue, comme si elle n'y croyait pas.

– Vous savez ce que vous êtes, Guy ?

– Un entêté ?

– Vous êtes le négatif d'un moustique. Ces créatures tellement obsédées par la lumière qu'elles viennent s'y brûler, sauf que vous, ce sont les ténèbres qui vous attirent ! Le résultat sera le même.

Elle jeta, plus qu'elle ne posa, sa broderie sur la table basse et se leva.

– Bonne nuit, lança-t-elle en sortant de la pièce d'un pas déterminé.

Guy la regarda s'éloigner, puis, lorsqu'elle fut hors de portée, il écouta ses pas cogner sur les marches de l'escalier.

Il n'était pas d'accord avec sa définition, mais il ne pouvait lui en vouloir.

Jusqu'à présent, le caractère de la jeune femme s'était adouci au contact de la nature, de l'oubli. La souffrance s'était apaisée, recouverte par des couches encore fines de temps, ce matériau panseur ; et par son obsession, Guy avait écorché la pellicule qui protégeait leurs bons souvenirs des mauvais, il avait remélangé la vie, agréable comme douloureuse.

Faustine était en droit de lui tenir grief de cette imprudence, cette maladresse volontaire.

Il termina son verre en mirant le feu qui dévorait les bûches, ce spectacle de destruction pourtant enivrant de beauté.

Puis il monta se coucher à son tour.

Il demeura longuement dans son lit, à attendre le sommeil.

Et lorsqu'il le trouva enfin, lui et la nuit égrenèrent les heures sans faire bon ménage, à coups de cauchemars et de rêves troubles où tous les gens qu'il connaissait s'éloignaient de lui, l'abandonnaient.

Puis il songea à un morceau de pain entamé.

Un quignon en forme de boule, mordu sur le côté.

Il vit ensuite un minuscule chandail, traversé par des trous de mites, percés comme les cratères de la lune.

Et, pour finir, le fragment de miroir sur lequel avait été dessiné un cœur barré d'un X.

Un par un, ils défilèrent dans l'espace.

Tour à tour, ils s'immobilisaient devant lui, tandis que son inconscient les auscultait attentivement.

Puis les trois vinrent flotter dans l'ordre, parfaitement disposés dans l'éther de ses rêves.

Un. Deux. Trois.

Comme les lettres d'un mot.

Comme les syllabes d'une phrase.

Comme le sens d'une page.

Un message limpide.

Tout d'un coup, Guy ouvrit les yeux, les pupilles dilatées par le sommeil.

Un. Deux. Trois.

Comme les lettres d'un mot.

Comme des syllabes.

Comme le sens d'un message…

Ce n'était pas l'assassin des Lornan qui l'avait laissé là.

C'était Louis.

Il avait vu son assassin.

Et, plus tôt dans la soirée, Guy s'était trompé.

C'était bien un monstre qui était venu massacrer cette famille.

C'était un monstre que Louis décrivait dans son message.

Le monstre des campagnes. Des villes encore parfois.

Le monstre de la nuit.

Celui des cauchemars.

9

La lune le cherchait.

Elle semblait se déplacer rapidement derrière les nuages pour venir poser son œil blanc derrière chaque trouée.

Et chaque fois, elle guettait de sa pupille d'argent la terre en dessous.

Eugène Barçi avait l'impression que c'était lui qu'elle tentait de repérer.

Cette idée le mettait mal à l'aise.

Déjà qu'il n'était pas à son mieux avant cela…

Il n'avait jamais eu de chance de toute façon. Jamais.

Ni aux dés, ni aux cartes.

Pas plus lors de sa formation militaire.

Encore moins depuis son affectation à la gendarmerie de Magny-en-Vexin.

Bon, il fallait bien l'avouer, en amour, là, il ne pouvait pas se plaindre. Il avait trouvé la perle rare.

Ah, sa petite Léontine ! Ne manquait plus qu'elle attrape le ventre rond et il serait le plus fieffé veinard de la caserne !

Il devait bien le concéder, il n'était peut-être pas si poissard que ça en fait.

Sauf pour cette mission !

Lorsque Bollart avait demandé qu'on laisse un homme toute la nuit pour surveiller la ferme, il avait fallu que Demorant se tourne vers lui !

Lui ! Ici, toute la nuit et tout seul !

Cet endroit lui fichait la chair de poule. Une peur viscérale qui dépassait de loin le raisonnement.

C'était à cause du massacre.

La chair parlait à la chair, Eugène en était convaincu.

Un inaudible langage des cellules.

Les chirurgiens et les biologistes qui avaient découvert les cellules ne tarderaient pas à en faire la preuve scientifique, c'était garanti ! Elles parlaient entre elles !

Eugène ne s'était pas senti aussi mal par hasard.

Sa chair avait perçu les blessures infligées à celle de cette pauvre famille. Elle les avait ressenties.

Elle en frissonnait encore.

Il se redressa et fit quelques pas pour se dégourdir.

Au moins, il ne faisait pas froid. Ce n'était pas le plus chaud des mois d'août qu'il avait connus, loin s'en fallait, pas non plus le plus froid. Un mois d'août pas bien défini, pas bien fait.

Un peu comme tout désormais.

Depuis la guerre de 1870, plus rien ne fonctionnait, tout allait de travers, lui disait son père. La faute aux Allemands, qu'il répétait sans cesse.

Lui les aimait bien, les Allemands. C'était à eux qu'on devait la bonne cuisine de l'Est. La belle musique aussi. Et la philosophie souvent.

Enfin, pas qu'à eux, mais tous ces noms dont Eugène ne parvenait plus à se souvenir et qui ressemblaient à des noms de pâtisseries allemandes ou viennoises étaient pour beaucoup dans les progrès artistiques, philosophiques et culturels du monde.

À vrai dire, il n'en était pas bien sûr. Et puis il s'en fichait.

Le vieux devait avoir raison.

Comme toujours.

La lune se mit à l'éclairer.

– Tiens, ça y est, tu m'as trouvé ? dit Eugène tout haut.

Elle était aussi belle qu'angoissante, cette rondelle gibbeuse.

La pierre précieuse de la nuit.

Eugène marcha sur le chemin pour étirer ses jambes aux muscles noués.

Les vaches s'agitaient dans l'étable.

Personne ne les avait sorties aujourd'hui. Les pauvres bêtes devaient avoir faim. Demain matin, lorsqu'il serait de retour à la caserne, il en informerait Demorant ou Bollart, afin qu'un paysan de Saint-Cyr vienne s'en charger.

L'étable était une longue construction de bois. Un grand rectangle obscur dans la pénombre.

C'était là que tout avait commencé.

La fille s'était fait enlever ici, par le satyre, c'était ce qu'avait expliqué l'adjudant.

Soudain, Eugène eut une intuition.

Il n'était pas toujours très malin, même lui en était conscient, mais lorsqu'il avait une intuition, elle était toujours bonne, toujours payante.

Eugène pensait qu'il était de ces gens sans grande culture, mais capables d'enregistrer avec leurs sens ce qui les entourait. Et ses sens parlaient à une partie instinctive de son cerveau, celle-là même qui nourrissait ses rêves. Et qui alimentait ses intuitions.

Toute la journée, il avait vu ses collègues entrer et sortir de la maison, parfois ils avaient fait un tour rapide des autres bâtiments, puis des alentours, mais pas de fouille méticuleuse.

Le plus important, c'était pourtant le point de départ.

L'étable.

C'était là que l'assassin avait attaqué pour la première fois.

Peut-être avait-il laissé une trace dans la boue, ou peut-être un objet ?

Un frottement détourna son attention vers le mur de maïs à dix mètres de lui.

Une rangée de tiges barrait le paysage, un champ labyrinthique de deux kilomètres d'épaisseur qui le séparait du village.

Le frottement se reproduisit. Quelque chose bougeait là-dedans.

Eugène s'approcha, curieux d'identifier la cause de son dérangement, mais il s'arrêta à moins de trois mètres.

Voilà pas que je vais me retrouver face à un renard enragé ! Ou pire ! Une laie protégeant ses marcassins !

Les feuilles et les tiges s'agitèrent juste devant lui, quelque chose se déplaçait.

Quelque chose de gros.

Ça vient vers moi on dirait !

Eugène recula en songeant à un morceau de bois qu'il avait repéré plus tôt dans la soirée et qu'il n'avait pas osé prendre, songeant qu'il serait un poltron s'il s'équipait d'un gourdin.

Bollart le disait tout le temps : les gendarmes n'avaient besoin que de leur prestance et de leur uniforme pour se faire respecter, c'était pour ça qu'ils n'étaient pas armés au quotidien.

Mais les sangliers, eux, qu'en pensaient-ils de l'uniforme ?

Le maïs s'agitait de plus en plus et soudain, Eugène vit plusieurs épis s'affaisser sous le poids de ce qui approchait.

À moitié tétanisé par la peur, il s'obligea à regarder.

Les derniers épis s'écartèrent et un superbe cerf apparut sur le chemin.

L'animal reniflait l'air devant lui, fixant le gendarme médusé.

Puis il lança un brame effrayé et bondit en direction du petit bois.

Eugène expira tout l'air qui gonflait sa poitrine depuis quinze secondes.

– Oh, alors ça ! souffla-t-il en posant les mains sur ses cuisses.

Ses jambes ne le soutenaient plus.

La lune était toujours au-dessus de lui, à le guetter.

Elle projetait son ombre sur la terre.

Quelque chose sur le sol attira son attention.

C'est alors qu'il réalisa qu'il y avait une autre ombre similaire à la sienne.

Juste à côté.

Une ombre humaine.

En apparence seulement, car quelque chose clochait dans cette ombre, sans qu'il puisse identifier clairement quoi.

Son cœur s'emballa et il voulait se retourner lorsqu'une pointe froide le saisit au milieu du ventre.

C'était affreusement désagréable. Comme une crampe terrible à l'estomac. Son mouvement déplaça la douleur, et il sentit que quelque chose était fiché *en* lui.

Son dos lui faisait mal, au niveau des reins.

Il était blessé.

Il était attaqué.

Cette fois, un seul et unique message envahit son esprit.

Courir.

Parce que depuis tout petit, c'était ce qu'il savait faire le mieux.

Mieux que personne.

Eugène poussa sur ses pieds et s'élança, refusant d'entendre la douleur qui déchirait son ventre.

Il devait s'écarter au plus vite.

Prendre de la distance.

Pour comprendre.

Ensuite, il s'aviserait de la situation, il s'occuperait de son agresseur.

Sauver sa vie en premier lieu.

La peur était telle qu'il n'avait aucun doute, c'était pour sa vie qu'il courait.

Il se jeta dans le rideau de maïs.

Comme une balle de pistolet. Il traversa le mur obscur, les membres fouettés par les feuilles, se heurtant aux épis saillants.

Personne ne pouvait le rattraper à la course.

Toute la gendarmerie connaissait Eugène Barçi pour ça.

Le gendarme le plus rapide de France.

Au moins.

Quelque chose bondit à sa poursuite, mais avec un temps de retard.

Cela lui redonna de l'énergie.

Non seulement il avait la vitesse pour lui, mais aussi une courte avance.

Les maïs s'entrechoquaient sur son passage, il les fendait, venait perforer chaque rangée dans un fracas de feuilles comme des cymbales rouillées.

Les maïs étaient plantés à peu près droit, à égale distance, dans des sillons interminables, et Eugène, plutôt que de filer entre deux rangées, remontait le champ dans le mauvais sens, ce qui le ralentissait.

Il tourna sur sa droite, se cramponnant au passage à deux tiges pour essayer de pivoter sans perdre de la vitesse. Les maïs étaient si gros qu'ils tinrent bon.

Cette fois, il voyait devant lui, il n'avait plus qu'à suivre le corridor végétal.

Avec la peur, il ne sentait presque pas sa douleur au ventre, c'était bon signe, ce n'était peut-être pas aussi grave que ça. Il pourrait tenir.

S'enfuir assez loin.

Un hurlement dément s'éleva du champ, derrière lui.

Un cri bestial, plein de haine et de rage.

Mais ce qui terrorisa le plus Eugène, ce fut cette pointe d'excitation qu'il y devinait.

Qui pouvait hurler de la sorte ?

Aucun homme ! C'était un anim...

Non, ce n'était pas non plus un animal qu'il connaissait. Même le rugissement du tigre ou des lions, pour ce qu'il en avait entendu au parc zoologique de Marseille, ne ressemblait pas à cela.

Il y avait de la folie dans ce râle.

Un appel lugubre.

À un festin ignoble.

Eugène se reconcentra sur sa trajectoire, il ne devait pas se laisser emporter par son imagination.

Les maïs étaient secoués derrière lui.

Il pouvait presque les voir s'envoler.

C'était impossible.

Rien ne pouvait hurler de la sorte.

Rien ne pouvait le rattraper non plus.

Et pourtant, brusquement, il perçut une douleur vive dans la cuisse.

Ce fut instantané.

Une poigne glaciale se referma sur sa jambe et tira d'un coup violent en arrière.

Eugène décolla et son visage se planta dans la terre sèche.

Il était à moitié sonné par le choc.

Le souffle bloqué dans sa poitrine, la bouche ouverte, des cailloux plein les dents, il cherchait à aspirer cet air si précieux qui lui échappait.

La peur remonta le long de son échine.

Elle pénétra son cerveau et paralysa tous ses réflexes naturels.

Eugène ne comprenait pas.
Il était pourtant si rapide.
Lorsque les maïs s'écartèrent derrière lui, sa vessie l'abandonna.
La lune le regardait, entre deux nuages.
Depuis le début, elle n'attendait que ce qui allait suivre.

10

Le ruban de soie bleu feula en prenant place autour des cheveux noirs.

Faustine s'observa dans le miroir.

Ses prunelles brillaient tels des lapis-lazulis au milieu d'une mosaïque de pastels.

Ses joues légèrement maquillées avaient l'aspect de pétales de rose.

Sa bouche s'entrouvrit et un trait de rouge à lèvres vint souligner sa texture.

Faustine était tout en contrastes.

Elle était belle, c'était quelque chose dont elle avait toujours été consciente.

Mais pour combien de temps encore ?

Ce que la nature donne, elle le reprend tôt ou tard.

Il y avait un temps pour tout.

La beauté même a un temps propre, une durée d'existence.

Faustine aurait bientôt trente ans. Quelle femme était-elle, quelle existence, quel avenir ?

Celle d'une jeune fille de bonne famille fuyant l'aristocratie par culpabilité d'avoir provoqué le suicide d'un futur époux dont elle ne voulait pas ?

Chaque jour depuis, elle se l'était fait payer.

À chaque nuit, à chaque passe.

Les Romains avaient une expression pour les gens dans sa situation : « Il n'y a pas loin du Capitole à la roche Tarpéienne. »

Pour Faustine c'était devenu : « La vie de château n'est jamais loin du caniveau. »

Faustine émit un rire sec.

Au moins elle ne serait pas romancière, elle n'avait pas le talent d'inventer des formules ! Guy pouvait dormir sur ses deux oreilles, il n'aurait pas de concurrence de son côté…

À l'évocation de l'écrivain, un nœud se resserra dans la poitrine de la jeune femme.

Elle se sentait frustrée avec lui.

Frustrée de ne pouvoir l'aider. Il avait tant de vie en lui, mais il la refusait, il la brimait, aplatie tout au fond de son être.

Et il refusait systématiquement la main qu'elle lui tendait.

Au nom de quoi ? De ses écrits ?

Se pouvait-il qu'une œuvre dépasse la personnalité d'un individu ? Au point de l'asservir, de lui faire nier son humanité, pour n'être plus qu'un vecteur, un instrument pour propager une idée ?

Les grands courants de pensée venaient-ils ainsi au monde ?

Les idées comme une énergie propre, capable de subjuguer des êtres pour les commander, pour qu'ils les concrétisent, qu'ils les répandent ?

Les idées, la matière philosophique, la pensée comme une entité extérieure animant les humains comme des pantins, était-ce insensé ?

Faustine voyait combien Guy niait sa propre existence.

N'était-ce pas le cas de tous les grands penseurs ?

Pendant un instant, Faustine eut la certitude que l'humanité n'était que le fruit d'une expérience visant à matérialiser une entité plus abstraite : la vie, la pensée, l'éther du cosmos.

Dieu ?

Était-ce cela, Dieu ? De la pensée abstraite ayant besoin de formes de vie pour les assujettir et s'incarner en elles ?

Faustine se sentait dériver vers des concepts étranges.

Mais ils lui échappèrent brusquement. Comme un poisson à peine sorti de l'eau, visqueux et luttant pour y retourner, ils glissèrent entre les mailles de son analyse et retournèrent se fondre dans l'océan des possibles.

La pensée pure ne voulait pas de ses filets.

Elle n'était pas un bon vecteur, semblait-il.

Faustine enfila un fin bracelet en argent, cadeau d'un prétendant, et descendit dans le silence du manoir.

À cette heure, il ne faisait aucun doute qu'elle serait seule pour prendre son petit déjeuner, mis à part le personnel de Hencks.

Pourtant, en arrivant dans la salle à manger, elle fut surprise d'y découvrir une tasse de thé fumant, une tartine de confiture d'abricots – sa préférée – et quelque chose de long dissimulé sous une serviette brodée.

Guy fit son entrée depuis les cuisines, portant un pot de miel dans une main et une assiette de pain tranché dans l'autre.

– Ah, il me semblait bien vous avoir entendue vous préparer, dit-il. Je vous ai fait un thé à la bergamote comme vous aimez, et tout ce que vous mangez. Tenez, asseyez-vous. Les petites madeleines chaudes arrivent.

Faustine obtempéra, surprise et en même temps flattée par cette attention. Elle tempéra sa joie immédiatement, elle connaissait Guy, il était capable de tout, et la déception risquait d'être à la hauteur du plaisir si elle s'emballait trop vite.

Ce qu'il confirma aussitôt :

– Je sais que j'ai promis d'arrêter avec cette affaire, mais j'ai compris quelque chose cette nuit, et je dois le partager, c'est peut-être important. Faustine, je vous demande un peu de patience, ceci permettra éventuellement de sauver des vies.

Faustine ne pipa mot. Elle le fixait, dans l'attente de ce qui allait suivre.

Il tira sur la serviette et dévoila trois objets.

Une boule de pain mordue, un mouchoir en tissu percé de trous et un minuscule miroir. En y regardant de plus près, on avait entaillé la surface du miroir avec une pointe pour y dessiner un cœur barré d'une croix.

– Je n'ai pas trouvé ce que je cherchais pour le mouchoir, expliqua Guy, il faut imaginer que ce sont des trous de mites. En les étudiant, à quoi pensez-vous ?

– Que vous êtes un obsédé, Guy. Un grand malade.

Il ne sembla pas affecté par cette injure et secoua la tête en désignant les trois objets.

– C'est un message. Vous devez le lire. Je vous donne un indice : il a été rédigé par un garçon enfermé dans sa chambre, sans rien pour écrire. Un garçon qui lisait beaucoup, ingénieux. Un cérébral.

Faustine soupira d'agacement.

– Guy, je n'ai pas envie de jouer.

La réponse fut cinglante, sèche et agressive :

– Moi non plus ! Quatre personnes sont mortes. J'ai vu leur souffrance, j'ai marché parmi elles, je sais de quoi est capable celui qui est dehors, en liberté ! Et puis c'est la deuxième fois que ma route croise celle d'un individu de cet acabit ! Je ne peux pas laisser passer ça !

– Comme si c'était une chance !

– C'est un destin exceptionnel ! Ne comprenez-vous pas ? Les enquêteurs qui furent confrontés à l'éventreur de Whitechapel n'ont jamais eu l'occasion de travailler sur une nouvelle affaire de ce genre, de mettre à profit leur première expérience. Tandis que cette opportunité m'est donnée ici, maintenant ! Ce que je fais pourra peut-être servir ; ouvrir des pistes de réflexion ! C'est un moment unique.

– Mais pourquoi vous sentez-vous investi d'une mission, Guy ? Pourquoi ? Ce n'est pas à vous de le traquer !

– Parce que ce crime me parle.

Ces mots figèrent la tension, les visages. Seule l'horloge du hall continuait, imperturbable, à égrener son tic-tac sonore.

Guy enchaîna, d'un ton plus posé dans lequel l'urgence était contenue :

– Mon esprit tout entier est tourné vers la part d'ombre des hommes, depuis plusieurs mois. Je l'explore, je la cartographie, je l'étudie. Les meurtres d'Hubris et du père Camille ont été des révélateurs pour moi. J'ai la capacité de descendre dans les abysses et d'en remonter indemne, cela me permet de suivre ces individus qui s'y sont perdus. Les gendarmes de Magny ne le peuvent pas, Faustine. Et celui qui a tué à la ferme des Lornan arpente ces abysses. Il y vit même, c'était inscrit partout dans ses crimes. Il n'est plus comme nous, en apparence peut-être encore, mais il n'y a guère plus que son enveloppe qui fréquente la surface de notre monde, le reste, sa personnalité, erre tout au fond, dans les ténèbres froides.

– Définissez-moi ces abysses.

– Nous avons tous une part d'ombre en nous, tous. Elle est plus ou moins développée, plus ou moins consciente. Normalement, un être se construit dans la lumière, en s'appuyant sur cette part d'ombre pour savoir ce qui est bon, ce qui est mauvais, il s'en tient écarté, comme d'une frontière à ne pas transgresser. Mais chez certaines personnes, à l'âge où cette frontière se fabrique, avec les relations sociales, avec l'affection, avec les repères que la société nous pose, la frontière est mal définie, voire pire : l'individu est posé du mauvais côté, *dans* la part d'ombre ! C'est ce qui se passe, parfois, quand un enfant est battu par ses parents, il assimile la violence à l'amour, les deux fusionnent, avec les conséquences qu'on peut imaginer pour l'avenir. Heureusement, la plupart de ces personnes parviennent, avec le temps, à se sortir de l'ombre, à revenir dans la lumière, chargées de scories, mais elles se rééquilibrent.

Faustine approuva, sans se départir de son air fâché.

– Très bien, je comprends, c'est ce que vous nous aviez expliqué au printemps dernier, pour appréhender Hubris.

– Le massacre des Lornan n'est pas le fruit d'un « simple criminel », ce n'était pas l'appât du gain ni une vengeance, pas même une agression qui aurait mal tourné, c'était bien au-delà de ça ! C'est une personne totalement perdue dans ses propres abysses, elle n'a pas le même langage émotionnel que nous, elle n'a plus d'empathie du tout. Ses valeurs sont celles de l'obscurité, celles qui lui ont permis de survivre, et elle ne croit qu'en ces valeurs qui sont bien étranges et inacceptables pour nous autres. Elle s'est développée ainsi, et ses sources de plaisir, les moteurs qui la poussent à vivre chaque jour sont différents des nôtres. Privée d'interactions normales avec les autres, cette personne a été obligée de construire toute une relation fantasmée avec la société. Par la répétition de mécanismes internes qui lui servaient à se construire loin des autres, du moins émotionnellement, et parce qu'elle se sentait exclue du monde, rejetée à cause de sa différence, cette personne a nourri un sentiment de haine à l'égard des gens « normaux ». Et plus elle grandissait, plus elle se sentait différente, plus cela l'isolait, plus elle devait compenser avec des fantasmes personnels, plus la frustration montait, plus sa colère l'envahissait. Pour aboutir à une personne qui déteste les autres, la société, qui a nourri ses propres fantasmes, qui ne se sent pas appartenir à ce monde, ni astreinte à ses codes, à ses lois.

Faustine regardait Guy sans parvenir à masquer sa propre anxiété.

– D'où vous vient cette compréhension, Guy ? Comment êtes-vous si à l'aise pour poser des mots, un diagnostic précis, sur ces comportements ?

Guy, toujours happé par son excitation, répondit avec la même passion :

– Parce que c'est comme ça que j'écris ! Je crée une histoire, un univers, des personnalités de cette manière ! Je me retire du monde, je fantasme, je m'isole, et cette différence, la société me la fait sentir, elle me renvoie alors des choses dont je me sers pour écrire ! Mais dans mon cas, c'est ponctuel, instrumentalisé à volonté. Sauf qu'est venu un moment où j'ai souhaité écrire sur le crime. Sur l'âme humaine et sur sa noirceur. Et, plutôt que de la décrire en surface, comme tout observateur l'aurait fait, j'ai voulu l'explorer. Je me suis plongé dedans. J'ai arpenté mon esprit jusqu'à trouver la porte de ma part d'ombre. Puis je l'ai ouverte et j'ai regardé ce qu'il en sortait. Et comme ça ne suffisait pas, je suis entré. C'est l'affaire Hubris qui m'a permis de réellement cerner ma part d'ombre, mes ténèbres. C'est grâce à elle que j'ai pu contempler mes abysses.

Faustine étouffa un soupir. Guy lui faisait peur. À cause du mal qu'il s'infligeait.

– Et à quoi cela vous servira-t-il ? demanda-t-elle, troublée.

– Le Mal est un concept qui tient la société depuis toujours. Le Mal est-il humain ou au-delà de ce que nous sommes ? De quoi est-il fait ? Je sais que je suis près de pouvoir le définir. J'en suis tout proche.

– Et vous pensez qu'en fouillant la pensée d'un assassin comme celui qui vient de frapper, vous y parviendrez ? Vous êtes brillant, Guy, cela n'a jamais fait l'ombre d'un doute à mes yeux. Mais vous vous perdez dans votre génie. Et cela m'effraie.

Guy serra les poings et pinça les lèvres, manifestement attristé.

– Faites-moi confiance, dit-il après un long silence.

Faustine demeura à l'observer sans rien dire.

Puis, lasse, elle acquiesça lentement, réprimant la tristesse qui montait dans sa gorge.

Guy était ainsi. Elle ne pouvait lutter contre sa nature. Soit elle le rejetait, soit elle l'accompagnait, mais elle ne pouvait le transformer.

– Vous vouliez me montrer quelque chose, se reprit-elle en désignant les trois objets sur la table, face à sa tasse de thé.

Guy l'étudia encore un instant, ne sachant pas bien si elle était sincère, ironique ou résignée.

– Si vous deviez y lire un message, que liriez-vous ? demanda-t-il enfin. C'est un adolescent, je vous le rappelle. Un message intellectuel. Un brin fantasque. Mais d'une simplicité déconcertante en réalité.

Faustine fit abstraction de ses sentiments et se prit au jeu.

– Le pain peut symboliser la mère, parce qu'il est rond, qu'il fait vivre, proposa-t-elle.

– Beaucoup plus simple. Sans symbolique, rien que ce que vous voyez.

– Un morceau de pain mangé.

– Croqué.

– Oui, si vous voulez, c'est pareil.

– Et ensuite, le mouchoir ?

– Troué ?

– Pas n'importe comment !

– Par l'usure.

– Non, par les mites ! Il n'a pas choisi celui-ci au hasard. Et, pour finir, le miroir.

– Le cœur barré a son importance je suppose ?

– C'est là tout l'intérêt de l'objet, le miroir en soi ne compte pas, il l'a utilisé parce qu'il n'avait pas de quoi écrire. Je pense même que si le fragment de miroir avait été un tout petit peu plus gros, il aurait écrit son message directement dessus, s'épargnant ainsi ce rébus.

– Un cœur barré..., répéta Faustine. L'inverse de l'amour ? L'absence de compassion : l'indifférence ?

– Dans l'esprit d'un adolescent lecteur, je pense que l'opposé de l'amour est pire que l'indifférence.

– La colère ?

– La haine.

– Et donc ?

Guy posa un index sur chacun des trois objets à mesure qu'il répétait pour chacun ce qu'ils avaient déduit :

– « Croque » pour le pain. « Mite » pour le mouchoir. « Haine » pour le miroir.

– Croquemitaine, résuma Faustine. Et en quoi est-ce que c'est utile ou même intéressant ? Cet enfant a eu peur, très peur. Voilà tout.

– Non, le Croquemitaine est le méchant des enfants par excellence, la figure que tous connaissent, c'est le monstre des cauchemars, la créature de la nuit, celui qui terrorise les gens, celui qu'on brandit lorsqu'on ne comprend plus la réalité.

– C'est une bonne définition. Mais pas très utile.

– Je pense, au contraire, que ça en dit long. Pourquoi Louis, une fois enfermé dans sa chambre, pendant que ses parents se faisaient massacrer, a-t-il pris le temps de nous adresser un message ?

– Parce qu'il avait peur.

– Un enfant terrorisé se recroqueville, il ne cherche pas à laisser un message derrière lui ! Par contre, un enfant qui sait qu'il va mourir, peut-être. Il avait peur, mais ce qu'il a vu dans le couloir, ce qui l'a incité à verrouiller sa porte lui a fait comprendre qu'il devait laisser un message à ceux qui le découvriraient ensuite. Il avait probablement peur, mais il était surtout résigné. Quoi qu'il ait vu dans ce couloir, il a aussitôt su qu'il ne servait à rien de croire en sa survie. Il a de suite su que c'en était terminé. Il avait vu le Croquemitaine.

Faustine lâcha un rire moqueur.

– Les deux adultes sensés que nous sommes sachant que pareille créature n'existe pas, qu'a-t-il réellement vu alors ?

– Quelqu'un qui lui a fait penser au Croquemitaine. Quelqu'un qui portait un masque. Et après ce que j'ai vu là-bas, je me demande si ce n'était pas un masque de peau humaine. Un visage effrayant pour ce garçon, en pleine nuit.

– Je ne vois toujours pas où cela nous mène, en dehors d'une reconstruction sordide des faits ?

– Pourquoi porte-t-on un masque ?

– Pour se protéger, pour faire peur, pour endosser une autre peau…

– Et pour ne pas être reconnu !

– Quel intérêt, lorsque vous vous apprêtez à massacrer tous les occupants de la maison ?

– Il n'était peut-être pas sûr d'y parvenir. Après tout, il a commencé par violer la fille le matin, puis il l'a relâchée, avant de finalement venir tuer tout le monde. Ce n'est pas très cohérent, on dirait le comportement de quelqu'un qui hésite, qui ne sait pas très bien comment s'y prendre.

Faustine croisa ses bras sous sa poitrine et s'enfonça dans sa chaise.

– Vous êtes en train de dire que c'est quelqu'un du village qui a fait le coup ?

– Sinon, pourquoi se cacher le visage ? Une personne que les Lornan auraient pu reconnaître. Il les connaissait, un rôdeur aurait eu peu de chances de tomber sur eux par hasard, ils habitaient à deux kilomètres du village, au bout d'un chemin qui ne conduit nulle part. C'était forcément un gars du coin. Il devait reluquer la petite Lucile depuis un moment.

– Je n'aime pas quand vous parlez de cette manière, il y a un feu dans vos yeux qui m'angoisse.

Guy continua, insensible au commentaire de Faustine :

– C'est elle qui l'a amené à les choisir. C'est pour ça qu'il a commencé par l'enlever. Il l'a brutalisée toute la journée, jusqu'à ce qu'elle entre en catatonie.

– Les remords l'ont poussé à la relâcher ?

– Non, je ne crois pas. Sinon, il se serait enfui. Il a préféré prendre le risque d'être découvert avec elle, pour l'abandonner plus loin, afin de garder secrète sa cachette. Il voulait rester sur place. Il voulait continuer d'espionner la famille.

Guy réfléchissait tout haut. Il hocha la tête.

– La fille l'a attiré en premier, mais c'est toute la famille qui lui plaisait. D'abord, il n'est pas parvenu à s'en prendre à tous. Il a commencé par Lucile. Puis il l'a relâchée pour faire tomber l'attention, pour que la battue cesse et que le secteur retrouve son calme. Et il ne voulait pas attendre. C'était son objectif depuis le départ. Toute la famille.

Faustine guettait les expressions de Guy avec inquiétude.

Il devenait effrayant lorsqu'il se lançait ainsi dans ses déductions macabres.

– Un homme solitaire, qui aime faire peur, facilement violent, au milieu d'un bourg de trois cents habitants, ça ne doit pas être difficile à identifier, vous ne croyez pas ?

Faustine ne répondit pas.

Pour l'heure, l'homme qui lui faisait peur se tenait en face d'elle.

11

Le vent se propageait à travers le champ de maïs en une longue vague irrégulière, rasant la tête des tiges qui ployaient sous sa force, semblable à un immense oiseau invisible.

Du sommet de la colline, sans la présence de la brume, Guy avait une vue dégagée sur la ferme des Lornan.

Il y avait encore plusieurs gendarmes et leur coupé noir.

Cette fois, ils reconnurent en lui celui qui avait aidé l'adjudant Bollart à découvrir la cachette de l'assassin et lui adressèrent un salut poli.

Le second de Bollart, un certain Demorant, vint à sa rencontre.

– Vous tombez bien, monsieur Matto, nous avons perdu un de nos hommes, dit le gendarme à la moustache aussi ronde que la bedaine pendant sur sa ceinture. Vous ne l'auriez pas vu au village, par hasard ?

– Perdu ?

– Oui, il n'était pas là ce matin, à la relève. Si ce sagouin de Barçi a filé se bâfrer à la boulangerie de Saint-Cyr, je peux vous dire qu'il va pouvoir y rester une bonne fois pour toutes !

– Il a passé toute la nuit ici ?

– Il aurait dû !

Guy fronça les sourcils.

– Vous avez vérifié à l'intérieur qu'il ne manque rien ?

Demorant le scruta comme s'il venait de dire une obscénité.

– Vu leur état, je doute qu'ils s'en aillent !

– Parce qu'ils sont toujours là ? s'étonna Guy.

– Le médecin a voulu faire un compte rendu précis. Ils y ont passé la journée avec l'adjudant. Nous embarquons les corps dès que la carriole du maraîcher arrivera.

– Pour les mettre où ?

– Dans la crypte de l'église du village, pardi ! C'est le seul endroit assez frais où ils pourront attendre l'enterrement sans trop souffrir de la chaleur !

– Quand j'ai demandé s'il ne manquait rien, je faisais allusion aux biens des Lornan.

– Les gens par ici sont honnêtes, ce ne sont pas des pilleurs. Barçi était là pour éloigner les curieux, ce n'est pas la même chose !

Guy approuva pour ne pas heurter le gendarme.

– J'aimerais retourner à l'intérieur si ça ne vous dérange pas, en attendant l'arrivée de la carriole.

Demorant ouvrit de grands yeux indignés.

– Là-dedans ? Avec l'odeur que ça fait ? Vous êtes branquignol ou quoi ?

– Hier je vous ai aidé à localiser l'endroit où se cachait l'assassin. Je pense que je peux rendre encore des services et pour ça, je voudrais entrer à nouveau dans la maison.

– Quelle est votre profession déjà ?

– Je suis l'assistant de M. Hencks, ma fonction s'arrête là. Mais j'ai un très bon sens de l'observation.

Demorant secoua la tête sans plus masquer son incompréhension.

– Je vous dirais bien d'aller traîner ailleurs, monsieur Matto, mais l'adjudant vous avait à la bonne hier, alors profitez-en ! Cependant, je vous préviens : vous ne touchez à rien !

– Je ne fais que jeter un œil, répliqua l'écrivain en entrant dans la maison. Juste un œil.

Richard Lornan occupait le centre de la pièce.

Ses huit membres déployés comme les pattes d'une araignée écœurante.

Une odeur de viande pourrie empestait toute la bâtisse, un

infâme remugle acide similaire à celui d'une gigantesque punaise écrasée.

Les mouches se disputaient le cadavre, elles tournoyaient et colonisaient la gorge tranchée et la tête aux chairs à vif, infestant cette offrande de leur ponte affamée.

L'homme sans visage.

Le Croquemitaine le lui avait volé.

Pour ensuite l'abandonner dans sa première cachette.

Pourquoi avait-il fait ça ? Il s'était donné un mal fou pour lui découper la peau, pour le priver de face, pour finalement le laisser là où il avait violé Lucile toute la journée.

Guy savait que là était toute l'essence de sa visite. Donner du sens aux faits. Interpréter les gestes.

Le Croquemitaine ne se serait pas embarrassé d'une telle mise en scène si celle-ci n'avait pas revêtu une importance capitale à ses yeux.

Sa vie durant, Guy s'était efforcé de donner du sens aux mots, aux phrases, aux livres. Il en allait de même avec tous les personnages de ses romans. Leurs gestes n'étaient que le reflet d'une pensée, l'empreinte matérielle d'un état d'esprit. Un témoignage de l'âme, voilà ce qu'était la violence du Croquemitaine.

Quels avaient été ses mots lorsqu'il avait prélevé le visage du père de famille pour ensuite le jeter dans le pigeonnier ?

C'est son corps qu'on a trouvé en premier.

Il l'a déposé juste après l'entrée, dans la pièce centrale de la maison.

Guy enjamba le père et fila vers l'escalier pour grimper dans la chambre conjugale. Il ne fut pas mécontent de quitter le nuage de mouches et l'odeur de mort qui était moins prononcée ici.

Le lit était en bataille

Les draps tachés de sang.

Des éclaboussures zébraient le mur jusqu'au crucifix au-dessus de la tête de lit. Une longue estafilade pourpre marquait un arrondi.

Le Croquemitaine les avait attaqués là. Pendant leur sommeil.

Guy s'efforçait de trouver une signification à ce qu'il découvrait.

Il s'imaginait le fantôme du Croquemitaine pénétrant dans la chambre sur la pointe des pieds.

Et ensuite ? Pourquoi descends-tu le père dans la grande pièce ? Pourquoi veux-tu qu'on le trouve en premier ?

Il s'était aussi donné beaucoup de mal pour découper les jambes et les bras de Lucile et pour les recoudre, même maladroitement, sur son père.

Y avait-il une référence voulue à Léonard de Vinci ?

L'homme au centre de la géométrie, le carré dans le cercle.

Guy tenta de se remémorer ce qu'il savait de Vitruve…

Architecte et ingénieur de l'époque romaine, il recherchait une sorte de perfection dans la représentation de l'homme. Je crois que c'est quelque chose de cet acabit. L'homme aux jambes et aux bras écartés tient exactement dans un cercle et aussi dans un carré, les deux formes géométriques de la perfection. La définition de Vitruve a souvent influencé les artistes de la Renaissance jusqu'à ce que de Vinci vienne corriger et perfectionner la théorie du Romain.

Le Croquemitaine avait-il choisi le père de famille pour ce qu'il représentait ou parce que c'était le seul homme assez grand dans la maison ?

Le sort de Lucile avait été plus sordide encore. Il l'avait amputée pour fabriquer son homme de Vitruve.

Quant à la mère, c'était au-delà des mots.

Un massacre.

Guy ne comprenait pas comment le Croquemitaine en était arrivé à ce résultat. Ce n'était pas une explosion de poudre noire, il n'y en avait pas les traces de brûlures ni les projections. Pourtant, elle semblait s'être disloquée, comme si quelque chose d'énorme était sorti de ses entrailles.

Guy hésita à redescendre pour examiner les corps mais le courage lui manquait. C'était une telle vision qu'il ne pouvait l'oublier, les détails étaient encore vifs, à quoi bon se l'infliger à nouveau ?

Il reporta plutôt son attention sur Louis.

Cette fois il gagna la chambre de l'adolescent.

Son corps étalé sur le matelas, emmitouflé dans ses draps, la gorge enserrée dans un foulard de toile.

C'était le seul crime qui n'était pas particulièrement exposé.

À bien y regarder, Louis semblait abandonné dans l'état même où il était mort.

Guy vint s'asseoir sur le rebord du lit.

Le bras frêle du garçon dépassait, sa main posée paume vers le plafond, comme s'il attendait qu'on lui donne quelque chose.

L'enfant dégageait une odeur âcre.

Les mouches n'étaient que peu présentes comparé au rez-de-chaussée.

Guy eut envie de lui prendre la main pour le réconforter.

Pour le féliciter aussi pour son idée de rébus.

Ce Louis lui plaisait. Il avait l'impression qu'ils auraient pu s'entendre, que l'adolescent était à sa manière ce qu'il avait été au même âge.

Dans un contexte plus rustique, moins privilégié.

Guy eut envie de libérer ce visage, de le contempler.

Mais il n'en fit rien.

C'était peut-être mieux ainsi. Il n'était pas certain de pouvoir encaisser ce qui l'attendait s'il soulevait les draps.

Louis resterait un garçon imaginé par son esprit. C'était mieux ainsi.

Un élément dans la disposition des draps l'interpella alors.

Il était évident qu'on les avait tirés *après* l'avoir étranglé, le foulard était en partie masqué.

Ce n'était pas la faute d'un gendarme, Guy se souvenait parfaitement de cette position. Même le docteur Faulsôme et l'adjudant Bollart ne l'avaient pas déplacé.

C'était le Croquemitaine qui l'avait arrangé ainsi.

Bien qu'il l'ait tué, cet enfant n'avait pas appelé la moindre mise en scène, au contraire même, c'était comme s'il avait voulu le repousser, le cacher. Un crime dont il n'était pas fier.

Un crime honteux.

Étranglé par-derrière, le visage dissimulé contre le matelas pour ne pas croiser son regard, puis le corps en partie abrité par les draps.

Guy se pencha pour examiner le foulard.

Le tissu s'enfonçait dans la chair, laissant un bourrelet rouge tout du long. Le foulard était usé, un peu sale. Il n'était pas long non plus, à peine de quoi faire le tour de la gorge du garçon.

Probablement le sien.

Son assassin l'avait-il trouvé là ?

Guy avait le sentiment que ce crime-ci était le moins maîtrisé.

Le Croquemitaine ne s'était pas attardé, cet enfant ne lui plaisait pas.

Il n'était victime que parce qu'il était présent.

Le père, la mère et la sœur étaient les cibles.

Puisqu'il y a aussi le père, ce n'est pas contre les femmes seulement.

Le père dans la pièce centrale.

Bien en évidence. Les femmes en retrait.

Le père pour s'adresser au monde entier. Les femmes pour son plaisir, pour sa satisfaction personnelle.

Le père servait de lien entre le Croquemitaine et la société, c'était pour cela qu'il l'avait mis en scène, bien en vue, tandis que les femmes avaient été les instruments de ses fantasmes, de sa barbarie. L'homme représentait sa conscience, ce qu'il voulait dire. Les femmes, son inconscient, ce avec quoi il s'était bâti.

Elles en diraient long sur sa personnalité, sur ses motifs.

Le père n'était rien d'autre qu'une provocation.

Un message.

Oui, un message, c'est ça. Rien qu'un message. L'homme sans visage, pour représenter tous les hommes. Ce n'est pas celui-là en particulier qui compte, ce sont les hommes en général. Ils sont au centre d'une quête de perfection.

Guy repensa à Vitruve. Autre chose lui revenait en mémoire : selon Vitruve, l'homme aux bras et jambes écartés tenait au milieu des deux figures parfaites, le cercle et le carré, et ainsi, le centre de l'homme, dans cette géométrie, c'était le nombril.

Le nombril au centre de la figure parfaite.

Guy se précipita dans l'escalier.

Le nombril.

12

Guy plongea dans l'odeur étouffante comme dans un bain de boue et s'agenouilla à côté de Richard Lornan et ses huit membres grotesques.

Il posa la main sur son ventre froid et réprima un frisson de dégoût.

Les volets avaient été ouverts par les gendarmes, et la lumière du matin tombait sur la peau grise du mort.

Si ce cadavre présentait davantage un aspect symbolique qu'un intérêt lié aux fantasmes du Croquemitaine, alors c'était là que Guy avait le plus de chances de trouver un indice.

Tout dépend dans quelle mesure le Croquemitaine veut s'adresser aux autres !

Les doigts de Guy effleurèrent le nombril.

Cette fois le frisson le traversa, remontant le long de sa colonne vertébrale.

Ses ongles heurtèrent un objet dur et froid.

Il l'attrapa du bout des doigts et, remuant sans ménagement la chair rigide de Richard Lornan, il parvint à l'extraire de son nombril.

Une parfaite petite sphère transparente.

À l'exception d'un éclat de verre rouge au centre, de forme allongée comme la pupille d'un animal.

C'était une bille.

Un jouet d'enfant.

Elle ressemblait à l'œil d'une créature maléfique.

Une bille au centre de l'homme parfait.

Une bille ou un œil, corrigea Guy in petto.

Le vers de Victor Hugo lui vint à l'esprit immédiatement :

« *L'œil était dans la tombe et regardait Caïn.* »

Fallait-il y voir un rapport à l'homme qui n'échappe pas à sa conscience ? À Dieu ? Au meurtre d'un frère ?

Guy soupesa la bille avant de la mettre dans sa poche de veston.

La gendarmerie avait déjà bien assez à faire, ils pouvaient au moins lui laisser ça.

Il fallait qu'il sorte. La tête commençait à lui tourner.

Le village de Saint-Cyr l'attendait. Il avait des questions à poser à ses habitants.

Ces minutes auprès des victimes du Croquemitaine lui en avaient déjà bien assez raconté.

C'était un homme complexe.

Dont les fantasmes étaient élaborés. Des fantasmes qu'il ressassait depuis longtemps, qui avaient eu le temps de mûrir.

De pourrir même.

De se gâter d'images absurdes. De se gangrener d'abominations.

Un homme qui n'était pas toujours sûr de lui, du moins dans ses choix, pas encore rompu à l'art de donner la mort. Il était venu pour s'en prendre à une famille, mais avait cédé à ses pulsions sexuelles sur Lucile.

Il n'était parvenu à assouvir son désir premier qu'au prix d'un stratagème dangereux.

Et malgré sa maladresse, son manque de rigueur, il avait osé défier toute une famille.

Un homme confronté à des fantasmes trop obsédants pour les retenir plus longtemps pouvait-il commencer son sinistre labeur avec toute une famille ? N'y avait-il pas une graduation dans l'horreur ?

Une chose était sûre : il était allé jusqu'au bout.

Le père en araignée abjecte, la mère littéralement éventrée, mise en pièces par des moyens qui échappaient à Guy.

Y avait-il un objectif précis derrière cette boucherie si singulière ?

Le Croquemitaine portait un masque effrayant.

Il endossait un rôle.

Et, à étudier son œuvre, la méticulosité de son travail, il y avait fort à parier qu'il y avait pris un grand plaisir.

Et donc que, tôt ou tard, il recommencerait.

La nausée remonta dans l'estomac de l'écrivain.

Trop de sang. Trop de violence. Trop de puanteur.

Son esprit, pourtant endurant, était saturé par l'horreur.

Le gendarme Demorant l'interpella :

– Dites, Matto, venez un peu par ici nous donner votre avis !

Il se tenait au milieu de trois gendarmes près du champ de maïs, à examiner des tiges et des épis.

Guy obtempéra et les rejoignit.

– C'est du sang, ça, n'est-ce pas ? demanda Demorant.

– Oui, on dirait.

– Vous êtes médecin, non ? s'enquit un des gendarmes.

– Pas le moins du monde.

– Ah bon ? Pourtant hier, quand vous avez montré le pigeonnier à l'adjudant, vous parliez comme ces aliénistes qui débroussaillent la psyché des hommes !

– C'est un peu mon quotidien, cela dit.

– Alors vous reconnaissez du sang, vous aussi ? insista Demorant. Vous voyez messieurs ! De toute façon, que voulez-vous que ce soit d'autre ?

– Des déjections animales, fit un gendarme à l'œil éteint.

– À cette hauteur ? répliqua son collègue. Ils ont le cul haut, tes animaux !

– Maurice, vous allez me suivre ces traces dans le champ, ordonna Demorant.

Le gendarme au regard vide fit la grimace.

– Et si je tombe nez à nez avec un sanglier blessé ?

Demorant le poussa sans ménagement.

– Et si c'est votre collègue Barçi qui s'est blessé et qui agonise là-dedans ? Allez-y ou je vous colle au trou !

Ledit Maurice tira sur sa ceinture, réajusta l'écharpe jaune de gendarme qui lui barrait la poitrine avant de visser son képi jusqu'au bord de ses oreilles.

– Maurice ! tonna Demorant. Vous ne partez pas à l'assaut d'une ligne ennemie, alors foncez mon gars !

L'homme disparut entre les rangées de maïs.

Ce fut alors que Guy remarqua plusieurs épis cassés traçant une route à suivre.

– Vous permettez que je l'accompagne ?

Sans attendre de réponse, Guy s'élança dans le sillage du gendarme.

Il était curieux de savoir où cela allait les mener. Habituellement les animaux faisaient moins de dégâts en se déplaçant, à part les très gros sangliers. Tout ce qui pouvait avoir un lien, de près ou de loin, avec le massacre de la ferme l'intéressait.

Ce n'était probablement rien.

Pourtant, l'instinct de Guy lançait un bourdonnement inquiet dans le fond de sa pensée.

Les circonstances. C'est à cause des circonstances.

Des traces de sang séché maculaient les feuilles ou les épis qui dépassaient et il n'était pas difficile de remonter la piste du blessé.

Une légère brise caressait le sommet du champ, suffisante pour déclencher un concert de frottements.

Avec le bruit, l'image de centaines d'écoliers secouant les pages d'un journal s'imposa à l'imagination de l'écrivain.

Il se sentait observé dans ce champ.

C'est idiot, les maïs sont si hauts qu'on ne peut me voir !

Mais l'impression désagréable persistait.

– Maurice ?

Il n'entendait plus le gendarme devant lui.

– Maurice ? Vous êtes là ?

La silhouette du petit homme se profila un peu plus loin, il ne bougeait plus.

– Eh bien ? Il est là cet animal mort ?

Guy arriva au niveau de Maurice et il dut le pousser pour que le gendarme s'écarte.

Un ange s'était écrasé au milieu du champ.

Il n'y avait pas d'autre explication.

Les tiges de maïs étaient brisées ou écrasées dans un cercle de près de dix mètres. Un véritable saccage.

Comme si quelque chose était tombé de haut, pour tout ravager.

Un sang d'un rouge sombre aspergeait ce qui restait debout et même le sol.

Des jets partout.

Larges, étroits, courts, longs, courbes ou droits.

Des litres de sang.

Un carnage effrayant.

– C'est une plaisanterie, pas vrai ? balbutia Maurice.

Il respirait fort, se tenait à un épi.

Un képi de gendarme trônait au centre de la zone dévastée.

L'affaire prenait une tournure inattendue.

– C'est Eugène Barçi, pas vrai ? insista Maurice.

Guy lui prit le bras pour l'inviter à reculer.

– Allez chercher Demorant. Je crois bien que c'est Barçi, en effet. Mais pour la plaisanterie, j'en doute fort.

13

Saint-Cyr ressemblait à une erreur.

Un village de petites maisons en pierres grises, aux toits d'ardoises, encadré de forêts drues, de collines aux pentes irrégulières.

L'erreur d'hommes égarés plusieurs siècles auparavant, s'installant dans cette région sauvage par dépit, par abandon.

Siècle après siècle, malgré son isolement, dilué au milieu de forêts tentaculaires, Saint-Cyr avait survécu.

Découvrant la présence d'autres villages un peu plus loin.

Chérence, sur le plateau dominant tout le Bassin parisien, bordé de champs interminables.

Vétheuil, niché au pied des falaises du plateau, sur une anse de la Seine.

Plus loin encore : La-Roche-Guyon et son château surveillant la seule grande route de la région et le trafic fluvial.

Mais Saint-Cyr, enfoncé dans les terres, noyé par la végétation conquérante, n'offrait aucune position pratique ou stratégique.

Bâti à flanc de colline, il semblait au contraire glisser lentement dans le fond du vallon, une bande d'arbres obscurs protégeant un minuscule cours d'eau noire.

On aurait dit un arrière-poste oublié d'une campagne de guerre ancestrale. Même les panneaux sur les petites routes locales oubliaient pour la plupart de mentionner sa présence.

Un village qui n'existait pas.

C'était l'impression de Guy.

Un village que la République préférait ne pas mentionner.

Comme un vieux secret de famille remisé au grenier qui prend la poussière en attendant que le temps le détruise.

La rue principale traversait Saint-Cyr dans le sens de la pente, la petite église, en haut, la dominait, avec son cimetière de pierres bancales, puis c'était le chemin qui partait vers le domaine d'Elseneur ; et les habitations de l'autre côté.

Une autre rue assez large croisait la grand-rue en bas du village, perpendiculairement, desservant deux fermes, une maison bourgeoise en piteux état et le vieux lavoir. Le reste n'était que ruelles tortueuses qu'un fiacre n'aurait osé emprunter de peur d'y coincer ses roues de part et d'autre de la chaussée.

Guy descendait en direction de l'intersection, centre névralgique de Saint-Cyr où les habitués se réunissaient devant la boulangerie qui faisait également épicerie.

Il avait laissé derrière lui les gendarmes en panique et la sinistre découverte du champ de maïs.

Pour Guy, cela ne faisait aucun doute : Eugène Barçi était mort.

Assassiné par le Croquemitaine.

Il ne pouvait en être autrement.

Il ignorait la manière.

Trop de sang. Un saccage improbable, comme s'ils avaient été plusieurs à s'acharner sur lui.

Guy ignorait pourquoi.

Le Croquemitaine était-il resté sur place toute la nuit ? Avait-il guetté l'arrivée des gendarmes ?

Mais c'était bien Eugène Barçi qu'ils avaient retrouvé.

Du moins ce qu'il en restait.

Qu'a-t-il fait du cadavre ? Abandonné plus loin ? Volé par des sangliers ?

Pour l'heure, il ne servait à rien de se lancer dans des conjectures. Il avait mieux à faire.

En trois mois et demi, Guy s'était fait le plus discret possible au village.

Malgré tout, il n'avait pu vivre enfermé. Il connaissait donc les habitants de vue et, pour certains, par leur nom. Pour eux, il était M. Thoudrac-Matto, l'assistant de Maximilien Hencks.

Et tous lui témoignaient un respect craintif, comme si la famille de Hencks régnait encore sur ces terres et que ce dernier était un seigneur despotique auquel ils devaient leur vie.

En approchant de la boulangerie, Guy avisa un groupe de trois hommes assis sur des tabourets de bois à trois pieds, et occupés à commenter le journal de la veille.

Guy reconnut parmi eux M. Taillard, le boulanger de Saint-Cyr, qu'il salua le plus courtoisement possible.

– Je cherche le garde champêtre, demanda-t-il après avoir salué chacun d'un signe de tête.

– Leboueux ? précisa Taillard à travers sa barbe rousse et parsemée de farine. Il était chez Martine, la ravaudeuse, allez donc voir là-bas, au bout de la rue, la deuxième maison à droite dans la ruelle, celle aux volets bleus.

L'un des deux autres interpella Guy de sous sa grosse moustache, aussi foisonnante que lui était maigre :

– Dites-nous, ils sont vraiment tous morts chez les Lornan ? C'est vrai alors, cette histoire ?

Guy fit un signe affirmatif de la tête.

– Et nos femmes, et nos filles, on leur dit quoi ? De ne plus sortir, alors ? demanda le troisième, que Guy n'avait jamais remarqué au village.

– D'être prudentes, répondit l'écrivain. Ne pas ouvrir aux inconnus, ne pas sortir la nuit. Le temps que les gendarmes arrêtent le coupable.

– Il faut fermer les verrous alors ? s'inquiéta Taillard.

– C'est préférable.

Le moustachu maigre se pencha vers ses deux compagnons :

– Je vais vous dire : s'il en passe un d'inconnu, un de ces chemineaux, je le pends moi-même à la fenêtre de ma chambre ! Pour venger les Lornan !

– Aux porcs que je le donne, moi ! répliqua le troisième. Qu'ils le dévorent vivant !

– Ils n'en voudraient pas ! fit Taillard.

Guy intervint calmement :

– Messieurs, ce serait grand mal que de faire justice vous-mêmes.

S'il passe un étranger au village, prévenez M. Hencks, il saura quoi faire.

– Le comte n'a pas voulu dire ce qui était arrivé à la petite Lucile, avança Taillard. Est-ce que sa disparition et leur assassinat sont en rapport ?

« Le comte ». C'était ainsi que les Saint-Cyriens appelaient Hencks.

– Je n'en sais pas plus, mentit Guy. À ce sujet, savez-vous si elle avait un prétendant au village ?

– C'était un secret pour personne ici, commenta le moustachu maigre. Elle allait se caser avec le petit Montchiche, de Chérence. Au bal du 14-Juillet, ça crevait les yeux que le mariage était pour bientôt !

– Montchiche ?

– Le fils de la bonne du curé.

Guy ne dissimula pas sa surprise.

– Et son père, c'est le curé de Chérence ?

Les trois hommes se regardèrent, un rictus à la bouche.

– Personne ne vous le confirmera, mais tout le monde le sait, lâcha Taillard. Faut croire qu'il est plus homme que curé celui-là ! Il ne connaît pas que les sermons ! Avec lui, le Verbe s'est vraiment fait chair ! Et il est porté sur toutes les bonnes chairs ! C'est qu'il est dodu l'curé ! Au moins les péchés, ça l'connaît !

Les trois amis rirent de bon cœur, comme s'il fallait en profiter. La mort des Lornan pesait déjà sur le village.

– Tous les gens par ici vont le voir pour la confession, plutôt que notre curé ou celui de Vétheuil, il est moins sévère ! avoua le moustachu maigre, moqueur.

Les rires moururent presque aussitôt, remplacés par des mines consternées. Guy s'éclipsa pour trouver le garde champêtre, Leboueux.

Il le reconnut qui sortait de la maison indiquée par Taillard.

Un trentenaire au visage poupin, qui tentait de se donner davantage de prestance avec une moustache hélas trop peu fournie.

Leboueux arborait une casquette et une besace pour tout signe de sa fonction communale. Guy l'intercepta avant qu'il ne remonte la ruelle et se présenta pour lui rafraîchir la mémoire :

– Je donne un coup de main aux gendarmes après le drame d'hier, ajouta-t-il. J'ai une petite expérience dans ce genre d'affaire.

– Et qu'est-ce que je peux faire pour vous ? Pour les Lornan, je suis prêt à tout, que la gendarmerie le sache. De jour comme de nuit ! À vrai dire, j'ai déjà un peu tendu l'oreille pour savoir si quelqu'un ici aurait remarqué une présence douteuse, mais il n'y a rien du tout ! Aucun visiteur n'est arrivé au village.

Leboueux avait une voix bien plus sûre et virile que son physique ne pouvait le laisser supposer.

– En premier lieu : j'ai besoin de la garantie que vous resterez discret à mon propos. Saint-Cyr est déjà assez bouleversé comme ça.

Leboueux haussa les épaules comme si c'était naturel.

– Ensuite, j'ai une petite question à vous poser : est-ce que vous savez ce qu'est un vaccin ?

– Monsieur Thoudrac-Matto, nous sommes certes loin des villes ici, mais pas si loin de l'intelligence et de la culture. Je sais très bien ce que c'est. L'année dernière, il y avait des affiches partout pour la vaccination contre la rage.

– Je vous présente mes excuses si je vous ai vexé, ce n'était pas mon intention. Ce que je veux dire, c'est que dans le cas des vaccins, on inocule à des gens sains un peu de la maladie, affaiblie, pour que leur corps se prépare à lutter contre elle, s'ils la rencontrent plus tard sous sa forme plus agressive. Eh bien dans l'affaire qui nous concerne, j'ai besoin de préparer un vaccin.

– Un vaccin contre quoi ? Contre l'assassin des Lornan ?

– Oui. Et pour ça, j'ai besoin d'aide.

Leboueux croisa ses bras sur sa poitrine et prit un air dubitatif.

– C'est-à-dire ?

– J'ai besoin de m'entourer de gens… disons, de gens un peu singuliers. Des solitaires. Des marginaux. Pourquoi pas même des personnes qui ont la réputation d'être violentes. Qui seront capables d'apporter leur point de vue à mes questions.

Leboueux fronça les sourcils.

– Vous me demandez d'être un guide du Vexin pittoresque, c'est ça ?

– D'une certaine manière. Du moins de ses habitants les plus… atypiques.

Leboueux inclina la tête.

– Vous êtes un drôle de gaillard, monsieur Thoudrac-Matto.

– Appelez-moi Guy.

Leboueux lui tendit la main.

– Rémi. Allons venez, si c'est des marginaux que vous cherchez, vous allez être servi, parce que par ici, on n'en manque pas.

Ils avaient commencé par l'ivrogne du village, Camette, une épave incapable de se lever de son lit, pour rapidement filer chez Étienne Morin, un agriculteur qui vivait seul, taciturne et bougon. Guy leur posait quelques questions sur eux, sur leurs habitudes, mais n'abordait jamais le sujet des Lornan et de leur massacre.

Avant de filer sur Vétheuil, où se concentrait, selon Rémi Leboueux, une bonne partie des « louftingues locaux », il invita Guy à le suivre dans une toute petite impasse occupée par des dizaines de chats.

Les félins dormaient sous le soleil de la fin de matinée, perchés sur les murs, sur les rebords de fenêtre ou à même la terre battue du sol.

– Je vous préviens, pour celui-là, je ne garantis pas un accueil des plus chaleureux. Émile-Marie Duquénal. C'est une célébrité par ici.

– Pour sa mauvaise humeur ?

– C'est… c'est l'avorteur de la région, confia Leboueux en baissant la voix.

– Le docteur Faulsôme n'est-il pas plus compétent pour ça ?

– Il est contre la pratique. Émile, lui, fait ça depuis toujours. Son père avant était aussi de la partie. Il se dit que la nuit, il reçoit des dames d'aussi loin que Mantes-la-Jolie, Vernon ou même Gisors !

– Une clientèle fidèle en somme, ironisa Guy.

Rémi Leboueux frappa vigoureusement à la porte et un vieil homme apparut dans l'entrebâillement.

Ses favoris gris et trop longs rebiquaient devant ses oreilles comme des ronces. L'alcool avait transformé son nez en un poivron trop mûr et ses joues en feuilles d'arbre aux veinures rouges bien apparentes. Des scrofules pendaient de ses mâchoires et de son menton telles des noisettes.

Il ressemblait à une peinture vivante d'Arcimboldo.

Tout sur ce faciès respirait l'excès, l'abus, le vice.

Même ses yeux, de pâles iris bleus à peine visibles, s'agitaient derrière des paupières gonflées, prêtes à éclore.

Émile-Marie Duquénal était plus effrayant qu'un personnage de Dickens.

– Bonjour Émile. Je t'amène un visiteur.

– J'exerce pas aujourd'hui, répondit le vieil homme dans un souffle qui empestait le vin.

– C'est pour tout autre chose, insista Rémi en posant la main sur la porte pour l'empêcher de se refermer.

– Quoi ?

– T'as entendu ce qui est arrivé aux Lornan ? Ce monsieur a besoin d'aide.

– J'ai rien vu, j'ai rien entendu, ça ne me regarde pas.

La voix, éraillée, ne prenait pas même la peine d'essayer d'être polie.

Guy s'imposa au regard du vieil homme.

– Je me doute que vous ne savez rien de cette affaire, ce qui m'intéresse, c'est vous, Duquénal. Ce que vous êtes.

Émile-Marie darda son regard froid sur le Parisien.

– Qu'est-ce ça peut t'faire, petit ?

– Une famille entière est morte. J'aimerais que ça ne se reproduise pas. Laissez-moi vous poser quelques questions ou c'est la gendarmerie qui viendra, et ils seront moins discrets que nous !

Duquénal lui lança un regard mauvais avant de tirer sa porte pour leur livrer passage.

Il vivait dans une maison au plafond bas, Guy retira de suite son chapeau melon pour ne pas se cogner aux poutres.

Une odeur de transpiration se mélangeait à celle du vin et de la saleté.

Des reliquats de repas pourrissaient, entassés dans un coin sur un buffet, près d'un tonneau plein d'eau stagnante.

La crasse sur les fenêtres servait de rideaux, filtrant la lumière du jour pour conférer à la pièce une atmosphère crépusculaire.

Le sol était jonché de détritus : morceaux de bois, fragments d'assiettes cassées, bouts de pain rassis, un journal froissé en boule, et plusieurs bouteilles de vin vides. Il paraissait insensé que des femmes acceptent d'être traitées dans pareilles conditions.

Duquénal s'assit sur le banc au milieu de la salle et s'accouda à la table sur laquelle étaient posés un verre de vin et la bouteille qui l'accompagnait.

Leboueux se posta en face de lui tandis que Guy préférait rester debout.

– Vous vivez seul ? demanda-t-il.

– Plus seul que la misère.

Je n'en doute pas, songea Guy en constatant l'état d'insalubrité des lieux. Pour ce qu'il voyait de la pièce suivante – un carrelage autrefois blanc et maintenant beige –, ce n'était guère mieux.

– Jamais eu de femme et d'enfants ?

Duquénal déploya ses dents jaunes et déchaussées avec un air vicieux.

– Pour ce qui est des enfants, j'en ai eu plein, dit-il fièrement. Mais y sont tous morts. Pour les femmes, c'est jamais gratuit. Tout le monde n'a pas vos minois d'gamins !

– Vous faites allusion aux enfants dont vous les avez avortées ?

Duquénal hocha la tête sans le lâcher du regard.

– C'est votre père qui vous a enseigné le métier ?

– De père en fils. Y en a, y sont nobles par tradition. Nous on libère. On curette. On soulage des indésirables. C'est l'art qu'on se transmet. Paix à son âme.

– Et votre mère ?

Duquénal prit son verre mais, au moment de le porter à ses lèvres, il fixa Guy :

– Eh bien quoi ? dit-il avec agressivité.

– Elle n'est plus ?

– Ça fait bien vingt ans qu'elle n'est plus !

– Je suis désolé, je ne voulais pas évoquer un sujet qui manifestement vous tient à cœur.

– Tout le monde a de la peine pour une mère morte, conclut Duquénal en s'adoucissant.

Il but son verre de vin d'une traite.

– Je suppose que vous exercez votre activité plutôt la nuit ?
– Mes clients préfèrent la discrétion nocturne, en effet.
– Et que faites-vous de vos jours ?
– Je les bois ! dit-il en remplissant son verre qu'il souleva à leur santé avant de l'engloutir tout aussi vite que le premier.
– Vous ne sortez pas ? interrogea Guy en continuant son inspection des lieux.
– Pour mes courses. Pourquoi vous me posez toutes ces questions ? Qu'est-ce que j'ai à voir avec les Lornan, moi ? J'les connais pas ceux-là !
– Nous visitons tous les hommes seuls du village.
– C'est pas parce qu'on est seul qu'on est lubrique et détraqué ! s'emporta soudain Duquénal en voulant se lever.
Ses cuisses butèrent sous le plateau de la table et il retomba aussi sec sur son banc, renversant son verre presque vide.
– Calmez-vous ! ordonna Guy avec toute l'autorité dont il était capable. Vous n'êtes pas plus suspect qu'un autre, alors tâchez de ne pas le devenir !
Guy s'approcha et posa ses deux mains sur la table pour se pencher vers l'avorteur et le défier droit dans les yeux :
– Que faisiez-vous avant-hier, dimanche, toute la journée ?
– J'étais ici. J'ai pas bougé.
– Quelqu'un pour en témoigner ?
– Puisque j'vous ai dit que j'vis seul !
– Vous n'êtes pas sorti, pas une seule fois ?
– Non.
– Lorsque M. Leboueux a rameuté tout le village, insista Guy, en soufflant dans sa trompette, vous n'êtes pas sorti ?
Le garde champêtre tourna la tête vers l'écrivain, surpris.
– Avec tout le boucan qu'il a fait à travers le village, vous ne pouvez pas me dire que vous n'êtes pas allé voir ce qui se passait !
Duquénal se mordilla la lèvre inférieure.
– J'avais oublié, dit-il… Si, je suis sorti, j'ai entendu.
– Et qu'avez-vous fait ?
– Rien, c'était pour appeler des volontaires pour la battue. Ça ne m'intéressait pas. Je suis rentré chez moi.
– Une gamine disparaît et vous vous en fichez ?

– J'ai cru qu'elle fuguait. Ce genre de gamine, deux mois plus tard, elle toque à ma porte un soir pour se faire vider.

Guy contint le dégoût que lui inspirait l'alcoolique et demanda lentement, sur un ton impératif :

– Pourquoi me mentez-vous, Duquénal ?

– Ça commence à bien faire ! On n'vient pas chez moi me traiter d'menteur !

Avant qu'il puisse se lever, Guy l'avait saisi par le poignet et le clouait à la table.

– Rémi n'a pas traversé le village avec sa trompette. Ce sont les cloches de l'église qui ont sonné. Vous m'avez menti.

Duquénal haussa les épaules et, sans perdre ni son assurance ni sa violence, s'écria :

– Trompette, cloches, qu'est-ce que ça peut bien faire ? J'cuvais mon vin ! Quoi que ce soit, ça m'a réveillé ! J'suis sorti jeter un œil, et j'suis rentré m'recoucher, voilà tout ! Maintenant sortez d'chez moi ! Je n'veux plus vous voir ! Si vous voulez m'expédier les pandores, allez-y ! J'saurai les recevoir ! Dehors ! aboya-t-il. Dehors !

Guy préféra s'éviter un scandale, il relâcha l'avorteur et fit signe à Leboueux de sortir.

Une fois dans la ruelle, le garde champêtre poussa un long soupir de soulagement.

– Je vous avais prévenu, il n'est pas commode le Duquénal.

– Vous avez souvent des problèmes avec lui ?

– Non, au contraire, il se tient à l'écart. Il gueule fort, mais de chez lui.

– Qui sont les fortes têtes du village alors ?

– On ne peut pas dire qu'il y ait à se plaindre de quiconque. C'est un petit village tranquille. Plein d'excentriques, cependant ils ne sont pas méchants.

– Il y a toujours des forts en gueule dans un village, des plus agressifs que d'autres, des violents ou des gens à problèmes. Ne me dites pas que Saint-Cyr est le Paradis sur terre !

Leboueux dodelina de la tête en réfléchissant.

– Camette cause des tracas, quand il est ivre. Taillard aussi parfois.

– Le boulanger ?

– Oui. C'est rare, mais il arrive qu'il s'en prenne à sa femme. On les entend crier jusqu'à Vétheuil disent les mauvaises langues. Et ne dites pas que c'est moi qui vous l'ai répété, vous me feriez avoir des ennuis !

– Les gendarmes viennent dans ces moments-là ?

– Pensez-vous ! On ne court pas les chercher à Magny-en-Vexin chaque fois qu'il y a un souci. Vous savez combien de temps il faut pour monter là-haut à pied ? Une heure et demie ! Les villageois règlent leurs affaires entre eux, parfois ils font appel à moi. Dites, je peux vous poser une question ?

– Bien sûr.

Rémi Leboueux parut soudain gêné.

– Depuis tout à l'heure, vous interrogez ces gens, sur eux, sur leur vie, leur emploi du temps… Ce n'est pas vraiment un vaccin que vous cherchez, pas vrai ? C'est plutôt la maladie, non ?

Guy ne put contenir un sourire.

Leboueux était bien plus malin que son visage juvénile ne le laissait deviner.

– C'est exact. Pardonnez-moi de ne pas avoir été plus franc avec vous. Je ne sais pas si vous m'auriez ouvert leurs portes si, de but en blanc, je vous avais annoncé que je cherchais un suspect parmi vos concitoyens.

– Je ne vous en veux pas. Mais pourquoi ici ? Pourquoi à Saint-Cyr ? Les gens sont plutôt calmes dans le coin. Il n'y a pas de… de criminels.

Guy jaugea le garde champêtre. En plus de sa malice, il dégageait une force qui lui plaisait. Il avait commis l'erreur de le sous-estimer, comme si lui, homme de la ville, avait une quelconque supériorité. C'était non seulement idiot, mais aussi très prétentieux.

– Rémi, je pense que c'est quelqu'un du cru. Je peux me tromper, mais je pense que non seulement il est d'ici, mais qu'il a déjà commis des actes criminels avant.

– Vous êtes un drôle de policier.

Guy fit une moue contrariée.

– En fait, je ne suis pas vraiment policier. Comme je vous disais, je donne un coup de main aux gendarmes. J'ai déjà été confronté à ce genre d'affaire un peu extrême.

– C'est de notre responsabilité à tous que d'arrêter le tueur des Lornan. Et vous dites qu'il a déjà tué avant ça ?

– Ça expliquerait qu'il ait eu le culot d'attaquer toute une famille d'un coup. Et de parvenir à les maîtriser sans perdre ses nerfs, sans qu'un seul en réchappe ou que lui-même se fasse assommer.

– C'est qu'il n'y a jamais eu d'autres assassinats par ici !

– Aucune mort un peu suspecte ?

Leboueux fit une grimace tandis qu'il plongeait au plus profond de sa mémoire.

– Pas que je me souvienne.

– Une disparition ?

– Non plus. Ah si, le facteur ! Un beau jour il est parti avec une dame de Mantes-la-Jolie et on ne l'a plus jamais revu depuis. Il a refait sa vie ailleurs, je suppose.

– Quand je parle de disparition, je pense plutôt à une personne qui se volatilise sans aucune raison. Un enlèvement, par exemple.

– Alors non, rien de ce genre. C'est très calme par chez nous.

– Peut-être l'assassin a-t-il commis son premier crime ailleurs. Combien de nouveaux arrivants se sont installés dans la région récemment ?

– Personne. Mis à part vous. Et bien sûr le nouveau facteur aussi, mais c'est normal. Et il loge à Vétheuil… Attendez un instant ! Par mort suspecte, vous voulez dire… Je pense aux Loubieille, un couple d'agriculteurs. Ils sont morts tous les deux le même jour. Raymonde a fait une mauvaise chute et on pense que son mari a eu une crise cardiaque lorsqu'il l'a découverte ainsi.

– Pas de témoin de la scène ?

– Aucun. Le docteur Faulsôme a reconstitué les faits, mais il a pu se tromper.

– Quand était-ce ?

– Il y a moins d'un mois. Mi-juillet. Vous n'en avez pas entendu parler ?

– Je ne peux pas dire que je sorte beaucoup d'Elseneur pour discuter. Et les Loubieille, ils avaient des traces qui auraient pu être d'origine suspecte, comme des coups ?

– Je n'en sais rien.

– Le Croquemitaine a pu les étrangler. S'il s'y est bien pris, cela a pu passer pour un accident.

– Le Croquemitaine ?

– C'est comme ça que j'appelle l'assassin des Lornan. Ça c'est passé où, l'affaire des Loubieille ?

– Chez eux, dans leur ferme.

– Elle est isolée ?

– Oui. Entre Vétheuil et Chérence.

– Et depuis, qu'est-elle devenue ?

– Rien. Elle prend le vent.

Guy approuva avec un petit air de satisfaction.

– Très bien, emmenez-moi là-bas. Il y aura peut-être quelque chose à trouver.

– C'était il y a trois semaines !

– Si c'est lui, il aura déposé un message. Croyez-moi. Il aime parler. C'est un grand bavard.

14

Les chats donnèrent le signal.

Dès que les deux importuns eurent quitté l'impasse, les félins reconquirent l'espace, surgissant des toits, de derrière les murs, d'entre les fissures ou même d'une gouttière.

Émile-Marie Duquénal quitta la fenêtre crasseuse avec un soulagement profond. Le poids sur sa poitrine s'estompa.

Il n'était pas mécontent de les voir partir, ces deux-là.

Pas mécontent du tout.

Cette fouine de Parisien. Il avait l'accent de la capitale, ça ne faisait aucun doute.

Pourquoi Leboueux était-il venu le lui amener jusqu'ici ? Qu'est-ce qui lui prenait, à celui-là ? Il allait lui causer. Dès qu'il le pourrait, il lui en toucherait deux mots.

Il fallait se serrer les coudes à Saint-Cyr.

Les étrangers n'avaient rien à y faire.

Duquénal prit sa bouteille de vin et hésita à se resservir un verre.

La colère lui avait gâché le plaisir.

La rage faisait tourner le vin dans son estomac.

Il déposa la bouteille sur une étagère après avoir renfoncé le bouchon à moitié et se positionna là où était resté le Parisien pendant la plus grande partie de la conversation.

S'il tournait la tête – et le cochon l'avait fait, il l'avait bien vu ! –, il pouvait entrevoir la pièce suivante.

Le bout d'une table. Deux tonneaux. Un morceau d'étagère.

Rien de bien parlant à vrai dire.

Duquénal s'en voulut de n'avoir pas tiré le rideau à leur arrivée.

Il n'avait pas prévu qu'ils entreraient.

Qu'ils forceraient quasiment la porte !

Bon, il n'y avait pas de dégâts. Ce cochon de Parisien s'était acharné sur lui, sans aller fourrer son nez ailleurs.

Duquénal était nerveux.

Il se rassura en se convainquant que, même s'il était entré dans la pièce suivante, il n'aurait pas vu grand-chose.

Rien qu'il ne sût déjà.

Émile-Marie s'approcha du carrelage sale.

Au-dessus de la table, des chaînes pendaient du plafond, un ruban de cuir usé suspendu à leurs extrémités. Une boucle de ceinture permettait de régler la taille des lanières selon les cuisses de ces dames.

C'était certes rudimentaire, mais au moins, c'était pratique.

Les ustensiles sur les étagères reposaient sur des linges.

Au moins on ne pouvait pas lui reprocher de ne pas faire d'efforts du côté de l'hygiène !

Duquénal marcha jusqu'au fond de la pièce et s'arrêta devant le coude qu'elle opérait.

Une trappe en bois recouvrait le sol.

C'était idiot d'avoir eu peur de ce Parisien.

Il ne serait jamais venu jusqu'ici.

Il n'aurait jamais osé descendre.

De quel droit pouvait-il exiger qu'on lui ouvre ?

C'était chez Émile-Marie Duquénal ici !

Et personne n'avait le droit de lui commander quoi que ce soit.

Personne.

Émile-Marie se passa la main sur le front pour éponger la suée qu'il venait de se causer.

Il ne devait pas s'énerver comme ça sans raison, c'était mauvais, ça lui donnait des palpitations.

Son sanctuaire était bien protégé.

Sa collection aussi.

Sa précieuse collection.

Rien que d'y penser, Duquénal afficha un large sourire.

Il avait bien envie de descendre leur parler.
Les regarder sous la lumière de sa lanterne.
Les voir se tordre de douleur sous l'éclairage jauni.
Il aimait sa cave plus que tout au monde.
Son odeur de moisissure légèrement étourdissante, sa fraîcheur.
Et tous ses pensionnaires.
Ses gentils invités.
Duquénal se reprit.
Il ne pouvait pas.
Pas dans la journée. C'était la règle.
Jamais dans la journée.
Seulement lorsque la lune veillait au-dehors.

Alors, frustré, il se dirigea vers un bocal posé sur un guéridon et y enfouit sa main aux doigts boudinés.

Il malaxa son contenu qui tinta, remplissant la pièce d'une musique cristalline.

Cela l'apaisait.
Le tintement des billes de verre.

15

Les champs de blé et de maïs recouvraient le plateau de Chérence à perte de vue.

Un océan d'or et d'émeraude avec son île de toits gris au centre.

Et le bord du monde tout au sud.

Des falaises abruptes, plongeant d'un coup vers la Seine et le début du Bassin parisien : une lande de terres marécageuses, de buttes, de forêts, ponctuée ici et là de villages, et d'une ville, la seule visible, Mantes-la-Jolie et son orgueilleuse collégiale.

La ferme des Loubieille se tenait à l'écart de Chérence, au bout d'un interminable chemin rocailleux cerclé de champs de blé.

Une modeste maison sans étage, une grange, un puits et deux enclos.

– Les bêtes ont été données aux paysans de Chérence, informa Leboueux en approchant. Les Loubieille n'avaient pas d'enfants.

Guy étudiait les environs. Rien que l'écume jaune de la terre dodelinant avec la brise. Pas de voisins. Pas de moulin abandonné, ni de monticule, et encore moins d'arbres.

– C'est bien ici que vous désiriez venir ? s'alarma soudain le garde champêtre. Vous avez l'air contrarié !

– C'est parce que le paysage est très dégagé. Chez les Lornan, le Croquemitaine est resté longtemps à les observer. Je pensais que c'était une sorte de… d'habitude. Un repérage. Mais ici, il n'y a rien qui puisse lui offrir un abri de plusieurs heures sans qu'il soit remarqué.

Leboueux haussa les épaules et désigna la maison devant eux.

– C'est là qu'on les a retrouvés. À l'intérieur.

– Vous en êtes sûr ?

Leboueux lui décocha un froncement de sourcils agacé.

– J'y étais, trancha-t-il.

– Vous ? Et c'est maintenant que vous me le dites ?

– Les trois villages sont trop petits pour avoir chacun leur garde champêtre, j'officie pour Vétheuil, Chérence et Saint-Cyr. Pour constater le décès d'un couple de paysans, le médecin n'allait pas faire chercher les gendarmes jusqu'à Magny ! Ils m'ont appelé, pour... pour le côté légal.

– Légal ? répéta Guy sur un ton dubitatif.

– Et puis tout le monde les connaissait bien par ici.

– Et alors ?

– Eh bien, on n'allait pas montrer leurs cadavres à un gendarme qui ne savait rien d'eux ! À quoi bon ? C'est dégradant de mourir, vous savez !

– Vous êtes en train de me dire que les gendarmes ne sont jamais venus ?

– Le médecin a signé le certificat de décès, et j'ai signé comme témoin légal. Ça suffit.

– Attendez une seconde, pourquoi avez-vous dit cela ? fit Guy, soudainement intrigué. En quoi était-ce dégradant ?

– Voyez-vous... Parfois, lorsqu'on meurt, on tombe et... et on finit dans une position humiliante. Ce n'était pas la peine de les montrer comme ça à tout le monde.

Guy posa la main sur l'épaule de Leboueux pour l'interrompre dans sa marche.

– Qu'est-ce que vous entendez par « position humiliante » ?

– Raymonde a glissé sur la marche qui sépare les deux pièces à l'intérieur et, en s'effondrant, sa jupe est remontée.

– Jusqu'où ?

– Quel intérêt ?

– Jusqu'où ? insista Guy avec autorité.

Rémi Leboueux avala sa salive d'un air embêté.

– On lui voyait les dessous.

Guy hocha la tête d'un air entendu.

– C'est ce genre de détail que je recherche.

Le garde champêtre fit une grimace :

– C'est obscène.

– Non, cela peut signifier que quelqu'un lui a remonté la jupe. Un pervers. Et donc que ce n'est pas un accident.

– La chute peut aussi causer ce genre d'effet !

– Qui les a trouvés ?

– Un garçon de Chérence. Il venait leur acheter une poule pour ses parents.

– Quel âge ?

– Simon ? Il a dix-sept ans je crois.

– Qui d'autre est entré ensuite ?

– Le père de Simon, puis le docteur Faulsôme et moi. À trois, nous sommes parvenus à les sortir de là, puis à les mettre sur la charrette du père de Simon pour les descendre jusque chez le docteur.

– Il a procédé à un examen médical poussé ?

– Je l'ignore.

– Alors comment sait-il que M. Loubieille a fait une crise cardiaque et que sa femme est morte d'une mauvaise chute ?

– C'était évident.

– Évident ? répéta Guy, incrédule.

– Oui, elle avait l'arrière du crâne ouvert, il y avait du sang sur la marche et le carrelage, et lui était en retrait, près du lit, la main refermée sur la poitrine. Le docteur Faulsôme semblait plutôt sûr de lui.

– Il n'a pas fait d'autopsie ?

– Les ouvrir ? Comme des animaux ? Pour quoi faire ?

Guy se retint d'insister, le pauvre homme n'était pas à son aise avec le sujet. Il reporta son attention sur la petite maison et pointa son index vers la porte.

– C'est ouvert, je suppose ?

– Euh… Oui. Vous voulez vraiment entrer ?

– Nous n'avons pas marché trois quarts d'heure pour rien, Rémi.

– C'est que… C'est la maison de gens morts.

– Raison de plus, nous ne les dérangerons pas.

Guy actionna la vieille poignée rudimentaire et pénétra dans la minuscule ferme.

Deux pièces aux fenêtres étroites, sentant le renfermé. Il passa sur les rares meubles pour s'intéresser à la marche qui séparait la pièce à vivre de la chambre.

Un halo sombre teintait encore le carrelage de couleur brique.

Derrière, le lit était défait, probablement dans le même état que le matin où le couple était décédé.

– Dans quelle tenue étaient-ils ?

– Elle portait une robe de nuit et des dessous en tissu. Quant à Honoré, il était aussi en chemise de nuit.

– Il était où quand vous l'avez trouvé ?

– Lui ? Ici, au pied du lit.

Guy s'approcha pour inspecter l'endroit désigné par le garde champêtre. Il s'agenouilla pour vérifier sous le lit puis s'occupa des draps, cherchant si les plis dessinaient une silhouette ou une forme particulière.

Sans succès.

Alors il ouvrit l'armoire et inspecta les quelques vêtements pliés sans rien remarquer.

Guy prit son temps, il examina chaque meuble, chaque fenêtre, chaque objet mal rangé à la recherche d'un indice, quelque chose à mettre dans son esprit pour tenter de donner du sens à ces morts.

Il n'y avait rien.

– Alors, fit Leboueux, pas de message ?

– Non. Je me suis peut-être trompé.

Après avoir refait un tour supplémentaire, il se résigna à sortir.

Il montra alors un mât, à une centaine de mètres, au milieu d'un champ de blé.

– Qu'est-ce que c'est ?

– Ça ? C'est pour effrayer les oiseaux. On y accroche des boîtes de conserve vides ou un mannequin de paille.

– Bon. Vous avez vérifié la grange ?

Le doute s'inscrivit sur les traits du garde champêtre.

– Je ne me souviens pas. Pourquoi ?

Guy prit la direction du gros parallélépipède de planches et en poussa un battant pour y entrer.

Les instruments et les outils du paysan étaient accrochés au mur.

Une charrue occupait l'espace à leurs pieds.

Le reste de l'édifice était vide, attendant les moissons.

Guy déambula de mur en mur, à la recherche d'un élément qui attirerait son attention.

Le Croquemitaine pouvait s'être terré là pour guetter les Loubieille. Mais c'était un peu près. Et il n'aurait pas été tranquille, ce n'était pas un coin où il pouvait rester longtemps, impossible d'y dormir ou de s'y sentir en sécurité.

Guy leva la tête à la recherche d'un plancher, d'une plateforme, mais ne trouva que les poutres de la charpente.

Il doutait que le Croquemitaine fût venu ici se cacher. Pas assez discret. Les Loubieille devaient y venir chaque jour.

– Ils avaient un cheval ou un bœuf pour la charrue ? demanda-t-il.

La réponse tarda à venir, manifestement Guy tirait Leboueux de ses pensées :

– Oui, un vieux hongre. Il a été confié au père de Simon. Guy, je crois qu'il manque quelque chose.

L'écrivain se rapprocha.

– Quoi donc ?

– Eh bien… Honoré avait une faux pour moissonner ses champs. Et elle n'y est plus.

– Vous êtes sûr ?

– Regardez : là, il y a des clous en hauteur pour la tenir, mais elle n'y est plus.

– Les gens du coin pourraient être venus se servir ?

– Ici ? Chez des morts ? C'est mal connaître la mentalité de la région !

Guy se frotta les mains.

– Je crois que je vais encore avoir besoin de vous, Rémi.

– Dites toujours.

– À quel point êtes-vous éloquent ? Parce qu'il va falloir m'aider à convaincre le docteur Faulsôme de nous donner une autorisation un peu inhabituelle.

– J'ai peur de ne pas vous comprendre.

– Nous allons demander à exhumer les Loubieille, Rémi. Nous allons rendre visite aux morts.

16

L'ombre du docteur Faulsôme remplissait presque tout le mur.

Ses bras envahissaient le plafond, son immense tête recouvrait les tableaux du salon.

Le feu dans la cheminée projetait un double du grand moustachu blond, révélateur incandescent de la bête d'ombre qu'il abritait.

Et la bête n'était pas contente.

– Avez-vous perdu la raison ? s'indigna-t-il. Exhumer les Loubieille ? Et pourquoi ne pas exposer leurs cadavres devant tout le village tant que vous y êtes ? C'est ignoble !

– Un autre massacre, voilà ce qui serait ignoble, répondit Hencks, un autre crime, alors que nous aurions pu l'empêcher. Mon assistant pense que les Loubieille ne sont pas morts accidentellement, et je crois que nous devrions suivre son instinct.

À la grande surprise de Guy, Maximilien Hencks l'avait tout de suite soutenu et encouragé lorsqu'il avait entendu sa version. Il s'était préparé pendant tout le chemin du retour pour le convaincre, il avait affûté ses arguments, choisi ses mots, mais Hencks avait immédiatement acquiescé. « Vous savez que je n'approuve pas votre obsession, avait-il dit, mais lorsqu'on en vient à votre sens de l'analyse, j'ai une confiance aveugle, mon ami. Et ce que vous m'avez exposé là est tout à fait pertinent. Je vais faire prévenir l'adjudant Bollart. »

Hencks ne dissimulait pas son inquiétude quant à la monomanie de Guy, comme il l'appelait, mais lorsqu'il s'agissait de mettre hors d'état de nuire un criminel, il était prêt à tout. Y compris, semblait-il, à suivre les délires les plus extrêmes de son invité.

Faustine, elle, n'avait rien dit.

Elle avait écouté attentivement le récit de Guy, puis Hencks. À présent, elle suivait la scène depuis le fond du salon, sa broderie sur les genoux.

Faulsôme gronda :

– Et pour quel résultat ? Profaner la sépulture de ces malheureux afin d'étudier par quelque science des tissus décomposés ?

– Mon assistant pense que vous êtes peut-être passé à côté de quelque chose la première fois.

– Votre assistant est-il plus compétent que moi en la matière ? Quel genre de médecin est-ce donc ? (Il se tourna vers Guy.) Parce que vous venez de la capitale vous vous croyez plus compétent ? Mieux formé ?

– Docteur, le coupa Hencks, je ne vous permets pas de vous en prendre à lui, pas ici, sous mon toit.

C'était un combat de barytons, dans leurs voix aussi graves l'une que l'autre, il y avait une sorte d'affrontement digne des dieux de l'Olympe dans leurs attitudes.

Hencks se tourna vers Bollart qui savourait un cognac près de la cheminée, enfoncé dans un fauteuil confortable, le regard lointain.

– Adjudant ? Qu'en pensez-vous ?

Le gendarme sortit de ses songes à regret en se lissant la moustache d'une main.

– Vous êtes certain qu'on pourrait trouver sur leurs corps un indice ? Quel genre d'indice d'abord ?

Guy prit la parole :

– En premier lieu, nous avons besoin d'obtenir une confirmation. La confirmation qu'un dangereux assassin est à l'œuvre par chez vous et qu'il n'en est pas à son premier forfait. Ensuite, il se peut qu'il ait caché quelque chose sur eux, ou *en* eux. Il aime s'exprimer. Et ses victimes sont un lien entre son esprit torturé et notre société. Un indice précieux pourrait nous renseigner sur lui.

– Le docteur n'aurait-il pas déjà vu cet indice lorsqu'il les a examinés ?

Faulsôme tendit la main vers le gendarme.

– Bien sûr ! rugit-il.

– Le docteur s'est un peu empressé de conclure à un accident et a fait emporter les corps sans aller plus loin, intervint Guy en fixant le grand médecin dans les yeux. Déterrez-les et vous constaterez qu'ils n'ont pas été mutilés.

Bollart haussa les sourcils.

– Ma foi... D'abord les Lornan, puis Eugène Barçi... Il y a un dément qu'il faut arrêter rapidement. Si vous pensez que les deux Loubieille peuvent nous en apprendre plus pour y parvenir, je ne m'y oppose pas.

Le gendarme était dépassé.

Le massacre de la ferme avait pesé lourdement sur ses épaules de petit adjudant sans histoires, donné une claque à ses convictions, lui qui exerçait son métier en citant Rousseau, en se rêvant comme un tuteur moral des hommes, voyant en chaque délit, chaque crime, l'égarement d'un homme bon corrompu par une société difficile. Mais la disparition sanglante de Barçi l'avait sonné.

Il ne comprenait pas.

Il ne comprenait pas ce qui lui était arrivé, sinon que c'était terrible.

Et encore moins qui était derrière tout cela.

Quel genre d'homme pouvait se comporter ainsi ?

Bollart était troublé dans ce qu'il avait de plus profond : ses convictions d'une humanité bonne et généreuse.

– Il n'y a rien à apprendre en déterrant des morts ! s'exclama Faulsôme avec moins de colère et de détermination qu'auparavant.

Il sentait qu'il perdait la bataille. Cependant, son animadversion à l'égard de Guy, elle, ne s'amenuisait pas.

– Alors c'est entendu, voulut conclure Hencks.

– Il faut tout de même l'autorisation du curé de Chérence, annonça Bollart. Je ne vais pas ouvrir une tombe de son cimetière sans son accord !

Faulsôme retrouva un peu d'énergie.

– Je serais étonné qu'il accepte !

– Au contraire, intervint Guy, il donnera son accord.

– Vous êtes parmi nous depuis trois mois et déjà vous pensez tout connaître mieux que nous ? s'énerva Faulsôme.

– Ma spécialité, docteur, c'est la part d'ombre de chacun. Et celle du curé de Chérence est publique, à ce que j'ai cru comprendre. Il ne saura rien nous refuser. Tout est dans la manière de demander. Maximilien, quand pouvons-nous espérer procéder ?

– Le plus tôt possible.

– Dès demain ?

Hencks leva un index impérieux devant lui :

– L'heure est grave. Le temps nous est compté, n'est-ce pas ? Alors pourquoi attendre ? De plus, il est des choses qu'il est préférable de faire dans le dos de la société, pendant le sommeil des gens. Profaner la mort est de celles-là. Je vais faire démarrer ma voiture, nous allons rendre visite à M. le curé. Messieurs, prenez des vêtements chauds et des lampes.

La girouette du clocher tournait lentement en grinçant.

Chérence dormait.

Petites maisons de pierres aux toits d'ardoises couverts de mousse. Seul le vent sifflait de temps à autre entre les ruelles, contre les volets, comme un marchand de sable surveillant le sommeil du village.

Le cimetière jouxtait l'église, un rectangle d'herbe mal entretenu, sur lequel les pierres tombales avaient penché avec le temps.

Rémi Leboueux, Guy et Faustine tenaient chacun une lanterne, tandis que l'adjudant Bollart avait posé la sienne sur un monument aux morts pour lui-même s'asseoir sur une tombe.

Le docteur Faulsôme et Maximilien Hencks attendaient, en retrait, pendant que deux gendarmes creusaient en soupirant.

Le père Goron observait l'exhumation, une bible serrée contre son ventre proéminent.

Il n'avait pas fallu longtemps pour le convaincre, quelques mots de Hencks chuchotés à l'oreille et il s'était décomposé. Il avait donné son accord dans les secondes suivantes, avec manifestement davantage d'amour pour sa paix quotidienne que pour l'éthique.

Guy n'avait pas eu besoin de mentionner le fils illégitime du prêtre, Hencks connaissait toute l'histoire mieux que lui.

Chaque coup de pelle faisait sursauter le curé et lui arrachait une expression de souffrance, comme si l'acier se plantait dans sa chair plutôt que dans la terre.

Les pelletées se succédaient, dressant un monticule sur le côté, un rempart supplémentaire entre le village et le sacrilège qui était en train de se commettre en son cœur.

Les journées d'août n'étaient pas particulièrement chaudes, mais les nuits devenaient froides. Un vent frais, sournois, parcourait la lande, fouettait les champs et s'insinuait entre les habitations dès la lune levée.

Faustine frissonna soudain et vint se serrer contre Guy.

– Pardonnez-moi si je m'approche, chuchota-t-elle, mais c'est à cause de vous si je suis ici.

Prenant soin de répondre sur le même mode de la confidence, Guy approcha la bouche de son oreille :

– Je ne vous ai pas forcée, il me semble.

– Ma présence vous dérange ? Vous préférez que je me recule ?

Des mèches vinrent caresser les lèvres de Guy.

– Non.

Il laissa passer un instant, cherchant ses mots au mieux.

– Avouez que vous éprouvez une certaine excitation à être ici, en cet instant ?

– À déterrer des cadavres ? Certainement pas ! s'indigna-t-elle. Je suis venue pour vous surveiller.

– Me surveiller ?

– Tout à fait.

– Je ne suis plus un enfant, Faustine, je n'ai pas besoin qu'on me surveille.

– Vous êtes pire : un adulte irresponsable. Il suffit de brandir le hochet du crime et vous accourez pour jouer avec.

– Vous êtes cruelle avec moi.

Faustine passa discrètement une main sous la veste de l'écrivain et lui pinça les flancs.

– Ouch ! Qu'est-ce qu'il vous prend ?

– Moi, je suis cruelle avec vous ? Nous sommes ici pour faire la paix avec nous-mêmes, je fais tout pour créer une complicité sincère et enrichissante entre nous, et vous me dites que je suis cruelle ? Alors que vous passez votre temps enfermé dans la bibliothèque pour travailler à votre livre – livre dont je n'ai jamais eu l'honneur de lire la moindre page – sans me prêter la moindre attention ! Alors que je vous prépare des repas, que je vous apporte le thé ! Que je tolère vos cigares puants sans rien dire ! Que j'accepte de jouer aux cartes lorsque vous sortez de votre antre avec le besoin de vous « divertir » ! Et à quoi ai-je droit en retour ? Je suis cruelle ? J'ignore ce qui me retient de vous gifler !

Cette fois, les chuchotements s'étaient amplifiés et Bollart leva le nez vers eux. Faustine le gratifia d'un grand sourire de façade, ce qui fit papilloter le gendarme qui retourna à son observation, l'air rêveur.

– Je vous présente mes excuses, Faustine.

Elle ne répondit pas. Guy savait qu'elle était vexée.

Jamais elle n'avait exprimé aussi sincèrement ce qu'elle ressentait. Il y avait plus qu'un sentiment d'injustice, il le devinait.

En quittant Paris, Guy s'était embarqué pour cet exil avec le soulagement d'avoir à ses côtés une femme qu'il admirait tout autant qu'il la désirait.

Il avait cessé de se mentir. Faustine était la plus belle femme qu'il ait jamais rencontrée, la plus subtile, la plus envoûtante aussi.

Il avait rêvé maintes fois de l'embrasser, de la prendre.

Vivre ses jours et ses nuits de fuite avec elle.

Se reconstruire et se faire oublier ensemble.

Mais, très vite, la jeune femme avait pris ses distances. Elle avait fui le contact physique si ce n'était pas à son initiative, elle s'était montrée attentionnée et pourtant peu réceptive à son charme. Guy en avait été désemparé.

Peu à peu, il avait alors plongé dans son travail, dans son livre.

Sans se rendre compte qu'il s'éloignait d'elle.

Qu'elle glissait progressivement de la réalité variable à la dimension intellectuelle plus fixe dans laquelle il venait la ranger, bien à l'abri dans son esprit.

Il avait fait d'elle et de leur relation un élément figé par une phrase bien écrite, immuable, classée au milieu de concepts, dans une histoire que le romancier en lui se racontait.

Guy passa une main entre eux et fouilla la toile de sa robe à la recherche de ses doigts qu'il attrapa et serra.

Après plusieurs secondes, elle serra à son tour.

Un coup de pelle dans une surface dure réveilla tout le monde brusquement.

– Je crois que nous y sommes, soupira un des gendarmes, couvert de terre.

Ils dégagèrent les cercueils des fines racines qui commençaient à les agripper et, avec l'aide de Guy et de Leboueux, ils remontèrent les deux parallélépipèdes de bois qui avaient été entreposés l'un sur l'autre.

Le père Goron fit un signe de croix au-dessus et implora le pardon du Seigneur.

– La veille de l'Assomption, gémit-il, c'est blasphématoire !

– Et maintenant ? demanda le docteur Faulsôme en se tournant vers Guy.

– Nous allons les transporter jusqu'à votre cabinet où vous pourrez les autopsier comme il se doit. Recherchez en priorité des ecchymoses. Il faut s'assurer que les corps n'ont pas été brutalisés. Et pour Honoré Loubieille, la crise cardiaque peut, en fait, cacher une strangulation.

– Pour cela, il aurait fallu serrer très fort, j'aurais remarqué des sillons sur le cou, ou une coloration violacée tout au moins.

– Pas nécessairement, une pression localisée, rapide, a pu suffire. Vérifiez si l'os hyoïde n'est pas brisé, ce serait une belle preuve d'homicide. Cherchez des fractures du larynx ou de la trachée également. La position du corps a pu vous induire en erreur.

– Puis-je savoir quel genre de médecin vous êtes pour détenir des connaissances pareillement morbides ?

– Je ne le suis pas. Je suis romancier à mes heures perdues. Et je me documente avec précision.

Il sortit un petit livre en cuir de la poche de sa veste et le lança au docteur Faulsôme.

– Vous trouverez tous les détails de ce genre à la page 551.

Faulsôme leva l'ouvrage devant une lanterne et en lut le titre à voix haute :

– *Précis de médecine légale par A. Lacassagne.* Et vous croyez vraiment que je vais trouver quoi que ce soit avec l'assistance de ce manuel ?

– Celui qui a assassiné les Lornan avait un sang-froid surprenant. Je pense qu'il a déjà une certaine expérience. Ne négligez rien. Les techniques de Lacassagne sont à la pointe des sciences criminelles. Si c'est un assassinat, en suivant ce protocole, vous devriez le découvrir. Permettez, je voudrais m'assurer d'un point en particulier. Le moindre élément, même mineur, peut nous être précieux. *Un* indice peut suffire à pointer une direction, voire une personne.

Guy enjamba un des deux cercueils et l'ouvrit, au prix d'un effort intense. Médusés par son audace, aucun des présents n'était venu l'aider.

Le père Goron avait la bouche pendante.

Un vieil homme d'une pâleur troublante apparut, habillé d'un costume élimé. Sa peau était affaissée sur ses os, comme si sa substance s'était consumée de l'intérieur, et Guy remarqua alors les minuscules orifices qui piquetaient le cadavre. Il n'était pas seulement desséché, il était *habité*. Dévoré à petit feu par une colonie d'insectes.

– Guy, l'arrêta Hencks, ce n'est pas le lieu pour ça.

L'écrivain ignora la remarque et commença à déboutonner la chemise d'Honoré Loubieille.

– Enfin, que faites-vous ? s'indigna le curé.

Guy ne répondit pas et dégagea le nombril du vieil homme mort.

Il était intact.

Et vide.

Il répéta l'opération sur la femme, dans le même état de décomposition que son mari, sans plus de réussite, et se redressa, contrarié.

– L'autopsie nous en révélera davantage.

C'était du moins ce qu'il espérait.

17

La porte se referma.
Elle était partie.
Enfin !
Étienne Molle appliqua son oreille contre la serrure de son petit appartement du neuvième arrondissement de Paris qu'il occupait depuis la mort de sa mère.

Les talons cognaient contre les marches à une cadence lente, elle descendait.

C'était bon, Mme Exteberria s'en allait pour de bon.

Étienne n'en pouvait plus, il était épuisé.

Il alla vers son poêle pour y mettre de l'eau à chauffer, il avait besoin d'un café, mais, en ouvrant la trappe à bois, il constata qu'il ne suffirait pas d'y placer une bûchette, les braises étaient éteintes, il fallait redémarrer le feu.

Il n'en avait pas le courage. Tant pis pour le café.

Il en fit son deuil en versant une larme d'eau-de-vie de prune dans un minuscule verre.

La prune du soir, comme disait papa, la prune du soir, c'est la meilleure.

Pour peu qu'elle lui fasse passer son mal de tête, c'était tout ce qu'il demandait.

La journée avait été longue. Douze clients depuis treize heures. Et la grosse Exteberria pour terminer en beauté.

C'était la pire de toutes.

La plus exigeante.

Étienne entra dans la pièce qui lui servait de cabinet.

La table était couverte de cire de bougie, il y en avait même sur le guéridon qui lui servait à faire bouger les verres et sur les cartes du tarot.

Tant pis, il était exténué, le nettoyage pouvait attendre le lendemain. Demain il commençait avec le vieux Marcel, à midi.

Et Marcel voulait parler à sa femme.

Ce n'était pas le plus compliqué.

Étienne vint se poster devant sa fenêtre pour vérifier si Extebarria était bien sortie. Avec elle, il fallait s'attendre à tout.

Elle avait été capable de venir le réveiller à deux heures du matin, une nuit, sous prétexte que son fils venait d'établir un contact avec elle pendant son sommeil.

Un phénomène celle-là.

Étienne se contorsionna pour tenter de distinguer le pavé de la rue, tout en bas, mais il ne pouvait voir le trottoir.

Pourvu qu'elle trouve un fiacre pour la raccompagner! songea-t-il. *Pas envie qu'elle vienne pleurnicher sur mon palier!*

À terme, il faudrait qu'il cesse de la recevoir.

Elle demandait trop.

Et trop sceptique aussi.

Avec les autres, c'était tout de même plus simple. Il suffisait de poser des questions, ils venaient pour parler, pour être écoutés, et, en général, il n'était pas difficile de les faire causer d'eux avant d'entamer une séance. Ensuite, tout l'art consistait à doser les mimiques, à lancer une piste et à laisser le client la suivre tout seul. C'était en général eux qui le guidaient.

Il se souvenait de Plantin, la veille, il avait suffi d'un « je vois du rose, beaucoup de rose, et un peu de blanc aussi », pour que l'énervé s'emballe.

– Oui, c'est ma mère, ça! Le rose et le blanc! C'est ma mère! Elle en portait tout le temps, du rose!

Quelle femme n'avait pas une ou deux toilettes avec du rose?

La Extebarria, elle, c'était autre chose. Elle attendait. Elle ne se laissait pas griser par l'excitation, par le décorum. Il devait tout faire et, forcément, difficile dans ces circonstances de tomber juste.

Malgré tout, elle revenait.

Et elle payait bien.

Étienne soupira.

Il ne savait pas quoi faire. C'était le genre à revenir même s'il lui disait qu'il n'y arrivait pas avec elle, qu'il ne « voyait » rien. Pourtant, continuer, c'était risquer qu'elle lui fasse une réputation de charlatan.

Il suffisait parfois d'un client pour que tout bascule.

La nuit porte conseil. La nuit et la prune.

Le plancher du couloir grinça.

Ah non, pas elle !

Étienne reposa son verre à peine entamé et se dirigea vers l'entrée.

La porte était fermée.

Mais sa montre de gousset était par terre, juste devant.

Qu'est-ce qu'elle fait là ? Je l'avais pourtant mise dans la poche de mon manteau, tantôt, quand j'ai vu que la chaîne était brisée...

Il allait franchir la distance qui le séparait de son garde-temps lorsque le plancher grinça à nouveau.

La montre se mit à osciller.

Étienne cligna des paupières, incrédule.

– Qu'est-ce que...

Elle tremblait. Sans que personne la touche, sa montre bougeait légèrement sur le sol, elle tournait sur elle-même, le remontoir circulant dans le sens des aiguilles. Une force invisible exerçait son action devant ses yeux.

Brusquement, la montre se plaqua contre la porte, dont le bois émit un craquement sec.

Il y avait quelque chose sur le palier.

Cela ne faisait aucun doute.

Une présence.

Il eut envie d'ouvrir, mais le spectacle de sa montre plaquée contre le battant à vingt centimètres du sol le captivait.

ÉTIENNE.

Le médium sursauta.

Son nom. On avait prononcé son nom.

Il pivota et scruta tout autour de lui.

D'où cela venait-il ? Il n'y avait personne !

ÉTIENNE.

Cette fois, sa poitrine se creusa. La peur investit tout son être.

Les murs lui parlaient.

La voix provenait des murs.

De *ses* murs.

Il secoua la tête, refusant d'y croire.

ÉTIENNE, TU NOUS AS DÉÇUS.

La voix vient des murs ! Elle est là ! Tout autour ! Tout autour !

Depuis vingt ans, il invoquait les esprits à la demande de tous, pour quelques sous. Jamais il n'avait obtenu le moindre résultat.

Jamais.

C'était lui qui truquait ses séances, lui qui arrangeait la réalité, qui manipulait ses clients.

Les esprits, il y avait cru au début, mais avec l'expérience, tout ça était devenu une mascarade pour vieilles dames et solitaires crédules.

Mais là… Là, les murs lui parlaient.

ÉTIENNE, TU NOUS AS DÉÇUS. ET TU VAS LE PAYER.

Ses jambes se mirent à trembler.

Ses mains n'avaient plus aucune force, il se sentait incapable d'attraper sa canne pour se défendre.

Pour se défendre contre quoi ?

Il fallait fuir.

C'était la seule solution. Fuir.

Pas par la porte. Il y avait quelque chose sur le seuil.

Il pouvait le sentir.

L'entendre.

Quelque chose de mauvais.

Alors il se retourna, pour courir vers son salon.

Il y avait le balcon.

Oui, le balcon. De là, il rejoindrait l'appartement des voisins. Peut-être que ça suffirait à faire taire la voix dans les murs.

Mais en se retournant, Étienne sentit la mort lui plonger dessus.

Invisible.

Ce fut la douleur qui parla à son corps.

À son esprit.

Une force venait de le traverser de part en part.

Une force colossale.

Il n'avait rien vu. Ni devant lui, ni derrière.

Pourtant des centaines de points rouges apparurent sur sa peau, sur ses vêtements.

Ses pores s'étaient ouverts en même temps.

Alors son précieux fluide commença à le quitter.

Il se vida en quelques minutes, au milieu du couloir.

En pleurant.

Et en priant les esprits morts de lui pardonner.

Car il venait les rejoindre.

18

Elseneur était un corps.

Avec ses fonctions bien séparées.

Tel le cœur, le château principal où la vie s'organisait chaque jour.

Les fonctions annexes, les organes nécessaires à la survie, s'incarnaient dans une étable, une remise, un vieux moulin, la maison du gardien, où tout ce qui servait à faire battre le cœur se concentrait.

Et il y avait une dernière partie, construite face au château : une bâtisse ancienne, percée de hautes et larges fenêtres.

L'esprit d'Elseneur.

Sa bibliothèque.

On y accédait par un rez-de-chaussée sinistre qui n'était occupé que par des remises et un complexe système de cheminées alimentant un chauffage efficace, puis par un escalier à vis qui débouchait au centre de l'unique et immense pièce de l'étage.

Les boiseries des étagères, des présentoirs et le parquet brillaient en permanence, parfaitement cirés. Des milliers d'ouvrages, anciens et modernes, tapissaient les murs sur deux niveaux desservis par un balcon étroit. Outre le charme séduisant de la connaissance pareillement mise en valeur, l'odeur ne cessait de captiver Guy lorsqu'il s'y rendait.

Parfums de cuir, d'encre et de cire.

Avec la bénédiction de Maximilien Hencks, il s'était établi un bureau sur l'une des tables de travail, idéal paradis pour la genèse de son livre.

Il élaborait son roman dans ce silence feutré par tout le savoir du monde, note après note, il complétait ses carnets d'idées pour ses personnages, pour son récit et sa structure.

Et, surtout, pour ce qu'il y aurait derrière l'histoire policière.

Le fil rouge de sa pensée.

La raison même qui le poussait à écrire une histoire aussi diaboliquement macabre.

Tout l'art serait dans le dosage. Que les péripéties ne noient pas le sous-texte, et que ce dernier ne dissolve pas les premières.

L'équilibre du roman noir.

C'était en grande partie ce point essentiel qui le perturbait le plus. Il ne fallait pas le rater.

Depuis le massacre de la ferme, Guy n'avait plus écrit la moindre ligne.

Tout entier absorbé par cette affaire.

Elle ne le concernait en rien, et pourtant il se sentait investi d'une mission.

Au nom de son œuvre.

De la vérité.

Du crime.

Et du Mal.

Il pouvait presque cerner cette notion, en définir les contours, mais ce n'était pas encore assez clair, ce n'était pas suffisant.

Il fallait poursuivre. S'y confronter davantage.

Le Mal sévissait à Saint-Cyr.

Le Mal flottait sur Elseneur et la région.

Le Mal incarné. Dans un homme.

Dans une pulsion.

Était-ce seulement cela le Mal, une pulsion ?

Non, il y avait autre chose. De plus complexe. De plus large.

La pulsion n'était que le messager du Mal. Entre sa tanière et la réalité.

La pulsion ressemblait à l'électricité du Mal.

C'était son énergie.

Pas sa source. Pas sa définition.

Quand l'escalier se mit à grincer, Guy releva la tête de ses cahiers.

Faustine se hissa en se tenant à la rambarde d'acier galvanisé, un plateau couvert d'une serviette dans l'autre main.

– Je vous ai fait des madeleines, elles sont toutes chaudes.

Guy la regarda se déployer dans la bibliothèque, sa robe de taffetas vert garnie de nœuds bleus s'ouvrir avec l'élan, la taille serrée, la poitrine dissimulée par une armada de lacets, un liseré de dentelles révélant à peine son décolleté. Sa chevelure d'ébène flottait derrière elle, savamment attachée par des barrettes sur la nuque, à l'exception de quelques longues mèches qui dansaient à chaque pas sur ses épaules.

Mais ni le bleu de ses soieries ni l'agate jaspée de son camée ne rivalisaient avec l'intensité de ses yeux de saphir.

Guy était fasciné chaque fois qu'il la contemplait.

Il lui en avait fallu des efforts, les semaines passées, pour ne plus se perdre dans ce regard. Pour ne pas avoir la féroce envie de la prendre dans ses bras. De l'embrasser. De l'user à force de la dévisager.

Non, corrigea-t-il aussitôt, *il a suffi que je me perde à nouveau dans mon livre. Que je fuie la réalité.*

Faustine déposa le plateau sur le bureau devant lui et souleva la serviette qui révéla quatre lingots dorés au parfum de beurre et de miel.

– Que ferais-je sans vous ? dit-il en lui prenant la main.

– Vous seriez un vieil homme qui n'a pas même trente ans, tout desséché, en train de mourir d'écrire, ici, loin des sensations vraies du monde.

– Vous avez raison. Vous êtes la chaîne qui me relie au monde réel, Faustine. Sans vous, je finirais par me perdre dans le ciel de la pensée.

Elle enfouit sa main dans sa robe et en sortit, sans que Guy ait remarqué la moindre poche, une lettre.

– Nous avons du courrier. Martial Perotti.

Perotti.

Le jeune inspecteur qu'ils avaient rencontré après le meurtre de Milaine. L'amoureux de Milaine. Qui les avait accompagnés pendant toute l'enquête pour venger la mort de sa douce.

Martial Perotti et son manque d'assurance, ses indélicatesses, ses maladresses. Sa touchante humanité, en somme.

À la mort d'Hubris, Perotti et Guy s'étaient séparés.

Perotti avait conduit toute l'enquête dans le secret, il avait donné de nombreuses années de labeur pour gravir les échelons, pour devenir quelqu'un, un jour, dans la police de Paris. Il n'avait pu se résoudre à tout sacrifier. Il avait fui les entrailles de l'Exposition universelle.

Il les avait abandonnés.

Lorsque Guy avait repris contact avec lui, quelques semaines plus tard, une fois installé à Elseneur, Perotti avait tardé à répondre. Sa première lettre était pleine de remords.

Le contact était difficile.

Il renvoyait le petit inspecteur à sa lâcheté.

Milaine était vengée, mais ce n'était pas lui qui avait œuvré pour elle.

Et la mort d'Hubris n'avait pas ramené la courtisane.

Il avait terminé sa première lettre par une phrase que Guy gardait en mémoire : « Je me sens à présent tel Orphée après être remonté des Enfers, après avoir perdu mon Eurydice pour m'être retourné, je payerai à jamais le prix de ma fuite ; même si je sais au fond de moi que mon Eurydice ne m'aurait jamais été rendue ; j'aurais aimé au moins croire que c'était possible, croire que j'en étais capable. »

Guy avait lu le poids de la culpabilité dans cette lettre et n'avait pas insisté. Il ne voulait pas être le tourmenteur de cet homme qui l'avait aidé, sans qui rien n'aurait été possible. Et il avait fait le deuil de leur amitié naissante.

Mais Perotti avait récrit peu de temps après.

Une courte lettre, pour donner des nouvelles. Il était sur le point d'être promu.

Guy et Faustine avaient répondu et la correspondance avait finalement pu durer.

– Et si nous allions la lire ensemble, avec vos madeleines, à l'ombre du grand chêne ? proposa Guy. Pour m'insuffler un peu de cette réalité extérieure dans les poumons.

Faustine passa la main à travers les cheveux de l'écrivain, avec un regard tendre accompagné d'un sourire fier.

Guy en trembla de surprise.

– Je n'en espérais pas tant.

Le soleil du 15 août filtrait à travers la frondaison du chêne, mouchetant l'herbe autour de ses grosses racines d'un kaléidoscope d'ombre et de lumière.

Guy assis en appui contre le tronc, Faustine contre lui, lut la lettre à voix haute :

Mes chers compagnons,

Que votre présence me manque ! Paris s'anime chaque jour d'une foule renouvelée semaine après semaine, déversée par des trains toujours plus nombreux, pour venir visiter LA grande Exposition dont le monde entier parle.

Je crois que je n'ai jamais vu autant de monde dans les rues !

Les dernières attractions ont enfin ouvert, il était temps ! Le métropolitain est en service, il dessert Paris selon un axe nord-nord-ouest et sud-est. Il fait déjà beaucoup jaser ! Il se murmure qu'il traverse un cimetière dans son parcours, bien qu'il me paraisse improbable que les morts soient enterrés si bas !

Je suis moi-même retourné visiter les pavillons étrangers, avec une pointe de nostalgie au cœur.

« S'ils savaient », ne pouvais-je m'empêcher de songer. « S'ils savaient seulement ce qu'il y avait ici, sous leurs pieds. »

Le souvenir de nos périples dangereux me hante souvent. La nuit essentiellement. Cette nuit si propice au crime. À croire que la lune y est pour quelque chose, astre solitaire de notre ciel, peut-être renvoie-t-elle à l'homme sa propre condition désespérément solitaire également. Je ne sais pas.

Mais je ressasse de vieilles choses qu'il nous faut oublier, je nous gâche les retrouvailles épistolaires !

J'espère que vous serez bientôt à même de rentrer à Paris. Je puis vous assurer que l'affaire est enterrée, au grand arrangement de tous ! Même si vous recroisiez Pernetty et son gras comparse, je suis à peu près sûr que les deux inspecteurs ne vous chercheraient aucune noise, les instructions viennent de haut, et personne ne souhaite que le Léviatemps ressorte de la terre où il a disparu.

J'avoue n'être pas retourné au Boudoir de soi, *je ne m'y sentirais pas à l'aise sans vous. C'était notre quartier général, ce n'est plus qu'un lupanar qui réveille des souvenirs troubles désormais. Je n'ai donc pas de nouvelles de vos anciens colocataires.*

Paris se tient tranquille, soyez sûrs que j'y veille, et en attendant de pouvoir vous serrer dans mes bras, je vous souhaite de belles heures de contemplation à la campagne,

Prenez soin de vous,

Votre ami, Martial Perotti.

Guy garda la lettre ouverte devant lui un moment avant de la replier.

L'évocation de Perotti, en cette chaude fin d'après-midi, lui procurait un sentiment étrange de mélancolie et de gêne.

Le souffle de Faustine contre son cou le détendit immédiatement.

– Je crois que je sais à quoi vous songez, Guy.

– Dans ce cas, vous me connaissez mieux que je ne me connais !

Elle posa un index sur l'enveloppe.

– Vous vous souvenez de notre entente, de notre sainte Trinité. Admettez que vous pensiez à faire venir Perotti. À remonter notre équipe.

Guy ouvrait la bouche pour nier avec indignation lorsqu'il réalisa que sa gêne se résumait à cela. Il regrettait ce mois d'avril où ils étaient tous les trois, forts de leurs compétences, chacun riche de cette association si pertinente.

Il poussa un grand soupir.

– Oui, ça m'a effleuré, avoua-t-il, admirant la clairvoyance de Faustine.

– Vous ne lui rendriez pas service, vous le savez. Martial a besoin de passer à autre chose. Il est occupé à Paris, de toute façon. Ce qui se passe ici, c'est *votre* obsession, *votre* choix que de vous y intéresser. Ne l'impliquez pas.

Guy approuva.

– Vous avez raison. Et si nous rédigions ensemble une réponse, pour lui raconter l'air de la campagne et comme vous me maintenez en prise avec le monde, pour que je ne me perde pas dans mes pages ?

Il attrapa une madeleine qu'il croqua en salivant.

– Et pas un mot de cette sordide histoire, entendu ?

Le goût du gâteau parfumé au miel inonda son palais.

Guy acquiesça de nouveau avec un sourire.

Il garderait ses obsessions pour lui-même.

Elles ne déborderaient pas.

Ni sur Perotti ni sur Faustine.

Ce qu'il ressentait pour elle, en cet instant, le commandait.

19

Maximilien Hencks revint au château peu avant l'heure du dîner.

Son visage fermé, comme à son habitude, ne laissait deviner aucune émotion.

Guy se leva de la table où il jouait aux cartes avec Faustine pour le regarder sortir de la grange où il venait de garer son automobile.

Hencks avait passé la journée à Vétheuil avec le docteur Faulsôme.

Le chasseur avait insisté sur ce point.

Il avait pris la théorie de Guy à son compte, et il avait mis toute son autorité dans la balance pour obtenir l'exhumation et l'autopsie des Loubieille.

Il fallait qu'un résultat probant en ressorte.

Guy l'accueillit dans le hall.

– Alors ? demanda-t-il, impatient.

Hencks déposa son chapeau sur une patère sous une tête de sanglier naturalisée.

– Nous n'avons rien trouvé, avoua-t-il froidement, entre déception et colère. Rien qui puisse aller contre la théorie d'un accident. Aucune lésion anormale, aucune blessure suspecte, pendant six heures, j'ai suivi la lente et méticuleuse découpe de leur corps, sans qu'il en ressorte quoi que ce soit pouvant valider vos spéculations. Je suis désolé.

Les épaules de Guy s'affaissèrent.

– Comment est-ce possible ? lâcha-t-il dans un souffle.

– Parce qu'ils n'ont pas été assassinés, répondit Maximilien sèchement.

– Pourtant...

– J'ai perdu ma crédibilité auprès de Faulsôme et de Bollart dans cette affaire, nous n'aurons pas de seconde chance, Guy. Vous devez à présent laisser la gendarmerie continuer à sa manière. La vôtre n'a eu pour résultat que l'exhumation et le découpage d'un couple de vieillards qui n'avaient rien à voir. C'est fini.

– Je peux encore les aider, je peux...

– Je vous demande de ne plus vous en mêler, le coupa Hencks avec autorité. Nous ne pouvons plus nous permettre ce genre d'erreur, c'est allé trop loin. Si les villages apprennent que j'ai insisté pour faire déterrer les Loubieille et les ouvrir comme de vulgaires porcs, je perdrais tout respect. Et ce n'est pas possible.

Guy secoua la tête.

Il était pourtant certain que le Croquemitaine s'était fait la main avant d'attaquer toute une famille.

Tout convergeait vers les Loubieille.

Ai-je été trop vite en besogne ? Ai-je oublié un détail ? Ai-je trop voulu faire correspondre la réalité à mes déductions, au point de m'aveugler ?

Guy était dépité.

– C'est moi qui suis désolé, dit-il doucement.

– Nous avons eu de la chance, c'est l'Assomption aujourd'hui, les gens sont chez eux, ils ne remarqueront pas le manège au cimetière ce soir pour remettre en terre les cadavres. Faulsôme et le père Goron ont donné leur parole que tout ceci resterait entre nous. Mais vous devez ne plus vous en mêler.

– C'est l'adjudant Bollart qui l'a demandé ?

– Non, le docteur Faulsôme. Il est un peu l'intellectuel de la région, celui qui détient le savoir. Vous l'avez remis en question, vous l'avez blessé. Son ego est à la mesure de sa carrure. De toute façon, je vous l'ai dit : ce n'est pas bon de se prendre ainsi de passion pour les choses des morts. Je vous ai suivi sur les Loubieille parce que je pensais que vous pourriez avoir raison et aider Bollart à élucider les crimes une bonne fois pour toutes. Nous nous sommes trompés tous les deux. Fin de l'histoire.

Hencks lui tourna le dos et disparut en direction des cuisines.

Guy demeura plusieurs minutes dans le hall à écouter le balancier de l'horloge, implacable.

La régularité du mouvement était presque étourdissante.

Chaque « tic » était l'écho d'une seconde à jamais disparue.

Un son qui rappelait à Guy que son propre cœur battait, qu'il était vivant.

Et chaque seconde lui signifiait qu'il se rapprochait un peu plus de sa propre mort.

Il était tout simplement impensable qu'il abandonne maintenant.

Il pouvait aider, il le savait.

Même s'il s'était trompé sur les Loubieille.

Il avait son rôle à jouer.

Guy retourna au salon pour s'excuser auprès de Faustine et ils terminèrent leur partie de cartes sans qu'il ait la tête à ce qu'il faisait.

Il remercia silencieusement Faustine de ne pas lui poser de questions, il pouvait percevoir sur ses traits qu'elle lisait en lui comme dans un livre ouvert. Elle devinait que les nouvelles de Hencks n'étaient pas bonnes.

Que Guy avait commis une erreur.

Elle ne parla pas, ne demanda rien, se contentant de jouer ses cartes et de remporter la partie en feignant d'y prendre plaisir. Puis elle l'embrassa sur la joue et monta se coucher.

Guy se posta face à la cheminée.

Il remit une bûche dans l'âtre et souffla pour que les flammes repartent.

Il alla chercher l'un de ses cigares, l'un des derniers de sa réserve, et l'alluma lentement, prenant soin de bien chauffer l'extrémité avec des allumettes avant même de poser ses lèvres sur la vitole et de tirer dessus pour l'embraser.

Un épais nuage de fumée bleutée l'enveloppa.

Le tabac l'aidait à réfléchir.

La puissance des arômes explosa sur sa langue, puis contre son palais et dans sa gorge dès les premières bouffées, elle grimpa jusqu'à son cerveau pour le griser et le mettre en ébullition.

Qu'avait-il manqué ?

Où s'était-il trompé ? À quel moment ?

Se pouvait-il que le Croquemitaine n'ait commis aucune erreur, qu'il n'ait laissé aucune trace de sa véritable identité ? Que le massacre de la ferme ait été son premier crime ?

Ou tout simplement que ce soit celui de quelqu'un de passage, que Guy se soit trop vite convaincu qu'il s'agissait d'un homme des villages environnants ?

Non. Tuer avec préméditation est un acte extrême. Le point d'orgue d'un état d'esprit très particulier, d'une dérive, d'une construction complexe. Particulièrement dans le cas des Lornan. Toute une famille. Il les a maîtrisés un par un. Il les a tous tués aisément. Parfois avec une complexe mise en scène.

La mise en scène.

Jamais un être humain ne se serait donné autant de mal pour démembrer Lucile afin de mettre en scène son père dans une posture pareille. Et que penser de la destruction sauvage de la mère ?

Le Croquemitaine l'avait fait parce que c'était important pour lui.

Aussi important que l'acte de tuer en soi.

« L'orgasme divin », comme l'avait appelé Hencks, le grand chasseur, quand ils étaient face aux crimes d'Hubris.

Le pouvoir de vie et de mort. La jouissance de tenir au bout de ses mains l'existence d'un être et d'agir pour y mettre fin.

Le Croquemitaine avait expérimenté l'orgasme divin. Tuer l'avait probablement enivré.

Mais il était allé plus loin encore. Avec la mise en scène.

Elle faisait partie intégrante de son besoin de tuer.

Massacrer toute la famille n'était pas suffisant. Il avait fallu jouer avec les cadavres.

Se donner énormément de mal pour cela.

Parce que cette mise en scène correspondait à une partie de son fantasme, de son obsession.

Peut-être était-elle même la finalité du massacre.

Et nos actes sont le reflet de notre pensée.

D'autant plus lorsqu'il s'agit de mettre en forme nos désirs, de concrétiser nos fantasmes.

La mise en scène de la ferme reflétait l'intérieur du Croquemitaine.

Le viol de Lucile le même matin n'était qu'un rouage grippé du plan.

Il n'avait pas su résister.

Et il avait fallu ensuite improviser. La libérer pour mettre un terme aux battues, pour redonner sa tranquillité à la ferme.

L'objectif premier était le massacre de toute la famille.

Depuis le début.

Pour mettre en scène le père.

Au centre de l'habitation. L'homme si bien équilibré de Vitruve.

Aux proportions parfaites.

Guy hocha la tête.

Le Croquemitaine voulait qu'on le trouve de suite. Qu'on contemple un homme exemplaire.

Sans visage.

Parce que ce n'était pas Richard Lornan qui l'intéressait. Ce n'était pas ses traits qu'il fallait voir.

C'était le visage des hommes en général.

Le Croquemitaine voulait fabriquer l'homme parfait.

L'autre homme de la maison, Louis, n'a pas été mis en scène. Il l'a même presque caché, comme s'il en avait honte.

Il n'avait tué Louis que parce qu'il le fallait. Mais il n'y avait pris aucun plaisir. Parce que Louis était trop jeune ?

Parce qu'il avait vu son visage de monstre ?

Les deux femmes, elles, avaient subi le pire des sévices.

Lucile n'avait servi qu'à prendre du plaisir dans la journée.

Le soir, il l'avait démembrée pour fabriquer l'homme parfait.

Elle n'était que de la chair, du matériau.

Pour la mère de famille, en revanche, c'était autre chose.

Éventrée, répandue, piétinée, dispersée.

Entre le haut de ses cuisses et ses épaules, il ne restait plus rien d'intact.

Il l'avait mise à sac.

Pulvérisée.

Une haine sans nom.

Les deux parents étaient au centre du fantasme.

L'homme parfait et la femme détruite.

Une bille de verre posée dans le nombril du père de famille.

Guy voyait une histoire, une personnalité se dessiner.

Celle d'un enfant rêvant à un père formidable. Au centre de son attention.

La bille, le jouet de l'enfant, était au centre de l'homme parfait !

L'enfant était donc le centre de l'homme parfait.

Face à une mère qu'il fallait réduire en bouillie.

Une mère abusive, violente au moins.

Le sens venait.

Les actes livraient leur vérité. Ils mettaient peu à peu en forme l'esprit de celui qui les avait commis.

Le Croquemitaine avait éprouvé du remords à tuer Louis parce que l'enfant le symbolisait. C'était lui qu'il voyait.

Le Croquemitaine reconstruisait sa propre famille.

Il vengeait son père et faisait payer à sa mère le prix de son comportement.

Les Lornan avaient fasciné le Croquemitaine.

C'était pour ça qu'il les avait observés toute la journée.

Ce n'est pas suffisant. Il a fallu du temps pour qu'il se décide. Du temps pour qu'il voie en eux sa *famille.*

Le Croquemitaine les connaissait déjà.

Il les connaissait et il devait être obnubilé par eux. Par ce qu'ils représentaient.

Il les avait espionnés longuement, le temps que son fantasme se mette en place.

Cet intérêt ne se limitait pas à les regarder passer dans la rue au hasard de leurs rencontres.

Il les avait guettés.

Il était venu les voir vivre.

S'approprier leur quotidien.

Il se réfugiait dans le pigeonnier depuis un moment déjà. Comme un œil sur cette famille qu'il disséquait de l'extérieur.

Il n'avait pas choisi cette ferme par hasard, parce qu'elle était isolée.

Mais pour eux.

Combien de temps avait duré son manège ?

Assez pour qu'il identifie leurs habitudes. Pour que le désir de s'accaparer cette famille devienne obsédant. Pour qu'il ne puisse plus lutter contre son besoin de régaler ses vieux démons.

Il était alors passé à l'acte.

Le Croquemitaine avait repéré les Lornan ici, dans la région.

Ils se connaissaient.

Un garçon qui leur tournait autour, un homme en relation avec eux.

Le garde champêtre devait savoir ça.

Rémi Leboueux était tout le temps dehors, à passer des uns aux autres, il connaissait les routines de chacun, les conflits, les histoires louches.

Guy ne pouvait plus œuvrer ouvertement, mais Leboueux l'aiderait.

Il sentait en lui le besoin de bien faire.

Et l'écrivain continuait à savourer son cigare devant les flammes de l'âtre en songeant au garde champêtre lorsqu'on frappa à la porte d'entrée.

Guy se redressa, les sens en alerte.

Il était tard pour une visite. Sur le manteau de la cheminée, la pendule indiquait minuit et quart.

Faustine couchée, Hencks disparu probablement dans ses appartements, ce ne pouvait être un rendez-vous, même tardif.

Guy se hâta de gagner le hall avant que les coups ne réveillent tout le monde.

Le visage de Leboueux guettait l'intérieur à travers l'imposte.

– J'étais justement en train de penser à vous, commença à dire Guy en lui ouvrant. Qu'y a-t-il ?

Leboueux était crispé, le visage déformé par l'anxiété.

– Une autre horreur, Guy, comme si cela ne suffisait pas !

Guy sortit en tirant la porte pour ne pas que leur conversation grimpe dans les étages par le grand escalier du hall.

– Ne criez pas, ordonna-t-il. Dites-moi ce qui s'est passé.

– Il faut prévenir M. Hencks, il faut savoir quoi faire !

Guy le prit par les épaules pour le forcer à s'arrêter de s'agiter.

– Parlez, Rémi ! Que s'est-il passé ?

– C'est l'église. La crypte a été forcée.

L'évocation de la crypte déclencha une décharge d'électricité dans la poitrine de Guy. Il se souvenait de ce qu'il y avait dedans.

– Il faut prévenir M. Hencks !

– Je ne suis pas sûr que ce soit une bonne idée. Commencez par me dire ce qu'il y a avec la crypte.

– C'est le jeune Louis Lornan. Il est revenu à la vie !

20

L'église de Saint-Cyr dominait la rue principale depuis une proéminence sur la colline. Un escalier de pierre irrégulier montait jusqu'aux portes entrouvertes.

Les vitraux tremblaient.

Animés d'un feu intérieur vacillant.

Un homme presque chauve, emmitouflé dans un manteau noir, guettait depuis le perron de l'église Guy et Rémi Leboueux qui gravissaient les marches au pas de course.

– Père Tallec, je vous présente Guy Thoudrac-Matto, l'assistant de M. Hencks. Il seconde la gendarmerie dans l'enquête criminelle sur… vous savez quoi.

Le prêtre approuva nerveusement et jaugea longuement Guy.

– C'est vous qui vous êtes rendu compte que ça n'allait pas ? demanda Guy.

– Oui, j'allais me coucher lorsque j'ai constaté que les cierges dans l'église étaient allumés. J'habite en face, dans cette petite maison de l'autre côté de la rue. J'ai aussitôt accouru pour vérifier. Je savais que ce n'était pas normal, je suis catégorique, tout était éteint en fin de journée. J'ai célébré la messe aujourd'hui, avec tous les fidèles, et je suis…

L'homme parlait vite, un débit terrorisé.

– Montrez-moi, l'interrompit Guy.

Le père Tallec déglutit en fixant l'écrivain.

– C'est diabolique, prévint-il avant de pousser le battant de l'église.

Des dizaines de cierges brûlaient de part et d'autre de l'allée centrale, dans un silence et une fraîcheur qui firent frissonner Guy.

– Il… Il est là, dit le prêtre tout bas en pointant le doigt vers la nef.

Guy le dépassa et découvrit le corps du petit Louis allongé sur l'autel.

Il était vêtu de sa chemise de nuit écrue, celle dans laquelle il avait été retrouvé mort.

Ses mains croisées sur son ventre.

– Rémi, appela Guy. Qu'est-ce qui vous a fait dire qu'il était revenu à la vie ?

Rémi passa sur sa droite et, tout en restant à bonne distance, il désigna les pieds de l'adolescent.

Ils étaient sales, la plante couverte de terre.

Guy nota alors une empreinte de pas sur le pavé de la nef, de petite taille, avec de la terre. Il y en avait une autre un peu plus loin.

De la même taille, à vue de nez, que celles de Louis.

Elles se dirigeaient vers l'autel.

Rémi devança la question de l'écrivain :

– Les pas viennent de la crypte.

Un nouveau frisson traversa Guy.

Il reporta son attention sur le corps. Il devait s'efforcer de garder l'esprit clair. Ne pas se laisser happer par son imagination.

Rester pragmatique. Cartésien.

Il y avait obligatoirement une explication plus acceptable que celle qui lui venait de suite à l'esprit.

Les gens ne reviennent pas à la vie. L'esprit ne peut pas réinvestir le corps. C'est impossible.

Guy repoussait ses émotions, en tête desquelles la peur menait l'assaut de ses convictions rationalistes.

Impossible.

L'enfant semblait assoupi.

Mis à part le sillon pourpre qui creusait sa gorge et son cou.

On lui avait enlevé le foulard qui l'avait étouffé.

– Le corps est arrivé ainsi ? Sans le foulard autour du cou ?

Rémi haussa les épaules.

– Oui, confirma le père Tallec. C'est comme ça qu'il était. Mais ses pieds étaient propres.

– Vous en êtes sûr ?

– Catégorique. Je me rappelle lorsque les gendarmes l'ont transporté depuis la carriole jusque dans la crypte. Je me souviens de ses petits bras et de ses pieds.

– Le... le sol de la crypte, commença Rémi Leboueux, il est en terre.

– Je ne peux envisager que ce garçon se soit levé, dans cet état, pour marcher dans la crypte et remonter jusqu'ici. C'est impossible.

Un coin de papier sous les mains jointes de l'adolescent intrigua alors Guy. Il attrapa plusieurs doigts d'un froid et d'une rigidité désagréables et souleva les mains pour révéler une page de livre imprimée et une montre de gousset dont s'empara l'écrivain en réprimant un sentiment de dégoût.

Il leva la montre devant lui en la tenant par sa chaîne.

Le cercle argenté se balança dans l'air, au milieu de la nef.

La montre marchait. La trotteuse se déplaçait.

– Quelqu'un la reconnaît ?

– Il n'y a pas d'initiales dessus ? demanda Leboueux. Par ici ceux qui possèdent une montre aiment la faire graver à leurs initiales pour la transmettre à leur fils.

Guy l'examina attentivement et trouva un nom gravé au dos.

– « Lornan », lut-il.

– Et vous dites qu'elle marche encore ? Combien de temps fonctionne une montre de ce type sans être remontée normalement ?

– La réserve de marche est de vingt-quatre heures en général. Quarante sur les beaux modèles.

– Les Lornan sont morts depuis trois jours.

– Quelqu'un a pris soin de remonter cette montre avant de la déposer ici.

– Le Diable ! chuchota le père Tallec dans leur dos.

Guy approcha d'un cierge allumé pour lire la page imprimée.

– Je crois qu'on l'a arrachée à une bible, dit-il après avoir reconnu le style des premières phrases.

Le garde champêtre, qui était pourtant à plusieurs mètres, confirma :

– Je le pense aussi.

Guy pivota et le vit qui posait un genou à terre derrière l'autel pour ramasser un petit livre à la couverture racornie.

– C'est un missel, rapporta le père Tallec. Ils sont tous rangés là-bas, près du bénitier.

Un cercle noir, tracé avec la fumée d'un cierge, devina Guy, entourait un passage du texte. Il le lut à haute voix :

– « Allez loin de moi, maudits, dans le feu éternel qui a été préparé pour le Diable et ses anges. Car j'ai eu faim et vous ne m'avez pas donné à manger, j'ai eu soif et vous ne m'avez pas donné à boire, j'étais un étranger et vous ne m'avez pas accueilli, nu et vous ne m'avez pas vêtu, malade et prisonnier et vous ne m'avez pas visité. »

– Le jour du Jugement dernier ! s'alarma le prêtre.

– Il y a un autre morceau de page. « Un grand nombre de ceux qui dorment au pays de la poussière s'éveilleront, les uns pour la vie éternelle, les autres pour l'opprobre, pour l'horreur éternelle. »

– Matthieu et Daniel ! Le Jugement dernier et le retour des morts !

Guy lui jeta un regard froid.

– Calmez-vous. C'est juste une mise en scène, rien de plus. Dont l'objectif est justement de vous faire peur.

L'écrivain détailla à nouveau le jeune garçon posé sur l'autel.

Puis la montre.

Que s'était-il passé ? Pourquoi cette mascarade ?

Pourquoi la montre ?

La notion de temps.

Ils n'avaient plus beaucoup de temps avant le retour des morts, avant le Jugement dernier.

– Qui savait que les corps reposent ici ? s'enquit-il.

– Tout le monde. Le village entier est au courant, répondit le garde champêtre.

Ça pouvait être n'importe qui.

Non, pas n'importe qui. On ne joue pas avec les cadavres.

Au fond de lui-même, Guy savait très bien qui était derrière tout cela, même s'il regardait les empreintes de pas avec une pointe de malaise.

Le Croquemitaine.

C'était lui. C'était son message.

Le Jugement dernier approchait.

– Je voudrais voir la crypte. Vous y êtes descendu depuis la découverte du garçon sur l'autel ?

– J'ai seulement vérifié qu'il ne manquait personne, avoua Rémi. Venez, c'est par ici.

Le garde champêtre l'entraîna au fond de la nef. Une trace de pas, un pied nu imprimé dans un peu de terre, apparaissait de temps à autre sur le chemin.

Ils franchirent une rambarde dont le battant était ouvert, et Leboueux s'arrêta devant une trappe en bois dévoilant un rectangle de ténèbres.

Guy alla chercher un cierge et descendit les marches en prenant soin de ne pas glisser.

Il n'aimait pas ça.

Cette ambiance.

Cette mise en scène macabre.

Ce compte à rebours.

Il disparut rapidement dans le ventre de l'église, ne laissant dans son sillage qu'un halo jaune de plus en plus diaphane.

Il demeura plusieurs longues minutes en bas.

Sous terre.

Parmi les morts.

Mais lorsqu'il remonta, Rémi Leboueux fit un pas en arrière.

Guy était livide.

Il se laissa choir sur le haut des marches et se massa le front, choqué.

– Le Croquemitaine est revenu, dit-il. Il est revenu nous prévenir.

Il s'humecta les lèvres sans discontinuer pendant une dizaine de secondes, comme s'il cherchait à ravaler les mots qui inondaient sa bouche.

Puis il ajouta :

– Il va en massacrer d'autres. Il ne peut pas se retenir. Il va recommencer bientôt.

21

Une aube grise.

Un fin liseré de lumière blanche sur l'horizon, à l'est, teintait légèrement le ciel.

La brume au fond des vallons, entre les collines de la région, retenait une partie de cette clarté.

Guy marchait à bonne allure, autant pour se réchauffer que pour ne pas perdre de temps.

Il n'avait presque pas dormi.

Un sentiment d'urgence le taraudait.

La forêt qui encadrait le chemin sur lequel il progressait semblait dormir encore, immobile, silencieuse.

Guy releva son col pour protéger son cou de l'humidité et accéléra encore.

Ils ne pouvaient plus attendre. Le Croquemitaine devait être démasqué rapidement.

Ses fantasmes devaient l'étourdir pour qu'il s'adresse ainsi au village.

Pour oser pénétrer dans l'église et prendre le temps de manipuler le corps du petit Louis. Faire croire à sa résurrection.

La montre remontée égrenant chaque minute qui séparait le monde du Jugement dernier.

Du retour des morts.

Avant qu'il n'explose. Le Croquemitaine sentait grandir en lui une colère phénoménale.

Guy avait refusé de dire à Rémi ce qu'il avait vu dans la crypte.

C'était abject.

Mais également la preuve que le Croquemitaine ne pouvait lutter contre ses pulsions.

Il était revenu pour les assouvir.

Guy, à la lueur d'un cierge, avait examiné chaque cadavre de la famille Lornan pour s'assurer qu'il n'y avait rien d'autre, que le Croquemitaine n'avait pas poursuivi sa mise en scène avec eux.

Le tronc de Lucile était de travers sur la pierre.

Recouvert d'un linceul improvisé avec un drap.

Guy l'avait soulevé.

La flamme du cierge avait capturé les reflets d'un liquide gras tout près du corps démembré.

De la semence.

Le sexe encore béant de la pauvre jeune fille.

Guy avait réprimé une envie de rendre son dernier repas.

Le Croquemitaine ne pouvait se retenir.

Il avait voulu jouir une nouvelle fois de sa victime.

Même si elle était déjà morte.

Il était obsédé par son fantasme.

Jusqu'à commettre le pire.

Nécrophilie.

Guy n'avait aucun doute. Un homme à ce point guidé par son plaisir morbide, par son besoin d'assouvir ses obsessions, ne pouvait lutter contre l'envie de tuer.

Il allait recommencer. C'était son message.

Le temps passait et il était sur le point de massacrer à nouveau.

Une autre famille ?

Il a pris le temps de décortiquer le quotidien des Lornan. De les guetter. Il avait besoin de s'approprier la vie de la famille avant d'agir.

Peut-être allait-il tout simplement tuer le premier venu, juste pour le plaisir de tuer, pour l'orgasme divin…

Non. Il y a la mise en scène. Elle fait partie du fantasme. Si ce dernier devient trop puissant, trop omniprésent dans ses pensées, alors il ne tuera pas juste pour prendre une vie, mais aussi pour accomplir son rituel, il aura besoin de la mise en scène.

Et d'une famille entière.

Le rituel. C'était le bon mot. Un rituel qui lui permettait d'apaiser ses démons, de faire taire, provisoirement au moins, les frustrations de son enfance qui dévoraient son esprit malade. Un rituel qui lui donnait l'illusion de se soigner, de réparer les injustices, de se rééquilibrer.

Pour devenir normal.

Pour reprendre la place que tout le monde doit avoir dans la société.

Mais chaque crime l'excluait encore un peu plus.

Chaque crime lui procurait un plaisir qu'il ne pouvait trouver normalement, dans une vie banale. C'était trop tard pour cela. Son être tout entier s'était développé sur la mauvaise voie, ses centres de joie, de satisfaction, de bonheur n'étaient pas du tout au même endroit que pour les autres. Ses référents étaient tronqués.

Il ne pouvait se réparer en tuant.

Seulement se soulager.

Et éprouver une décharge d'émotions que son cerveau mal formé par une enfance traumatisante ne pouvait déclencher autrement.

La violence et l'amour avaient fusionné.

La vie et la mort.

La vie et la vengeance. Et la souffrance. La sienne d'abord, puis celle des autres ensuite, pour survivre.

Faire souffrir les autres, pour s'apaiser soi-même.

Et redonner un sens à la vie.

En reconstruisant ce qui devait être.

Un bon père, avec son fils comme centre.

Tandis que la mère ne méritait que la destruction.

Le Croquemitaine allait ressasser ce schéma encore et encore, jusqu'à s'en lasser, jusqu'à se rendre compte que ça ne l'apaisait plus. Alors il chercherait à faire plus encore. À modifier son rituel, à le faire évoluer.

Guy ne pouvait plus attendre.

Il devait à tout prix trouver un moyen de l'identifier.

La ferme des Lornan apparut à travers un filet de brume.

Maintenant que les cadavres n'y étaient plus, il n'y aurait pas de gendarmes pour surveiller les lieux.

Mais peut-être est-il là, lui.

Il était revenu la nuit suivante.

C'était lui qui avait vidé le gendarme Barçi de son sang.

Pourquoi prendre ce risque ?

Guy s'était interrogé à ce sujet pendant une bonne partie du trajet.

Il ne voyait que deux réponses possibles.

Soit il avait oublié quelque chose qu'il devait absolument retrouver.

Soit il éprouvait du plaisir à revenir à cause de ses crimes.

Les hommes revenaient sur un lieu où ils avaient vécu une histoire forte pour se souvenir, pour se réapproprier un peu de ce bon moment révolu, comme si les lieux possédaient une mémoire, prêts à la partager, à redispenser un peu des émotions passées à leurs visiteurs.

Guy s'en voulait. Il aurait dû y penser plus tôt.

Demander à l'adjudant Bollart de faire surveiller, discrètement, la ferme.

C'était trop tard maintenant.

Le Croquemitaine ne reviendrait pas. Il était déjà tourné vers l'avenir, vers son prochain crime, son message à l'église était clair à ce sujet.

Mais Guy demeurait convaincu que la ferme n'avait pas délivré tous ses secrets.

Aucun homme ne pouvait passer une nuit à tuer une famille, chez elle, sans y laisser une bonne part de lui. Sans abandonner dans son sillage des indices sur son comportement, sur ses besoins, sur sa manière de réfléchir.

Guy n'avait pas su les lire attentivement les deux fois précédentes.

À présent, il fallait qu'il trouve.

La vie de plusieurs personnes en dépendait.

De toute une famille.

De combien de temps disposait-il ?

Combien de temps avant que le Croquemitaine ne repère d'autres proies potentielles ? Combien de temps pour qu'il se les approprie ? Avant qu'il ne sente le besoin impérieux de les faire siennes, de les mettre en scène dans le théâtre de son fantasme ?

Quelques jours ? Une semaine ? Un mois ?

Guy s'immobilisa devant la maison.

La brume commençait à se retirer, dévoilant le toit et la cheminée, les fenêtres.

Il y avait un tabouret à côté de la porte.

Celui utilisé par le gendarme Barçi pour veiller sur le lieu du crime.

Jusqu'à ce que le Croquemitaine vienne le tuer.

Comment s'y était-il pris ? Comment l'avait-il attiré dans le champ de maïs ?

Et qu'a-t-il fait du corps ?

Bollart avait fait ratisser le champ pendant toute une journée, sans résultat.

Quelle part du fantasme était-ce là ? Pourquoi revenir tuer le gendarme ?

Cela ressemblait à un comportement animal, une créature cherchant à protéger son territoire.

Un mauvais pressentiment s'empara de Guy.

Si c'est cela, je ne suis pas en sécurité ici...

Non. Le Croquemitaine était déjà passé à son forfait suivant.

Il avait mis derrière lui les Lornan.

Leurs cadavres n'étaient plus là, il n'y avait aucune raison de l'imaginer rôder aux alentours.

Guy se le répéta pour s'en convaincre.

Pour se rassurer.

Il n'avait prévenu personne. Il s'était levé à cinq heures et demie, incapable de refermer les yeux, avec l'assurance qu'il devait revenir ici, et n'avait croisé personne au château.

Il ne m'arrivera rien.

Guy scruta le champ de maïs derrière lui.

Une interminable rangée de silhouettes noires que la brume transformait en une armée de squelettes dodelinants.

J'ai trop d'imagination. Beaucoup trop.

Guy décida d'entrer dans la maison.

C'était là que tout s'était joué.

En ces murs.

Les vie et mort de quatre personnes.

Guy en était persuadé, cette pierre froide en savait beaucoup plus que ce qu'elle lui avait raconté jusqu'à présent.

La lumière devait chasser les ténèbres.

Il était temps.

Guy alluma la lampe à pétrole qu'il avait apportée. L'odeur âcre du combustible prit possession de ses narines, jusque dans sa gorge.

Il leva la lampe devant lui, propageant un cercle chaleureux tout autour.

Il était temps, se répéta-t-il sentencieusement.

Son esprit était prêt. Alerte.

Il poussa la porte et entra.

Puis, dans son dos, noyé parmi les tiges de maïs, sa forme diluée par la brume, un des squelettes recula dans le champ.

Il longea la première rangée dans sa longueur pour venir se poster face à la maison.

Son visage difforme se profila entre deux épis.

Il scrutait l'endroit où s'était tenu Guy un instant plus tôt.

Un grondement mécontent grimpa dans sa gorge.

22

Le fantôme de Richard Lornan s'était imprimé au centre de la pièce, dans du sang séché.

La maison sentait encore mauvais, un remugle de viande faisandée et de fosse à purin.

Des dizaines de mouches mortes tapissaient le sol.

La lampe à pétrole délivrait une odeur lourde, une fumée grasse qui donnait l'impression de venir se coller contre les parois de l'œsophage si on la respirait. Pourtant Guy préférait son odeur à celle de la mort, il rapprocha la lanterne de son nez.

Les murs semblaient plus gris, les ombres plus profondes ; toute la maison apparaissait en cette lumière du petit matin comme plus triste que dans le souvenir de Guy.

Dès qu'il faisait un pas, les ombres bougeaient avec lui.

Tout un monde énigmatique et effrayant s'animait, à la périphérie de son champ de vision.

Il avait l'impression de se mouvoir dans le spectre de la maison.

Seul le cercle jaune de sa lanterne le protégeait du royaume de la mort.

Son halo et son odeur.

Elle était sa nacelle pour explorer ce territoire obscur.

Il serra la poignée jusqu'à en faire blanchir ses articulations.

Cette pièce était au cœur de la ferme ; salle à manger, cuisine, les Lornan y faisaient tout. Le Croquemitaine l'avait choisie pour abandonner le corps du père de famille car ainsi il serait bien en vue.

Pourtant, elle semblait relativement intacte, la table et les bancs renversés ne l'avaient été que pour faire de la place pour l'homme de Vitruve. Il n'y avait aucune trace de lutte, pas d'autres empreintes de sang que celles du cadavre.

L'agression s'était produite pendant leur sommeil.

Dans les chambres.

Il avait égorgé Richard Lornan pendant qu'il dormait.

Quant à sa femme, compte tenu de son état, il était impossible de déduire le moindre scénario, sinon que son visage était déformé par les ecchymoses. Il l'avait frappée. Avant de l'ouvrir comme un poulet qu'on vide ?

Toute cette agitation avait réveillé Louis, qui était venu voir avant de courir s'enfermer dans sa chambre, pour y attendre le Croquemitaine, la mort.

Et Lucile ? Avait-elle été tirée de sa catatonie par l'attaque de ses parents ? Avait-elle été la première victime du Croquemitaine ?

Étranglée.

L'esprit de Guy accéléra. Il opérait la mise en scène des meurtres. Il imaginait chaque geste. Les sentiments qu'il pouvait engendrer chez un être humain normal. Puis chez un individu déconstruit, comme le Croquemitaine.

C'était ce à quoi il excellait. Imaginer. En s'appropriant une réalité qui n'était pas sienne, en comblant tout ce qu'il ignorait par des éléments logiques, le romancier devait être capable de se mettre à la place de n'importe qui. Une empathie totale.

Une projection empathique, comme Guy se plaisait à la nommer.

De son vécu, de ses lectures, il tissait une trame, à laquelle son empathie venait ajouter des motifs élémentaires. Puis il ajoutait la couleur et les détails en projetant ce qu'il pouvait envisager, ressentir à la place de l'autre.

Et, dans cette projection empathique, il lui apparaissait évident qu'étrangler était bien différent que de poignarder.

C'était une mise à mort particulière.

Contrairement au couteau, qui était rapide, dont chaque coup affaiblissait la victime, mais qui délivrait de grandes quantités de sang, d'agitation et probablement de cris, la strangulation était un tout autre rapport à la proie.

Un rapport de force.
Long et brutal.
Intense.
Tous les muscles tendus, le corps couché contre celui de la victime.
Guy imagina le Croquemitaine arc-bouté sur la jeune femme, les tendons saillants, la mâchoire crispée.
Lucile cristallisait la délivrance sexuelle. C'était son instrument d'épanchement.
Avait-il eu une érection pendant qu'il l'étranglait ?
Avait-il même joui ?
Guy chassa ces pensées nauséabondes de son esprit, elles ne le menaient à rien de constructif, d'utile.
Toute la famille avait péri à l'étage.
Mais la plupart des corps avaient été descendus.
Et s'il ne les avait pas tués immédiatement ?
S'il avait joué *avec eux d'abord ?*
Non, c'était improbable. Il ne pouvait maîtriser quatre personnes en même temps.
Même s'il avait tué Louis en premier, trois adultes c'est trop. Le père aurait pu se rebeller. La situation aurait certainement dégénéré.
Il avait pourtant descendu les corps.
Pour découper Lucile et coudre ses bras et ses jambes sur son père.
Et pour massacrer la mère.
Pourquoi en bas ?
L'étage ne lui convenait pas, mais pour quelle raison ?
Les lits n'étaient pas stables pour découper.
Et il y avait peu de place dans les chambres.
Il avait besoin d'espace.
Guy se rendit dans l'autre salle du rez-de-chaussée, celle où les deux femmes avaient été abandonnées.
Une longue réserve occupée par des tonneaux, des bassines, des étagères pleines de boîtes et quelques placards.
Le fantôme de Mme Lornan imprégnait les lieux plus que celui de son mari.
Une auréole pâteuse, d'un rouge foncé, qui s'allongeait anormalement.

Que lui a-t-il fait au juste ?

Le plancher émettait un étrange bruit à cet endroit. Un bourdonnement intermittent.

Des mouches ! Il y a des dizaines, sinon des centaines de mouches, sous *le plancher !*

C'était à cause du sang. Il avait coulé en dessous et les diptères s'en régalaient pour pondre leurs œufs.

Guy pressentait que le sort de cette femme n'était pas anodin, que cette débauche d'horreur et cet acharnement signifiaient bien plus qu'une haine envers celle qui symbolisait la mère de famille.

Ce n'était pas seulement la haine des femmes. Lucile, bien que mutilée, n'avait pas subi le même sort. Il l'avait étranglée avant de la démembrer dans un but précis, l'élaboration de l'homme de Vitruve, sans autre symptôme d'une colère particulière.

Démembrer quelqu'un c'est déjà bien assez…

Toutefois, Guy savait que ce n'était pas un acte de haine.

La mère de famille avait tout pris.

Il déambula sur le plancher en étudiant chaque détail, à la recherche de ce qu'il aurait pu manquer la fois précédente.

Les sacs de céréales étaient fermés par de la corde. Les boîtes sur les étagères ne comportaient aucune trace. Des tonneaux. Des bouteilles de vin sans étiquette. Un baquet plein d'eau. Des sabots sales. Des cageots vides. Une lampe à pétrole. Une pile de vieux journaux avec du petit bois sec par-dessus.

Les gendarmes avaient-ils tout fouillé ?

Guy n'en était pas vraiment sûr.

Tous étaient sous le choc. Même Bollart.

Ils avaient inspecté la maison, étudié attentivement les corps avec le docteur Faulsôme, avant de les sortir de là. Personne n'avait voulu rester entre ces murs plus que nécessaire.

Ils ont forcément regardé s'il n'y avait rien de particulier, un indice, une empreinte de sang, un bouton arraché pendant les meurtres…

Rien. Il n'y avait rien ici.

Guy cligna des paupières, ennuyé par un détail qu'il ne parvenait pas à extraire de son inconscient.

Il avait vu quelque chose d'étrange.

Des minuscules formes noires.

Flottantes.

Le baquet plein d'eau.

Pourquoi les Lornan conservaient-ils une baquet qui risquait de croupir, alors que le puits se trouvait juste derrière la maison ?

Guy s'approcha du baquet posé dans un coin sombre.

Ils auraient dû le vider. Pourquoi le garder ainsi ?

Il y avait, en effet, plusieurs mouches qui flottaient à la surface.

Le halo jaune de la lanterne fendit la pénombre.

La lampe illumina le baquet.

Ce n'était pas de l'eau.

Pas seulement de l'eau.

Elle était orangée, tirant sur le rouge.

On y avait versé du sang. Beaucoup de sang.

Guy eut un flash. Il revit tous les corps. La boucherie sanglante.

Il avait eu besoin de se laver les mains. De nettoyer ses affaires.

Pourtant, un détail perturbait Guy.

Pourquoi le Croquemitaine a-t-il laissé le baquet à l'écart ? S'il s'en est servi pour nettoyer ses mains, son couteau, pendant qu'il découpait les femmes, pourquoi l'a-t-il laissé si loin de l'endroit où gisaient les cadavres ?

Il y avait beaucoup d'eau. Très colorée. Le Croquemitaine ne s'était pas contenté de se nettoyer les mains. Il y avait versé du sang. En grande quantité.

Guy ne comprenait pas la démarche.

Pour quoi faire ?

Pourquoi continuer son cérémonial si c'était pour laisser cette partie en retrait, presque cachée, comme oubliée ?

– Non, ce n'est pas de la mise en scène, réfléchit-il à voix haute, ça ne fait pas partie de son rituel.

C'était utile.

Il en avait besoin.

Pour se laver.

Après un pareil carnage, le Croquemitaine était couvert de projections, pas seulement ses mains. Toute sa personne.

Guy se mit à sonder tout autour du baquet, il repoussa une caisse vide, et son regard s'arrêta finalement sur un panier en osier.

Un linge taché d'auréoles rouges y était roulé en boule.

Il s'est lavé là. Bien sûr ! Il était couvert de sang ! Il s'est lavé et séché là avant de quitter la ferme.

L'esprit logique du romancier se heurta à cette hypothèse.

Avec ce qu'il a fait aux deux femmes, il devait être taché de sang de la tête aux pieds ! Quel intérêt de se laver le corps si c'est pour repartir avec des vêtements sanguinolents ?

L'évidence s'imposa à Guy.

Parce qu'il n'était pas habillé. Il avait pris soin de se mettre nu.

Il lui avait simplement suffi de se laver le corps pour repartir propre !

Le contact de sa peau avec celle de ses victimes lui plaisait, faisait partie intégrante de son fantasme.

C'était un jouisseur, il l'avait démontré en violant la petite Lucile sans discontinuer. Et en revenant la posséder, même démembrée et morte.

Un jouisseur. Le besoin du contact physique. De sentir l'autre.

Nu contre la chair.

Nu contre la mort.

Il *incarne la mort.*

– La mort nue, corrigea Guy. Il est la mort nue.

Guy pencha la lampe au-dessus du panier et, du bout des doigts, entreprit de sortir lentement le linge.

Il en examinait chaque centimètre.

Il s'est séché avec ça !

Guy priait intérieurement pour avoir un peu de chance.

Il y avait forcément des traces de ce qu'il recherchait.

Son vœu s'exauça.

Un poil, puis un cheveu apparurent, capturés dans les replis du linge.

Noirs.

Guy tâtonna dans une poche de son manteau et en sortit un étui à cigare en cuir dans lequel il déposa ses deux trouvailles.

Certes, ce n'était pas l'Eldorado, pourtant, il éprouvait une profonde joie.

Il avait enfin quelque chose.

Il se redressa pour étudier toute la zone.

Le Croquemitaine s'était tenu là, pour se laver, puis pour se sécher, dans ce minuscule espace.

Il avait forcément posé ses vêtements quelque part pour se rhabiller ensuite.

Ça ne pouvait être que sur la caisse vide.

Il la contempla longuement avant de s'agenouiller afin d'en parcourir chaque parcelle.

Sans rien remarquer.

Il manqua poser sa main sur une trace, à même le parquet.

Plusieurs traits parallèles.

Des empreintes de chaussures.

La lampe posée au sol, Guy tenta d'en discerner davantage.

Les semelles avaient trempé dans le sang. Hélas assez peu, ne marquant pas l'ensemble du pied, seulement le bout avant. Assez large. Des sillons épais. Ce n'étaient pas des sabots en bois, gros et sans rainures, pas non plus des souliers de ville. Plutôt de ces gros godillots lourds à semelles épaisses, comme ceux des soldats ou des mineurs.

C'était un indice important.

Guy se releva.

Sans noter la présence dans son dos.

Il continua d'observer la bassine d'eau sanglante tandis que la silhouette derrière lui se dépliait.

Un visage énorme et effrayant.

Inhumain.

Le Croquemitaine se ramassa sur lui-même comme un lion se préparant à bondir sur sa proie.

Et il fondit sur Guy.

Ne lui laissant aucune chance de riposter.

23

La nuit tomba sur la maison.
Brusquement.
Violemment.
Elle s'abattit et aveugla Guy, étouffant aussitôt ses sens.

Il mit une longue seconde avant de comprendre qu'on venait d'enfouir son visage dans un sac de toile.

Toute sa tête était prisonnière.

La pression s'intensifia.

Une poigne terrible, douloureuse.

Sa gorge fut immédiatement prise dans l'étau.

Une masse s'effondra sur lui, lui broyant les épaules, plaquant son abdomen contre un tonneau.

Guy se mit à paniquer.

L'air passait à peine à travers la toile.

La corde se resserra autour de son cou.

On l'étranglait.

On le tuait.

Il chercha à agripper son assaillant, mais ses doigts effleurèrent une peau rêche là où devait se trouver le visage de son agresseur.

Le Croquemitaine.

Une peau qui n'avait rien d'humain.

C'était impossible.

L'air se raréfiait.

La puissance du monstre l'étouffait.

Il lui enfonçait quelque chose dans le dos. Un genou.

Ses omoplates allaient céder sous la pression, se fendre comme du verre sous une flamme.

Il attrapa la corde autour de son cou et tenta de glisser ses doigts par-dessous, s'écorchant jusqu'au sang pour libérer un espace à ses ongles.

Il commençait à ne plus pouvoir respirer du tout.

La panique l'inonda.

Ses jambes le soulèverent dans un spasme de terreur.

Tout son corps se débattait.

Ses coudes cherchèrent à frapper.

Ses talons montèrent pour heurter un genou, une cheville, en vain.

L'air sifflait en fuyant sa trachée.

Guy tirait de toutes ses forces sur la corde pour libérer sa gorge.

Le Croquemitaine lui offrit un instant de répit en desserrant son emprise, tandis qu'il abattait une main dans le flanc de Guy.

La douleur le cambra, projetant un arc électrique jusqu'à son cerveau.

Guy relâcha la pression entre la corde et sa gorge.

Et l'étreinte reprit de plus belle.

Il entendait le souffle rauque du Croquemitaine derrière lui.

Une excitation cruelle.

Guy tenta de donner quelques coups de jambes, sans plus de succès.

Il n'en pouvait plus.

Le sac autour de son visage avait pris corps, il était devenu chaud, collant, et il se plaqua contre sa bouche, contre ses narines.

Il n'y arrivait plus.

Il allait partir comme ça.

Par une aube grise.

Par imprudence.

Pour avoir voulu connaître le Mal.

Pour l'avoir aperçu, l'avoir exploré.

Et le Mal était venu chercher son âme.

Dans un ultime sursaut, Guy lança son poing de toutes ses forces restantes en arrière, à l'aveuglette.

Il cogna contre quelque chose de dur.

La prise se desserra.

L'air pénétra à nouveau dans ses poumons, un filet d'oxygène douloureux.

Il sut qu'il n'avait qu'un instant pour s'en sortir, pour prendre l'avantage.

Il se prépara à pivoter pour, le coude levé, percuter son ennemi, de tout son poids. Il fallait viser juste, fracasser la tempe ou, au moins, la mâchoire du Croquemitaine.

Pourtant, au moment d'exécuter son geste, une masse écrasante s'abattit sur lui.

Une force prodigieuse lui saisit le crâne au-dessus des oreilles et projeta violemment sa tête en avant contre la caisse en bois.

Il y eut un craquement sinistre.

Avant même que Guy ne puisse réagir, le Croquemitaine lui abattit à nouveau la tête contre la caisse.

Puis une nouvelle fois.

Encore et encore.

Jusqu'à ce que l'esprit de Guy se mette à voler en éclats, jusqu'à ce que sa pensée soit réduite en bouillie.

Les chocs se répétèrent, pulvérisant ce que Guy avait été.

Lorsqu'un liquide chaud se mit à inonder ses yeux, Guy ne voyait déjà plus.

Il ne pensait plus.

Son esprit s'était évaporé dans les limbes.

24

Un bourdonnement.

Puis la soif.

La douleur.

Les tempes en feu, compressées.

Une souffrance lancinante, une pulsation provenant de l'intérieur, de derrière le front.

Qui était-il ?

Un être agonisant.

La gorge et la nuque si sensibles que le moindre mouvement y enfonçait une pique violente, tétanisant son cerveau.

Plusieurs fois il perdit conscience.

Les réveils n'étaient que tourments.

Confusion.

Il bougeait. Son corps bougeait.

Il reposait dans les ténèbres.

L'environnement bougeait.

Il volait.

Ou peut-être glissait-il.

Toujours plus bas, vers l'Enfer.

La bouche sèche. Une soif terrible.

Chaque déglutition déclenchait une décharge, comme si son œsophage était à vif et que sa salive était de l'acide.

Au fur et à mesure qu'il se réveillait, les phases de conscience duraient plus longtemps. Des fragments de sa personnalité lui revenaient.

Il était inventeur.

Et il souffrait.

Inventeur de phrases.

Je suis Guy.

Et j'écris.

Puis vint un moment où il ouvrit les yeux et tout son esprit remonta à la surface avec lui.

Sans se détacher du lancinement abrutissant qui lui broyait la tête.

Il se souvint de la ferme des Lornan.

Et de l'agression.

Le Croquemitaine derrière lui l'étouffant, le tuant.

Était-il mort ?

Il ne voyait rien.

Le noir total.

Allongé. Je suis allongé sur une surface dure.

Ses poignets lui faisaient mal, moins que sa gorge ou ses tempes, mais ils irradiaient une douleur permanente.

Il était entravé. Mains et chevilles.

Une seconde peau entourait son visage.

Piquante et désagréable au toucher.

Le sac. J'ai encore le sac de toile sur la tête !

Il n'était pas en Enfer, pas encore.

Le Croquemitaine l'avait laissé pour mort, mais il ne l'était pas.

Combien de temps s'était-il écoulé depuis l'attaque du tueur ?

Était-il encore présent ?

Guy devait se concentrer, lutter contre la boule étourdissante qui tournoyait sous son crâne.

Il y allait peut-être de sa vie.

Le Croquemitaine pouvait être encore dans les parages, prêt à finir le travail.

Il a cru m'avoir tué, il est déjà parti. Il est loin.

Mais Guy n'en était pas sûr. Il ne pouvait prendre le risque.

Malgré le désir dc se rendormir, juste un peu, pour que la douleur s'estompe, l'écrivain tenta de se relever, lentement.

Dès qu'il bougea la nuque, un éclair le traversa et, avant même qu'il comprenne ce qu'il ressentait, Guy s'évanouit.

Il reprit ses esprits lentement.

Tout engourdi. Des fourmis dans les jambes et dans les bras.

Les palpitations dans ses tempes étaient déjà moins intenses.

Il n'était plus dans la même position.

Il était assis.

Soudain, pris de panique, il voulut lever les bras, mais ils restèrent rivés à des accoudoirs. Ses jambes aussi étaient retenues aux pieds d'une chaise.

La tête captive de son sac en toile.

Le Croquemitaine ne l'avait pas oublié.

Il ne l'avait pas laissé derrière lui.

Quelque chose de nouveau surprit Guy.

Il était bâillonné.

Pourquoi ne veut-il pas que je parle ?

« Pour ne pas crier plutôt », fit la voix de la logique en lui.

Étaient-ils encore chez les Lornan ?

Que me veut-il ? Pourquoi ne m'a-t-il pas tué ?

Une marche grinça.

Pas très loin de Guy.

Ses paupières étaient douloureuses mais il parvint à les ouvrir.

Il voyait flou.

Son regard s'accoutuma rapidement à l'intérieur du sac.

Une lueur étrange dansait au loin.

Une bougie. Non, une lampe !

Une lampe était allumée quelque part devant lui, il pouvait en distinguer le halo tremblant à travers la toile.

Combien de temps s'était-il écoulé depuis l'attaque ?

Guy se sentait bien mieux. Son corps entier était douloureux. Son crâne plus que tout, mais aussi la gorge. Pourtant, c'était nettement plus supportable que les fois précédentes où il s'était réveillé.

Il avait sombré pendant un bon moment, devina-t-il.

Plusieurs heures.

Peut-être toute la journée.

Il avait très soif. Vraiment très soif.

Son repos forcé avait duré longtemps.

La lampe. Elle est allumée parce qu'il fait nuit. J'ai été inconscient toute la journée.

Le Croquemitaine ne l'avait pas laissé chez les Lornan, pas toute la matinée et tout l'après-midi, c'était trop risqué. Les gendarmes pouvaient revenir à tout moment pour reprendre leur fouille.

Je suis ailleurs. Là où il se sent en sécurité.

Chez lui ?

Alors je suis mort. Il va me tuer.

Pourquoi ligoter et bâillonner un homme et l'empêcher de voir si c'est pour le tuer ensuite ?

Non, le Croquemitaine avait d'autres plans pour Guy.

Sinon il ne se serait pas embarrassé de moi.

Que pouvait-il bien lui vouloir ? Le torturer ? Jouer avec lui comme il l'avait fait avec le gendarme Barçi ?

Pourquoi avoir attendu alors ? Il aurait pu tenter de me réveiller !

Une autre marche grinça.

Je suis chez lui, dans sa cave, d'où la lampe !

Quelqu'un empruntait un escalier avec précaution.

Avec la volonté de ne pas faire de bruit.

Tous les sens de Guy se mirent en alerte.

Ce n'était pas bon.

Il ne vient pas vers moi, il s'éloigne. Il va à l'étage. Pourquoi lentement, pourquoi discrètement ?

Tout à coup, il sut.

Il n'était pas dans la cave du Croquemitaine.

La chair de poule le fit frémir.

C'était la nuit, et le Croquemitaine se déplaçait sans bruit, avec Guy réduit au silence, parce qu'ils étaient chez des gens.

Dans la maison d'une famille.

Le Croquemitaine voulait faire de lui son témoin.

Le témoin de son art.

Guy tira sur ses bras et chercha à arracher ses poignets à l'étreinte des liens, sans aucun résultat sinon celui de s'enfoncer la corde dans la chair.

Il voulut pousser un cri, prévenir tout le monde, les réveiller avec ses hurlements mais ce qui monta dans sa gorge provoqua un nœud douloureux au niveau des cordes vocales, et seul un gémissement étouffé, à peine audible, sortit de sous le sac.

Guy se pencha en avant pour essayer de faire basculer sa chaise, sans réussir à décoller les pieds du sol. Il n'avait aucune force. Tout son corps semblait endormi par le long sommeil duquel il sortait à peine.

Deux coups sourds se firent entendre à l'étage.

Le Croquemitaine entamait sa sinistre besogne.

Guy tira à nouveau sur ses bras, la douleur fit accélérer son rythme cardiaque et lança des décharges jusque dans sa nuque.

Il râla sous l'effort et la souffrance.

Les liens ne bougèrent pas.

Il haletait, désespéré.

Des innocents se faisaient tuer au-dessus de lui, et il était incapable de l'empêcher.

Il tenta encore de crier, puis s'agita comme un dément sur son siège, en vain.

Des pas rapides, légers, traversèrent tout l'étage.

Puis des pas lourds, puissants, cognèrent le plancher à leur poursuite.

Un hurlement d'enfant.

Un cri de terreur.

Un énorme choc contre un des murs de la maison.

L'enfant se mit à vociférer. Une peur animale.

À nouveau les murs tremblèrent et les cris de l'enfant redoublèrent, plus audibles encore.

Ils cessèrent brusquement.

Guy n'en pouvait plus.

Il ne pouvait en encaisser davantage.

Il fallait que ça s'arrête.

Mais le châtiment dura.

Longuement.

Des bruits sourds. Des raclements. Tout l'étage était le théâtre d'une agitation interminable.

Avant que le Croquemitaine ne redescende enfin, d'une démarche incertaine, tirant quelque chose derrière lui, quelque chose de lourd qui cognait à chaque marche.

Un choc mou.

Le Croquemitaine répéta l'opération quatre fois.

Parfois Guy le voyait passer entre lui et la lampe, une ombre.

Néanmoins ses contours dévoilaient une tête anormale.

Hérissée de pointes. Comme des cornes.

Guy était terrorisé.

Il respirait fort, s'efforçant de contenir son souffle quand le Croquemitaine passait à proximité.

Le tueur savait bien qu'il était là, et qu'il était vivant, ça ne faisait aucun doute, pourtant c'était plus fort que Guy.

La terreur de cette forme étrange lui commandait de se faire petit.

Les larmes coulaient sur ses joues.

Il pouvait presque sentir, à travers son masque de toile, l'odeur du sang des gens tout autour de lui.

Car le Croquemitaine les disposait devant Guy.

Il pouvait l'entendre, le deviner.

Soudain, une personne émit un râle plaintif depuis le sol et Guy trembla.

Ils n'étaient pas tous morts.

Le Croquemitaine ne sembla pas y prêter attention.

Pourtant il ne pouvait pas ne pas l'avoir entendu.

Il continuait à s'affairer devant Guy, tirant les corps et faisant avec eux quelque chose que l'écrivain ne parvenait pas à comprendre.

Cela dura de longues minutes.

Le Croquemitaine circulait autour de lui et de quelque chose que Guy ne pouvait distinguer.

Les ombres devant le halo de la lampe n'étaient pas très claires. Pourtant, Guy finit par se demander s'il ne s'agissait pas de silhouettes assises face à face. Comme pour dîner.

Le tueur se mit à tirer une de ses victimes sur le sol et l'entraîna à l'écart, dans une autre pièce.

La victime lança un nouveau gémissement, la plainte d'un être semi-conscient, incapable de parler, mais ressentant la douleur. Guy connaissait ce cri, il l'avait déjà expérimenté lors d'un accident à Paris entre un promeneur et un fiacre. Le malheureux s'était fait renverser, piétiner par les chevaux, et un sabot avait enfoncé sa boîte crânienne. Guy et d'autres témoins lui avaient porté assistance et avaient attendu avec lui l'arrivée des secours. L'homme gémissait de la même manière. Incapable de parler, de bouger normalement, mais il ressentait la douleur, et il avait souffert ainsi pendant plus de vingt minutes.

Il y eut alors un long silence.

Guy sentait qu'il n'était pas seul.

Il avait même la désagréable impression d'être observé.

Il pouvait presque sentir la présence d'autres personnes autour de lui.

Ils sont là, justes devant moi. Probablement morts.

De temps en temps, il entendait un écoulement de liquide, ou du goutte-à-goutte, comme une fuite d'eau dans le toit qui se viderait petit à petit dans un verre ou un bol.

Un hurlement abominable déchira la relative quiétude.

Une femme se mit à haleter, puis encore à hurler comme Guy n'avait jamais entendu hurler.

C'était au-delà du supportable.

Au-delà de la souffrance.

Un martyre infernal. L'œuvre du Diable en personne.

Elle cria encore et encore, manquant s'étouffer à de nombreuses reprises, ne reprenant sa respiration que dans les spasmes de l'agonie.

Guy voulut retourner à son inconscience, il voulut disparaître.

Lorsque la torture devint si violente que la femme ne lança plus qu'un tas de borborygmes émaillés de raclements humides, comme si elle s'étouffait, Guy voulut mourir.

Il espéra que le Croquemitaine viendrait ensuite le tuer.

Que cela serait rapide Pour que jamais il n'ait à se souvenir de ces hurlements.

La femme émit une série de petits gémissements noyés par un liquide dans sa bouche puis elle se tut.

C'était fini.

Guy perçut plusieurs craquements sinistres, des mouvements humides, et il entendit des objets tomber, comme si on lançait des galets dans des flaques d'eau.

Quelqu'un respirait fort au loin.

Le Croquemitaine.

Il lâchait de petits cris d'effort et peut-être de satisfaction, devina Guy.

Les minutes passèrent et Guy cessa de pleurer.

La silhouette du Croquemitaine réapparut entre lui et la lampe.

Il approcha de Guy, lentement, et se pencha sur lui.

Sa respiration sifflait et inondait le sac d'un souffle chaud.

Il regardait Guy.

Sa main se posa sur la joue de l'écrivain.

Il la caressa à travers la toile.

Lentement, comme un animal qu'on flatte.

Puis il passa derrière Guy et poussa la chaise en avant jusqu'à ce que le prisonnier sente un objet horizontal devant son ventre.

Une table, comprit-il.

Le Croquemitaine se déplaça dans la pièce d'une démarche lourde et bruyante qu'il n'avait pas eue jusqu'à présent.

Il resta dans un coin de la pièce pendant longtemps.

Par moments, Guy pouvait percevoir un soupçon de conversation.

Pourtant, il n'avait pas l'impression qu'il s'agissait de deux personnes.

C'est lui, il se parle, il chuchote tout seul !

Il commentait la scène. Il la faisait vivre dans son imaginaire.

Puis il y eut un reniflement et la démarche bruyante s'éloigna.

Avant qu'une porte claque.

Après plusieurs minutes, Guy comprit qu'il était seul.

Avec ce qui restait d'une famille.

Il demeura ainsi sans bouger pendant longtemps.

Le temps que le sel de ses larmes s'incruste dans ses joues.

Que les échos des hurlements s'estompent dans sa mémoire.

Puis la vie revint lentement en lui.

Alors il chercha à nouveau à tirer sur ses liens, sans plus de succès.

Il ne voulait plus rester ainsi, entouré de cadavres. Ce n'était plus supportable.

Le Croquemitaine allait revenir.

Il n'en avait pas fini avec lui.

Et Guy ne voulait pas mourir ainsi. Pas ici. Pas comme ça.

L'extrémité de ses doigts effleura le bout de la table. Au prix d'efforts répétés et synchronisés de ses mains, il parvint à basculer en arrière et chuta lourdement, la respiration coupée.

Lorsqu'il put à nouveau inspirer de l'air, il coinça un morceau de table entre sa cheville et le pied de sa chaise pour se stabiliser et, de l'autre jambe, tira de toutes ses forces.

Après plusieurs essais, le pied céda.

Peu à peu, il parvint à démanteler la chaise.

Jusqu'à se libérer totalement.

Lorsqu'il ôta son masque, il haletait, rouge et tout transpirant.

Ce qu'il vit alors le fit vaciller.

25

Des arcs d'électricité statique se formaient entre les mèches au passage de la brosse.

Faustine la lança plus qu'elle ne la posa sur la coiffeuse de sa chambre.

Vingt fois elle s'était lissé les cheveux dans la nuit.

Elle ne parvenait pas à dormir.

Elle ne s'était même pas couchée.

Trop de peurs. D'angoisses.

À l'heure du dîner, Hencks était rentré, la mine fermée. Ils n'avaient pas retrouvé Guy. Toute la journée sans nouvelles. Ni au village ni à la ferme des Lornan. Personne ne l'avait vu à Chérence, pas plus qu'à Vétheuil.

Hencks avait prévenu l'adjudant Bollart qui s'était effondré.

Le gendarme avait immédiatement envisagé une nouvelle victime.

Faustine ne parvenait pas à l'accepter.

Guy ne pouvait pas tomber ainsi. Il était occupé ailleurs, obsédé par son labeur, il en avait oublié les heures, les convenances…

Faustine l'imaginait en train d'écrire sous un arbre ou au bord d'une rivière.

Mais la nuit était tombée.

Il n'était pas rentré.

La jeune femme s'était installée dans le salon, sur une chaise devant la fenêtre, et attendait. Vers trois heures du matin, elle était finalement montée dans les étages. Elle avait d'abord frappé à la porte de sa chambre, au cas où l'écrivain serait passé par-derrière, qu'il n'ait pas pris soin de les prévenir de son retour tardif.

La couche était vide.

Faustine s'était assise dessus, avant de s'y allonger.

L'oreiller sentait l'odeur de Guy.

Un parfum chaud, presque musqué.

Elle l'avait serré contre sa poitrine, sa robe recouvrant le lit.

Et elle avait pleuré en silence.

Comme ces nuits au lupanar.

Lorsqu'elle attendait le client.

Qu'elle s'apprêtait à se faire payer le prix de sa culpabilité.

Elle, petite fille gâtée de l'aristocratie de province qui avait refusé un mariage arrangé. Qui était-elle pour remettre en cause l'ordre établi ? Pour s'opposer aux traditions, à la puissance de familles puissantes et anciennes ? De quel droit ? Au nom d'un amour possible ? D'une quête d'amour véritable ?

L'amour.

Cette folle utopie qui donnait de la matière aux rêves et du corps à la peine, elle y avait cru sans jamais s'y être confrontée. Mais son prétendant n'avait pu supporter l'affront. Il s'était tué.

Dès lors, chaque fois qu'un homme avait possédé son corps, Faustine s'était forcée à l'accepter, en signe de rachat.

Parce qu'elle le méritait.

Donner à mille le plaisir que j'ai refusé à un.

C'était sa nouvelle vie, sa part d'ombre à elle, comme aurait dit Guy.

Elle avait choisi son nouveau nom ainsi.

Faustine. Pour ne jamais oublier le pacte d'une nouvelle existence qu'elle s'était imposée. Un pacte avec ce qu'il y avait de pire en elle.

Elle s'était vendue, comme si le seul amour qu'elle méritait n'était que celui du plaisir qu'on payait pour prendre avec elle.

Et Guy était arrivé au *Boudoir de soi*, lupanar de Julie.

Guy et son aura d'homme fantôme.

Les premières semaines, il n'existait même pas, ce n'était qu'une enveloppe de chair qui payait pour boire et baiser les catins de la maison. Il dormait sur place, se levait dans l'après-midi et repartait dans le stupre et les excès pour s'assurer de fuir la réalité.

Au fil des semaines, une personnalité avait émergé. Lentement.

Puis il avait cessé d'être un simple consommateur et avait emménagé dans les combles. Il avait sorti des carnets de notes. Et s'était mis à écrire.

Des tentatives d'écriture.

Il avait bien tenté de s'offrir les services de Faustine, mais elle avait refusé.

Avec le temps, elle avait acquis une petite réputation et, surtout, elle s'était arrogé le luxe de choisir ses clients.

Guy n'en avait pas eu le bénéfice.

Au contraire, elle s'était toujours efforcée de se tenir à l'écart.

Parce qu'il était beau.

Attirant.

Parce qu'il dégageait quelque chose qui plaisait à Faustine.

Elle ne pouvait risquer de tomber amoureuse. Plus maintenant.

Faust le lui rappelait chaque fois qu'on prononçait son prénom.

Son pacte. Sa culpabilité.

Le prix à payer.

Jusqu'au meurtre de Milaine.

Jusqu'à ce qu'ils affrontent Hubris ensemble.

Puis cet exil.

Un nouveau départ.

Une autre nouvelle vie.

Faustine l'avait pris comme une seconde chance. Celle qu'il ne fallait pas manquer. Elle avait assez payé. Elle devait se pardonner. Oublier.

Et cet endroit le lui permettait.

Guy l'y aidait. À sa manière.

Mais lui-même était encore hanté par ses propres démons.

Tout n'était pas réglé chez lui.

Le romancier à succès qui avait fui un beau matin réussite, gloire et famille.

Abandonné sa femme aimante.

Abandonné sa fille innocente.

Chaque matin, Faustine regardait Guy humer la brume de la

forêt, caresser la rosée sur les fleurs et marcher d'un pas rêveur vers la bibliothèque pour aller s'enfermer et écrire, et chaque matin, son cœur battait à un rythme légèrement différent.

Elle savait que lui-même n'était pas indifférent à ses propres charmes.

Toutefois, il devait avant tout se débarrasser de ses fantômes.

Faire la paix avec son passé.

Faustine éprouvait de la colère à l'égard de Guy comme d'elle-même : ils n'avaient pas su profiter de ce temps pour avancer.

Pour enfin s'aimer.

S'il lui était arrivé quoi que ce soit, jamais elle ne pourrait se le pardonner.

Elle retourna dans sa chambre et allait prendre la brosse à cheveux une nouvelle fois mais interrompit son geste et se dirigea vers la salle de bains en défaisant les nœuds de sa robe.

Après avoir fait sa toilette, Faustine enfila sa tenue préférée, une robe blanche qui soulignait ses yeux de saphir, avec décolleté et manches en dentelle, puis descendit préparer le petit déjeuner.

Il allait rentrer.

Il ne pouvait en être autrement.

Guy viendrait prendre son repas avec elle et s'excuserait d'avoir disparu ainsi, avant de lui raconter son errance, et toutes les bonnes idées qu'il y avait glanées pour son livre.

Elle croisa Ophélie, la cuisinière, qui l'aida à dorer des tranches de pain dans le four et à mettre la table.

Guy apparut avec l'aube, silhouette titubante qui surgit d'un rayon de soleil, entre deux érables.

Faustine se précipita à sa rencontre.

Il marchait d'un air épuisé.

Son visage avait changé.

Le front tuméfié, rouge et violet. Une estafilade encore fraîche, un sang vif perlant à la naissance des cheveux.

Il arborait un masque de sang séché.

Le regard dur. Les mâchoires crispées.

Un trait bleu assez large, mal défini, entourait sa gorge écorchée.

Faustine comprit qu'il était à bout de forces et, lorsqu'elle s'élança pour le retenir, il tomba dans ses bras.

Faustine se tenait sur le bord du lit, la main de Guy serrée dans les siennes.

Le docteur Faulsôme avait recousu la plaie de son front, et ils l'avaient nettoyé pour lui rendre une apparence plus humaine.

Il revint à lui en milieu de matinée.

Hencks et Faulsôme, assis dans la chambre, se précipitèrent.

– Que vous est-il arrivé mon ami ? s'enquit Hencks d'un air profondément contrarié.

Guy cilla plusieurs fois avant de se redresser sur ses coudes.

Il ressemblait à l'un de ces hommes qu'on emmène à l'échafaud, résigné, se sachant déjà mort.

– Quelle heure est-il ? demanda-t-il d'une voix rauque, sans vie. Ai-je dormi longtemps ?

– Il est dix heures et demie du matin, répondit Faulsôme en jetant un œil à sa montre qu'il avait sortie d'un geste rapide de son gilet.

– Il faut se dépêcher.

– Guy, fit Hencks avec inquiétude, que s'est-il passé ?

– Il a recommencé, dit l'écrivain d'une voix sans timbre. Toute une famille.

– Le salopard ! lâcha le médecin entre ses dents serrées de rage.

– Et vous ? Expliquez-nous ! implora Hencks. Vous l'avez affronté ?

Guy lâcha la main de Faustine et tira sur les draps qui le protégeaient pour s'asseoir sur le bord du lit à côté de la jeune femme.

– Il s'est joué de moi. Je n'ai rien pu faire, dit-il, accablé. Il est habile, rusé et d'une force spectaculaire.

Ses cordes vocales semblaient touchées, il y avait un voile grave sur chacun des mots qu'il prononçait.

– Comment vous en êtes-vous sorti ? s'étonna Faulsôme.

– C'est lui qui en a décidé ainsi. Il ne me voulait pas mort.

– C'est une sacrée chance, fit Faulsôme.

Faustine, plus observatrice et plus douée en analyse, enchaîna :

– Il avait un but avec vous, n'est-ce pas ? Il a fait de vous son messager...

– Il voulait un témoin, lâcha Guy. Il voulait que je voie son œuvre.

Le romancier souffla dans ses mains jointes sur son visage. Il les fit glisser lentement, tirant sur sa peau comme pour ôter un masque douloureux. Ses pupilles balayaient le néant, à la recherche de réponses.

– C'est un pervers ! aboya Faulsôme avec colère. Mais, par chance, sa vanité vous aura sauvé la vie !

– Il veut une famille, continua Guy. Il veut être un humain comme nous tous.

– Son comportement l'éloigne de ce que nous sommes normalement ! Il n'a à s'en prendre qu'à lui-même ! Il était un homme comme les autres, avant !

Guy secoua la tête doucement. Sans émotion.

– Je ne crois pas. Il est autre chose.

Le médecin se fit conciliant :

– Allons, vous n'êtes pas sérieux !

– Il est quelque chose qui n'est pas humain. Mais qui veut le devenir. Venez, nous devons y aller. Il y a beaucoup à apprendre. Nous n'avons pas une minute à perdre.

– Ils sont morts, n'est-ce pas ? s'enquit Hencks avec peine. Alors pourquoi un tel empressement ?

Guy hésita, il sembla à Faustine que des images défilaient devant le regard de l'écrivain. Il ouvrit la bouche mais plusieurs secondes passèrent avant que les mots n'en sortent, comme s'il avait fallu qu'il trie parmi ses souvenirs :

– Il n'est pas humain, mais il veut le devenir, répéta finalement Guy.

26

La table était mise pour six personnes.

Les convives n'étaient que trois.

Un homme, une adolescente et un jeune garçon.

L'assiette creuse devant chacun s'était remplie de leur propre sang qui gouttait depuis leur tête penchée au-dessus.

Leur corps était en appui contre la table.

Tous avaient la gorge tranchée.

Un infâme sourire pourpre.

Maximilien Hencks, Rémi Leboueux, l'adjudant Bollart, le docteur Faulsôme, Guy et Faustine, qui avait dû insister pour venir, se tenaient tout autour.

Les volets étaient toujours fermés, plusieurs lampes à pétrole irradiaient une clarté jaunâtre.

– J'étais là-bas, en bout de table, expliqua Guy. Là où il n'y a pas de couverts. Manifestement, il ne voulait pas m'inclure à leur repas, juste que j'en sois le témoin.

– C'est la famille Lemaire, commenta le garde champêtre d'un air effaré.

– Combien sont-ils normalement ? demanda Guy.

Depuis qu'il s'était réveillé, il n'avait qu'un seul et unique ton : monocorde, sans émotion, comme si son âme était détachée de son corps.

– Cinq. Je connais bien Othon et Luce, ils traînent souvent en forêt pour les champignons.

– Ce sont les parents ?

– Oui.

Rémi Leboueux retira sa casquette qu'il posa sur son cœur. Ses yeux brillaient de larmes retenues.

– Et leurs enfants ? demanda Guy.

– Il y a Pélagie, l'aînée, Alice, la cadette, et... Médéric, répondit-il en tendant le bras vers le jeune garçon.

– Quel âge a Pélagie ?

– Seize, peut-être dix-sept ans.

Cette fois les larmes glissaient sur les joues du garde champêtre qui tentait malgré tout de rester le plus digne possible.

– Vous devriez sortir, lui dit Guy.

Leboueux inspira fort, se redressa et fit « non » du menton.

Guy le fixa pour le réprimander durement du regard puis s'approcha de l'adolescente.

– Celle-ci a à peine treize ou quatorze ans, dit-il en soulevant doucement son visage.

La gorge tranchée de l'adolescente lâcha un filet de sang qui fit sursauter la plupart des témoins de la scène. Trois mouches s'envolèrent de la plaie béante.

Les paupières n'étaient pas totalement refermées.

Elle était si pâle qu'elle semblait poudrée comme à la cour du Roi-Soleil.

Elle avait l'air hagard. Comme si elle n'avait pas compris ce qui lui arrivait. Ses lèvres dévoilaient des dents un peu jaunes, pas très bien alignées.

– Elle est encore tiède, ajouta Guy.

Leboueux serra les poings et ses articulations craquèrent.

– Vous avez déjà fait le tour ? interrogea le docteur Faulsôme.

– Oui. Quand je me suis libéré, j'ai parcouru la maison pour vérifier s'il n'y avait pas un blessé ou quelqu'un qui avait pu survivre à ses blessures.

Il secoua la tête sombrement.

– La mère et l'autre fille sont à l'étage ? questionna Hencks.

– Non. La mère est dans la pièce d'à côté. La fille aînée a disparu.

– Avec un peu de chance, elle n'était pas là cette nuit, lança Hencks.

– Il est parti avec elle, lâcha Guy sans émotion.

Faustine croisa les bras sur sa poitrine, l'air pétrifiée de terreur à cette idée.

– Madame, fit le docteur, je crois qu'il est temps à présent que vous nous laissiez, ce n'est pas un endroit pour vous.

Faustine lui lança un regard mauvais.

– Nous en avons parlé avant de venir. Ce qui concerne Guy me concerne. Rien ne me sera caché.

– Je crois que le docteur a raison, insista Leboueux. Si vous voulez, j'attendrai dehors avec vous.

– Le regard d'une femme sur ces événements peut vous être utile. Je suis capable d'encaisser. Je l'ai déjà fait.

À ces mots, Bollart et Faulsôme la regardèrent étrangement.

– Nous avons assisté la police parisienne il y a quelque temps, ensemble, dans une affaire de crime, des personnes que nous connaissions, précisa Guy. Faites-lui confiance.

Hencks attendit le jugement de l'adjudant Bollart.

Ce dernier ne parvenait pas à détacher son regard de la jeune femme décidément bien singulière, tant par sa beauté que par sa personnalité.

– C'est comme vous voulez, dit-il enfin. J'accepte toute l'aide qui me sera proposée. Mais si vous vous sentez mal, n'hésitez pas à sortir.

Hencks s'approcha de Guy.

– Vous avez pu voir son visage ?

– À aucun moment. Je n'ai vu que sa silhouette. Elle n'était pas normale. Il avait des cornes, je crois.

– Des cornes ? Un masque de taureau ou de bélier ?

– Je ne sais pas. Je n'en avais pas l'impression.

– S'est-il adressé à vous ?

– Non. Après sa mise en scène, il est resté près de la porte pendant un long moment. Je l'entendais se parler à lui-même, mais c'était trop bas, inaudible, je ne saurais pas reconnaître sa voix. Ce serait l'un d'entre vous que je ne saurais le dire.

Ces mots jetèrent un froid parmi l'assemblée.

– Vous pourriez donner la chronologie des faits ? demanda le gendarme.

– Nous étions déjà à l'intérieur quand je suis revenu à moi. Il montait à l'étage. J'étais attaché et réduit au silence, je n'ai rien pu faire. (Guy crispa les mâchoires à ces mots et avala avec difficulté sa salive.) Il les a neutralisés assez rapidement, je crois. Il y a eu une brève course-poursuite là-haut avec le garçon, Médéric, ça n'a pas duré longtemps. Il est rapide, efficace. Il sait y faire. Ensuite il a enchaîné les allers-retours entre ici et l'étage, il a descendu quatre corps, il les traînait derrière lui.

– Quatre ? répéta Bollart. La mère de famille ?

– Oui. Pour Pélagie, peut-être l'a-t-il portée sur ses épaules, je l'ignore. Je crois en tout cas qu'ils étaient déjà tous morts, sauf la mère.

– Qu'est-ce qui vous le fait dire ?

Guy planta ses prunelles dans celles du gendarme. Son regard était devenu sauvage. Inquiétant.

– Elle agonisait.

Bollart haussa les sourcils et désigna une porte un peu plus loin.

– Elle est là, n'est-ce pas ?

– Je vous préviens : ce qui se trouve au-delà de cette porte est inhumain.

Bollart tira sur sa ceinture pour ajuster son plastron de gendarme et s'élança en brandissant une lampe.

Il entra dans la pièce et tous l'entendirent réprimer un haut-le-cœur, puis des raclements de semelles avant qu'il ne vomisse bruyamment.

Lorsqu'il revint, il était presque aussi pâle que la petite Alice.

Il titubait.

Faulsôme tira une chaise contre le mur et Bollart s'y laissa choir, la tête entre les mains, le bicorne à ses pieds.

– Comment peut-on faire ça ? dit-il à travers ses paumes. Quel homme peut aller aussi loin ?

– Le Croquemitaine, répondit Guy. C'est la même chose qu'avec Mme Lornan.

– Pire ! s'écria soudain le gendarme en levant le visage. Il y a du sang partout !

– Parce que c'est du carrelage, répliqua Guy froidement. Chez les Lornan le plancher a bu une bonne partie du sang, d'où les mouches qui bourdonnaient en dessous. Il a reproduit la même chose ici. Il s'installe dans une routine.

– Cette femme a... elle a explosé de l'intérieur !

Guy secoua la tête.

– Il est nu quand il fait ça, révéla-t-il. Je l'ai entendu à l'œuvre, cela a duré longtemps. Je pense qu'il se mélange à elle. Il l'éviscère sauvagement, il la réduit en miettes et se couvre de ses morceaux. J'ignore pourquoi.

– Mon Dieu, gémit Leboueux.

– Et elle était vivante quand il a commencé, ajouta Guy. Elle s'est donc débattue. S'il a préféré devoir l'affronter alors qu'il l'ouvrait, c'est que cela fait partie de son fantasme. Il a besoin qu'elle se défende. Qu'elle bouge. Docteur, vous avez examiné les Lornan attentivement, n'est-ce pas ?

– En effet.

– Avez-vous noté des traces de liens aux poignets de Mme Lornan ?

– Oui. Des sillons violets. Mais aucun lien sur place.

– D'après ce que j'ai aperçu ce matin, avant de partir, Luce Lemaire a les mêmes. Il leur attache les poignets, mais pas les jambes. Avec la douleur qu'il leur inflige, elles doivent se débattre comme des damnées. Il les maîtrise malgré tout. Il parvient à aller jusqu'au bout.

– C'est un costaud, vous nous l'avez dit, intervint Hencks.

– Oui. Sa force était bien supérieure à la mienne. Il n'aurait eu aucune peine à me briser les cervicales.

Faulsôme déplia soigneusement un mouchoir de tissu tiré de sa poche de veston et, après l'avoir délicatement mouillé avec un peu d'eau prise à un pichet, il s'en couvrit le nez et passa dans la pièce mitoyenne.

– Et vous dites que vous avez cherché partout, reprit l'adjudant Bollart, vous n'avez pas trouvé l'aînée ? Comment s'appelle-t-elle déjà ?

– Pélagie, dirent Faustine et Leboueux en chœur.

– Non, elle n'est pas là.

– Même cachée dans un placard, sous un lit ?

Guy tendit le bras vers l'escalier.

– Allez vérifier. J'ai pu passer à côté de quelque chose, mais à mon avis vous ne trouverez rien.

– Pourquoi ai-je l'impression que vous en savez plus que vous ne voulez bien le dire ?

– Il y a des lits pour chacun à l'étage. Et ils sont tous défaits. Pélagie était présente quand le Croquemitaine les a attaqués. Il est reparti avec elle.

– Elle a pu s'enfuir !

– Sa démarche était bien plus lourde. Il avait remis ses chaussures, mais même malgré cela, je crois qu'il était chargé. Lourdement chargé.

– Remis ses chaussures ? tiqua Bollart.

– Je vous l'ai dit : il est nu quand il s'en prend à eux.

– Nu ? Décidément, c'est un animal celui-là.

– Être nu, c'est se découvrir, intervint Faustine. Se montrer sans fard tel qu'on est. Ça peut être une position vulnérable, on ne le fait pas sans une bonne raison.

– C'est juste, enchaîna Guy, je crois que s'il préfère être nu, c'est pour le contact. Sentir leur peau contre la sienne. Il veut aussi qu'ils le voient comme il est *vraiment.*

– Pourquoi ? Qu'a-t-il de différent avec ses vêtements ? demanda Leboueux.

– Ses vêtements, c'est la parure imposée par la société. C'est son masque, pour jouer la comédie. Pour se montrer tel que le monde veut qu'il soit. Nu, il est lui-même.

– Vous voulez dire qu'il se comporte comme tout le monde en dehors de... de ça ? dit Bollart en désignant la table et ses victimes. Que ça pourrait être n'importe qui ?

– Exactement. Il est de ces criminels qui cachent parfaitement leur jeu. Il a appris à se fondre dans le paysage. Maintenant, c'est tout de même une personnalité complexe. (Guy se tut une seconde lorsqu'une nuée de mouches noires se posa sur les gorges ouvertes des trois victimes.) Probablement un garçon un peu singulier dans le village, reprit-il, très certainement un célibataire, pour avoir autant de temps libre. Son travail est assez flexible question horaires.

– Pourquoi ? demanda le garde champêtre.

– Parce qu'il passe une partie de la nuit chez ses victimes, la veille des jours ouvrables, donc il doit pouvoir se reposer un peu avant de partir travailler.

– Un célibataire ? demanda encore le gendarme.

– Pourquoi pas un alcoolique ? proposa Rémi. L'effet de l'alcool pourrait expliquer qu'il ne se rende pas compte de ce qu'il fait, c'est à cause de l'ivresse qu'il va aussi loin dans… dans l'horreur.

– Non. Au contraire, il est méthodique. Il est appliqué. Il n'est pas ivre dans ces moments-là. Autre chose : il porte des chaussures de marche, ou de travail. Ces gros souliers à semelles épaisses conçues pour ne pas glisser.

– C'est à sa démarche que vous déduisez cela ? s'étonna le gendarme.

– Non, à une empreinte dans le sang que j'ai trouvée chez les Lornan.

Bollart se renfrogna aussitôt, froissé que ses hommes soient passés à côté d'un indice aussi capital.

– À votre décharge, lui répondit Guy, elle n'était pas facilement détectable. Le Croquemitaine s'est lavé chez les Lornan, après son crime. Et je peux vous dire qu'il est brun. J'ai trouvé un cheveu et un poil qui lui appartiennent très certainement.

– Il s'est lavé ici aussi, intervint le docteur Faulsôme en revenant, livide, du chevet de Luce Lemaire. Il y a une bassine au fond de la pièce, pleine d'une eau salie par le sang. Beaucoup de sang.

– Il… Il se lave dans le sang de ses victimes ? s'alarma Leboueux.

– La comtesse Báthory le faisait, révéla Hencks. Des bains de sang de vierges pour conserver sa jeunesse. Mais c'était il y a trois cents ans.

– Non, c'est du sang dilué dans de l'eau. Cependant, je dois avouer que nous parlons d'une grande quantité de sang.

– Parce qu'il en est couvert, insista Guy. Après ce qu'il fait aux mères de famille, il se recouvre probablement d'une seconde peau. C'est ce que j'ai déduit de mon passage chez les Lornan hier.

– Vous êtes retourné là-bas ? s'indigna le docteur Faulsôme.

– C'est comme ça qu'*il* m'a surpris.

– Vous étiez chez les Lornan lorsqu'il vous a enlevé ? répéta Hencks.

– Je terminais mon petit tour. Il m'a vu opérer. Il sait que je suis à ses trousses.

Hencks opina du chef lentement, plongé dans ses pensées.

– Vous aviez promis de ne plus vous en mêler ! s'énerva le docteur. Regardez où ça vous a mené !

– Je crois que nous avons dépassé cette question, répliqua Guy, très calme.

– Vous êtes un sacré veinard qu'il ne vous ait pas massacré comme les autres ! renchérit Faulsôme.

– Permettez moi de parler avec mon langage, de donner mon analyse. S'il vous a laissé en vie, Guy, alors que vous le traquiez, pour vous conduire ici, c'est pour vous adresser un message très clair, affirma Maximilien Hencks de sa voix grave. Il vous fait dire que vous n'êtes plus à ses trousses, vous n'êtes pas celui qui le traque. C'est *lui* le chasseur. Cette région est son terrain de chasse. Et nous sommes tous ses proies.

Leboueux frissonna et Faustine resserra davantage encore ses coudes contre ses flancs.

– Tout à l'heure, vous avez dit qu'il n'est pas humain, rappela le docteur. Qu'entendiez-vous par là ?

– Il ne se sent pas humain. Sa nature est tout autre que la nôtre. C'est pour ça qu'il tue des familles et qu'il les met en scène. Regardez cette table. Il l'a dressée lui-même. Il a même ajouté un couvert.

– Pour vous.

– Non, j'étais à l'autre bout, là où il n'y a rien, moi je ne suis que le témoin silencieux. Le couvert, c'était pour lui. Il se met en scène avec eux.

– La première fois, il massacre tout le monde et met le père en scène, et la seconde fois, c'est la moitié de la famille ! Grandiose ! s'énerva Bollart. C'est du grand n'importe quoi !

– Au contraire, fit Faustine. Il progresse. Il s'incorpore à la scène, avec son assiette. Et s'il continue comme ça, il finira par les faire vivre autour de lui, enfin, c'est ce que je crois quand je regarde tout ça.

– Que voulez-vous dire ?

– Eh bien, il y a une sorte de… continuité, de progression. Pour commencer, il les tue tous et fait une exhibition macabre et plutôt symbolique du père uniquement, d'après ce que j'ai entendu. Puis, aujourd'hui, il met une partie de la famille en situation de vie normale, le repas, et il se joint à eux. C'est une étape de franchie. La prochaine fois, on peut envisager qu'il veuille partager *véritablement* leur quotidien.

Faustine avait embrayé. Comme avec les meurtres de Milaine et de Rose, une fois plongée dans la traque du criminel, lancée dans le sillage de Guy, l'élève dépassait souvent le maître, elle parvenait à mettre le génie de sa perception humaine au service de ses déductions.

– Et alors ? Comment pourrait-il faire une chose pareille ? insista Bollart.

– Il ne le peut pas, pas normalement intervint Guy. Mais il peut les contraindre.

– Ne pas les tuer ?

– Pas tout de suite, bien que ce soit irrémédiable. Il a besoin de ça. De la délivrance que lui procure le meurtre. (Se tournant vers Hencks, Guy précisa :) De l'orgasme divin. Et parce que sa vie fantasmée de famille ne pourra jamais correspondre avec la réalité. Il les tuera tous. En attendant, cela nous laisse peut-être un espoir.

– Ah, vous trouvez ? fit Bollart, sceptique.

– S'il commence à mettre en scène et à élaborer son incorporation à la famille, comme le dit Faustine, il se peut qu'il ait enlevé Pélagie pour ça. Pour jouer au petit frère.

Rémi Leboueux tressauta :

– Vous pensez donc qu'elle est vivante ?

– C'est possible. Soit pour ce cruel jeu de rôle, qui durera un moment seulement, mais qui serait un bon signe pour nous. Tant qu'il croira à ce qu'il fait, tant que Pélagie répondra à peu près correctement à cette comédie, il pourrait la garder en vie, le temps pour nous de l'identifier…

Comme il ne finissait pas sa phrase, Leboueux se rapprocha :

– Soit cette mascarade, soit quoi ?

Guy avisa les corps exsangues autour de la table.

– Soit il l'a prise pour avoir un jouet sexuel. Comme Lucile l'a été chez les Lornan. Et là, elle ne sera qu'un objet pour épancher son désir. Dès lors qu'il en aura assez, il la détruira. Et le désir sexuel est très vite rassasié.

Devant l'air sinistre qu'il arborait, tous comprirent que Guy songeait surtout à cette dernière hypothèse.

27

Le visage de l'assassin se dessinait peu à peu.

Des rais de lumière entraient en biais par les hautes fenêtres de la bibliothèque d'Elseneur tandis que le soleil se hissait à son zénith.

L'adjudant Bollart avait rejoint Guy et Faustine parmi les milliers de livres et écoutait religieusement l'écrivain. Il lui avait demandé de lui faire un exposé de ce qu'il comprenait de ce tueur atypique.

– Il est puissant, donc on peut envisager qu'il travaille dehors, dans les champs ou les forêts, un agriculteur ou un bûcheron, par exemple. Mais ceci ne doit pas être considéré comme une liste exhaustive.

Bollart prit la parole :

– Si je résume, c'est un brun, solitaire, vivant certainement seul, en tout cas sans entraves, ce qui lui permet d'accomplir ses forfaits la nuit ; il déteste les femmes, porte des chaussures à larges semelles, est costaud et exerce un métier indépendant ou avec des horaires souples.

– Il travaille en extérieur, rappela Guy. Ses chaussures et sa carrure peuvent en attester.

– Si j'élargis mes recherches jusqu'à Magny-en-Vexin et Mantes, cela peut faire des centaines de candidats !

– Il connaît très bien la région, il savait où frapper. C'est un gars des environs. Les Lornan vivaient à deux kilomètres de Saint-Cyr, et les Lemaire à La Goulée, près de Vétheuil, c'est tout proche également. Attaquer deux fois à si peu de distance, c'est un risque énorme. Après le massacre des Lornan, les gens par ici se sont méfiés, ils sont devenus plus prudents. S'il avait traversé la Seine pour s'en prendre à une famille là-bas, nous ne serions même pas au courant. Il pourrait continuer ainsi pendant longtemps. Or, il concentre ses crimes dans une zone restreinte. Parce qu'elle le rassure. Parce qu'il en a besoin pour agir vite. Parce qu'il vit dans la région. C'est comme ça qu'il repère ses proies. C'est pour ça qu'il sait où aller. Cherchez d'abord à Saint-Cyr, Vétheuil et Chérence, ainsi que dans les hameaux autour de ces trois villages.

L'adjudant Bollart notait ces précieuses informations dans un petit carnet souple. Il hocha vivement la tête.

– Dites, vous êtes tout de même un drôle de personnage vous-même ! s'étonna-t-il. Comment… comment est-ce que vous faites pour déduire tout cela si vite ?

– Et vous, adjudant, comment opérez-vous d'habitude pour arrêter un criminel ?

– J'ai été formé à cela ! Je cherche des témoignages, des indices. Et surtout à qui profite le plus le crime ! Puis j'interroge, je recoupe, je recroise, je confronte et j'obtiens des aveux. Les interrogatoires, c'est ma spécialité. Mais d'habitude, dans un crime, il y a un lien direct entre la victime et le coupable ! Même les meurtres les plus abominables ne sont pas aussi… sordides que ceux du… comment l'appelez-vous déjà ?

– Le Croquemitaine.

– Oui. Ça lui va bien. Là, dans cette affaire, c'est comme si… s'il frappait au hasard ! Pour moi, c'est un fou !

– Bien au contraire. Il est malin. Au moins dans ce qu'il fait : tuer. Il en a besoin pour survivre, pour se reconstruire, n'oubliez pas que vous traquez un homme qui ne pense pas comme vous, qui n'a pas les mêmes plaisirs que vous, ni les mêmes peurs. L'enfant qu'il était a été détraqué lors de ses apprentissages basiques. Et ses valeurs n'ont rien de comparable aux nôtres.

– Je reste interloqué par votre manière de procéder.

– Les faits me parlent. Les actes ont du sens, toujours. C'est mon métier que de le pister, de faire surgir le sens des faits, et donc de comprendre, de remonter peu à peu jusqu'à la personnalité de l'auteur de ces faits. Un bon romancier doit être capable de disséquer une personnalité, de se projeter dans la tête d'un autre. Sinon comment écrire sur un marin si on n'a jamais été marin soi-même, ou sur un homme politique, ou sur une femme si on est un homme, ou sur un assassin ? Le romancier doit être une éponge, absorber tout ce qui passe entre les êtres humains, être capable d'une empathie énorme, d'un bon sens de l'analyse et d'une imagination logique qui vient combler les trous avec pertinence.

Bollart siffla d'admiration.

– Et moi qui croyais que le romancier ne devait qu'être doué dans le style ! En tout cas merci, cela m'aide. Je vous avoue que si je fais appel à une autre brigade, voire à mes supérieurs, ce sera considéré comme un aveu de faiblesse ! Et il y a une vie au-dessus d'adjudant !

Le gendarme attrapa son bicorne et rangea son carnet dans une poche de sa veste.

– En tout cas merci pour votre aide, répéta-t-il. Et n'oubliez pas : personne n'en parle à personne ! La dernière chose que je veux c'est voir débarquer les journalistes de Mantes, ou pire : de Paris, tant que je n'aurai pas coincé le Croquemi… Cet assassin ! À bientôt !

Guy nota une forme de dégoût, sinon de superstition, à prononcer le nom du Croquemitaine.

Le gendarme s'élança d'un pas pressé dans l'escalier à vis qui s'enfonçait vers le rez-de-chaussée, au centre de l'immense pièce lambrissée.

Une fois seuls, Faustine et Guy se toisèrent.

Ce fut elle qui brisa le silence la première :

– J'ai cru ne plus jamais vous revoir.

– J'ai la carne bien épaisse. On ne transperce pas mon cœur comme ça ! répondit Guy avec un soupçon d'émotion pour la première fois depuis son retour.

– Je m'en étais rendu compte, répliqua Faustine, pensive.

Nouveau silence.

– Je suis désolé si je vous ai causé de l'angoisse, dit-il sur un ton un peu plus doux.

L'écrivain se leva et vint s'agenouiller devant Faustine.

– J'ai assisté à la mise à mort de tous ces gens, cette nuit, chuchota-t-il. Et je n'ai rien pu faire. Trop de morts. J'ai besoin de revivre. J'ai besoin de desceller mon cœur de cette fange où il est tombé pendant qu'ils mouraient.

– Vous n'y êtes pour rien.

– Mais en étant plus malin que lui, je peux peut-être l'arrêter avant qu'il ne recommence.

Guy attrapa la main de Faustine.

– Je ne peux accepter qu'il tue une autre famille.

Ses mâchoires roulaient sous la peau de ses joues, se contractaient nerveusement.

– Pour cela, j'ignore si je peux vous aider, mais pour ce qui est de sentir la vie…

Elle se pencha et déposa un baiser tiède sur ses lèvres.

Elle guetta une réaction dans le regard de Guy, qui demeurait impassible, comme médusé. Alors elle alla chercher une réponse une nouvelle fois sur ses lèvres.

Sa langue chaude pénétra Guy et vint caresser la sienne.

La main de l'écrivain serra celle de la jeune femme, qui continua son baiser, lentement. Son autre main vint se perdre dans les cheveux de cet homme si singulier.

Puis elle se dégagea et recula dans son fauteuil.

Guy se releva et retourna s'asseoir.

Un profond soupir lui souleva la poitrine, comme si le souffle de la vie revenait enfin en lui.

Il leva les yeux vers Faustine.

– À deux, nous pouvons le trouver, dit-il.

– Alors guidez-moi. Comme ce matin, mettez-moi sur les bons rails, et je vous dirai ce qu'il m'inspire.

Guy parcourut brièvement ses notes jetées en vrac sur des pages posées à même le bureau. Il sortit également d'une poche l'étui à cigare qui contenait le cheveu et le poil ainsi que la bille ressemblant à un œil monstrueux et les posa au milieu des papiers.

– La bille est-elle importante ? demanda Faustine.

– Symbolique. Il n'y en avait pas chez les Lemaire. Ce n'est pas un artifice qui le rassure, ni un rituel, rien qu'un moyen d'attirer toute l'attention sur le centre de l'homme. Une bille hier, des assiettes pleines de sang aujourd'hui. Il est dans la symbolique.

– Je comprends.

– Sur son portrait général, je pense que nous en avons fait le tour tout à l'heure avec l'adjudant Bollart. Maintenant, il y a autre chose. Trop de choses, j'ai l'impression d'en oublier. Il faut démêler tout ce qui fait sens, pour mettre en évidence les éléments essentiels qui nous conduiront à ce qu'il est réellement. À sa personnalité.

– Par quoi voulez-vous commencer ?

– Le plus important : les victimes. Pourquoi elles ?

– Parce que ce sont des familles et qu'elles n'ont pas eu de chance, dit Faustine en haussant les épaules.

– Il y a des centaines de familles dans la région. Je doute qu'il prenne la première venue pour lui donner corps, ce serait un manque de perfection, pour lui qui a le souci du détail. Son fantasme a mûri pendant des années, lorsqu'il passe à l'acte, il doit le faire avec des cibles qui lui plaisent, je pense même qu'il les connaît bien, qu'il les a observées longuement.

– Les deux fermes sont isolées.

– Premier point. Il veut de la tranquillité. Mais c'est juste un élément pratique. L'isolement lui permet d'agir plus facilement, mais il ne concerne pas ces familles en elles-mêmes. Quoi d'autre ?

– Elles se ressemblent : plusieurs enfants dont une grande adolescente.

– En effet. Et un garçon plus jeune dans les deux cas. Voilà qui peut être intéressant. Le garçon le symboliserait, c'était manifestement le cas avec Louis Lornan, le tueur n'a pas pu le mettre en scène, sa mort l'a même dérangé, pourrait-on croire à la manière dont il avait à moitié caché le corps sous les draps.

– Pourtant Médéric Lemaire a été égorgé comme les autres. Et mis en scène.

Guy acquiesça d'un air songeur.

– Parce que cette fois, le Croquemitaine s'incorpore directement au tableau, proposa-t-il après un instant. Il s'est dressé un couvert. Donc le garçon ne le représente plus, il est déjà présent.

– Ça peut impliquer que sa prochaine cible ne comportera pas nécessairement de garçon plus jeune.

– Sauf s'il a d'abord repéré plusieurs familles potentielles et que son fantasme évolue avec ses crimes. Il y a autre chose, de plus concret. Un détail m'a interpellé tout à l'heure. Les chambres.

– Je ne les ai pas vues, qu'ont-elles de particulier ?

– Eh bien leur existence ! Nous ne sommes pas dans des maisons bourgeoises, ni récentes. Ce sont deux fermes, anciennes. L'usage d'avoir chacun sa chambre privée, son intimité préservée, est tout récent, n'est-ce pas ?

– Les livres et les journaux en parlent depuis… vingt ans tout de même !

– Oui, mais dans les habitations plus modestes, en particulier à la campagne, ça n'entre dans les mœurs que depuis peu. Je sais que tous les nouveaux corons qui sont construits désormais dans le Nord en sont pourvus, c'est devenu un moyen de se faire de la réclame, de se faire bien voir, pour les compagnies minières. Mais ici, les fermiers n'ont pas tous dû faire les travaux d'aménagement. Les habitudes sont tenaces, plus encore à la campagne que dans les villes. Néanmoins, aussi bien les Lornan que les Lemaire disposaient de chambres individuelles. Et c'est un élément important dans la technique du Croquemitaine. Il intervient de nuit, il neutralise ses victimes une par une, profitant qu'elles sont isolées dans leur chambre pour ne pas réveiller les autres. Je ne suis pas sûr qu'il pourrait maîtriser tout le monde si elles dormaient dans une pièce commune.

– Vous pensez qu'il a choisi ces deux familles parce qu'elles ont des chambres individuelles ? demanda Faustine, dubitative.

– Je trouve la coïncidence troublante. Cela impliquerait cependant qu'il connaît les lieux. Qui donc feriez-vous monter à l'étage chez vous ?

– Personne ! Sauf obligation.

– Le personnel de maison, mais ces deux familles n'en avaient pas.

– Et s'il s'introduisait dans les maisons la nuit pour visiter les lieux pendant le sommeil des occupants ?

Guy croisa les bras et fit la moue.

– En effet, c'est une option plausible. Mais très risquée. Il pourrait se faire surprendre, finit-il par dire.

– Sinon, la fille aînée aurait une bonne raison de faire monter quelqu'un à l'insu de ses parents.

Guy fronça les sourcils.

– Un soupirant ?

– Lucile et Pélagie ont sensiblement le même âge. Une période où on commence à penser amour et futur mari ! Le Croquemitaine pourrait être un garçon qui les désirait.

Guy n'était pas convaincu.

– S'il les fréquente et qu'elles le font monter dans leur chambre, répondit-il, il n'aurait aucune raison de vouloir les tuer ensuite. Au contraire, elles le libéreraient de sa frustration en agissant ainsi, enfin je pense.

– Guy, les garçons sont des frustes impatients, peut-être l'ont-elles fait monter pour jouer, pour se découvrir, mais que ça n'a pas été assez loin pour lui. Et qu'il est donc revenu pour les prendre complètement.

– Possible, avoua Guy sans y croire. (Il était sur une autre piste.) Ce sont de vieilles fermes, disais-je. Et les chambres ont été créées récemment. Par qui ?

– Le père de famille y aura passé du temps. Les fermiers sont bricoleurs, ils font en général tout eux-mêmes.

– Et si justement, cette fois-ci, ils avaient fait venir un artisan ? Pour le confort de leur famille.

Faustine avait compris.

– Le Croquemitaine pourrait être un maçon, un artisan ou un homme à tout faire.

– Une profession qui ouvre les portes des maisons, qui vous fait rencontrer tout le monde, qui demande d'être costaud, de travailler avec de gros godillots. Une profession de solitaire, où on peut aménager ses horaires un peu comme on l'entend. Qui vous permet d'être parfois au milieu de familles pendant que vous êtes à l'œuvre, d'assister à leur quotidien, de les observer.

– Et s'il était l'un de ces appareilleurs qui installent l'électricité ou le gaz ?

– Il n'y avait ni l'un ni l'autre dans les deux familles.

– Nous pouvons donc déduire que le Croquemitaine choisit ces familles pour leurs chambres individuelles.

– « Choisir » est le bon terme. Il y a un autre détail qui m'interpelle : l'absence d'animaux de compagnie.

– Chats ou chiens ?

– Des chiens surtout. Les enfants en raffolent, ces deux familles avaient bien assez d'espace pour des chiens et c'est le genre d'animal que tous les fermiers ont chez eux. De bons compagnons et des gardiens fidèles. Le Croquemitaine choisit des familles avec plusieurs enfants, fille adolescente et jeune garçon, des chambres individuelles, et pas de chien pour venir le perturber dans son approche. Avec tout cela, nous devrions pouvoir confronter nos déductions aux faits.

Guy s'empara de sa canne et de son chapeau.

– Où allez-vous ?

– Nous allons poser quelques questions, Faustine, venez. Je serais curieux de savoir qui a fait les travaux chez les Lornan et les Lemaire. Nous allons pouvoir poursuivre ce que j'avais commencé avec le garde champêtre : faire concorder un visage avec tous ces faits.

Faustine accourut aussitôt.

– N'est-ce pas imprudent que d'aller sillonner les rues où traîne le Croquemitaine en posant des questions à tout le monde ?

– Il m'a déclaré la guerre, Faustine.

– Justement !

– Il a peut-être une force de frappe supérieure, mais je suis meilleur stratège que lui.

– Guy, lui dit-elle en lui prenant le bras pour le ralentir, il a l'avantage du terrain et de la surprise, n'est-ce pas un peu beaucoup pour attaquer de front ?

L'écrivain hésita.

– Rappelez-vous, insista la jeune femme, il porte un masque, ça peut-être n'importe qui. Nous ne pouvons faire confiance à personne.

Guy désigna alors son visage tuméfié et violacé.

– Il m'a fait mon propre masque. C'est désormais un affrontement équilibré.

Sur quoi, il dévala les marches à toute vitesse.

Guy ne pouvait être raisonné. Il fonçait, une énergie pure.

Une énergie luttant contre ce qu'il considérait être l'incarnation du Mal.

Faustine demeura indécise au sommet de l'escalier en colimaçon.

Elle se demandait s'il était judicieux de se montrer au milieu d'un champ de bataille.

Pourtant, en entendant la porte claquer, elle se précipita à la suite de son ami.

28

La plaque tournante du village de Saint-Cyr était sa boulangerie.

Ferdinand Taillard, maître du pain, fédérait autour de lui à peu près tous les habitants du bourg, et tous les jours, juste après midi, on pouvait s'installer sur l'un des tabourets, devant l'échappe, et discuter avec lui, tandis qu'il prenait l'air, un verre de vin à la main.

Taillard et sa barbe rousse ainsi que ses taches de farine sur le pantalon et dans les poils des avant-bras.

Un gaillard puissant. Dans le secret de tous les commérages.

Chemin faisant, Guy avait insisté sur un point : en guerre contre le Croquemitaine, il fallait poser des questions précises, trahir sa position, mais surtout pas ses forces. Ne rien faire qui pourrait l'inquiéter avant de l'avoir clairement identifié. Chaque question pertinente devait être encadrée de questions anodines.

En clair : ils devaient noyer le poisson.

Guy et Faustine marchaient dans la rue comme un couple, se tenant par le bras, l'un contre l'autre.

Avisant Taillard, Guy le salua et s'arrêta sans pour autant prendre place sur un des tabourets.

– Bonjour monsieur Taillard.

– Eh bien ! Que vous est-il arrivé ? C'est un cheval qui vous a fendu la tête ainsi ?

– Je suis tombé pendant une partie de chasse avec M. Hencks. Les affaires tournent ?

– Comme les autres jours. J'attends ce fichu facteur, tout le temps en retard ! Je préférais l'ancien !

– Une lettre importante ?

– Mon fils ! Il s'est mis dans l'crâne de partir à Rouen pour faire des études ! C'est lui qui m'fait les livraisons d'habitude. Il doit me dire quand il rentre parce que son remplaçant, c'est pas la joie !

– Dur de trouver un honnête employé, approuva Guy pour tisser un lien entre eux.

– Honnête, il l'est, rigoureux par contre, il connaît pas ! Tous les jours en retard, soi-disant qu'il n'arrive pas à se lever à la bonne heure ! C'est le fils Micheteau, avec la mère qu'il a, ça ne m'étonne pas, vous m'direz !

– Pourquoi ? demanda Faustine.

Taillard lui jeta un regard en biais comme s'il venait de remarquer sa présence.

– Alcoolique. Elle picole tout le temps. Si le fiston tient de la mère, je ne vais pas le garder longtemps ! Vivement que l'mien y rentre, ça me laissera le temps de m'organiser autrement !

– Il est jeune ce Micheteau ?

– Quatorze ans. L'âge de travailler ! Et de se lever tous les matins.

À cette réponse, Guy parut déçu.

– Vous n'avez pas vos compagnons autour de vous aujourd'hui ? fit Guy.

– Non. Ils préparent l'enterrement des Lornan. Dites, on a vu les gendarmes circuler pas mal ce matin, ils n'auraient pas arrêté ce fichu chemineau par hasard ? Parce que par ici on ne serait pas contre le pendre avant de mettre les Lornan en terre !

– Non, je ne crois pas, éluda Guy. L'enterrement, c'est pour quand ?

– Dimanche matin.

– Bien. Nous viendrons témoigner notre chagrin.

– Oh, je crois que tout le village et même ceux de Vétheuil et de Chérence viendront.

Un silence gêné tomba. Guy le brisa le premier :

– Je me demandais : que vont devenir les animaux des Lornan ?

– Vu que les héritiers sont morts eux aussi, c'est au comte de décider.

– M. Hencks ?

Taillard acquiesça.

– Il y avait essentiellement des vaches, je crois, insista Guy. Peut-être les revendra-t-il pour les caisses du village. Les Lornan n'avaient pas de chien ?

– Il est mort avant eux. Il a eu du flair ce cabot-là.

– Un vieux chien ?

– J'en sais rien. Je me souviens juste du petit Louis tout malheureux.

– Quand était-ce ?

– Je ne sais plus, la semaine dernière.

– Juste avant leur décès ?

– Je vous le dis : il a eu du flair. Il a préféré partir avant ses maîtres.

– Les chiens sont surprenants, conclut Guy.

Taillard désigna les tabourets devant lui :

– Vous voulez vous reposer ? La conversation, c'est mieux quand on est tous au même niveau.

– C'est gentil, mais nous n'allons pas vous embêter longtemps. Ah, une dernière chose : je dois faire effectuer des petits travaux de maçonnerie chez M. Hencks, à qui puis-je m'adresser ?

– Gaëtan Laval. Il vit à Vétheuil, maçon, tailleur de pierre, il sait tout bricoler, tout arranger.

– Pour monter une cloison, c'est à lui qu'on s'adresse par ici ?

– À lui seul. Honnête et sérieux.

– Si je passe à l'improviste, ai-je une chance de trouver quelqu'un pour noter ma demande ? Est-il marié ?

– Benoîte, sa femme, tient la maison. Sinon, allez au lavoir, elle sera en train de bavarder avec les autres. Elle pourra prendre votre rendez-vous.

En s'éloignant, Faustine se pencha vers Guy pour murmurer :

– Rayerez-vous de votre liste ce Gaëtan Laval parce qu'il est marié ?

– Non, mais il descend tout en bas de la liste, avoua Guy avec mauvaise humeur. Je n'imagine pas le Croquemitaine mener une vie de famille en dehors de ses fantasmes, je vous l'ai dit. Et puis sa femme s'alarmerait de le voir partir si longtemps la nuit. Particulièrement lorsqu'un meurtre abominable est commis. Elle ne pourrait qu'avoir des soupçons.

– Alors, allons lui rendre visite, à son attitude, je sentirai peut-être un trouble chez elle, de femme à femme.

Guy approuva et ils remontaient la rue principale lorsqu'une silhouette familière sortit d'une ruelle perpendiculaire.

Un vieil homme tassé, aux favoris gris trop longs, au nez rouge, aux scrofules proéminentes sur le menton et le bas des joues.

Émile-Marie Duquénal.

Dès qu'il aperçut Guy, l'avorteur se raidit et sa démarche se ralentit. Il scruta attentivement l'écrivain, puis la femme qui l'accompagnait, d'un air mauvais.

Il avait les épaules larges, nota Guy.

Et de grosses chaussures aux pieds.

La main de Faustine se resserra sur son bras quand elle remarqua Duquénal.

Guy le salua lorsqu'ils se croisèrent, et l'avorteur se contenta de le fusiller du regard.

Quand ils l'eurent dépassé, au son des pas du vieil homme, Guy devina qu'il se retournait pour les observer encore.

– Cet homme me donne la chair de poule ! avoua Faustine dans un souffle.

– Émile-Marie Duquénal. Un suspect parfait.

– Alors pourquoi si peu de conviction dans votre bouche ?

– Son âge. D'abord je ne suis pas sûr qu'il soit physiquement encore apte à maîtriser toute une famille…

– Méfiez-vous des apparences, vous seriez surpris de ce que certains hommes âgés sont capables d'accomplir !

Cette allusion non dissimulée à sa vie de prostituée enfonça une petite pique dans le cœur de Guy, qui préféra enchaîner aussitôt pour ne pas souffrir davantage :

– Et de toute façon, il est trop vieux. Les fantasmes du Croquemitaine sont élaborés, mais je n'imagine pas qu'il ait pu les contenir pendant cinquante ans ! Il aurait implosé depuis longtemps. Pour que ses pulsions le poussent à tuer, c'est qu'elles sont diaboliquement obsédantes, il n'aurait pas pu les étouffer si longtemps. Et ce genre de fantasmes n'apparaissent pas subitement à l'âge mûr, ils sont le fruit d'une maturation enfantine, puis adolescente. Le début de l'âge adulte n'aura fait que les renforcer. Donc, pour l'heure, je place Duquénal en bas de la liste, avec Laval.

– Guy, vous lisez beaucoup d'ouvrages sur l'élaboration des pulsions et des fantasmes ?

– Je fais mon métier : je me documente. Donc oui, je lis beaucoup. En particulier depuis que nous sommes à Elseneur. La bibliothèque de Maximilien est très fournie sur le sujet.

– Hencks s'intéresse à cela ?

– Il est modeste, mais il s'intéresse à presque tout.

Faustine fronça les sourcils.

– Tout de même. Les fantasmes et les pulsions, c'est un thème… rare ! Ce n'est pas comme si nous parlions d'une discipline populaire ou…

– Rappelez-vous que Maximilien est non seulement romancier, lui aussi, mais également l'un des plus grands chasseurs du monde. Il a un rapport très particulier à la mort. Je pense qu'avec l'émergence des travaux sur la psyché, il doit s'interroger sur lui-même, sur ce qui le pousse à se mettre en danger à l'autre bout du monde pour le plaisir d'abattre un animal féroce.

Faustine opina du chef, sans grande conviction, plongée dans ses pensées.

Ils rentrèrent à Elseneur pour seller deux chevaux à l'écurie du château avec l'assistance du gardien, Yorick, qu'ils arrachèrent à la terre qu'il creusait à l'aide d'une grosse pelle. Les distances entre les villages n'étaient pas très grandes, mais Guy ne voulait pas perdre une heure de marche chaque fois.

Il ouvrait la route, Faustine un peu en retrait, en amazone sur une jument marron. Après avoir gravi une colline par une route de terre, Guy bifurqua sur un chemin étroit.

– Nous n'allons pas à Vétheuil ? fit Faustine, surprise.

– Je voudrais vérifier une intuition, si vous le voulez bien. Chez les Lemaire.

Faustine ne répondit pas, elle serra juste un peu plus fort ses rênes.

La ferme des Lemaire se composait d'une grande maison en pierre en forme de U, encadrant une cour pavée. L'essentiel du bâtiment servait au stockage des bottes de foin. Elle se tenait à la sortie de La Goulée, un hameau de petites maisons entourées de clôtures rudimentaires servant à parquer des chèvres et quelques vaches au milieu d'allées bordées de vergers. La Goulée était perdue dans une minuscule vallée entre deux collines, au-dessus de Vétheuil, totalement masquée du reste du monde par d'épaisses forêts.

Même avec les cris de terreur de Médéric ou ceux de souffrance de Luce Lemaire, la ferme était assez éloignée des autres habitations pour que le Croquemitaine puisse agir en paix.

Ils ne croisèrent personne sur le chemin, ni ne virent âme qui vive dans les cours ou les jardins, bien qu'un panache de fumée sortant d'une cheminée indiquât que le hameau n'était pas désert.

Un pivert martelait un tronc au-dessus d'eux lorsqu'ils parvinrent à la ferme des Lemaire. Il était la seule présence vivante manifeste à La Goulée.

Guy attacha les chevaux à une poutre qui soutenait un balcon, duquel une poulie permettait de hisser le foin, et sonda du regard la cour.

– Qu'y a-t-il ? demanda Faustine en sentant le trouble de son compagnon.

– Je suis étonné qu'il n'y ait aucun gendarme.

– Ils ont évacué les corps dans la matinée, pourquoi surveiller la maison ensuite ?

– À cause d'Eugène Barçi.

– C'est le gendarme disparu ? Quel rapport ?

– Le Croquemitaine est revenu sur la scène du meurtre. C'est un gros risque qu'il a pris. Il y a forcément une raison à cela. Au début, j'ai pensé que c'était parce qu'il avait oublié quelque chose, mais dans ce cas il ne serait pas resté à surveiller la ferme des Lornan.

– À la surveiller ? Qu'est-ce qui vous faire dire qu'il la surveille ?

– Il a eu Barçi. Puis il m'a eu. Je ne crois pas à l'accumulation des hasards. Je ne peux pas croire que je sois arrivé à la ferme hier en même temps que lui. Il m'a vu parce qu'il était déjà là.

– Mais pour quoi faire ? Quel intérêt ? C'est idiot, il pourrait se faire prendre !

– Je n'ai pas de certitudes.

– Alors, partagez vos doutes.

– Je suppose que ce qu'il a vécu là-bas était très fort. Et qu'y retourner, c'est revivre, d'une certaine manière, une partie de ses émotions. Il en avait besoin. C'était grisant. Son fantasme s'est libéré entre ces murs. Je pense même qu'il se les est appropriés, c'est maintenant *sa* ferme, *sa* famille. Il s'y sent bien. Quand il m'a vu, j'ai pénétré dans *son* domaine, j'ai opéré un sacrilège. Je pense que c'est pour ça qu'il m'a enlevé.

– Et si c'était *vous* qu'il surveillait depuis le début ?

Guy fit la grimace.

– Non, aucune raison.

– Alors pourquoi a-t-il tué Barçi mais pas vous ?

– Il avait besoin d'un témoin. Il était chez les Lornan pour leur dire au revoir, ou pour accepter de passer à autre chose, parce qu'il savait que le soir même il allait recommencer ailleurs. Je suis bien tombé. Il a dû comprendre que je faisais partie des enquêteurs, et cela l'a amusé de m'imposer ce… massacre. (Les traits de l'écrivain se contractèrent.) C'était sa façon de nous dire qu'il est le chef, qu'il dirige les opérations. Nous sommes impuissants face à lui. Il aime contrôler.

Faustine désigna la cour de pavés maculés de boue :

– Et que faisons-nous là ?

– Une intuition qui m'est venue lorsque Taillard a mentionné le chien des Lornan.

– Laissez-moi deviner : vous ne croyez pas qu'il soit mort accidentellement, c'est ça ?

Guy fouilla les environs de ses yeux aigus.

– Exactement. Et, comme je vous le disais : tous les fermiers ont des chiens. Surtout s'ils ont des enfants. Le compagnon de la famille et le meilleur des gardiens… tant qu'il vit. Venez, nous allons faire le tour, je crois qu'il y a un petit jardin derrière.

Le pivert continuait son martèlement en hauteur.

– Et que cherchons-nous ?

– Une niche ou, à défaut, une vieille couverture sale dans un coin, ou encore un piquet avec une longue corde, n'importe quoi qui prouverait que les Lemaire avaient un chien.

– Et ensuite ? demanda la jeune femme en suivant Guy. Qu'est-ce que cela nous apportera ?

L'écrivain garda le silence et contourna un abri fermé qui ressemblait à des toilettes, pour déboucher sur un potager bien entretenu.

D'ici à quelques semaines, les mauvaises herbes encombreraient les sillons de terre, les limaces finiraient de dévorer les salades et les plants de tomates s'échapperaient de leurs tuteurs pour coloniser le reste du jardin.

En premier lieu, songea Guy, ce serait au potager que manqueraient le plus les Lemaire. Il serait la première marque de leur absence.

N'apercevant aucune niche, ni autre preuve de l'existence d'un chien, Guy se mit à sonder le sol. À défaut de la trace d'un chien vivant, peut-être y aurait-il une tombe fraîche. Si les Lemaire avaient découvert leur animal mort quelques jours avant leur propre assassinat, il y avait fort à parier qu'ils l'aient enterré dans leur jardin.

Un monticule de terre fraîchement retournée, voilà ce qu'il devait trouver.

Pourtant, après avoir fait deux fois le tour, il dut se rendre à l'évidence : il n'y avait rien.

Soudain, il releva le nez pour étudier les alentours.

Le Croquemitaine a besoin d'étudier la famille qu'il va s'approprier. Il avait un observatoire chez les Lornan, je suis sûr qu'il en avait un ici aussi.

Le mur était trop haut pour permettre de s'installer en dehors du jardin.

À moins de se mettre dans un arbre.

Guy chercha le pivert en se guidant sur les rafales de coups qu'il donnait dans l'écorce. Il le repéra sur un bouleau. L'oiseau s'était interrompu. L'une des petites billes noires lui servant d'yeux semblait surveiller l'écrivain, en contrebas.

Trop petit. Un homme ne tiendrait pas dans ces arbres-là.

Il fit un tour complet sur lui-même en essayant de voir plus loin.

Un champ de maïs dominait une pente abrupte, un mât planté en son milieu.

Un homme au milieu de ce champ serait aussi visible qu'une tache d'huile sur un tapis de fils d'or !

Restait une lucarne, dépassant du toit d'une maison à environ trois cents mètres.

Des gens vivent là. Il ne se serait pas amusé à s'installer chez eux juste pour guetter ses futures proies !

Guy fut désappointé. Sa théorie reposait pourtant sur une analyse logique et cohérente.

Il allait s'adresser à Faustine lorsqu'il réalisa qu'elle n'était pas avec lui.

Son cœur s'accéléra.

Où est-elle passée ?

Il parcourut le jardin d'un pas pressé pour constater qu'elle n'y était pas et revint dans la cour.

Pas de Faustine non plus.

Le pivert reprit son matraquage bruyant.

La porte de la maison était entrouverte, ce qui n'était pas le cas à leur arrivée.

– Faustine ?

Guy entra. L'odeur de viande avariée pesait toujours sur les lieux. Plusieurs volets avaient été ouverts par les gendarmes, laissant passer le soleil du début d'après-midi, une lumière chaude et bienveillante qui allégeait la pièce principale au milieu de laquelle se dressaient la table et ses six couverts.

Les trois assiettes creuses remplies de sang étaient encore en place, couvertes d'un nuage noir bourdonnant : des grosses mouches excitées.

– Faustine ?

À l'étage, le plancher grinça.

Guy grimpa d'un pas rapide et trouva la jeune femme sur le palier, devant la chambre des parents. Elle fixait, sans ciller, le fond de la pièce.

Des vêtements pliés sur une chaise rappelaient que les Lemaire avaient été surpris pendant leur sommeil.

Un pot d'essence de térébenthine et une plume reposaient au pied du lit.

Ils allaient ou venaient de badigeonner leur lit pour en chasser les punaises.

Des éléments bien concrets d'une vie qui s'était interrompue brusquement.

Des éclaboussures rouges traçaient des queues de comètes sur les murs, au-dessus de la tête de lit.

Les comètes de la mort.

Des gouttes de toutes les tailles, essentiellement étirées dans une seule direction, comme si, dans un dernier effort désespéré, avant de s'écraser sur la paroi, elles avaient tenté de lutter contre leur élan pour retourner d'où elles provenaient.

La vie, dans ses plus infimes détails, luttait toujours jusqu'au dernier instant pour ne pas s'éteindre.

Guy posa ses mains sur les épaules de Faustine.

– Ce n'est pas nécessaire, nous n'avons rien à faire ici, redescendons, dit-il tout bas comme s'ils étaient dans une église.

Faustine semblait hypnotisée.

Les arabesques de sang la renvoyaient à Milaine et à Rose, devina Guy, ses amies massacrées quelques mois plus tôt par le père Camille et par celui qu'ils surnommaient Hubris.

– Vous qui ne croyez ni au hasard, ni au destin ni aux malédictions, dit-elle en contenant son émotion, comment pouvez-vous justifier que cela nous arrive encore ? Que nous soyons, une fois de plus, confrontés à ce qu'il y a de pire en l'homme.

– La vie est parfois absurde. Elle tourne sur elle-même comme un disque de phonographe rayé, et nous sommes coincés dans ce sillon, c'est tout. Tôt ou tard, nous en sortirons.

Les deux soleils bleus glissèrent jusqu'à aveugler Guy de leur beauté. Un nuage de larmes les bordait, près de s'ouvrir pour déverser sa pluie cristalline.

– Et si nous étions maudits, Guy ? demanda Faustine d'une voix presque inaudible. Si nous étions déjà morts, tués par Hubris, sans le savoir, et errant désormais dans les limbes, maudits pour avoir pactisé avec le Diable pour une seconde vie que nous avons gâchée comme la première ? Condamnés à un ersatz d'existence où nous serions sans cesse amenés à voir les gens autour de nous disparaître de la plus effroyable manière.

Guy posa une main sur la nuque de la jeune femme et l'attira contre lui.

Ce qui devait être un geste réconfortant, pour la rassurer de sa chaleur, de sa présence, se transforma en un baiser.

Une étreinte passionnée.

Enflammée par un besoin de vie, d'espoir.

Tout le temps que dura le baiser, Guy et Faustine eurent le sentiment de décoller de cette réalité étouffante, de s'envoler l'un en l'autre, de fusionner, de mettre leurs cœurs à l'unisson.

Avant qu'ils ne rouvrent les yeux et que tout le poids des lieux ne leur retombe dessus, avec son cortège de sous-entendus, en tête desquels la mort et la souffrance pesaient le plus.

Et la probabilité que d'autres personnes puissent subir le même sort, bientôt.

Une autre famille.

Des enfants.

Guy prit Faustine par la main pour la conduire au rez-de-chaussée.

Ils traversaient la salle principale en direction de la sortie lorsque Faustine se dégagea pour saisir une gamelle usée et sale dans un coin, sur le sol carrelé.

– Je suis entrée pour chercher ça, dit-elle. Ils avaient bien un chien. Maintenant, allez-vous me répondre ? À quoi cela nous sert-il de le savoir ?

Face à la gamelle de fer toute cabossée, Guy hocha la tête.

– Ils avaient un chien et, manifestement, il n'était plus là lorsque le Croquemitaine est arrivé. Nous venons de découvrir qu'il annonce ses crimes, Faustine. Voilà l'importance de vérifier s'il y avait bien un chien ici aussi. Avant d'attaquer la famille, il se débarrasse du gardien. C'est sa méthode. Vous comprenez ce que cela signifie ?

La vie revenait en Guy, pour la première fois depuis le matin, il reprenait des couleurs. Faustine secoua la tête, décontenancée.

– Trouvons le prochain chien mort, ajouta Guy, et nous l'attraperons avant qu'il ne recommence. C'est aussi simple que cela.

29

Le glas sonnait pour les Lemaire.

Les cloches de l'église de Vétheuil tintaient à l'unisson, sans discontinuer, remplissant la petite vallée où se nichait le village d'un sinistre écho qui glissait jusqu'à la Seine, dont le bras argenté dessinait un coude, comme s'il fuyait cette triste nouvelle.

N'ayant trouvé personne à la maison des Laval, Guy et Faustine avaient prolongé leur trot jusqu'au lavoir, un petit parallélépipède de pierre au bord du ruisseau. Cinq femmes lavaient leur linge à genoux, à côté de grandes baquets en bois.

À l'appel des cloches, elles s'étaient toutes relevées, tandis que Guy et Faustine les saluaient.

– Savez-vous ce que c'est ? demanda une rouquine avec de grands yeux proéminents.

– Non, mentit Guy.

– Je vais voir, lança la plus âgée, gardez ma bassine, je reviens !

Guy attendit qu'elle se soit éloignée pour demander :

– Est-ce que Benoîte Laval est parmi vous ?

Une blonde un peu replète fronça les sourcils et leva la main.

– C'est moi, et vous, qui êtes-vous ? répondit-elle sans manière.

La rouquine lui donna un coup de coude dans les côtes :

– Ce sont les gens du comte d'Elseneur !

À ces mots, Benoîte Laval s'empourpra.

– Je suis confuse, je ne vous avais pas reconnus.

Guy se sentit mal à l'aise. Il n'aimait pas ce sentiment de castes qui régnait encore dans la région. Maximilien Hencks était maire des trois communes, et on se comportait avec lui comme s'il était l'empereur tyrannique du Vexin. Seuls les trois curés semblaient bénéficier du même prestige, avait noté Guy, à l'exception du père Goron de Chérence, à qui son appétit pour toutes sortes de chairs coûtait une partie de sa crédibilité.

La soif, sinon l'obsession, des valeurs républicaines et démocratiques ainsi que l'anticléricalisme notoire qui noyaient Paris n'avaient pas gagné toutes les campagnes de France, même parmi les plus proches de la capitale.

– Pourrions-nous vous entretenir un instant ? demanda Guy.

Ils s'écartèrent des trois autres femmes qui se démenaient pour tenter d'entendre la suite de la conversation tout en restant sur place.

– C'est à propos de votre époux, Gaëtan, il nous a été recommandé pour des travaux chez M. Hencks. Quand serait-il disponible ?

– Si c'est pour M. le comte, rapidement, soyez-en assurés !

– Est-ce que vous auriez des références à nous présenter ?

– C'est-à-dire ? demanda-t-elle d'un air soupçonneux.

– Des personnes chez qui votre mari a travaillé et qui pourraient nous montrer son ouvrage.

– Oh, pour ça oui, c'est lui qui fait toute la maçonnerie par ici !

– Nous étions l'autre jour chez les Taillard, à Saint-Cyr, mentit Guy, ils ont un nouveau mur dans leur jardin, est-ce votre mari qui l'a bâti ?

– Les Taillard, non. Je ne savais pas qu'ils avaient fait des travaux.

– Alors peut-être chez les Lemaire, les séparations des chambres ?

– Les Lemaire de La Goulée ? Ça non, Othon n'aurait laissé personne d'autre que lui faire son ouvrage ! Par contre, je peux vous montrer plusieurs maisons à Vétheuil que mon mari a aidé à monter !

Guy jeta un regard à Faustine. Ils pouvaient définitivement rayer Gaëtan Laval de la liste des suspects. Marié et n'ayant pas travaillé chez les Lemaire. Guy s'était trompé.

Pourtant Faustine demanda :

– C'est un homme sérieux ?

La question perturba Benoîte Laval qui se mit à bafouiller :

– Et... enfin... bien sûr ! Pourquoi voudriez-vous qu'il ne le soit pas ?

– Le dernier à nous avoir été recommandé passait ses soirées à boire avec des amis, il rentrait à pas d'heure, et n'était jamais chez M. Hencks avant midi !

– Ce n'est pas le genre de mon mari ! répliqua Benoîte avec assurance.

Faustine la défia du regard avant de hocher la tête.

– Très bien, nous allons faire le point avec M. Hencks et nous...

Guy cessa de les écouter. Il regardait les trois femmes qui s'étaient remises à frotter énergiquement leurs vêtements dans l'eau du lavoir.

Une idée lui était venue subitement.

Le Croquemitaine massacrait ses victimes en prenant soin d'être nu pendant l'acte criminel, pour sentir le contact de leur peau sur la sienne, et probablement celui des fluides tièdes. Cela lui permettait ensuite de rentrer chez lui sans craindre d'avoir ses vêtements tout tachés de sang. À peine son forfait commis, il pouvait sillonner les rues des villages sans crainte d'être repéré.

Il en avait été autrement avec Eugène Barçi.

Ce crime était une pulsion. Pour protéger son territoire. Pour narguer la gendarmerie. C'était un crime d'ego.

Différent des autres.

Le Croquemitaine avait joué avec Barçi. Il l'avait saigné à mort et l'avait répandu sur plusieurs mètres, au milieu des maïs. Avant de voler sa dépouille.

Il ne pouvait l'avoir fait nu. Il ne pouvait rentrer chez lui ainsi, avec un cadavre sur les épaules et, de toute façon, les tiges de maïs brisées lui auraient déchiré la voûte plantaire, s'il avait couru dans le champ sans ses godillots.

– Excusez-moi, madame Laval, intervint Guy soudainement, peut-être saurez-vous m'aider : je me suis entaillé et j'ai mis du sang sur mes habits. Auriez-vous un remède pour nettoyer ces affreuses taches ?

– Du sang ? Essayez une couche d'empois de lessive. Ça ne

partira pas totalement, mais vous pourrez récupérer une partie de votre linge.

Guy la remercia et entraîna Faustine à l'écart.

– Qu'est-ce que c'est que cette histoire de sang ? s'enquit Faustine.

– Je pense que le Croquemitaine était habillé quand il a tué le gendarme Barçi. Au prix du linge, et à moins que ce ne soit un riche bourgeois, il n'aura pas jeté ses vêtements mais aura tenté de les nettoyer lui-même. L'épicerie de Vétheuil et le dépôt de la boulangerie de Taillard sont les seuls endroits où on peut se procurer de la lessive sans devoir filer à Mantes ou Magny-en-Vexin. Avec de la chance, un célibataire brun sera venu en acheter au lieu de confier son linge à une blanchisseuse comme il l'aurait fait normalement.

– Alors oubliez l'empois de lessive. Une solution faible de cristaux de soude sur laquelle on verse ensuite une solution d'alun fera parfaitement l'affaire.

– Vous êtes sûre ?

– Toute femme, dans un bordel, pour les raisons que vous imaginez, sait cela. On récupère n'importe quel linge taché de sang ainsi.

– Une femme dans un bordel peut-être, mais est-ce que le Croquemitaine le sait, lui ?

– Votre garçon, d'après vous, c'est un célibataire, non ? Alors il a bien dû lui arriver de fréquenter un lupanar de province, pour se dégourdir ! Il a pu poser des questions ! Ou même le lire dans un almanach, il y a toujours quantité de conseils pratiques de ce genre dans ce livre ! Et tout le monde en a au moins un chez soi !

– Ah ! Il me semblait bien vous avoir vus au loin dans la rue ! s'écria une voix extrêmement grave.

En haut des marches de pierre qui descendaient jusqu'au lavoir, la carrure puissante du docteur Faulsôme projetait une ombre sur les deux amis.

– Qu'avez-vous encore dit à ce brave Bollart ? s'indigna-t-il en descendant vivement vers eux.

– Pourquoi ? demanda Guy. Qu'a-t-il en tête ?

– Il perquisitionne dans chaque village, chez les hommes vivant seuls ! Avec l'annonce de l'assassinat des Lemaire, la panique va inonder nos communes ! Vous pouvez être fiers !

– L'abruti ! s'emporta Guy.

– Je ne vous le fais pas dire !

Guy allait s'élancer sur les marches pour rejoindre son cheval lorsque le médecin s'interposa :

– Je crois que vous avez fait assez de mal comme ça, dit-il d'un ton lourd de menaces.

Guy planta dans les yeux du médecin deux poignards de couleur noisette. Il affichait une telle détermination que le docteur fit un pas en arrière. Guy acheva de le repousser en exerçant une forte pression sur le bras qui l'empêchait de passer.

– Vous ne comprenez donc pas ? s'énerva-t-il froidement. Bollart vient de condamner à mort Pélagie Lemaire.

Troublé par les mots de l'écrivain, Faulsôme s'écarta devant Faustine.

– Le Croquemitaine va se sentir acculé, poursuivit Guy, il va se débarrasser d'elle au plus vite s'il apprend que les gendarmes fouillent toutes les maisons ! Et ensuite, s'il parvient à contrôler ses pulsions, il deviendra plus prudent qu'il ne l'a jamais été ! Sinon, il se lancera dans une folle escalade criminelle ; se sachant sur le point d'être arrêté, il voudra se saturer d'émotions, se gorger de plaisir. Et là, nous aurons tous le sang de nombreux innocents sur les mains !

Le docteur Faulsôme lança un regard mauvais à Guy.

Un de ceux où la haine se lit aisément.

Teintée d'un soupçon de noirceur bien pire encore.

30

Il avait repris le contrôle de la situation.
Il avait regagné son rang. En exerçant son pouvoir.
Il avait relancé l'enquête, s'était justifié vis-à-vis de ses hommes, de lui-même et, plus tard, lorsqu'il rendrait des comptes à sa hiérarchie, vis-à-vis de ses supérieurs. Sa carrière de gendarme serait irréprochable.

C'était ainsi que Guy avait cerné le cas Bollart.

L'adjudant avait pris une décision.

Il avait pensé bien faire.

Lorsque Guy était arrivé au galop à Chérence, Bollart surveillait les opérations d'un œil triomphant. Chaque binôme de gendarmes venait lui rapporter son labeur. Neuf noms rien que pour le village de Chérence. Cinq pour Saint-Cyr et onze pour Vétheuil.

Des hommes vivant seuls. Des bruns ou des grisonnants ayant été bruns, Bollart avait ratissé large, jeunes et moins jeunes, n'éliminant vraiment que les plus vieux d'entre eux.

Bollart ne faisait pas dans le détail. Il envoyait ses militaires cogner aux portes et se faire ouvrir les logements de chacun.

Pour vérifier si la petite Pélagie n'était pas captive d'un de ces garçons.

D'un détraqué capable de bien cacher son jeu.

Ça, c'était le point sur lequel Bollart était dépassé.

Qu'un malade massacrât les Lornan puis les Lemaire tout en étant un villageois sans reproche lui paraissait improbable.

Il avait refusé d'interrompre son opération. Malgré tous les arguments de Guy, il l'avait sèchement repoussé. Ce soir, tout Chérence serait contrôlé. Demain, Vétheuil suivrait, puis Saint-Cyr d'ici à dimanche.

L'assassin ne pourrait se terrer plus longtemps.

Guy avait insisté, alléguant que Pélagie risquait d'être la première victime de cette manœuvre folle, mais Bollart l'avait finalement fait refouler par deux gendarmes. Il voulait contrôler son enquête. Il voulait un résultat.

Le soir, face à son assiette, Guy demeura sans bouger, incapable d'avaler quoi que ce soit.

La frustration bouillonnait en lui, ses remous agitaient son intelligence, elle crépitait de son doux ronflement à ses oreilles comme pour lui rappeler qu'il ne pouvait rien faire.

La frustration de ne pas agir, mais également de se savoir tout près de résoudre les énigmes posées par le Croquemitaine.

Guy le sentait, en lui, la solution à ce qu'était ce monstre était devant eux sans qu'il parvienne à la reconnaître.

C'était écrit dans les crimes. Dans la procédure du tueur.

Guy éprouvait le même agacement que lorsqu'il sentait qu'il avait la bonne phrase au bout de sa plume, sans parvenir à la matérialiser correctement sur le papier.

Sauf qu'il y allait de vies humaines.

Il écarta son assiette et se planta devant le feu de cheminée du salon pour libérer son esprit en contemplant les flammes.

Il n'obtint pour résultat qu'un bercement hypnotique qui fit ressortir sa fatigue. Au troisième bâillement, il décida de monter se coucher sans saluer Faustine ni Hencks qui terminaient leur repas.

Il s'aspergea le visage d'eau fraîche et se regarda dans le miroir.

Des mèches mouillées se déroulèrent lentement sur son front blessé, comme les pattes d'une araignée noire sortant de sa tanière.

La fossette entre ses deux sourcils lui parut plus profonde que d'habitude.

Il avait maigri. Ses joues s'étaient creusées, soulignant les angles de ses mâchoires et de son menton.

Des cernes lui gonflaient l'ourlet des paupières, les ecchymoses sur ses tempes s'assombrissaient.

Il avait besoin de repos. De prendre de la distance.

Pas après ce que j'ai vécu cette nuit.

Il pouvait encore entendre Luce Lemaire hurler, une agonie interminable.

Guy bloqua aussitôt son esprit.

Pour quelques heures au moins, ne plus songer à tout ça, ne plus envisager, ne plus déduire, ne plus analyser.

Juste oublier.

S'abandonner au néant du repos. Sans parasites.

Il s'étira et ses vertèbres craquèrent l'une après l'autre.

Trois coups à peine audibles résonnèrent contre la porte.

Juste me reposer quelques heures.

Guy entrouvrit, s'interrogeant sur ce qui l'attendait, les sermons de Hencks ou…

Les deux saphirs de Faustine le guettaient.

Sans lui demander son avis, elle poussa la porte et entra dans la chambre, accompagnée par les frottements du satin de sa robe.

Elle mira attentivement l'éclat dansant de la lampe à pétrole posée sur une commode et, ne trouvant où s'asseoir, se posa sur le lit.

Comme elle ne disait rien, explorant du regard la chambre, Guy désigna son torse nu :

– J'allais me coucher, et vous remarquerez que je ne suis pas en tenue pour vous recevoir.

Faustine ne répondit pas, parcourant les quelques livres posés en vrac ici et là, détaillant les vêtements pliés dans un tiroir ouvert, ou les bottes de Guy oubliées dans un coin de la pièce.

– Faustine ? s'inquiéta soudainement Guy. Qu'y a-t-il ?

Elle leva sur lui ses grands yeux, profonds comme les abysses d'un océan.

– Je me sens terriblement seule, dit-elle tout bas.

Guy acquiesça lentement

– C'est à cause de ce que vous avez vu cet après-midi, n'est-ce pas ?

– Je ne sais pas. Guy, je ne veux pas dormir seule cette nuit.

L'écrivain eut l'impression de recevoir un coup à l'estomac.

Faustine se leva et lui présenta son dos.

– Aidez-moi à défaire les lacets, demanda-t-elle sur le même ton triste.

Guy demeura sans bouger plusieurs secondes avant que ses doigts ne viennent saisir les lanières et ne défassent les nœuds.

Le corset libéra sa pression et Faustine soupira de soulagement.

Guy la laissa finir de se déshabiller en passant dans le petit cabinet de toilette adjacent où il termina lui-même de se préparer pour la nuit et enfila une chemise de nuit en lin.

Il retrouva Faustine déjà couchée, dans ses draps.

Dès qu'il se glissa à ses côtés, il devina sa nudité.

Elle vint se blottir contre lui, le visage collé à son cou.

Sa jambe se replia sur lui, effleura sa cuisse sur laquelle elle se posa.

D'une reptation, tout son corps épousa le sien. Il perçut ses seins contre son bras, son bassin contre sa hanche.

La main de Faustine lui caressa la poitrine, le ventre.

Son souffle devint plus vif, plus chaud.

Puis elle lui attrapa le menton et le força à pivoter vers elle, pour l'embrasser.

Sa langue happa sa bouche tout entière, elle se plaqua contre celle de Guy et l'étreignit, goûtant ses saveurs.

Le baiser s'intensifia, leurs lèvres se quittaient pour se retrouver aussitôt avec fracas, leur respiration devint haletante, et Guy commença à promener ses mains sur les courbes de la jeune femme.

Puis elle lui fit retirer sa chemise de nuit et elle glissa sur lui.

Ses hanches s'emboîtèrent au-dessus des siennes, ses seins s'écrasèrent sur le torse de Guy qui frissonna sous cette caresse délicieuse.

Leurs mains se mêlèrent, leurs bras se nouèrent, et le bassin de Faustine se cambra plusieurs fois, comme un appel, tandis que Guy se sentait entièrement aspiré.

Il attrapa ses seins pour les serrer contre lui, puis suivit du bout des doigts la cambrure de ses reins, jusqu'à ses fesses qu'il flatta avec excitation.

D'un mouvement du bassin, Faustine le happa et, en la pénétrant, il ressentit une chaleur si suave qu'elle remonta jusqu'à inonder son cerveau de son humide onctuosité.

Il eut envie de jouir immédiatement, mais se retint.

Il fallait faire durer ce moment.

Leur bulle en dehors du monde.

Échanger leurs goûts, leur plaisir.

Se partager.

Prendre le temps.

Au milieu du chaos ambiant, cette fusion des chairs était la seule émotion qu'ils pouvaient contrôler, qu'ils avaient la liberté de prolonger ou d'interrompre. Il fallait en profiter.

Cet instant était comme un fruit mûr sur une île déserte.

Ils ne pouvaient le gâcher.

En aspirer tout le suc. Se repaître pleinement de chaque seconde, de chaque vibration, de chaque tremblement ; frémir de l'autre, de soi, se diluer dans l'effort, dans son ressenti et dans sa perception.

Guy éprouvait une telle excitation qu'il avait l'impression de traverser Faustine à chaque coup de reins. Il se sentait fort, puissant.

Leurs peaux se collaient, se décollaient, échangeaient leurs sueurs, et bientôt, ils ne surent plus qui gémissait, qui criait, et quelle partie de ce corps brûlant était la leur ou celle de l'autre.

Leur jouissance explosa comme une délivrance.

Un bouquet de tressaillements qui s'éternisaient, des spasmes qui aspiraient leurs deux bassins, l'un contre l'autre.

Une vague de bien-être qui remonta jusqu'à bercer leurs âmes fatiguées.

Faustine se laissa retomber sur Guy, l'écrivain en elle.

Ils restèrent longuement ainsi, à reprendre leur souffle.

Puis elle glissa sur le côté.

Lorsque leurs respirations furent à nouveau calmes, Guy vint se coller dans le dos de Faustine, une main passée sous le bras de la jeune femme, pour se poser sur son sein et sentir les battements de son cœur.

– Tu ne seras pas seule, dit Guy au creux de son oreille.

Elle serra cette main entre les siennes.

– Je sais.

Guy savoura ce moment, cette quiétude, avec le souhait qu'il ne prenne jamais fin.

– Pourquoi avons-nous attendu si longtemps ? murmura-t-il après une hésitation.

– Parce que nos fantômes respectifs nous en empêchaient, répondit-elle sur le même ton bas, mâtiné d'un soupçon de mélancolie.

– As-tu vaincu les tiens ?

– Je les ai acceptés.

Comme Guy gardait le silence, Faustine ajouta :

– Et les tiens ? Qu'en as-tu fait ?

– Je les tiens à distance.

– À Paris ? Un jour nous rentrerons, un jour ils te rattraperont. J'ai juste peur de ce qu'il adviendra de nous à ce moment. Voilà pourquoi nous avons attendu si longtemps.

Guy resta sans rien dire. Il serra contre lui ce corps qu'il aimait tant, ce réceptacle d'une si belle âme qui l'avait capturé dès le premier jour.

Il songea en s'endormant que la légende était certainement vraie.

Les yeux sont le reflet de l'âme.

Et ceux de Faustine brillaient d'un feu magique qui le fascinait.

Lorsque Guy eut relâché la pression de sa main et que son souffle ne fut plus qu'un doux mouvement chaud sur la nuque de Faustine, celle-ci chuchota :

– Lorsque nous avons fui Paris, ensemble, tu m'as demandé si je te confierais un jour mon vrai prénom.

Elle avala sa salive, hésitante.

Puis elle ajouta tout doucement :

– Juliette. Je m'appelle Juliette.

31

Isidore Lazare sortait du Théâtre des Nouveautés en compagnie de sa femme, Victoire, ravi par cette pièce dont le Tout-Paris raffolait : *La Dame de chez Maxim's.*

La critique ne s'y était pas trompée, il y avait là tout ce dont un spectateur pouvait rêver et ils en étaient comblés.

Isidore avait particulièrement apprécié Mme Cassive, cette actrice au charme redoutable. À l'occasion, il faudrait qu'il tente de se présenter à sa loge, avec quelques fleurs, pour lui faire la cour. Après tout, Isidore n'avait pas de maîtresse, et sa situation économique s'était grandement améliorée ces dernières années, il pouvait se le permettre. Honoré et Gaspard étaient prospères depuis longtemps, ils en avaient chacun une et Alexandre deux !

Certes, cela lui ferait des tracas en plus, mais la volupté de s'abriter un soir ou deux chaque semaine dans un nid plus passionnel que le foyer conjugal en valait bien la chandelle.

À condition de ne pas menacer l'équilibre de sa famille, se corrigea-t-il aussitôt. Il devait avant tout s'assurer que les siens ne manquaient de rien avant de penser à lui.

C'était la règle d'or.

Un homme pouvait bien afficher sa fortune au bras de maîtresses qu'il entretenait, à condition que le cœur même de son couple n'en souffre aucunement. Matériellement s'entend.

Victoire recoiffa son chapeau puisque le théâtre exigeait des dames qu'elles restent « en cheveux » durant toute la représentation pour ne pas gêner les autres spectateurs.

– Ma douce, dit Isidore, que penseriez-vous d'aller prendre un chocolat chaud au Café Américain pour y commenter ce que nous avons vu ?

– Je suis un peu lasse, si vous n'y voyez pas d'inconvénient, je préférerais que nous rentrions.

– Très bien.

Isidore était déçu, il n'était pas d'humeur à se coucher avec son journal.

Néanmoins, il prit la direction du boulevard pour tenter d'y héler un fiacre libre.

Une agitation parmi la petite foule qui sortait du théâtre attira son attention.

Plusieurs femmes criaient et des hommes protestaient avec véhémence.

Une silhouette traversait le troupeau de spectateurs en courant, bousculant tout le monde sur son chemin. Un homme.

Il semblait très perturbé.

Soudain, il apparut tout à fait, la mine déformée par l'angoisse, rouge et transpirant.

Il poussait sans ménagement toute personne sur son chemin et, manifestement, il provenait d'une ruelle adjacente.

Isidore Lazare se pencha en avant, brusquement surpris.

Il connaissait le malotru.

M. Rablois, le plus grand horloger de Paris. Isidore lui avait acheté sa montre et la lui rapportait tous les deux ans pour une révision.

Rablois était paniqué.

– Non, non, non ! criait-il en courant.

Il bifurqua d'un coup et se précipita vers Isidore et Victoire.

Isidore n'eut ni le loisir ni le réflexe d'esquisser le moindre geste, que l'horloger filait entre eux et fonçait vers le boulevard.

– Je n'ai pas le temps ! disait-il, affolé. Je n'ai pas le temps ! Non, non, *je ne l'ai pas !*

Tous suivirent cette comète folle qui se jetait du trottoir sur les pavés.

Il fuyait, et il fuyait vite, une menace que personne ne voyait.

Soudain, le martèlement de deux chevaux jaillit de la nuit, les silhouettes hennissantes fendirent le paysage en un instant, et le choc fut brutal.

Un son sourd, puis le claquement des sabots ferrés changea de sonorité tandis qu'ils s'enfonçaient dans la chair et brisaient les os.

Rablois fut avalé par la course du cabriolet et il n'en resta qu'une forme recroquevillée lorsqu'il fut passé.

Victoire hurla et se jeta dans les bras de son mari.

Isidore Lazare était médusé.

Il ne comprenait pas ce à quoi il venait d'assister.

De quoi Rablois pouvait-il avoir si peur pour ainsi se jeter sous les sabots des chevaux ?

Le temps ? Je n'ai pas le temps ?

C'était une bien atroce mort pour un homme si gentil.

Et une bien curieuse mort pour un horloger.

32

Le cœur de Faustine tambourinait dans sa poitrine.

Chaque battement résonnait si fort que les murs de la chambre paraissaient trembler.

Ils étaient irréguliers.

Paniqués.

Guy se sentit arraché à une ouate confortable dans laquelle il flottait, corps et âme.

Il ouvrit les yeux avec difficulté, déboussolé, engourdi par le sommeil et la fatigue conjugués.

Les battements continuaient, rapides, prolongement d'un esprit empressé. Ce n'était pas le cœur qu'il couvrait de sa main.

On frappait à la porte de sa chambre.

Faustine se détacha de lui, et le froid s'infiltra contre sa peau chaude.

– Quelle heure est-il ? murmura-t-elle.

Guy se leva et prit sa montre posée sur la commode, la chaîne méticuleusement enroulée autour du boîtier.

– Minuit cinq.

Guy passa sa chemise de nuit et ouvrit la porte, juste ce qu'il fallait pour y glisser le visage.

Le gardien d'Elseneur, Yorick, apparut à la lueur d'une lampe à pétrole, le visage contracté par l'inquiétude, sa casquette à la main.

Le clair-obscur soulignait sa cicatrice, un trait noir en travers du visage comme si la vie elle-même avait voulu barrer cet être, nier son identité.

– C'est M. Hencks qui m'a demandé de vous réveiller, il part pour le village.

– À cette heure-ci ?

Guy s'avisa que Yorick portait ses vêtements de la journée.

– Vous ne vous êtes pas couché ? demanda-t-il. Qu'est-ce qui se passe ?

– C'est... Ce soir, des gens ont entendu hurler à l'entrée de la lande... Ils ont vu Pélagie Lemaire ! Elle courait en criant !

Guy eut le sentiment de recevoir un seau d'eau glacée en pleine face.

Il se réveilla complètement.

– Où allait-elle ?

– Elle s'est enfoncée dans les champs de maïs, les grands, ceux qui vont vers Vétheuil.

Guy allait refermer brusquement pour s'habiller, mais le gardien retint le battant d'une main ferme :

– C'est pas tout, monsieur Guy ! Ils ont aussi vu qu'elle n'était pas seule. Il y avait quelque chose derrière elle. Une grande bête. Un corps d'homme, avec un visage de monstre. Et de grandes cornes sur la tête. Il la pourchassait.

Cette fois, Guy se précipita sur ses vêtements.

– Je viens avec toi, dit Faustine.

– Non, tu restes là, le Croquemitaine est sorti, tu seras plus en sécurité ici. Assez d'émotions pour toi aujourd'hui.

Faustine ouvrait la bouche pour répliquer, mais Guy leva la tête des boutons de sa chemise pour la clouer sur place d'un regard autoritaire.

– Je ne prendrai aucun risque avec toi, ajouta-t-il tout bas. Aucun. J'ai parfois mis notre existence en péril, je n'aurais pas dû. Cela va s'arrêter. Bientôt. Très bientôt.

La jeune femme demeura assise sur le lit, les draps contre sa poitrine, son dos et la grâce de ses courbes épousant parfaitement la pénombre qu'une lune lointaine habillait d'un voile d'argent.

Guy lut d'abord un bouillonnement contenu dans le regard de Faustine, aussitôt balayé par ce qu'il prit pour de l'espoir.

L'espoir d'une promesse non vaine.

Faustine repoussa les draps pour se lever et vint lui prendre le bout des doigts pour les poser sur ses hanches avant de se serrer contre lui pour lui donner un baiser au goût presque sucré.

Un baiser passionné, électrisant, chargé de saveurs, une étreinte animale, comme s'il était le dernier.

Puis Guy termina de s'habiller et, sans un mot, il quitta la chambre.

Hencks et Yorick attendaient l'écrivain devant le château, sur leurs chevaux, fusil à l'épaule pour le chasseur, et lampes accrochées sur le côté de leurs selles.

Guy se hissa sur le troisième hongre et ils s'élancèrent dans la nuit qu'une lune piquée de cratères sombres comme une cataracte surveillait de son œil pleinement ouvert.

– C'est Anselme Rubon qui l'a vue, s'écria Hencks pendant la chevauchée, lui et sa femme ont entendu hurler dehors, au loin, et ils ont reconnu Pélagie. D'après Anselme, elle était terrorisée. Quand il a vu ce qui la poursuivait, il a couru prévenir les autres hommes du village pour lancer une battue.

– Quand était-ce ? s'enquit Guy.

– Il y a une demi-heure à peine.

– Pourquoi a-t-elle foncé dans les champs de maïs ? Pourquoi pas chez les Rubon ?

– Parce que tout au bout des champs, il y a sa ferme. Elle rentrait chez elle. Paniquée, elle s'empressait de rejoindre la protection de sa famille.

Guy s'empêcha de préciser « *sa famille morte* ».

Ils galopèrent jusqu'au sommet de la colline en face de Saint-Cyr, sur le plateau de laquelle s'étendaient d'immenses champs de maïs entrecoupés çà et là de petits bois d'une noirceur impénétrable.

Des dizaines de points lumineux sillonnaient l'étendue, semblables à une armada de lucioles gigantesques, progressant en rythme, resserrant les mailles d'un énorme filet imaginaire.

Une dizaine de femmes, d'adolescents et quatre hommes âgés s'étaient rassemblés autour de deux lanternes, l'air décomposé.

– L'avez-vous vue ? questionna aussitôt Hencks sans descendre de cheval.

Un vieillard s'approcha et pointa sa canne vers les champs :

– La battue se resserre autour des cris de Pélagie. Mais on ne l'entend plus depuis une dizaine de minutes. Ils sont là, au milieu, quelque part dans ce fatras ! On va la retrouver ! Et nos garçons vont coincer le Diable ! Le père Tallec est même là ! Pour exorciser le monstre !

Depuis son cheval, Guy pouvait apercevoir les lueurs de toutes les lanternes qui formaient peu à peu un immense étau.

- Anselme Rubon l'a vu, vous savez ! continua le vieillard. C'est une bête cornue, presque un corps d'homme avec une face de monstre !

Soudain un homme hurla, un cri de souffrance tout autant que de surprise. Le hurlement fut bref, il s'interrompit immédiatement.

Hencks sonda la mer de tiges qui s'agitaient mollement dans la brise de minuit. Il tira sur la sangle de son fusil pour le remonter sur son épaule.

Un autre cri d'homme, beaucoup plus loin, fusa, plus long, suivi de râles d'agonie.

– Ils sont plusieurs ! pesta Hencks. C'est trop rapide pour que ce soit le même assaillant !

– Le Diable a bien des tours dans sa besace ! gémit le vieillard aux yeux exorbités de peur.

Puis ce fut au tour d'une femme de percer la nuit. Un hurlement effrayé, hoquetant.

– Pélagie ! s'exclama Hencks.

Il fit claquer ses rênes puis éperonna son cheval et s'élança dans le champ, entre deux rangées de maïs.

Guy et Yorick donnèrent de la voix pour le suivre immédiatement.

Les chevaux fonçaient dans ce couloir, balayés de feuilles devenues coupantes avec la vitesse, chaque épi, pendant le galop, se transformait en une lame dévastatrice pour les genoux ou les chevilles, et Guy ne tarda pas à envisager de ralentir sa monture.

La survie de Pélagie l'incita à n'en rien faire. Il serra les jambes et fit une prière silencieuse pour ne pas finir lacéré.

Il pouvait voir les lucioles géantes se regrouper progressivement en un grand cercle, au centre duquel Pélagie avait hurlé. Deux autres petits groupes s'étaient formés autour des hommes attaqués.

Guy restait dubitatif. Qu'est-ce qui pouvait avoir agressé ces deux villageois si rapidement ? Il ne croyait pas une seconde à l'hypothèse de deux assaillants.

Pélagie avait été enlevée par le Croquemitaine. C'était lui qui lui courait après. Et le Croquemitaine n'avait pas d'associé, il ne partageait pas son œuvre, c'était un fantasme trop élaboré, trop complexe pour qu'une autre personne y participe.

En es-tu aussi sûr ? Tu pensais la même chose d'Hubris, et pourtant il était parvenu à manipuler un esprit plus faible que lui, le père Camille était son vassal, il lui obéissait presque, du moins se confiait-il à Hubris qui l'influençait ensuite…

Mais les fantasmes du Croquemitaine étaient bien trop personnels. Il ne pouvait qu'être seul.

Alors qu'est-ce qui a attaqué ces deux hommes et Pélagie en moins de trente secondes ?

Même s'il avait été à cheval – et c'était impossible sans qu'on le remarque immédiatement –, il n'aurait pas pu aller aussi vite d'un point à l'autre.

Un mât d'épouvantail surgit soudain devant Guy qui tira pour virer à hue tandis que le cheval, effrayé, se jetait à dia.

Le mât frôla la tête du hongre, écrasa la jambe de l'écrivain et cogna son coude à toute vitesse.

Guy se plia en deux, lâcha les rênes, et attrapa son coude qu'il ne sentait plus.

Un peu plus loin, un autre cheval se mit à hennir, un cri enragé suivi d'un fracas de tiges arrachées et de corps roulant dans la terre.

Yorick venait de se faire attaquer à son tour.

Il était là. Le Croquemitaine les cernait.

Il se déplaçait à une vitesse exceptionnelle, mordait sa proie, lui arrachait un membre et disparaissait aussi rapidement qu'il avait surgi.

Guy se mit à croire aux délires du vieillard.

Et si le Croquemitaine était le Diable en personne ?

Un être seul depuis toujours, désespéré, et qui, à l'heure où l'État envisageait de se séparer de l'Église, ce qui entraînerait la mort de la chrétienté, comme l'affirmaient certains, prenait son désir d'humanité trop au sérieux.

Le Diable voulait une famille.

Le Diable rêvait d'une condition humaine.

Guy saisit les rênes qui se balançaient sur le cou de sa monture et tira de toutes ses forces pour l'arrêter.

Son coude droit était douloureux, mais il pouvait bouger le bras, ce n'était qu'un choc, une grosse ecchymose, rien de grave.

Ce qui n'était pas le cas de l'autre cheval, plus loin.

Il hennissait comme si le sol s'ouvrait, l'engloutissait pour le dévorer, des soubresauts dévastateurs projetaient des épis à plusieurs mètres de hauteur.

Ce cheval était en train d'agoniser.

Yorick ou Hencks, songea Guy.

Le Croquemitaine était sur l'un d'eux.

Guy sauta à terre, laissa sa monture derrière lui pour ne pas se faire remarquer et avança dans la pénombre.

La lune ne perçait que très peu les rideaux de maïs, il voyait à peine où il posait les pieds.

L'animal qui hurlait était à une cinquantaine de mètres, estima Guy. Le choc avec le mât lui avait à la fois fait perdre du temps et prendre une mauvaise direction.

Les feuilles s'entrechoquaient, Guy eut l'impression d'être cerné par des criquets géants. Était-ce le vent ou des mouvements rapides ?

Et s'il venait à mourir cette nuit ?

Faustine.

Pas maintenant. Pas après ce qu'ils avaient vécu.

Faire demi-tour était tout aussi impossible.

Un homme hurla, un cri noyé dans la foulée par un flot humide dans sa gorge.

Tout près.

Il est là ! Il nous décime ! Il joue avec nous !

Les tiges tanguaient, prises dans le ressac d'une marée invisible.

Tout d'un coup, une puissante rafale déferla sur le champ ; dans un axe précis, très localisé, elle le traversait de part en part, comme le sillage d'un oiseau formidable volant en rase-mottes, ployant les têtes des tiges.

La bourrasque se dirigeait sur Guy.

Elle fonçait à toute vitesse, les feuilles trop sèches qui jouaient l'une sur l'autre émettant un son de crécelle à l'image d'un orchestre d'instruments primitifs.

Guy lui fit face.

Il n'avait pas d'arme.

Rien que sa détermination.

Si le Croquemitaine était bien une créature surnaturelle, alors il n'y aurait rien à faire.

S'il était dans cette rafale, s'il *était* la rafale, alors tout irait très vite.

Comme avec les autres hommes qui gémissaient.

Mais si c'est un être de chair et de sang, alors il ne passera pas.

Soudain les tiges s'écartèrent, le vent balaya le visage de l'écrivain, une brise fraîche, féroce. Il était au centre du fracas.

Guy gardait les yeux ouverts pour distinguer le monstre qui lui fondait dessus.

Il avait l'impression d'être au cœur d'un maelström infernal, une tornade qui lui était destinée, soulevant la poussière du champ pour l'aveugler, malmenant la végétation pour qu'elle l'assourdisse, comme si le Croquemitaine commandait à la nature.

Un être aux pouvoirs anciens.

Un prédateur préhistorique.

Mais la bourrasque passa sur Guy sans le renverser.

Le calme retomba. Une interminable rangée de maïs de part et d'autre, devant et derrière lui.

Guy se sentait observé.

Le cheval continuait de hennir plus loin, et un homme pleurait de douleur.

Mais Guy ne voyait personne.

Pourtant, il devinait une présence.

Il est juste là. Dans une des rangées, à droite ou à gauche. Sa tête dissimulée parmi les épis, une tache d'ombre parmi les ombres. Et il me regarde.

Guy pivota lentement, pour tenter de discerner les moindres

détails, pour capter une anomalie dans les murs de maïs qui l'entouraient.

À nouveau la brise fit danser les feuilles.

Le Croquemitaine bougeait.

Juste autour de Guy. Il pouvait le sentir, il en était convaincu.

Soudain il devina le bout d'un bâton qui glissait entre deux tiges, d'un geste souple il recula, et lança son pied en direction de son assaillant et entendit un craquement sec en même temps qu'il heurtait quelque chose.

Un maïs ploya sous l'impact et tomba, fendu à mi-hauteur.

Je deviens fou !

Il n'y avait personne.

Chaque relief devenait douteux, Guy soupçonnait toutes les ombres, tous les mouvements dans la brise.

Il se jeta entre deux tiges pour atteindre la rangée parallèle, puis la suivante.

Personne. Il changea encore de sillon, jusqu'à apercevoir une lumière.

Yorick était à genoux, à une vingtaine de mètres.

Son cheval hennissait en agitant ses pattes, couché sur le flanc, martyrisé par une géhenne insupportable.

Le gardien, hagard, regardait tout autour de lui, sans comprendre ce qui s'était produit.

Hencks apparut au-dessus de son employé, sans un bruit.

Guy était encore à bonne distance, mais la rangée parfaitement droite d'épis lui permettait d'avoir une bonne vue sur les deux hommes, la lanterne de Yorick renversée à ses pieds.

Et l'écrivain vit Hencks vérifier qu'il n'y avait personne.

Puis il pointa son fusil sur son gardien.

Et tira.

33

La gerbe de feu sortit du canon comme si le Diable crachait toute sa colère d'un coup.

Un flash jaune, tonitruant, sec et brutal.

Le fracas de la mort.

Guy était abasourdi.

Il regardait son ami, son confident, au loin, debout sur son cheval, l'air toujours aussi grave. Le fusil se mit à fumer.

Yorick, aux pieds de Hencks, se tenait la tête.

Les mains sur les oreilles.

Il fixait son cheval devenu subitement silencieux, inerte.

Hencks l'avait abattu.

– Il n'y avait plus rien d'autre à faire, se justifia-t-il sans aucune émotion dans la voix.

Yorick acquiesça lentement, encore sous le choc.

Guy se rapprocha pour découvrir l'animal au crâne explosé, des débris d'os et de matière cervicale mélangés à la terre.

Le sabot de son antérieur droit avait disparu, il ne subsistait que des filaments de chair et de tendons. La bouche qui avait arraché l'extrémité de la patte devait être énorme et surpuissante.

Aucun animal dans un champ de maïs n'en était capable.

– Quel genre de créature peut provoquer pareille morsure ! s'exclama l'écrivain, entre stupeur et angoisse.

– Pas une créature, répondit Hencks, mais un piège !

Il pointa son canon sur un dispositif à mâchoire planté dans le sol, duquel dépassait un amas sanglant.

Guy se sentit rassuré.

– Ils ne sont pas plusieurs !

– Peut-être pas, mais il est rusé.

Pélagie hurla à nouveau et Guy devina plus que de la douleur dans cet appel, presque une résignation terrorisée.

Hencks scruta les environs.

– Les villageois resserrent les mailles du filet, il ne peut pas s'échapper, venez ! Il est encore temps pour la gamine !

Guy se précipita pour récupérer son cheval et retrouva ses deux compagnons au petit trot.

Yorick ouvrait la marche d'une foulée régulière, il vérifiait avec sa lanterne s'il n'y avait pas d'autres pièges avant que les chevaux de Hencks et de Guy suivent, ils ne pouvaient accélérer sans risquer l'accident.

Le bruissement des feuilles de maïs dans la brise rendait Guy méfiant. Le danger pouvait surgir de partout à la fois, il était impossible d'entendre quiconque approcher. De son perchoir, il avait une vue d'ensemble, mais la densité du champ l'empêchait de voir avec précision au-delà de la rangée dans laquelle il avançait.

Le Croquemitaine pouvait se tenir juste à côté, accroupi, sans qu'il le remarque.

Au loin, les villageois étaient beaucoup plus nombreux, organisés. Guy commençait à reconnaître les formes allongées de ce qu'ils tenaient dans les mains : bâtons, pioches, fourches, couteaux…

Ils ne laissaient rien au hasard, chacun marchait dans une rangée et surveillait, à un pas ou deux, celles d'à côté.

Tous ensemble, ils formaient un groupe redoutable.

C'étaient leurs terres. Leurs amis, leurs familles qu'on menaçait.

Ils ne lui laisseraient aucune chance.

Guy se prit à espérer une seule chose : que Pélagie n'ait pas été capturée par l'un de ces pièges. Sans quoi le Croquemitaine pouvait être partout ailleurs, dans leur dos…

Est-ce que je préférerais qu'elle ait été attaquée par lui pour ne pas l'être ?

Guy s'en voulut aussitôt. Il n'avait pas réfléchi…

Le cercle de lucioles s'était presque refermé.

Des dizaines de lumières rondes, chancelantes, se rassemblaient au centre du champ, projetant les ombres titubantes de ces hommes inquiets et en colère.

Hencks et Guy percèrent le mur humain de la battue et franchirent les derniers mètres pour gagner le cœur du cercle.

Hencks immobilisa brusquement son cheval.

Les tiges étaient couchées dans un diamètre de cinq à six mètres.

Comme pour Eugène Barçi.

Le ring d'un combat sanglant.

Épouvantable.

Les tiges fauchées à cinquante centimètres de haut, et de longues traînées de sang partout. Des éclaboussures. Des projections. Des flaques.

Et Pélagie Lemaire au milieu.

La robe déchirée. Un bras tranché abandonné un peu plus loin.

La poitrine découverte, un sein crevé jusqu'au cœur.

La gorge ouverte.

Le visage méconnaissable, nez disparu, lèvres pendantes, joues découpées, même ses cheveux n'étaient plus qu'un remugle poisseu.

Le Croquemitaine l'avait mise en pièces.

Avec une rage frénétique.

Probablement avec un énorme couteau, peut-être une faux.

Comme celle des Loubieille, volée…

Hencks descendit de cheval et se porta au chevet de la jeune fille.

Ainsi défigurée, il était impossible de lui donner un âge.

Ni une beauté autre que celle des Enfers.

Hencks s'agenouilla et lui souleva délicatement la nuque pour la prendre contre lui.

– Ma pauvre enfant, dit-il tout bas.

Les pupilles de Pélagie se tournèrent vers lui.

Guy sursauta et manqua tomber de cheval.

Elle était encore vivante.

Un gargouillis siffla depuis sa gorge tranchée, des bulles surgirent au milieu du sang et un long souffle aigu s'échappa de sa bouche aux dents brisées.

Les paupières se refermèrent à demi et tout le corps de l'adolescente s'affaissa dans les bras de Hencks.

Tous surent alors qu'elle venait d'expirer.

Les rares chapeaux tombèrent sur les cœurs, et plusieurs villageois guettèrent le ciel étoilé et la lune sans que Guy sache si c'était pour témoigner à la jeune fille un dernier salut ou pour entrevoir le départ de son âme.

Aucune trace du Croquemitaine.

Ils avaient pourtant opéré un maillage serré, une approche précise, le filet s'était parfaitement refermé.

Dès qu'elle avait hurlé, les traqueurs s'étaient réorganisés autour des cris, le Croquemitaine ne pouvait avoir eu le temps de la massacrer ainsi et de s'enfuir à travers la battue. C'était impossible.

Impossible.

Guy lutta contre les idées les plus folles, contre le désir d'irrationnel qui tentait de s'imposer.

Impossible.

Le Croquemitaine ne pouvait qu'être encore là. Parmi eux.

L'écrivain scruta le visage de chacun.

Il y avait ceux qui osaient pénétrer le terrible cercle de la mort et ceux qui restaient en retrait, entre les tiges de maïs.

Ceux qui tenaient des lanternes, d'autres des armes improvisées.

La plupart étaient à peine habillés : un tricot sur un pantalon de toile, des sabots, des salopettes sur des torses nus, des sandales... Ils étaient partis en toute hâte, réveillés par le besoin de sauver l'une d'entre eux. De venger les autres.

Chacun avait veillé sur son voisin pendant la battue.

Ils se connaissaient tous.

Il ne pouvait y avoir de méprise. Le Croquemitaine ne pouvait s'être mélangé à eux brusquement, venant d'en face...

Pourtant, il ne pouvait s'être enfui !

– Messieurs ! clama Guy. Messieurs, j'ai besoin de votre assistance ! Vous l'aurez remarqué : ces champs sont piégés. Aussi ai-je besoin de savoir s'il manque quelqu'un que vous auriez vu au départ ? Ou, au contraire, avez-vous vu quelqu'un se joindre à vous pendant la battue ? C'est important !

– Nous avions un œil sur chacun ! répliqua un petit blond mal rasé. Pour que personne ne passe entre chaque groupe ! Personne n'est entré, et seuls les trois blessés sont sortis !

Ça ne pouvait être les blessés. Le Croquemitaine avait attaqué Pélagie juste après. Il ne pouvait s'être fait passer pour une de ses victimes.

Impossible.

Guy ne comprenait plus. Il ne pouvait avoir échappé à la vigilance de tous. À moins de s'être envolé !

Hencks allongea Pélagie et resta à la contempler avant de parler :

– Son meurtrier *doit* être ici, dit-il calmement sans la lâcher du regard. Il ne peut en être autrement. Il doit être couvert de sang, mais il est assez intelligent pour avoir prévu d'autres vêtements rapides à enfiler, abandonnant un ballot sanglant quelque part autour de nous.

Des murmures s'élevèrent.

Hencks leva les mains pour les faire taire :

– Messieurs, je vais vous demander un exercice étrange, mais vous *devez* vous y plier de suite, sans protester, pour lever tout doute. Chacun d'entre vous va à présent regarder son voisin de droite et l'inspecter attentivement, mains, avant-bras, cou, visage, chaussures, à la recherche d'une trace de sang. Allez-y !

Certains commencèrent à s'indigner tandis que les autres obéissaient sans sourciller. Les regards soupçonneux firent plier les plus rétifs, ainsi que le cadavre de Pélagie Lemaire, juste sous leurs yeux.

Guy surveillait les opérations depuis son cheval, un œil sur la houle noire qui agitait les champs tout autour d'eux.

Il craignait tout autant de voir la silhouette d'une quelconque créature affleurer à la surface de cette mer sinistre en quête d'une proie que de distinguer un homme s'enfuyant au loin.

Si le Croquemitaine était déjà lâché dans ce labyrinthe végétal, il n'y avait aucune chance pour qu'ils le rattrapent.

Il ne peut s'être enfui !

L'inspection prenait fin. Les uns et les autres faisaient un grand « non » de la tête.

– Il n'y a rien ! C'est pas l'un des nôtres ! lança une voix nerveuse dans l'obscurité.

– Et pourtant, il n'est pas passé entre nous ! répondit le blond mal rasé. On l'aurait vu ! À moins que vous n'ayez pas bien fait votre travail !

– C'est nous que t'accuses, Robin ? fit un autre. Attention à ce que tu dis !

– J'en connais certains, j'ai chassé avec vous, et vous n'êtes pas tous compétents, voilà ce que je dis ! Si vous aviez bien fermé le cercle, il ne serait pas passé !

– Il n'est *pas* passé !

– Alors où est-il ? Tu vois un vagabond, toi, ici ?

Les cris redoublèrent d'intensité, les injures suivirent, et les maïs furent rapidement secoués de bousculades.

La déflagration imposa un silence immédiat.

Les femmes qui attendaient à l'entrée du champ crièrent de surprise.

Hencks tenait son fusil braqué vers le ciel.

– Taisez-vous, dit-il impérieusement.

Dans la pénombre, les creux de ses joues, de ses orbites enfoncées, de son visage allongé faisaient peur. Maximilien Hencks dégageait un charisme imposant, inspirait autant de crainte que de respect.

– Il a fui, ajouta-t-il. Aussi fou que ce soit, il est parvenu à s'échapper avant que nous tombions sur lui, ici. Nous étudierons les raisons plus tard, avec la gendarmerie. Pour l'heure, cette fille a besoin d'une couverture et d'un brancard pour être transportée. Et vos femmes doivent être rassurées. Allez, messieurs, nous avons assez veillé sur cet horrible endroit. Je vais rester ici avec les miens, allez me chercher ce dont nous avons besoin, les autres, rentrez chez vous. Il n'est plus l'heure de traîner dehors.

Guy ne pouvait accepter l'impossible. Lui avait bien vu la battue, parfaitement formée et sans trous. Comment le Croquemitaine était-il parvenu à s'enfuir ?

Ils avaient tout quadrillé !

Les pièges ? Ils ont pu distraire des hommes ?

Non. Pélagie avait encore crié *après* que les trois avaient été blessés. Le Croquemitaine l'avait saignée ensuite seulement.

Les pièges...

Guy fronça les sourcils.

Le Croquemitaine avait posé ces pièges à mâchoire. Il avait truffé le champ de ces engins de destruction dans le but de faire des dégâts.

Comment pouvait-il prévoir que nous allions venir ici ?

Pour qu'ils fassent trois victimes, plus le cheval, c'est qu'il devait y avoir plusieurs pièges, disséminés un peu partout.

Il ne pouvait les avoir transportés tout en pourchassant Pélagie.

Il savait que nous viendrions ici. Il voulait que nous le chassions.

Le Croquemitaine avait tout orchestré.

À l'avance.

Il n'aurait pas joué au chat et à la souris avec Pélagie ici, pas si près d'une ferme, car il savait que les cris de l'adolescente sonneraient le clairon.

Une lumière rouge s'alluma dans l'esprit de Guy. Il sentait qu'il effleurait la vérité. Son inconscient, lui, disposait de toutes les pièces, et il était parvenu à les assembler. La vérité était toute proche, juste sous ses yeux.

Il l'a fait pour nous attirer ici. Pour que nous assistions à la mort de la jeune fille. Pour nous narguer. Nous prouver sa supériorité. Il savait exactement comment il allait s'y prendre. Les pièges pour nous ralentir. Peut-être aussi pour arrêter Pélagie.

Il avait donc déjà préparé sa fuite.

Guy sonda l'étendue mouvante qui les encadrait.

Un immense océan animé par les vagues d'un courant invisible, mystérieux.

Dans les abysses duquel le Croquemitaine s'était réfugié.

Comment a-t-il fait ?

Comment avait-il pu se fondre parmi ces champs sans que personne le remarque ?

Une goutte de sueur se mit à couler le long de son échine.

À mesure qu'elle dévalait chaque vertèbre, une image se dessinait dans l'esprit de Guy.

Elle devenait de plus en plus distincte, précise.

L'image d'un détail qu'il avait vu. À maintes reprises.

Soudain, il sut.

La goutte heurta le bas de sa chemise et fut bue par le linge.

Le Croquemitaine était juste sous leur nez.
Ils étaient passés sans le remarquer.
Lui, n'avait jamais changé de procédure.
Il utilisait la même, depuis le début.

34

Les naseaux du cheval lancèrent deux soupirs puissants tandis qu'il s'agitait nerveusement comme s'il partageait la terrible vérité avec Guy.

L'écrivain contrôla sa monture qui tentait de s'écarter du cercle de sang.

– Attendez ! s'écria-t-il à l'attention des villageois. Attendez !

Les silhouettes courbées sous le poids de l'horreur ralentirent ou s'immobilisèrent, se tournant vers cet homme qui luttait pour calmer son cheval. Un cavalier au visage tuméfié, recousu au front, les mains couvertes de cicatrices de brûlures.

Le hongre finit par entendre raison et cessa de reculer pour marteler la terre de ses sabots.

– Il y a des mâts, un peu partout dans le champ, reprit Guy. Nous sommes passés devant au fur et à mesure ; des mâts pour y suspendre tout ce qui pourrait effrayer les oiseaux. Est-ce que l'un d'entre vous a vu un épouvantail sur l'un de ces mâts ?

Après un instant d'hésitation et de chuchotements, un homme barbu leva le bras.

– Moi, j'ai vu ça, dit-il. Un peu plus loin par là-bas.

Il désigna les champs vers le nord.

– Moi aussi, dit un autre. J'étais avec lui, je l'ai vu. Un grand épouvantail.

Guy tira sur les rênes et lança sa monture dans la direction indiquée. Yorick comprit et se mit à courir devant lui pour vérifier l'absence de piège, ralentissant l'écrivain.

Dès que le tronc apparut dans la nuit, Guy sut qu'il avait vu juste. Il n'y avait pas d'épouvantail. Le mât était parfaitement lisse, vide.

Le même mât qu'il avait déjà vu dans la région, dans le champ en face de la maison des Lemaire ou devant chez les Loubieille.

Parce que le Croquemitaine voulait voir ses victimes.

Il avait besoin de les observer, longuement.

De connaître leur routine, de s'approprier leurs codes.

Chez les Lornan, il avait pu profiter du pigeonnier abandonné, mais pour les autres, il n'avait pas eu cette chance. Il avait utilisé ce qu'il était : un homme en costume. Cette peau qu'il endossait pour chasser. Ce visage en ombre que Guy avait à peine discerné grâce au contre-jour d'une lanterne depuis le sac de toile qui emprisonnait sa tête. Ce costume qui avait fait dire à Anselme Rubon que la chose qui pourchassait Pélagie était un monstre.

Le Croquemitaine se déguisait en épouvantail.

Il s'arrimait aux mâts, et personne ne le remarquait, pendant que lui pouvait tout voir.

C'était le point commun à tous ces crimes. Un poste d'observation. Souvent le même.

Le Croquemitaine tuait des familles, nu, pour sentir leur sang, leurs organes, pour se fondre en elles, pour partager leur chair, faire partie d'elles. Pour les meurtres d'Eugène Barçi et de Pélagie Lemaire, il avait agi par provocation. Barçi était sur son territoire, il représentait l'autorité, une contrainte qu'il n'aimait pas, qu'il n'acceptait pas, alors il l'avait supprimé. Tandis que traquer l'adolescente était un jeu avec ses chasseurs. Pour les narguer.

La massacrer sous leurs yeux et disparaître.

Dans ces deux cas, il n'était pas nu, il était en costume.

Son habit de prédateur. Une seconde peau. Qui le rendait différent. Qui le cachait, le protégeait. Qui faisait peur.

Et le rendait plus fort.

Son costume représentait tout ce qu'il n'avait pas en réalité, tout ce qu'il n'était pas, alors il se l'était construit. Lorsqu'il entrait dans cet habit, il prenait confiance en lui, il devenait une autre personne, capable de tout.

Guy retourna auprès des villageois qui ne savaient plus quoi faire et interpella le barbu :

– Quand êtes-vous passé devant ce mât ? Quand avez-vous vu l'épouvantail dessus ?

– Il y a peut-être dix minutes, ou un quart d'heure. C'était un peu après les cris de… de la fille.

Il était encore couvert de son sang ! songea Guy. Il aurait suffi que l'un des deux hommes lève la tête et regarde vraiment l'épouvantail pour qu'il s'en rende compte. Le Croquemitaine avait lacéré Pélagie avant de se précipiter sur le mât, juste avant le passage de la battue, moins de cent cinquante mètres séparaient les deux endroits.

Juste là, sous leur nez.

La rage envahit Guy.

Hencks stoppa son cheval contre celui de l'écrivain.

– C'était lui ? demanda-t-il sans élever la voix.

Guy acquiesça.

– Il s'est joué de nous, répondit-il. Il a tout planifié.

– J'y ai pensé aussi à cause des pièges. Il n'a pas piégé tous les champs de la région. C'est celui-ci qui l'intéressait, parce qu'il voulait nous y conduire. La pauvre gamine n'était qu'un appât. Reste une question essentielle : pourquoi nous attirer ici ?

– Pour nous prouver sa supériorité, je pense. Nous représentons l'autorité qu'il refuse, il a tué le gendarme pour ça. Il continue. C'est devenu un jeu. Il massacre les familles pour son besoin, pour se soulager, pour avoir du plaisir, et il ridiculise ceux qui cherchent à l'en empêcher pour flatter son orgueil. Un orgueil d'homme frustré par la vie jusqu'à présent, mais qui depuis peu prend confiance en lui. Il faut faire attention, maintenant qu'il a encore accompli un tour avec succès, il va se sentir apte à n'importe quoi. Et, pour éprouver une nouvelle satisfaction, il va falloir qu'il vise encore plus fort. Il faut s'attendre au pire. À quelque chose d'encore plus dément.

Hencks sondait son ami d'un regard de biais, le visage toujours aussi fermé.

– Plus nous avançons dans cette affaire, et plus vous vous rapprochez de lui, dit-il gravement. Vous êtes presque dans son esprit.

Prenez garde Guy, à trop vous projeter, que vous ayez raison ou tort, vous risquez de ne plus savoir comment retrouver *votre* propre esprit.

Guy observa les étoiles et la lune au-dessus d'eux.

– C'est le propre du romancier, dit-il tout bas. Se confondre avec ses personnages. Écrire, c'est une folie contrôlée. Se projeter à outrance, et une fois la dernière page achevée, parvenir à se retrouver. Du moins ce qu'il reste de nous ou ce que nous sommes devenus.

Au loin, des lanternes revenaient vers l'entrée du champ, les blessés étaient évacués.

Le Croquemitaine était peut-être encore quelque part, à les observer et se gausser, à jouir de son triomphe.

Caché dans un arbre. À l'orée d'un bois. Dans un buisson.

– Il n'est sûrement pas loin, confia Guy. Ce doit être trop euphorisant pour qu'il se prive de ce spectacle. Il nous regarde en ce moment même. Il sait déjà quelle sera sa prochaine étape. Il faut le confondre, Hencks. Il faut l'arrêter très vite.

– Il y a une faux ici ! aboya un homme. Elle est... elle est pleine de sang !

Le Croquemitaine avait abandonné son arme pour aller se mettre en scène sur le mât.

Guy amena son cheval jusqu'à l'arme du crime. Elle était plantée dans la terre. Un garçon d'une vingtaine d'années tendit un morceau de tissu déchiré.

– C'était à côté.

– Qu'est-ce ? demanda Hencks.

– Ça ne fait pas partie de la robe de Pélagie, commenta Guy. On dirait que c'est un bout du costume du Croquemitaine. Elle le lui aurait arraché pendant qu'il la tuait...

Comme Guy semblait songeur, Hencks lui prit le tissu des mains et l'inspecta à son tour.

– Il y a du sang dessus.

– N'y touchez pas plus ! commanda l'écrivain. Faites chercher vos chiens ! Ils vont le renifler et, qui sait ? peut-être relever une piste, s'il est toujours dans les environs, nous pouvons encore l'attraper !

Yorick prit un air contrarié et regarda Hencks.

Ce dernier posa une main sur l'épaule de Guy.

– Vous n'avez pas vu Yorick aujourd'hui ? s'étonna-t-il. Vous ne l'avez pas vu dans le parc ?

Guy fouilla dans sa mémoire et se remémora le gardien en train de remuer de la terre avec une pelle.

– Pourquoi ? demanda-t-il, sentant une boule de terreur remonter en lui.

– Il les a enterrés. Les deux, cet après-midi même. Ils ont mangé une baie toxique ou un cadavre empoisonné, je l'ignore.

Guy se remémora ses propres mots prononcés dans l'après-midi.

« *Trouvons le prochain chien mort et nous l'attraperons avant qu'il ne recommence.* »

Le prochain chien mort.

Une sueur glacée inonda alors l'écrivain.

– Oh non…

Hencks se crispa.

– Eh bien ? Qu'avez-vous ?

Guy secouait la tête.

– Ce n'est pas seulement pour tuer Pélagie que le Croquemitaine nous a attirés ici ! C'est pour faire diversion !

Il avait choisi son prochain mouvement bien à l'avance, et il l'avait savamment orchestré.

Elseneur.

Il n'y avait pourtant pas de famille au sens propre du terme au château.

Mais il y avait celui qui le traquait.

Et ce qui lui était le plus cher.

Faustine !

35

Les sabots au galop résonnaient à travers la forêt, à travers le village, puis sous les façades obscures du château d'Elseneur.

Guy sauta de sa monture avant même qu'elle ne soit arrêtée et se précipita à l'intérieur.

La porte était ouverte.

Ce n'était pas le personnel, il dormait à l'écart, dans une autre bâtisse.

Guy entra sans plus ralentir ; tant pis pour la prudence, il devait savoir.

Il saisit une canne dans le râtelier du hall et monta les marches quatre à quatre jusqu'au second étage où il avait sa chambre.

Il poussa la porte du bout du pied. Le battant s'ouvrit lentement pour dévoiler sa couche vide.

Elle a peut-être regagné son propre lit.

Le cœur de l'écrivain tapait rapidement dans sa poitrine, chaque battement ressemblait à un coup porté contre sa peau, pour sortir, pour intervenir lui-même.

Elle dort encore, là-bas, tout va bien, se rassura-t-il, le souffle court.

Guy n'eut pas besoin d'atteindre la chambre de Faustine pour savoir.

Une chaise était renversée dans le couloir. Un tableau de travers.

Il y avait eu du mouvement ici, une lutte.

Guy se jeta au sol pour l'inspecter, haletant.

Pas de traces de sang sur le long tapis qui recouvrait le parquet ancien. Il était froissé, replié par endroits, témoin d'une violente agitation.

Guy n'en pouvait plus. Abandonnant toute prudence, il se mit à hurler :

– FAUSTINE ! FAUSTINE !

Il marchait à toute allure dans les corridors lambrissés, repoussant les portes, sondant chaque pièce d'un bref coup d'œil.

Puis il courut jusqu'au rez-de-chaussée, traversa les salons, jusqu'aux cuisines, et il sortit sous la lune.

Elle était partie.

Prise par le Croquemitaine.

Il s'était joué d'eux, jusqu'au bout.

Guy comprenait pourquoi il ne l'avait pas tué lorsqu'il en avait eu l'opportunité. Il voulait un témoin.

Mais il désirait aussi faire souffrir celui qui osait le défier.

Le détruire en lui prenant ce qu'il avait de plus cher.

Je dois la retrouver ! Je dois la retrouver maintenant !

L'esprit de Guy était paniqué. Il lui envoyait des signaux contradictoires, il bouillonnait, lui ordonnait d'agir, puis de réfléchir, lui affirmant qu'il avait toutes les cartes en main pour identifier le tueur, puis il se sentait abattu, sans aucune chance d'y parvenir.

Réfléchis ! Réfléchis, bon sang !

C'était obligatoirement quelqu'un des environs, un homme qui les avait observés, qui savait que Guy et Faustine étaient proches.

Nous nous sommes promenés ensemble toute la journée ! À Saint-Cyr et à Vétheuil !

Faustine avait été enlevée.

Guy réalisait seulement ce que cela impliquait.

Ce n'était pas juste une peur irrationnelle ni un malentendu.

Le Croquemitaine détenait la jeune femme.

Elle était en danger de mort.

Au fond de lui, Guy ne pouvait envisager le pire. Elle n'était pas morte. Faustine ne pouvait être tuée. C'était absurde. Inconcevable.

Il en attend autre chose, sinon pourquoi l'aurait-il enlevée ? Pourquoi ne pas laisser son cadavre ici ?

Lucile Lornan et Pélagie Lemaire aussi avaient été enlevées.

Guy préféra éluder. Il savait pourquoi et comment cela avait fini. Il ne pouvait concevoir que Faustine soit dans cette situation.

Il l'a prise pour me torturer. Pour me faire payer le prix de mon défi. Il veut me faire souffrir...

Guy titubait dans le parc.

Il tomba à genoux et enfouit sa tête entre ses mains.

Il n'avait rien vu venir.

– Faustine..., pardonne-moi, gémit-il.

Soudain, une ombre gigantesque passa sur son cœur, glissa jusqu'à son âme.

Une bête rageuse, libérée des entrailles de son esprit pour le protéger.

La créature de ses abysses personnels.

Son Léviathan.

Ce monstre de nos inconscients, protecteur, buveur de traumatismes, sanctuaire de la survie à n'importe quel prix.

Il recouvrit son être d'un voile de ténèbres étanches, et ses émotions reculèrent, paralysées, coupées du monde extérieur.

La tristesse, le désespoir, la culpabilité, tous furent réduits à de simples concepts informatifs que son cerveau rangea de côté.

Guy se redressa et retrouva une respiration régulière, plus lourde.

Il vit l'herbe autour de lui avec une précision qu'il avait oubliée, sans le flou des sentiments, sans l'accélération des émotions.

Son cœur battait maintenant à une cadence normale, apaisée.

Guy se sentait protégé. Il avait une distance rassurante avec la réalité.

Ses mécanismes de protection étaient efficaces. Sa part d'ombre avait surgi au bon moment pour le verrouiller, le sauver de la dérive.

Guy avait souvent pensé à l'influence de l'inconscient sur un individu, à l'existence irréfutable d'une part d'ombre en chacun. Les deux étaient intriqués. Ombre et inconscient. Ils formaient une chose incontrôlable qui vivait en recul, dissimulée en chacun. Une créature influente, insoupçonnée la plupart du temps, et pourtant capable de jouer avec les instincts de tous, capable d'émailler d'irrationnel le quotidien, foyer des fantasmes, tanière des pulsions. Elle était le Léviathan des hommes.

Et Guy découvrait pour la première fois le sien.

À visage découvert. Il flottait sur son esprit, le tenant à bout de bras, le sauvant de la folie.

Guy se sentait plus fort. Intouchable.

Déterminé.

Il se leva et marcha vers son cheval.

Il avait la nuit pour retrouver Faustine.

Et rien ne devrait se mettre en travers de son chemin.

L'adjudant Bollart alluma un cigare fin et long avant de donner l'ordre à ses hommes de charger le corps de Pélagie Lemaire sur la charrette.

Hencks, le docteur Faulsôme, le père Tallec et le boulanger Taillard encadraient également la civière au contenu sinistre.

Guy se tenait à l'écart, face au champ de maïs qui semblait sans fin dans la nuit.

– Vous n'allez pas envoyer vos hommes, c'est ça ? dit-il avec une pointe de colère.

– Frapper à toutes les portes des trois villages et fouiller chaque maison ? Non, certainement pas ! À chaque crime commis à Paris, est-ce que la Préfecture fait retourner chaque appartement ? Allons ! Soyons raisonnables ! J'ai mon plan ! Et je vais le suivre. Demain, à la première heure, nous poursuivrons nos visites chez tous les suspects que vous nous avez aidé à identifier. Il ne pourra pas se cacher beaucoup plus longtemps. En attendant, j'ai dépêché six hommes sur les routes entre chaque village pour intercepter tout mouvement, s'il est encore dehors, avec votre amie, nous l'aurons !

Guy poussa un soupir résigné.

– Très bien, dit-il en retournant à son cheval.

Hencks vint à sa rencontre avant qu'il ne se hisse sur la selle.

– Qu'allez-vous faire ? interrogea-t-il en posant une main sur un des étriers.

– Ce que les gendarmes ne font pas : mettre toutes les chances de notre côté pour intervenir tant que Faustine est en vie.

– Ne faites pas le fou, la campagne est mauvaise cette nuit, les gens sont nerveux, vous pourriez mal finir.

– Je ne la laisse pas là où elle est, répondit Guy en repoussant la main de Hencks.

– Nous non plus ! Mais il y a une heure pour tout ! Et retrouver Faustine ne se fera pas en fonçant tête baissée au hasard des routes !

Guy grimpa sur sa monture et prit les rênes en main.

– Je ne fonce pas au hasard, dit-il, je marche dans les traces du Croquemitaine. Je suis son sillage.

Sur quoi, il fit claquer ses rênes et lança son cheval sur le sentier de terre.

Il traversa la campagne en direction de Vétheuil et se faufila entre les fermes de La Goulée jusqu'à celle des Lemaire.

Dans l'obscurité, sous l'éclairage argenté de la lune, chaque tache d'ombre dans la cour ressemblait à une mare de sang.

Guy alla s'installer dans la pièce principale, celle où la table était mise, et le sordide repas servi dans des assiettes creuses.

Il n'y avait plus de mouches.

Comme si les diptères craignaient la lune. Insectes souvent associés aux ténèbres, ils ne sortaient pourtant que sous la protection du soleil.

Parce que le monde est à l'envers, nos perceptions sont inversées. Parce que nous nous sommes toujours trompés. Les créatures des ténèbres, ce sont les hommes. C'est nous. Nous les destructeurs, nous les assassins, nous les parasites. Les rongeurs, les profiteurs, les consommateurs, les irrespectueux. Les dévastateurs. Les tueurs. Nous.

Guy n'y voyait pas grand-chose mais il préféra ne rien allumer. L'obscurité pouvait être propice à la réflexion.

Des ténèbres surgit la lumière.

Il attendit de s'accoutumer à la pénombre et, lorsqu'il distingua les meubles, il vint s'asseoir en bout de table, à la place du Croquemitaine.

Il s'était invité chez cette famille.

Comme chez les Lornan.

Guy savait qu'il n'avait pas fait le tour de ces crimes. Le portrait du Croquemitaine n'était pas complet. Il y avait beaucoup trop de lui en ces murs désormais pour que Guy ne reparte qu'avec une image brouillée du meurtrier. Cette scène de crime était devenue une projection de son intimité, de ce qu'il avait de plus personnel dans la tête.

Des fantasmes, des pulsions.

Ce que Guy contemplait, c'était l'empreinte du Léviathan du Croquemitaine.

Une arabesque de pensée qui dessinait un esprit, une vie.

Un homme venu récupérer ce qu'il n'avait pas autrement. Ce qu'il n'était pas.

C'est un individu très seul. Rejeté autrefois par les siens. Ou appartenant à une famille brutale, dangereuse. Dans laquelle il ne s'est pas épanoui.

Il met le père au centre de l'attention. Le père est important. Il ne s'acharne pas sur lui. Il n'a pas de haine particulière contre lui. C'est la mère qui cristallise sa colère. Une mère abusive. Violente. Castratrice. C'est pour ça qu'il l'éviscère, qu'il la détruit de l'intérieur. Parce qu'elle est horrible à l'intérieur.

Les frères et sœurs ne sont que des victimes collatérales.

Le sang dans les assiettes comme le dernier repas des condamnés.

Leur propre sang. Ils mangent leur vie, leur mort.

Ils se nourrissent d'eux-mêmes.

Ils n'ont que ce qu'ils méritent.

Le Croquemitaine avait grandi dans une famille passive, où on avait laissé la mère tout détruire, reine injuste et violente, maîtresse de maison jusque dans les moindres détails. Étouffante, écœurante.

Le Croquemitaine était minutieux dans ses crimes. Il les préparait attentivement, s'organisait, les planifiait. C'était un garçon intelligent. Gamin, il avait été un brave petit gars.

Au début en tout cas. Avant d'être lentement rongé par son enfance.

Perverti, saccagé.

Jusqu'à ce qu'il mélange amour et violence. Jusqu'à ce que ses repères, ses modèles, ses limites se confondent, puis se délitent.

Pour survivre, son esprit s'était adapté, sa personnalité avait trouvé des moyens de réinterpréter ce qu'il subissait pour ne pas devenir fou.

Le garçon avait construit son être sur des comportements de destruction, transféré son mal-être dans des réactions de violence.

Et ses fantasmes s'étaient élaborés peu à peu, renforcés par sa solitude.

Son mode de pensée, son échelle des émotions, son degré d'empathie, tout cela également avait été totalement perverti. Il s'était coupé des autres, replié sur lui-même pour encaisser, pour survivre.

Les autres, désormais, ne pouvaient que servir son plaisir. Assouvir ses désirs, ses fantasmes.

Son besoin de vengeance. De destruction.

Parce que la violence était le langage qu'il avait appris. Son référent.

Et parce que chaque fois qu'il frappait ces familles, ces femmes, c'était sa mère qu'il détruisait.

Tuer ces femmes, c'était protéger l'enfant qu'il avait été.

Guy acquiesça dans le noir.

Oui, il tuait des familles entières pour faire payer à la sienne ce qu'elle lui avait fait. Son absence de réaction. Elle ne l'avait pas protégé.

Mais le cœur de ses meurtres, c'étaient les mères.

Il est nu lorsqu'il fait ça.

Pour sentir leur peau, leurs fluides…

Ce n'était pas tout. Il y avait plus qu'une sensation érotique de chaleur, de liquides tièdes sur son corps, plus que le frottement de ses victimes contre lui. Car il était nu pendant toute l'opération, même avec les pères ou les frères et sœurs.

Cela avait-il un rapport avec l'inceste ?

Guy n'en était pas sûr. L'inceste était quelque chose d'extrêmement fort, et rien dans la mise en scène ne le laissait suggérer. Rien dans la position des corps, dans ce qu'il leur faisait subir, ne reliait le Croquemitaine à l'inceste.

Il est nu pour le contact, oui, mais pas seulement…

C'était plus pratique, il suffisait ensuite de se nettoyer à l'eau pour se rhabiller et fuir, ni vu ni connu.

Pas seulement… Il a son costume pour ça. Il pourrait le garder pendant tout le massacre, conserver la sensation de puissance qu'il doit lui conférer, et ensuite le retirer pour rentrer chez lui normalement. Non, c'est autre chose... Il se met à nu...

C'était un point commun aux deux massacres.

Les mères dans une pièce à part, séparées des pères, pour être éventrées, répandues. Totalement ouvertes et vidées comme si un taureau était sorti de leur ventre...

Guy serra les poings.

Luce Lemaire avait eu les poignets entravés par des liens. Mais pas les jambes.

Le Croquemitaine avait souhaité qu'elle se débatte, mais seulement avec le bas du corps.

Et elle avait souffert un enfer, ça, il ne pouvait l'oublier.

Comme si un taureau était sorti de son ventre..., se répéta Guy in petto.

Éparpillée...

Guy attrapa le bout de la table et se mit à serrer le bois.

Le Croquemitaine les éventrait et leur laissait les jambes libres pour qu'elles puissent les écarter.

Pas l'inceste, non...

Il leur ouvrait l'abdomen. Et il ne les tuait pas d'un coup, non, il prenait son temps.

Parce qu'il entrait en elles.

Il enfonçait ses mains dans la plaie béante, puis ses bras, sa tête et ses épaules.

Il entrait *dans* ces mères.

Saccagées. Répandues.

Pour en ressortir.

Il cherchait à renaître.

La table émit un grincement lugubre.

Le Croquemitaine voulait revenir au monde. Une seconde chance.

Dans une famille qu'il choisissait.

Une famille qu'il s'appropriait en la tuant.

Le Croquemitaine était nu parce qu'il symbolisait le nouveau-né, il se montrait tel qu'il était, sans fard, et ainsi il pouvait renaître de ces mères.

Cette vision expliquait l'étendue des dégâts sur ces femmes.

Et l'horreur lui revint en mémoire. Les hurlements déments de Luce Lemaire. La charpie qu'était devenue Mme Lornan. Elles accouchaient d'un monstre. Un monstre qui les éventrait pour espérer une nouvelle vie meilleure, une nouvelle famille. Il se gorgeait de leur sang, de leurs entrailles, pour se purifier, pour retrouver la candeur du nouveau-né.

Guy réalisa alors qu'il était face à un individu que personne ne pourrait raisonner. Son monde imaginaire, son pays de fantasmes, il tentait de le confondre avec la réalité. Et lorsqu'il finirait par ne pas éprouver de soulagement, de mieux-être, à tuer toutes ces familles, il perdrait le contrôle.

Il deviendrait dément. Une folie meurtrière bien pire encore que celle qu'il montrait actuellement.

Ces familles étaient un moyen pour lui de se soigner.

Lucile, Eugène, Pélagie et Faustine, eux, n'étaient que des instruments sexuels de vengeance, pour exprimer sa colère ou pour marquer sa supériorité, mais il ne s'agissait là que d'outils.

Guy réalisa que Faustine était déjà morte.

Le Croquemitaine ne s'était pas embarrassé d'un fardeau, il avait tué la jeune femme et n'attendait plus que le meilleur moyen de la mettre en scène. Pour punir celui qui avait osé le défier.

Faustine est morte.

Guy bondit et se mit à faire les cent pas dans la pièce.

Non, elle vit !

Il le fallait.

Mais les heures lui étaient comptées. Le Croquemitaine était machiavélique, il préparait quelque chose d'infâme.

Il fallait le trouver avant.

Le corps de Faustine, démembré, jaillit sous les yeux de Guy.

Il accéléra sa marche pour étouffer son imagination.

– Qu'est-ce que je sais de lui ? dit-il tout haut. Un garçon solitaire, pas très vieux car ses fantasmes sont puissants, et il n'aurait pas pu les contenir des années durant, mais pas trop jeune non plus, car ils ont pu s'élaborer. Une vingtaine d'années au moins, peut-être la trentaine… Quoi d'autre ? Il est du coin. Il connaît les gens. Il a le temps d'observer. Il aime ça. Il étudie les autres. C'est ce qu'il fait tout le temps. Son métier peut-être ? Oui… Il aura tout fait pour exercer une profession qui lui permet de croiser des gens, de les écouter, peut-être de rentrer chez eux... Mais un métier solitaire. Pour ne pas être lui-même surveillé, dérangé. Un artisan ? Un maréchal-ferrant ? Et il aime sortir la nuit ! Il doit être fatigué le jour.

Guy voyait parfaitement à présent. Il distinguait les assiettes blanches, leur contenu noir, et même les couverts.

Il cherche à renaître... Une seconde vie.

– Il aime observer les enfants... dans les familles. Les enfants et peut-être même les...

Guy s'arrêta, le cœur en suspens.

Depuis le début, il savait que tout devait faire sens. Le Croquemitaine et ses crimes deviendraient une évidence dès lors qu'il poserait un nom sur ses actes, dès lors qu'il pourrait l'identifier. Une parfaite harmonie, une cohérence évidente.

Il l'avait.

Cette cohérence évidente, il l'avait trouvée.

Tout prenait à présent un sens logique.

Le Croquemitaine n'était pas n'importe qui.

C'était pourtant si simple.

Guy se précipita au-dehors, laissant la maison aux grincements de ses fantômes.

Les spectres de toute une famille.

36

Les yeux du chat réfléchissaient la lune.
Sauf ses pupilles verticales qui ressemblaient à deux fissures menaçant d'engloutir Guy.
Le félin se tenait lové sous une gouttière, sur une poutre en bois, la queue enroulée autour de son corps comme un serpent protecteur.

Il ne perdait pas une miette de ce que faisait ce visiteur tardif.

Guy hésitait entre la porte et la fenêtre.

Le Croquemitaine n'était pas du genre à laisser les accès à sa demeure ouverts.

Tout en Guy lui ordonnait de faire demi-tour, d'aller prévenir l'adjudant Bollart et de le laisser intervenir avec ses hommes.

Mais Guy savait qu'il ne serait pas pris au sérieux. Le gendarme était sous le choc de tout ce sang, pétrifié par ses responsabilités, par le poids que les crimes faisaient peser sur ses épaules, sur sa carrière. Il avait décidé de reprendre l'enquête à son compte. Il n'écouterait pas Guy, jamais il n'accepterait d'enfoncer la porte d'un villageois au seul motif de ses divagations. Aussi précises soient-elles, elles n'avaient de sens qu'aux oreilles de l'écrivain.

Le gendarme ne tenterait rien avant le matin.

Guy ne pouvait attendre.

Faustine ne pouvait attendre.

Aller chercher Hencks ?

J'ai trop attendu !

Guy était envahi par un sentiment d'urgence. Le besoin d'agir sans tarder, de voler au secours de Faustine.

Il opta en premier lieu pour la porte qui s'avéra verrouillée comme il l'avait craint. Alors il essaya chaque fenêtre, il poussa sur les petites lucarnes en espérant qu'une d'entre elles fermait mal, sans plus de réussite.

Cependant, un carreau avait du jeu. Guy s'acharna dessus, jusqu'à parvenir à casser un minuscule morceau de bois qui le maintenait en place, et en frottant avec le couvercle d'acier de sa montre, il parvint à desceller le carreau et à l'amener à lui.

Il passa sa main à l'intérieur et actionna la poignée pour ouvrir la fenêtre.

Un mélange de peur, d'appréhension, d'impatience et d'excitation s'était emparé de lui.

Pendant un instant, il eut l'impression de ressentir ce que le Croquemitaine éprouvait lorsqu'il s'introduisait chez ses proies.

Il chassa ce sentiment désagréable et se concentra sur la petite pièce où il s'était glissé.

Toujours aussi crasseuse que lorsqu'il l'avait visitée trois jours plus tôt.

Et jonchée de détritus qu'il devait esquiver avec attention dans l'obscurité. Guy ne pouvait prendre le risque de renverser une bouteille ou de marcher dans une assiette, il lui fallait un peu de lumière.

À contrecœur, il tira une bougie de sa poche et craqua une allumette.

La flamme lutta pour fendre la pénombre, comme si la saleté l'étouffait.

Il y avait un escalier qui desservait des combles que Guy devinait minuscules, compte tenu de la hauteur du bâtiment. Il préféra d'abord explorer le bas, s'assurer que Faustine n'y était pas retenue prisonnière.

Il marchait délicatement entre les morceaux de bois, de papier journal ou les cageots de champignons ou de fruits en train de pourrir et gagna la pièce du fond, avec son carrelage sale.

Des chaînes pendaient depuis le plafond, au-dessus d'une table, et se terminaient par des lanières en cuir avec des boucles permettant d'en régler la largeur.

C'était là qu'Émile-Marie Duquénal exerçait.

L'avorteur du village.

Lui qui s'appropriait l'existence de chaque fœtus qu'il prélevait dans le ventre de ces femmes.

Depuis le début, Guy savait que le Croquemitaine ne pouvait être quelqu'un de lisse. C'était une personnalité. Effacée ou marquée, mais un être à part. Pas comme les autres.

Il était obsédé par la naissance, par les familles, et il avait embrassé la profession de son propre père.

Depuis qu'il était enfant, il voyait des femmes écarter les cuisses sur cette table, et son géniteur leur arracher les entrailles.

Cela avait nourri ses fantasmes et ses peurs.

Duquénal en savait beaucoup plus sur les gens de la région qu'on ne voulait bien le croire. Il recevait des visites nocturnes qui ne souffraient aucune publicité. Il savait sur les uns et sur les autres ce qui se disait, ce qui se faisait. Les coucheries scandaleuses. Les incestes et les adultères.

Était-ce ainsi qu'il avait sélectionné ses proies ?

Avait-il eu à avorter Mme Lornan ou Mme Lemaire ?

Lucile peut-être, si son affaire avec le petit Montchiche, fils illégitime du père Goron, avait été plus loin que des coups d'œil aguicheurs ?

Guy parcourut les instruments posés sur un linge sur une étagère et s'arrêta devant un grand bocal.

La flamme de la bougie venait se prendre dans son contenu, elle était capturée et réfléchie par des dizaines de billes en verre.

Des billes !

Comme celle retrouvée dans le nombril de l'homme de Vitruve.

Richard Lornan.

Guy attrapa un scalpel et le garda précieusement contre lui.

Il ne fallait plus prendre le moindre risque, cette fois, il n'avait plus aucune doute, il était bien entré chez le Croquemitaine.

Il fouillait son antre.

Où dormait-il ? À l'étage ? Dans une autre pièce du rez-de-chaussée ?

Était-il seulement couché ? Cela faisait à peu près trois heures que Faustine avait disparu. N'était-il pas encore tout émoustillé par son stratagème triomphal ?

Guy se tenait sur ses gardes. La maison était silencieuse.

Il n'eut pas à aller beaucoup plus loin pour tomber sur ce qu'il espérait depuis le début de sa visite : un accès vers un sous-sol.

Une trappe en bois occupait un espace étroit dans un angle.

Si elle est ici, c'est dans la cave ! Là où elle sera le moins à même d'être vue ou entendue par un voisin.

Guy se précipita pour la soulever.

Le bois grinça, le forçant à y aller tout doucement.

Aucune lumière en bas.

Guy posa le pied sur la première marche qui gémit sous son poids.

L'escalier était en mauvais état, il ployait à chacun de ses mouvements, libérant de petits couinements jusqu'à ce que l'écrivain parvienne sur la terre battue de la cave.

Il leva la bougie devant lui.

Des rangées de hautes étagères remplissaient tout l'espace, un sous-sol bien plus grand que la minuscule maison ne pouvait le laisser supposer.

Guy était au cœur d'une bibliothèque ancienne.

Une bibliothèque secrète, aux ouvrages maudits. L'enfer de toute une région, de tout un siècle.

L'odeur de moisissure était supplantée par celle plus acide d'un produit chimique capiteux.

Guy approcha des rayonnages et la flamme de sa bougie se prit dans des miroirs d'ambre. Partout sur les étagères, des fragments d'or liquide happaient la lumière pour la renvoyer, plus mystérieuse, déformée, dans le prolongement des rayonnages.

Des centaines de bocaux.

Remplis d'un liquide jaune.

Guy s'était trompé. Ce n'était pas une bibliothèque, pas tout à fait, mais plutôt un musée.

Un musée abominable.

Une collection de petits corps à la tête volumineuse, des êtres de toutes tailles.

Des fœtus.

Par centaines.

Partout, dans cette bibliothèque des mort-nés, les vestiges d'histoires toutes dramatiques se conservaient loin de la lumière du jour.

Émile-Marie Duquénal avait dit être avorteur par tradition, de père en fils.

Depuis combien de temps exerçaient-ils ?

Combien de fœtus gardaient-ils ici ?

Des centaines.. Peut-être mille ou plus encore.

Guy déambulait dans les allées et étudiait les étiquettes avec les dates, glacé par ce qu'il lisait.

1896.

1885.

1867.

1859.

1841.

Il y en avait de toutes époques, de tous les mois, tous les jours.

Ils formaient une chronologie du siècle, témoins des années passées.

Des petits cadavres fragiles entassés les uns derrière les autres, à l'instar des cercles d'un arbre, aspirant dans leurs fibres l'air du temps, buveurs des humeurs d'une période, formidable banque dont les chairs ramollies avaient absorbé comme une éponge les émotions de leurs années de non-existence.

De quel droit conservaient-ils ces horreurs ?

Voilà qui en disait long sur le Croquemitaine.

Quel enfant élevé dans ce lieu pouvait prétendre à un équilibre mental ?

Guy s'activa pour parcourir tout le sous-sol à la recherche de Faustine ou d'une porte vers une cellule, la cire brûlante de sa bougie lui coulant sur la main, avant de devoir se résoudre à l'évidence.

Elle n'était pas ici.

À l'étage. Sous les combles peut-être.

Guy faisait un pas vers la sortie lorsqu'il capta un mouvement dans un bocal près de son visage.

Le fœtus avait bougé.

Non, c'est impossible.

Pourtant, il en était certain, le petit corps avait bougé dans le formol.

Ils sont morts depuis des années, j'ai rêvé, c'est tout !

Guy était furieux contre lui-même, il se laissait entraîner par son imagination et par l'ambiance effrayante des lieux.

Il reprit sa marche et, à nouveau, à la périphérie de son regard, des fœtus bougèrent. Rien de très évident, mais des mouvements tout de même, assez pour brasser les ombres.

Cette fois, Guy fit volte-face pour les surprendre.

Il s'attendait à les voir se tourner tous ensemble, comme un seul homme, dans sa direction, leurs minuscules paupières se soulever pour darder sur lui des centaines de petites billes noires tandis qu'ils expulseraient des bulles par leurs bouches béantes.

Ils allaient lui parler. Séraphins oubliés entre deux mondes.

Les fœtus morts avaient un message à lui faire passer.

De la part de Faustine.

Parce qu'elle était morte ici, et que son âme flottait à présent parmi eux.

Guy inspira à pleins poumons.

Ils étaient parfaitement inertes, flottant dans diverses solutions de conservation, selon les époques. Des eaux aux teintes plus ou moins ambrées, orangées, presque rouges parfois.

Je deviens fou !

Quelque chose se déplaça dans l'obscurité, au-delà des bocaux.

Une ombre volumineuse.

Guy se raidit.

Ce n'étaient pas les fœtus. Ils n'y étaient pour rien.

Il n'était pas seul.

Il y avait quelqu'un avec lui.

Alors, il serra le scalpel entre ses doigts.

37

La bougie illuminait les bocaux de fœtus, traçant un chemin étincelant à mesure que Guy se rapprochait de l'escalier pour remonter à la surface.

D'un pas prudent, calme mais rapide, il allait atteindre le bout des rayonnages.

Ne surtout pas éveiller la suspicion du Croquemitaine.

Qu'il continue de croire qu'il n'était pas repéré.

Il va attaquer soit au bout des étagères, soit lorsque je serai sur les marches.

Guy opta pour l'escalier. Le Croquemitaine était efficace mais ne prenait jamais de risque inutile. Il choisirait d'attaquer par-derrière.

Le surprendre. C'est ma seule chance. Le devancer.

Guy se prépara à frapper.

Il devinait la présence ennemie juste à côté, le suivant sans bruit depuis l'allée parallèle.

Guy y était presque.

Ce n'était pas le moment de faiblir.

Ses jambes se dérobaient pourtant sous lui. Il n'avait plus aucune force. Le cœur trop rapide. Il contenait sa respiration pour ne pas alarmer le tueur, au point d'en avoir la tête qui tournait.

Ce n'était pas bon. Pas bon du tout.

Se ressaisir. Mobiliser toute son énergie dans le coup qu'il allait porter.

Guy n'aurait qu'une seule chance, il le savait. S'il laissait au Croquemitaine l'opportunité de répliquer, il était mort. L'autre avait une science du duel sans égale, Guy s'en était rendu compte lorsqu'il avait été agressé chez les Lornan.

Il y était presque.

Il se concentra. D'abord sur son rythme cardiaque. Puis sur sa respiration. Sa démarche.

Il pensa à Faustine.

À sa mort possible.

Le Léviathan sorti de son abri, Guy affleura à la surface de sa conscience et, soudain, un immense voile noir apaisa Guy.

Les ténèbres engloutirent toute son appréhension.

Pour ne laisser qu'un cocon de certitudes.

Guy se sentit fort. Puissant.

Il arriva à l'extrémité des rayonnages et, alors qu'il fonçait vers les marches, il pivota d'un mouvement de hanche et se précipita en arrière pour fondre sur son poursuivant.

La flamme de la bougie ne supporta pas cette célérité et fut soufflée en un instant.

Guy avait eu le temps de distinguer la silhouette trapue qui le suivait.

Épaules larges, face bouffie par l'alcool, regard chafouin.

Duquénal, sans aucun doute possible.

Guy fut sur lui avant que le vieil homme ne pût réagir, il vint le percuter de tout son élan et, dans le noir, il lâcha la bougie pour le saisir au cou en même temps qu'il enfonçait son genou dans le ventre proéminent de l'avorteur.

Emportés par la vitesse, les deux hommes tombèrent à la renverse et Duquénal couina comme un animal blessé.

Guy ne lui laissa aucun répit, il y allait de sa vie et de celle de Faustine.

Il resserra son emprise sur la nuque du vieil homme et appliqua la lame du scalpel sur sa carotide.

– Ne bouge plus ! s'écria-t-il. Ne bouge plus ou je t'ouvre la gorge !

Duquénal lâcha un petit cri de terreur, accompagné d'une grosse bouffée d'alcool.

– Je... Je vous donne ce que vous voulez..., gémit-il. Ne me tuez pas !

Guy fut déstabilisé. Il ne s'était pas attendu à cela. Il avait envisagé une résistance acharnée, un combat épique face à une personnalité bagarreuse, face à un monstre sanguinaire.

Alors que Duquénal n'était qu'un pauvre type couard.

Le Croquemitaine, sans son costume de tueur, sans sa mise en condition, perdait de sa splendeur terrifiante.

Il redevenait un pauvre hère. Un misérable condamné à tuer pour exister, pour se construire. Un criminel lâche, attaquant pendant le sommeil ou par surprise, uniquement lorsqu'il était convaincu d'avoir le dessus.

– Pitié…, souffla-t-il.

Il empestait le vin.

– Où est-elle ? demanda Guy froidement.

Duquénal fut pris de soubresauts de peur.

– Qu… Qui ça ?

Guy le souleva pour le plaquer à nouveau au sol avec violence, lui coupant la respiration, la lame du scalpel entaillant un filet de peau jusqu'au sang.

– Ne joue pas à ça avec moi ! Où est-elle ? aboya Guy.

– Je… Je ne sais pas… de qui vous parlez !

Son haleine était si forte qu'il semblait improbable qu'il puisse encore avoir toute sa tête.

Il est pourtant là, réveillé, il m'a entendu venir. Et il était dans les champs de maïs tout à l'heure !

Le Croquemitaine s'alcoolisait-il avant de passer à l'acte ? Pour se donner du courage ?

Guy se mit à douter. C'était un vieil homme. Il n'était pas si robuste que ça.

Un vieil homme.

Il pouvait s'être trompé, le Croquemitaine était peut-être beaucoup plus âgé qu'il ne l'avait envisagé.

Et saoul au moment de tuer ?

Il a bu en rentrant. C'est lui ! Ça ne peut être que lui !

– Je… ne sais pas qui vous voulez voir, murmura Duquénal, la voix tremblante, mais si vous me dites, je peux vraisemblablement vous aider. Je connais tout le monde au village. Tout le monde.

Guy ne savait plus quoi faire. Il se sentait dépassé.

Après une longue hésitation, il dit avec fermeté :

– Je vais allumer la bougie. Si vous tentez quoi que ce soit, je vous saigne, est-ce clair ?

– Oui ! souffla un Duquénal totalement soumis.

Guy tâtonna dans la poche de sa veste à la recherche de sa boîte d'allumettes, son autre main plaquée contre la gorge de sa victime.

Pour allumer la mèche, il lui fallait lâcher son prisonnier.

Tant pis, je n'ai pas le choix.

Guy retira le scalpel et se dépêcha de craquer l'allumette.

Le soufre s'embrasa entre les deux hommes.

Duquénal n'avait pas bougé jusqu'à présent.

Lorsque la flamme se déploya Guy vit l'avorteur apeuré, les lèvres tremblantes.

Il n'osait presque pas respirer, et était devenu tout rouge.

Guy posa l'extrémité du scalpel sur la pomme d'Adam du vieil homme.

– Je vais te poser une question et j'attends une réponse claire. Si ça n'est pas la bonne, je t'égorge ici et maintenant. Tu m'as compris ?

Duquénal cilla en guise d'assentiment.

– Où est Faustine ? demanda Guy lentement, en prenant le temps d'articuler chaque mot.

Les yeux de Duquénal s'écarquillèrent de terreur. Ses tempes palpitèrent, ainsi que sa gorge au-dessus des artères. Sur son front, à la naissance de ses cheveux gris trop longs, la sueur perlait.

La question le faisait paniquer.

Le doute devint encore plus grand dans l'esprit de Guy. Sa réaction lui semblait si forte qu'elle ne pouvait être feinte.

Il avait peur de Guy. Et de sa question plus encore.

– Je… Je vous supplie de me croire…, parvint-il à bafouiller, je ne sais pas… Je ne la connais même pas…

Même sa vue paraissait brouillée par l'alcool.

Il n'a pas pu sortir cette nuit, pas dans cet état. Il s'imbibe depuis des heures !

Pourtant, tout correspondait. La fascination pour les fœtus, pour la vie et la mort, le portrait de l'homme, sa position dans le village, son isolement psychique… Même les billes !

Guy se décida pour une autre approche :

– Les billes là-haut, à quoi te servent-elles ?

Duquénal parut encore plus déconcerté par cette question.

– Mes... Mes billes ? C'est ma collection. Elles m'apaisent !

– Et ça t'arrive souvent de les planter dans le nombril des morts ?

Cette fois Duquénal se figea et, à son expression, Guy comprit qu'il le prenait pour un dément.

Il ressemblait de plus en plus à un innocent.

– Alors ? Qu'est-ce que tu en fais de ces billes ? insista Guy.

– Je les touche ! Je les malaxe ! J'aime leur bruit ! C'est tout !

– Leur bruit ?

– Oui, je plonge ma main dedans, elles sont en verre, et elles... elles crissent et elles tintent ! C'est tout ! Je vous jure que c'est tout !

La coïncidence était pourtant trop grande.

– Qui sait que tu as ces billes ?

– Qui ?

– Oui, qui, au village ou ailleurs, est au courant ?

– Je l'ignore... personne. C'est... c'est mon petit plaisir. Personne ne sait.

– Où les as-tu trouvées ?

– Je les achète par correspondance ! Dans l'almanach de l'année, sur les bons en fin de livre ou dans les catalogues quand je vais à Magny, je remplis les bons et je paye et c'est tout ! Personne ne sait !

Guy relâcha la pression et le vieil homme s'affaissa en arrière.

Guy ne savait plus quoi faire.

Duquénal n'était pas le Croquemitaine.

À présent, il en était convaincu.

Trop vieux. Trop alcoolique. Trop faible.

Il s'était trompé. Il s'était égaré sur cette fausse piste, se précipitant comme un chien affamé sur un os lancé au loin dans une mare sablonneuse.

Sa poitrine s'affaissa soudain, il expira tout l'air qu'il retenait depuis plusieurs minutes, les muscles contractés.

– Je suis désolé, lâcha-t-il dans un murmure éreinté.

Duquénal avala sa salive difficilement, jaugeant son agresseur.

– Vous… me croyez ?

Guy acquiesça lentement.

– Je ne sais pas ce qui vous arrive, dit Duquénal avec compassion, mais vous m'avez l'air perdu.

Comme l'écrivain ne répondait rien, le vieil homme demanda :

– Est-ce que je peux me relever ?

Guy se hissa sur ses jambes et tendit la main à l'avorteur pour le tirer.

– Vous… vous ne vouliez pas me voler ma collection, n'est-ce pas ? s'inquiéta Duquénal.

– Non.

– Je parle de celle-ci, précisa-t-il en tendant la main vers tous les bocaux. Nous avons mis soixante-neuf ans à la constituer de père en fils. C'est notre trésor. Notre héritage. Vous ne devez rien dire aux autres.

Guy, surpris, fixa l'avorteur. Il venait de l'agresser, de le menacer de mort, et il ne pensait qu'à ses fœtus morts !

– C'est tout ce qui vous préoccupe ? Ne dites rien de notre altercation, et je ne dirai rien à personne de votre sous-sol.

Duquénal s'empressa de hocher vivement la tête. Il tenait à son trésor plus qu'à toute autre chose.

– Vous… Vous avez cru que j'étais le… l'assassin, c'est ça ?

Guy acquiesça en baissant les yeux.

– Mais… pourquoi ? demanda l'avorteur.

– Je n'ai pas le temps de vous expliquer. Par contre, pour les billes, il vous reste un des catalogues ou almanachs ?

Duquénal le regarda droit dans les yeux pour s'assurer de sa sincérité puis il pointa l'index vers l'escalier.

– À l'étage. J'ai la dernière lettre de commande. Avec la souscription. Il y a l'adresse des fabricants dessus. Si ça peut vous aider.

Guy ignorait à quoi il se raccrochait, mais il ne pouvait écarter les billes, c'était une coïncidence bien trop importante.

Lorsqu'il retrouva la pénombre de la nuit trouée d'une lune lointaine, il se sentit aussitôt mieux, comme si l'air en bas était vicié.

Puis il réalisa qu'il avait manqué d'oxygène.

Les fœtus le lui avaient pompé. Ils avaient bu ce qu'il était, ce qu'il dégageait. Pour leur banque. Pour leur archivage des émotions.

Ils l'avaient vidé, asphyxié.

Ces petits gardiens du temps.

38

Guy retrouva Elseneur avec l'aube.

Un liseré blanchâtre se hissait par-dessus les arbres au loin, une timide clarté rendue maussade par la brume.

Hencks ne dormait pas, il réfléchissait devant des braises tièdes, l'air épuisé.

– Elle n'est pas rentrée ? demanda Guy sans conviction.

Hencks secoua la tête d'un air sinistre.

– Passez par les cuisines, dit-il, Ophélie va vous préparer une collation. Vous devez manger.

– Je ne reste pas, je ne peux pas attendre ici sans rien faire. Je suis juste venu vérifier si vous aviez des nouvelles. Je change de chemise et je repars, je vais sillonner les rues des villages, il faut que je sois dehors, je ne peux pas rester inactif.

– Je le sais. C'est pourquoi vous allez manger quelque chose, car nous sortons ensuite. (Il s'empara d'une feuille de papier posée devant lui et l'agita sous son nez.) J'ai récupéré la liste des célibataires solitaires de la région que l'adjudant Bollart a constituée. Si le cœur vous en dit, j'ai pensé que nous pourrions prendre de l'avance sur la gendarmerie.

Guy fixa son ami.

Le grand chasseur le rassurait.

– Nous partons dans cinq minutes, répondit-il en traversant le hall.

Les deux chevaux ralentirent en entrant dans Saint-Cyr et s'immobilisèrent devant l'église. Hencks sortit sa liste d'une poche.

– Il y a cinq noms pour ce village. Commençons par Duquénal, c'est un individu patibulaire qui pourrait correspondre…

– Inutile, le coupa Guy. Je le connais, ce n'est pas lui.

– Êtes-vous prêt à parier la vie de Faustine sur votre conviction ?

– N'insistez pas, Émile-Marie Duquénal n'est pas le Croquemitaine. Qui sont les autres ?

– Deux marginaux que je connais de vue, Camette est un ivrogne et l'autre est un gars du coin qui propose ses services un peu partout, en échange d'une grange pour dormir.

– J'ai rencontré Camette, trop imbibé pour nous intéresser. Par contre l'autre, on ne m'en a jamais parlé, s'étonna-t-il.

– Vous n'êtes pas non plus sorti vous mêler à la populace !

– Comment s'appelle-t-il ?

– Ronan Leboueux.

– Comme le garde champêtre ?

– C'est son frère.

Guy hocha la tête.

– Je comprends maintenant pourquoi je n'en ai pas entendu parler. Où peut-on le trouver ?

– C'est là le problème. Lui et Rémi ne s'entendent pas toujours très bien, surtout avec la femme de Rémi, à ce qu'on m'a rapporté. Et Ronan dort un peu n'importe où. Là où on peut l'accueillir.

Guy rapprocha son cheval pour lire la liste par-dessus l'épaule de Hencks.

– Faites-voir les autres noms ? Étienne Morin, l'agriculteur, je l'ai déjà rencontré, ça m'étonnerait que ce soit lui, il n'a pas le physique. Quant à ce dernier nom-là, je ne le connais pas.

– Maurice Béarnice, il est veuf, sa femme est morte de maladie l'année dernière.

– Je ne crois pas que le Croquemitaine ait pu vivre en couple, il est trop… singulier dans son intimité pour cela. (Guy se pencha pour pointer le doigt sur le nom de Ronan Leboueux.) C'est lui qu'il nous faut trouver. Et vite !

Les deux hommes allèrent chez Taillard, le boulanger. Nul ne connaissait mieux les habitudes des uns et des autres que lui.

Le barbu leur ouvrit en tenue de travail, l'odeur du pain chaud sortant dans son sillage.

– Ronan est parti à Magny-en-Vexin, leur répondit-il. Il y a bien dix jours. Il ne trouvait rien à faire par ici.

– Et vous êtes sûr qu'il y est toujours ? insista Hencks.

– Comment vous voulez que je le sache ? Je ne suis pas devin ! En tout cas, personne ne l'a revu à Saint-Cyr. Pas même son frère.

Guy enfouit la main dans sa poche et déplia les bons de commandes de billes remplis par Émile-Marie Duquénal.

L'adresse était à Magny-en-Vexin.

Lorsqu'ils eurent pris congé du boulanger, Guy tendit la feuille au chasseur.

– Je connais, dit-il, c'est une droguerie qui centralise toutes les demandes locales. Quand ils ont assez de souscriptions, ils opèrent une commande de gros et revendent ainsi moins cher. C'est courant pour permettre aux gens des campagnes de s'offrir avec leurs maigres moyens des produits de la ville. Pourquoi vous y intéressez-vous ?

– Des billes ont été achetées par leur intermédiaire. Des billes comme celle retrouvée dans le nombril de Richard Lornan.

– Et alors ? Tous les enfants du Vexin ont probablement acheté des billes chez eux !

– Ce sont des billes en verre, de très belles billes, semblables à des yeux, elles sont certainement chères, et donc plus rares. Le Croquemitaine en a utilisé une avec Richard Lornan mais plus du tout ensuite. C'était un moyen de se placer au centre de l'homme, d'attirer nos regards sur son nombril, symbole évident de la personnalité, de l'égocentrisme. Mais ce n'était pas aussi important que je le pensais. La bille n'était due qu'aux circonstances. Ça lui a plu de s'en servir, mais elle n'est pas partie intégrante de son fantasme, sinon il aurait recommencé chez les Lemaire.

– En quoi ça nous avance ?

– Le Croquemitaine a fréquenté quelqu'un qui avait ces billes. Duquénal en a, mais il m'a juré n'en avoir donné à personne. Peut-être que le tueur est allé à Magny, qu'il fréquente cet endroit.

– Si vous pensez à Ronan Leboueux, Taillard vient de nous confirmer qu'il n'était pas revenu. C'est un miséreux, il n'a pas de cheval, pas même d'âne, il voyage à pied, on l'aurait remarqué sur la route de Magny, et il n'a nulle part où dormir, son frère ou un paysan l'aurait vu s'il était à Saint-Cyr, croyez-moi.

Guy approuva à contrecœur.

– Allons, venez, enchaîna Hencks, nous avons encore du monde à voir.

Guy poussa un soupir d'agacement.

– Oubliez-les. Ce ne sont pas eux, ils ne correspondent pas. Nous ne pouvons perdre plus de temps sur de fausses pistes. Rendons-nous à Vétheuil, c'est là qu'il y a le plus de suspects potentiels et je ne les connais pas. Allons, ne perdons pas plus de temps !

Sur quoi, il lança sa monture à fond de train en direction de la forêt.

Vétheuil était bâti sur un ensemble de trois collines rapprochées, dans un repli bordant la Seine. L'église occupait le flanc de la première colline, la mairie celle d'en face, et tout un réseau de vieilles maisons reliaient l'ensemble.

À huit heures du matin, les rues du village étaient déjà occupées par les paysans venant faire leurs courses à l'épicerie de la place principale, sous la mairie, de quelques vieillards assis sur un banc et d'une poignée d'enfants qui profitaient des premiers jours des grandes vacances scolaires, encore entraînés à se lever tôt.

Guy prit la liste des noms et la consulta attentivement.

Onze personnes.

– Pourquoi y a-t-il un douze barré en haut ? demanda-t-il.

– La liste de Bollart contenait en fait douze noms au départ.

– Mais vous n'en avez que onze ?

– Lui aussi maintenant. Il a barré un nom lui-même.

– Lequel ?

Hencks émit un ricanement sec.

– Celui du bon docteur Faulsôme.

– Et pourquoi l'a-t-il retiré ?

– D'abord parce que c'est une personne honorable, mon cher. Ensuite parce que bien qu'il vive seul, qu'il soit costaud, il est blond, et non brun.

Guy approuva, pensif.

– En effet, murmura-t-il pour lui-même.

– Par qui désirez-vous commencer ? Les plus originaux ? Je ne les connais pas tous, mais nous pourrons demander de l'aide à Leboueux si nécessaire.

Guy déchira la feuille de papier en deux.

– Qu'est-ce qui vous prend ?

– Non n'avons plus le temps de faire du porte-à-porte toute la journée, il faut accélérer. Tenez, prenez les six premiers, je m'occupe des autres. Rappelez-vous, il faut qu'il soit solitaire, brun, fort, un travail qui l'amène à croiser des gens, ou en tout cas à en voir. Mais surtout soyez attentif à ses mains : elles seront écorchées. Il n'a pas pu massacrer à l'arme blanche ou à mains nues dix personnes en cinq jours sans se blesser lui-même. Il aura peut-être même des ecchymoses sur les bras ou sur le visage, faites attention. Si vous avez le moindre doute, prétextez n'importe quoi et ressortez pour prévenir les gendarmes. Il détient Faustine quelque part, il faut le faire parler avant de le neutraliser.

Hencks caressa son fusil de chasse sanglé contre sa selle.

– Je saurai quoi faire. Et vous ? Vous n'êtes pas armé.

Guy désigna sa canne enroulée à la va-vite dans des lanières de cuir.

– J'ai ce qu'il me faut. Bonne chance.

Guy avait l'impression d'entendre une immense horloge, le cliquetis de rouages humains égrenant les minutes, un Léviatemps comme celui d'Hubris. Cette folle horloge de chair et de sang que le meurtrier avait bâtie pour tenter de *donner vie* au temps

Le temps qu'il restait à Faustine avant de mourir.

39

Deux heures de perdues.

Guy était parvenu à localiser et à rencontrer trois hommes sur les cinq de sa liste. Il était ressorti rapidement avec le sentiment qu'ils n'avaient rien à voir avec le Croquemitaine.

Il lui restait encore Gilles Mortin, un jeune garçon dont les parents étaient morts, qui vivait de la chasse et de petits travaux, et Léon Fistoul, le facteur. Ce dernier était en bas de la liste de Guy, essentiellement parce qu'il était arrivé récemment dans la région, il n'avait eu que deux ou trois mois pour s'habituer, et Guy avait du mal à concevoir que le Croquemitaine puisse passer à l'action si vite, sans vraiment connaître les habitudes et les mœurs de chacun.

Mais deux noms le tracassaient plus que tout.

D'abord celui de Ronan Leboueux qu'il ne parvenait pas à se sortir du crâne. Un vagabond, mobile, habitué à des conditions difficiles, au caractère forgé, éprouvant sans doute un profond sentiment d'injustice, de rejet. Et puis il connaissait tout le monde, et son frère inspirait confiance. Lui-même pouvait s'en prévaloir. Et puis il avait pu se procurer une bille en verre à la droguerie de Magny.

L'autre nom était celui que l'adjudant Bollart avait barré lui-même.

Le docteur Faulsôme.

Son comportement, plutôt hostile à l'égard de Guy, avait

souvent dérangé l'écrivain. Hencks mettait cela sur le compte d'une vanité dérangée, d'une menace intellectuelle pour lui que tous ici considéraient comme l'homme de science, l'instruit de la région. Mais Guy avait toujours trouvé son agressivité suspecte. Comme s'il se sentait en danger, mis en accusation par les théories de Guy.

Pourtant, les poils et cheveux retrouvés chez les Lornan ne laissaient aucun doute : le Croquemitaine était brun.

Sauf s'il est d'une redoutable intelligence...

Sauf s'il avait compris que la présence de Guy dans l'enquête risquait de le confondre.

Et qu'anticipant mes recherches, il les a devancées...

Jusqu'à présent, Guy avait considéré que la nuit du meurtre d'Eugène Barçi le Croquemitaine n'était sur place que pour jouir à nouveau du spectacle de ses meurtres, qu'il surveillait son territoire de chasse. Mais s'il était revenu pour ça ? Pour semer de faux indices.

Barçi avait été éliminé pour dégager la voie.

Cela impliquait deux choses : tout d'abord que le tueur était d'un machiavélisme effroyable et, surtout, qu'il avait anticipé une fouille plus méticuleuse de la ferme.

Il était donc au courant de ce qui avait été fait. Et de ce qui se préparait. Un intime de l'enquête. Il avait vu Guy, il avait compris que l'écrivain ne laisserait rien au hasard.

Faulsôme était présent dès le matin, chez les Lornan. Il m'a vu.

Il avait la carrure, pouvait prévoir tous les mouvements des gendarmes. Seul Guy lui échappait. C'était le rouage grippé de sa belle mécanique, celui à nettoyer ou à éliminer. Attaquer Faustine pour l'écarter. Pour reprendre le contrôle parfait. Et en tant que médecin, il pouvait supporter la vue de tout ce sang...

Sauf que les plaies sur Lucile étaient grossières, les membres cousus sur son père mal assemblés, certainement pas le travail d'un médecin habile avec un scalpel et apte à opérer une suture propre.

Il fallait rencontrer Faulsôme. Lui poser des questions, le pousser dans ses retranchements pour voir comment il allait réagir.

Il inspecterait ses mains également.

Il prétextera qu'il s'est coupé lors de ses consultations...

Guy fouillerait sa maison. Il n'avait cure de se comporter comme un voleur, la vie de Faustine lui commandait de n'avoir aucun état d'âme. Il était prêt à cela et à bien plus encore.

S'il fallait en venir à menacer Faulsôme pour qu'il parle, cela ne lui poserait aucun problème.

Il le brutaliserait si nécessaire.

Pour Faustine.

Guy remontait la rue principale à vive allure lorsqu'il reconnut le petit escalier de pierre qui descendait au lavoir.

Il repensa à cette belle journée d'été, la veille, où il était là, avec Faustine.

Gaëtan Laval.

L'artisan qui avait accès facilement chez les gens, qui pouvait aisément choisir ses futures victimes en travaillant chez elles.

Il l'avait écarté des suspects. Parce que marié et n'ayant pas fait de travaux chez les Lemaire.

Et si Guy s'était trompé depuis le début ? Si le Croquemitaine était capable d'une double vie ? Marié, avec des enfants, sous son masque d'homme normal, et tueur sanguinaire lorsqu'il laissait libre cours à ses fantasmes ?

Non, pas lui. Il ne peut pas. C'est toute sa personnalité, la famille, le désir de renaître, il ne peut pas faire à ce point semblant. Pas lui.

L'eau du ruisseau sous le lavoir fit ressurgir des souvenirs.

Les traces de sang sur les vêtements.

Il fallait les nettoyer. Même son costume d'épouvantail, il ne pouvait se permettre de le garder maculé, d'attirer toutes les mouches, de sentir fort, de pourrir…

Cristaux de soude et solution d'alun, avait dit Faustine. La meilleure méthode, sinon la seule, pour faire disparaître les taches de sang.

Il ne s'agissait pas là de produits conventionnels.

Guy pressa le pas et rejoignit la petite place pour pénétrer dans l'épicerie.

– J'ai besoin d'un renseignement, dit-il à la dame aux cheveux gris qui tenait le comptoir. Avez-vous une solution légère de cristaux de soude et une autre d'alun ?

La vendeuse prit un air surpris.

– Oh, ce que vous me demandez là ! Je vais regarder, mais ça m'étonnerait bien ! Sinon, je peux vous le commander à Magny. Je l'aurai pour la semaine prochaine. Attendez, je vais voir derrière.

Guy patienta. Sa jambe tremblait d'énervement et d'anxiété. Chaque minute qui passait lui tordait le cœur.

– Vous avez de la chance ! Il m'en reste d'une précédente commande !

Guy fit volte-face, les poils des bras soudain hérissés.

– Quelqu'un du village qui vous en avait commandé ?

L'épicière consulta la note qu'elle rapportait de l'arrière-boutique.

– En effet.

– Puis-je savoir qui était-ce ?

La vendeuse se renfrogna.

– C'est-à-dire que…

Guy lui arracha le bout de papier qu'elle tenait entre les doigts. Cristaux de soude et solution d'alun. Une quantité assez importante. La commande était vieille de trois semaines. Le Croque-mitaine avait longuement préparé son passage à l'acte.

Lorsqu'il lut le nom de l'acheteur, son sang se transforma en un suc épais qui le tétanisa.

40

Guy se tenait devant une petite maison d'un étage, au bout d'une cour déserte, entre deux granges abandonnées.

Une parfaite petite chaumière isolée en bordure de Vétheuil.

Parfaite pour l'activité d'un tueur sanguinaire.

En lisant le nom sur le bon de commande, Guy avait eu l'impression que le sol s'était dérobé d'un coup.

Combien de chances avait-il pour que ce soit celui d'une personne qu'il avait déjà cernée ?

En découvrant le nom, il avait eu le sentiment que tout prenait fin.

Qu'ils étaient en train d'écrire l'épilogue de leur sordide histoire.

Pourtant, en ressortant de l'épicerie, le doute était revenu.

Il s'était trop vite emballé avec Duquénal.

Trop vite convaincu que le docteur Faulsôme ne pouvait être innocent.

Il cherchait tant la vérité qu'il parvenait à la déguiser pour qu'elle ressemble à ce qu'il avait sous les yeux.

Car il n'y en avait qu'une possible : sauver Faustine.

À présent qu'il se tenait sur le perron, il devait prendre une décision.

Fracturer la porte pour fouiller la maison ou repasser plus tard pour interroger d'abord son occupant, avant d'éveiller ses soupçons.

Car à dix heures passées, un samedi matin, Léon Fistoul ne serait pas chez lui, mais sur les routes, à pied ou en vélo, pour distribuer le courrier.

Guy cogna tout de même contre la porte pour vérifier si le facteur vivait seul.

Après avoir répété une seconde fois ses coups contre le battant, il entendit du mouvement à l'intérieur.

Le rideau sur le côté se souleva brièvement, Guy n'eut que le temps de remarquer l'ondulation du tissu et deux verrous coulissèrent.

Un homme approchant la trentaine, des cheveux noirs en pagaille, les paupières ankylosées par la fatigue, les joues creusées, se profila dans l'entrebâillement.

– Monsieur Fistoul ? s'étonna Guy.

– Oui.

– Je... Je suis surpris de vous trouver chez vous ce matin. Vous allez bien ?

– Non. Je suis souffrant.

L'homme semblait en effet épuisé, et Guy eut le sentiment de le tirer du lit.

– Puis-je vous parler ?

– À quel propos ?

– Cela concerne les crimes dans la région.

– Ah.

Le facteur ne manifestait pas plus d'émotion que cela, comme si la fièvre le tenait à l'écart de la situation.

– Je peux entrer ?

– C'est que... ce n'est pas le meilleur jour pour moi, comme vous pouvez le constater. Repassez demain, ou plutôt lundi soir.

Devinant qu'il allait se faire éconduire, Guy retint la porte du bout du pied et planta ses prunelles déterminées dans celles du facteur.

– C'est important, monsieur. Des personnes sont mortes. D'autres pourraient suivre.

Léon Fistoul soutint le regard de l'écrivain, comme s'il cherchait à y lire sa sincérité.

– Je vis à Elseneur, jugea utile d'ajouter Guy. Je suis l'assistant de M. Hencks.

Fistoul hocha la tête lentement.

– Je sais, je vous ai déjà apporté le courrier. Très bien, venez, mais pas longtemps, je dois retourner m'allonger.

Fistoul recula pour le laisser entrer et Guy en profita pour l'examiner.

Il n'était pas vraiment très grand, ni très musclé, mais athlétique.

Mal rasé.

Les sourcils fournis, broussailleux.

Il pointa le doigt vers la pièce attenante, invitant Guy à passer devant.

L'écrivain resta sur place, attendant que son hôte lui ouvre la route.

Les deux hommes se jaugeaient dans la pénombre du vestibule.

Ils respiraient tous les deux fort.

Guy vit derrière le facteur une grosse sacoche en cuir et deux sacs de toile suspendus à une patère.

Ainsi qu'une paire de gros souliers montants, semblables à ceux des soldats, couverts de boue, accrochés par les lacets.

Des semelles épaisses. Au dessin particulier.

Fistoul ne le lâchait pas du regard.

Il savait.

C'était lui.

Et il savait que Guy venait de comprendre.

Leurs respirations sifflantes résonnaient dans la petite entrée. L'air n'était plus le même qu'ailleurs, il avait soudainement pris de la densité, il s'était réchauffé pour devenir brûlant.

Il n'y avait plus aucun doute.

Le facteur, parce qu'il pouvait observer les habitudes quotidiennes de chacun. Entrer dans les maisons pour discuter, pour apporter le courrier aux gens malades, tous les jours sur la route. Sa présence n'était soit pas remarquée, soit amicale. Il connaissait les petites manies de tous. Leur présence, leur absence. Il repérait les familles ainsi. Confident des gens seuls ou heureux de faire une pause, parfois unique visiteur qu'on faisait entrer, à qui on parlait. Taillard s'était plaint de son retard régulier. Parce qu'il avait une vie nocturne trop remplie ! Et c'était lui qui apportait les précieux colis de billes de Duquénal. En avait-il ouvert un ? Était-il entré chez l'avorteur, un jour, pour découvrir sa collection ? Peu importait. Il avait l'opportunité d'être chaque jour proche de tous. D'effleurer le bonheur des familles. D'en respirer le délicat fumet.

Guy déglutit bruyamment.

Il tenait fermement sa canne, le pommeau d'acier en forme de globe terrestre pouvait assommer, voire fendre une boîte crânienne.

– Allez-y, entrez, fit Fistoul d'une voix plus réveillée, sur un ton plus sec.

Son attitude ne laissait aucun doute. Il lisait en Guy.

Les deux hommes s'étaient démasqués et jouaient un jeu de dupes.

– Après vous, insista Guy.

Il vit les lèvres de Fistoul se soulever légèrement sur le côté, en un rictus cruel.

Il sut que c'était le signal.

Que Fistoul allait agir.

Alors il fit mine d'y aller, de se tourner pour entrer dans la cuisine, mais il profita de son élan pour lever sa canne et accéléra le geste.

Frapper fort.

Ne pas le rater.

Dans la pénombre, Guy n'avait pas surveillé les mains de l'assassin. Il n'avait pas vu qu'il tenait une barre en fer. Les deux armes s'entrechoquèrent, résonnant jusque dans les épaules de l'écrivain, et aussitôt Fistoul réarma son geste pour lancer son attaque.

Guy ne put que reculer.

Tout alla trop vite pour qu'il puisse réagir, qu'il parvienne à son tour à parer le coup.

Une douleur sourde inonda son abdomen, éclaboussant sa vision de petites taches noires. Il vacilla et tomba à la renverse sur une table. Il cligna des paupières, le souffle coupé, la bouche ouverte à la recherche de ce précieux air qui lui échappait.

Il vit Fistoul, les veines du cou saillantes, les mâchoires contractées, le regard exorbité, se précipiter sur lui.

Voilà à quoi ressemblait le Croquemitaine lorsqu'il fondait sur ses victimes. Ce faciès déformé par la haine, la cruauté et même par une pointe d'excitation, c'était la dernière chose qu'avaient vue toutes ces personnes avant de mourir.

Un masque de monstre.

Au regard vide.

Totalement vide.

Comme si cette carcasse n'était contrôlée que par la rage, sans aucune âme.

Il n'y avait aucune forme de pitié possible dans cette chose.

Toute confrontation ne pouvait se solder que d'une seule manière.

La mise à mort.

La barre de fer s'abattit à nouveau sur le torse de Guy, le pliant en deux.

Puis elle rencontra sa tempe et, cette fois, le vide prit possession de lui.

Il tomba sur le sol, raide comme une bûche, figé par le néant.

41

Une voix monstrueuse.
Inhumaine.
Distendue par des filtres, par la distance.
La créature lui parlait, pourtant Guy ne la comprenait pas.

Elle se rapprocha. Sa forme étrange glissant vers lui.

Sa tête difforme.

Cette fois, les mots parurent plus intelligibles malgré le flou qui entourait Guy.

« … trop vite ! Beaucoup… s'arranger. Oui, oui. On va y arriver quand même. »

Guy cligna des paupières plusieurs fois pour tenter de retrouver une vue plus stable, plus nette aussi.

Il avait un goût curieux dans la bouche, les lèvres écrasées par…

Il était bâillonné.

Son crâne le faisait souffrir, il compressait son cerveau, comme si ce dernier pulsait de l'intérieur, cherchant à sortir.

Il faisait sombre.

Une odeur de champignons, d'humidité.

Une cave.

Les contours devenaient moins flous, il retrouvait peu à peu ses sens.

Douleur.

Les sons, surtout, redevenaient de plus en plus normaux.

Et le Croquemitaine qui s'agitait devant lui. Il faisait les cent pas, vêtu d'habits grossiers en toile, avec une ceinture de corde autour de la taille, de gros gants usés et, surtout, un masque.

De la toile couronnée d'une paire de cornes enroulées, des cornes de bélier, avec des boutons cousus à la place des yeux et du gros fil noir dessinant une bouche.

C'était la parure de mort.

Guy parvint à dépasser la sensation d'oppression qui pesait sur son crâne et s'habitua à la pièce.

Plusieurs bougies brûlaient à même la terre.

Je suis assis. Sur une chaise. Mes pieds sont entravés. Tout comme mes mains dans mon dos.

Il n'y avait que des caisses en bois et deux tonneaux.

Aucune trace de Faustine.

Une arbalète était accrochée à un clou, avec un carquois de carreaux. L'arme qui permettait au Croquemitaine de rattraper n'importe qui, même les plus rapides de ses proies.

S'il devait mourir là, Guy voulait voir une dernière fois la jeune femme.

Juste une dernière fois.

Son cœur ne battait pas vite, c'était déjà ça.

À bien y réfléchir, il était étrangement serein pour quelqu'un dans sa situation.

Le Croquemitaine cessa de tourner et se planta devant Guy.

– Il s'est réveillé, dit-il comme s'il s'adressait à une autre personne. Il nous regarde.

Guy attrapa ses liens et essaya de tirer dessus pour en tester la résistance.

Le nœud ne bougerait pas.

Tu as de l'expérience, n'est-ce pas ? Tu sais t'y prendre maintenant pour ne pas laisser filer quelqu'un !

– Il a tout gâché, et il le sait, continua Léon Fistoul sous le masque qui étouffait sa voix. Il le sait.

Guy tenta de parler mais les mots s'entrechoquèrent à sa bouche prisonnière et des gémissements incompréhensibles en sortirent.

Le Croquemitaine, qui s'était penché pour mieux l'étudier, se redressa d'un coup, comme s'il était surpris que Guy puisse produire des sons.

Il resta ainsi à le regarder pendant une longue minute, en penchant la tête sur le côté.

Puis il attrapa la toile de son masque et tira dessus pour libérer son visage, les cheveux en bataille.

Il transpirait.

Aucune expression sur ses traits.

Regard toujours vide.

Plus absent que celui d'un mort, songea Guy.

– Il veut parler ? demanda alors le facteur d'une voix monocorde.

Guy approuva d'un hochement de tête.

Fistoul fit la moue, dubitatif, puis haussa les épaules.

– Très bien.

Il alla s'emparer d'une pioche rouillée et posa l'extrémité de la pointe sur le front de Guy. Il la leva et la reposa plusieurs fois, mimant un geste au ralenti, comme s'il se préparait et ne désirait surtout pas rater son mouvement.

– S'il parle trop fort, nous lui ouvrons la cervelle pour regarder ce qu'il y a dedans, c'est d'accord ?

Guy acquiesça à nouveau.

Le gros gant s'enfonça entre le bâillon et la joue et tira pour baisser le tissu au goût âcre.

– Faustine…, fit Guy après avoir pris une profonde inspiration. Où est-elle ?

– Ah, oui, la fille ! Bien sûr ! C'est elle qui l'intéresse, bien sûr !

Fistoul paraissait en plein délire, il fit plusieurs grimaces pour signifier qu'il comprenait.

– Je veux la voir, fit Guy dans un filet de voix rauque.

Fistoul secoua la tête d'un air presque triste.

– C'est trop tard. Le temps l'a emportée.

Guy donna un brusque coup de reins et d'épaules, traversé par une vague de rage.

La pioche retomba sur son front, la pointe délicatement posée sur la peau.

– Ça va se calmer ! ordonna Fistoul. Ça va se taire, oui ? Sinon, nous lui ouvrons la cervelle !

Guy se laissa retomber sur sa chaise, abattu.

– Ça n'aurait pas dû se passer ainsi, déplora Fistoul. Non. Il a été trop prompt à enquêter, à nous retrouver. Ce n'était pas prévu comme ça.

Le Croquemitaine retira la menace de la pioche qu'il laissa tomber et se pencha au-dessus de Guy pour inspecter ses yeux avec une attention dérangeante. Il suait tant qu'une goutte tomba sur la joue de Guy, une goutte chaude.

Le romancier pouvait également sentir son haleine puante, chargée d'une acidité nauséabonde, celle d'un homme rongé par l'anxiété, à l'estomac aussi aigre que la pensée.

Il avait pourtant un physique banal, passe-partout. Rien en lui ne le prédisposait à cette solitude, il aurait très facilement pu se trouver une femme et fonder cette famille dont il rêvait, songea Guy.

Mais il en était incapable. Il le savait. Il aspirait à trop de violence, trop de contrôle de l'autre. Il se savait corrompu, différent.

Monstrueux.

Et avant d'avoir sa propre famille, il lui fallait renaître.

Meilleur.

Avec d'autres parents. Plus attentionnés. Plus aimants. Dans un meilleur cadre.

Après seulement, il pourrait s'autoriser une vie normale.

– Où est ma femme ? demanda Guy sur un ton plus doux. Que lui avez-vous fait ?

– Elle… Elle est belle, pas vrai ?

Les muscles de Guy se contractèrent, il fut envahi par une pulsion de violence qu'il maîtrisa avec grande difficulté.

– Qu'est-ce que ça veut dire « le temps l'a emportée » ? Dis-moi !

Fistoul se redressa et recula d'un pas.

– Le temps, c'est lui qui décide de tout. On ne peut rien faire contre le temps. Il compte la vie, il donne la mort, et nous, nous on ne peut que le subir. C'est vrai, non ?

– Où est-elle ? supplia Guy.

– Partie. Et toi, tu as tout gâché.

Guy se raidit. C'était la première fois depuis qu'ils étaient dans la cave qu'il s'adressait directement à lui. Quelque chose venait de changer.

Il paraissait plus lucide.

Plus triste aussi.

– Le plan ne sera pas respecté. Ce n'est pas ma faute. C'est à cause de toi. Tu n'aurais pas dû venir ici.

– Quel plan ?

– J'avais tout répété, souvent, dans ma tête. Tout préparé. Un beau plan magnifique. Et toi, toi tu viens tout ruiner.

– QU'AS-TU FAIT DE MA FAUSTINE ? hurla Guy.

La chair de poule envahit le cou du Croquemitaine et une expression de rage lui déforma les traits. Il gifla Guy trois fois de suite avec la même main, jusqu'à ce que du sang sorte par le nez de l'écrivain.

– Tu ne cries pas chez moi ! C'est compris ? Elle est partie, je te dis, partie d'ici. C'est ta faute ! Ça n'aurait pas dû se passer comme ça ! Et moi, maintenant, qu'est-ce que je fais, hein ? Tu as saccagé tout le beau plan en t'amenant ici !

Guy cracha le sang qui inondait sa bouche. Il vit le Croquemitaine reprendre ses allers-retours en se rongeant la lèvre inférieure.

– Tu sais qui je suis. Tu m'as vu, disait-il dans son coin. Tu as vu qui vit sous le Grand Masque.

Guy devinait qu'ils glissaient sur une mauvaise pente. Fistoul avait minutieusement manigancé son affaire, et Guy n'avait pas respecté son rôle en venant jusqu'à lui, il l'avait déstabilisé dans sa belle préparation.

Le Croquemitaine allait régler son problème comme il le faisait avec les autres. Il ne connaissait qu'une méthode pour ça.

Guy devait trouver une parade rapidement, sinon il était mort.

Le visage de Faustine pendant qu'ils faisaient l'amour s'imposa à lui.

Ses immenses prunelles bleues qui l'observaient.

Si Fistoul l'avait assassinée, quelle différence cela ferait-il de s'en sortir ?

Pour le tuer.

De ses propres mains, Guy lui arracherait la vérité. Il le forcerait à lui révéler où se trouvait Faustine. Qu'elle soit vivante ou morte. Il la retrouverait.

Il se remit à tirer sur le nœud qui entravait ses mains.

Avec un peu de temps peut-être...

– Je sais que tu veux une famille, fit Guy, qui jouait son va-tout. Une famille pour t'aider, pour renaître en un être meilleur. Je sais qu'au fond de toi, tout ce que tu fais, c'est parce que tu souffres, c'est ton malheur qui t'y oblige, je le sais.

Fistoul s'immobilisa pour toiser Guy.

– Tu ne sais rien.

– Laisse-moi t'aider, je peux t'apporter une solution.

– Tais-toi.

La corde lui entaillait les poignets, pourtant, Guy eut l'impression que le nœud se distendait progressivement.

– Tu n'es pas aussi seul que tu le crois.

– La ferme !

– Il n'est pas trop tard pour changer, écoute-moi ! Tu peux encore t'en sortir, faire partie du monde, des autres, te mélanger, leur ressembler, c'est encore possible !

– J'ai dit la ferme !

Et il gifla à nouveau Guy, à plusieurs reprises, des coups secs, répétitifs, brûlants.

– Tu comprends ? aboya-t-il. La ferme ! Ne me parle pas !

Guy encaissait sans un bruit, concentré sur ses entraves davantage que sur la douleur. Le nœud avait glissé du bon côté, il pouvait le toucher avec le bout des doigts.

Le Croquemitaine tournait en rond, à vive allure, il était sur le point de se décider.

Vite !

La corde était trop serrée. Il avait beau tirer dessus, il ne faisait en réalité que renforcer les boucles.

Il capta une lueur dans le regard du tueur.

Il s'est décidé. Il a choisi. Il va passer à l'acte !

Gagner du temps.

– Cette souffrance en toi, je peux t'aider à l'apaiser, dit-il. Tu peux redevenir une personne comme les autres.

La colère déforma une fois encore les traits de Fistoul qui se jeta sur Guy pour l'inonder de coups.

Dès qu'il s'arrêta, à bout de souffle, Guy releva la tête vers lui, son visage lançant des piques de douleur jusque derrière ses yeux.

Il ne parvenait à rien avec le nœud. Il prit alors conscience de la réalité : il ne pouvait pas se libérer. Seule sa capacité à calmer un assassin devenu hystérique pourrait lui sauver la vie.

Guy n'avait plus que les mots pour survivre.

– Tu peux… changer, dit-il. Je peux t'aider… Tu as encore… le temps.

Alors, Léon Fistoul se jeta sur sa pioche avec une expression folle. Il la souleva et, avec un cri rageur, se prépara à l'enfoncer dans le cerveau de Guy de Timée.

Et Léon Fistoul disparut.

Toute sa tête se vaporisa.

D'un seul coup.

42

La peau, la chair, les os et même la matière cérébrale, tout se disloqua en un dixième de seconde, éparpillé en minuscules morceaux et gouttelettes qui vinrent se déposer sur le mur opposé.

Guy était sourd.

Ses tympans sifflaient.

Il clignait des paupières, incrédule.

Le corps de Léon Fistoul tituba puis s'effondra dans le sillage de sa tête pulvérisée.

L'odeur piquante de la poudre enveloppa l'écrivain.

Une ombre bougea sur les marches.

Maximilien Hencks descendait, son fusil à la main. Le bout de son canon répandait une fumée laiteuse, comme les reliquats d'une semence mortelle qui venait à l'instant de féconder sa proie.

Ses lèvres s'entrouvrirent, elles bougèrent, accompagnées de brefs coups d'œil dans sa direction.

Des sons grossiers lui parvinrent, une mélodie syncopée et difforme. Guy avait l'impression que Hencks lui parlait sous l'eau, la bouche noyée, les mots emportés par le courant, bus par la pression.

Hencks fit un rapide tour de la pièce pour s'assurer qu'ils étaient seuls et vint se placer face à Guy.

– Ou… an… an… é ?

L'écrivain secoua la tête, et du sang coula par son nez et par ses gencives meurtries.

Hencks lui prit le visage à deux mains, le fusil calé entre les jambes.

– Y ! Y ! Est… que… ou… en… en… é ?

Guy avait du mal à tenir sa tête droite, elle retombait d'un côté et de l'autre, maintenue par le chasseur.

Le sifflement s'atténuait peu à peu, et un de ses tympans se déboucha, ne laissant qu'une lente stridence continue.

– Guy ? Vous m'en… en… ez ?

La voix était lointaine, les syllabes pas tout à fait claires.

– Je… J'ai mal aux oreilles.

– Ça va… asser. Vous a… il dit où est… stine ?

– Faustine ?

– Oui ! Où est-elle ?

Guy cracha un peu de sang. Son ouïe revenait. Douloureuse, mais les sons devenaient plus normaux.

– Il… n'a rien dit.

– Rien ? Êtes-…ous sûr ?

– Il… divaguait.

Hencks le força à le regarder en le tenant par le menton et le scruta.

– Est-ce que ça va ?

– Détachez-moi, chuchota Guy.

Le chasseur le libéra de ses liens et l'aida à remonter à l'étage.

Guy s'aspergea d'eau dans une large bassine, la fraîcheur les réveilla, lui et ses nombreuses douleurs.

– Vous avez fouillé les autres pièces ? demanda-t-il lorsque Hencks le rejoignit.

– À l'instant. Rien ni personne.

Guy se laissa tomber sur le banc de la cuisine.

– Comment m'avez-vous retrouvé ?

– J'ai terminé mes visites et je vous ai cherché dans Vétheuil pour vous prêter main-forte. C'est l'épicière qui m'a dit que vous étiez devenu fou lorsqu'elle vous avait donné le nom du jeune facteur. J'ai foncé ici et j'ai entendu quelque chose de lointain qui ressemblait à une dispute. Vous, je crois. La porte n'était pas verrouillée, alors je suis entré et j'ai suivi l'écho des cris jusqu'en bas.

Guy se prit la tête entre les mains.

– Faustine, dit-il tout bas. Il faut la retrouver.

– Il n'a rien laissé passer, aucune allusion, aucun sous-entendu qui pourrait nous aiguiller ?

– Il a dit qu'elle était déjà partie. Emportée par le temps.

Hencks soupira.

– Vous savez ce que ça veut dire dans sa bouche, n'est-ce pas ?

– Non. Je ne suis pas d'accord. Elle n'est pas morte.

Hencks posa une de ses immenses mains sur son épaule.

– Guy, ne vous faites pas plus de mal.

– Je vous dis qu'elle n'est pas morte.

– Emportée par le temps, Guy, c'est sa manière à lui de vous dire la vérité. Il l'a tuée. Elle est quelque part, là où il l'a abandonnée.

– Non, non. Je vous dis qu'elle n'est pas morte. Je le sais.

Guy se leva pour s'asperger à nouveau d'eau froide.

– Il n'était pas catégorique. Je l'ai senti. C'est autre chose.

Hencks le guettait. Il étudiait ses réactions comme s'il était une de ses proies, observant son comportement pour ne lui laisser aucune chance au moment opportun.

Lorsque l'eau dégoulina sur les joues mal rasées de Guy, celui-ci put soutenir son regard.

Et, pour la première fois depuis qu'il le connaissait, Guy lut de la compassion dans celui-ci.

Sur les instances de Guy, la gendarmerie mobilisa plus de trente militaires de deux brigades pour organiser les recherches. Hencks fit passer le mot dans les trois villages et trois cents personnes se joignirent à eux pour sillonner les champs, les bois, les rives des ruisseaux ainsi que les fossés en bord de chemin ou les bâtiments abandonnés.

Deux jours durant, ils quadrillèrent chaque parcelle, à pied ou à cheval, avec des chiens de chasse ou de simples bâtons, ne prenant de répit que le dimanche matin pour l'enterrement des Lornan puis celui des Lemaire. Guy, lui, poursuivit ses recherches sans repos, à toute vitesse, il retournait chaque buisson, fouillait chaque cabane de chasse et arpentait tous les sentiers du secteur.

Ils ne trouvèrent aucune trace de Faustine.

Pas même un morceau de vêtement déchiré.

Le lundi soir, face à un feu crépitant dans la cheminée du salon d'Elseneur, Hencks proposa à Guy un verre de cognac.

L'écrivain n'était plus qu'un fantôme. Un être éreinté, transparent d'épuisement et de désespoir.

– Les battues ne reprendront pas demain, dit Hencks. Je suis désolé. Ils ont décidé de les interrompre. Elles coûtent en hommes, en logistique, et, d'après Bollart, elles ne serviront à rien.

– Parce que Faustine s'est mystérieusement volatilisée ?

Hencks considéra l'ambre de sa liqueur avant de répondre :

– Parce qu'il est trop tard.

– Il se dit qu'un chasseur finira un jour par tomber sur son squelette, c'est ça ? Ou que la Seine rejettera son cadavre plus loin ! La vérité, c'est qu'il est bien content que nous l'ayons débarrassé de Fistoul !

– Je comprends votre colère, Guy, dit Hencks très calmement.

Son flegme contrastait avec les gesticulations et les cris du romancier.

– Bollart est un abruti !

– Guy, asseyez-vous, s'il vous plaît.

L'écrivain finit par obtempérer et se plaça en face de son hôte.

– Elle n'est nulle part, dit-il, c'est donc qu'elle n'est pas morte !

Hencks avala une gorgée de cognac et prit le temps que ses lèvres rendues humides par sa salive s'assèchent pour répondre :

– Il faut affronter la vérité, Guy.

Le romancier secoua la tête, agacé.

– Ne vous enfermez pas dans un entêtement morbide, insista Hencks. Il n'y a plus rien que nous puissions faire. C'est fini.

Guy brandit un index qu'il secoua en signe de négation.

– Certainement pas.

– Guy, enfin, soyez raisonnable ! Vous-même n'avez pas participé aux battues aujourd'hui, vous le savez au fond de vous : nous ne la retrouverons pas !

– J'étais absent pour fouiller la maison de Fistoul.

– Nous l'avons fait samedi, avec les gendarmes, trois fois ! Il n'y a nul passage dérobé, nulle pièce secrète, oubliez ces fadaises !

– Je me suis intéressé aux affaires de Fistoul. Pour comprendre ce garçon arrivé dans la région au tout début juin. Apparemment à sa demande instante. J'ai reçu cet après-midi même, à Magny, un télégramme en réponse à mes questions. Fistoul est devenu facteur à Paris, au mois de mai. Il a plus qu'insisté pour être ici. C'était son désir. Je pense même qu'il a graissé quelques pattes pour s'assurer d'être en poste sur ce secteur. Et vous voulez la meilleure ? L'ancien facteur, M. Loubier, a disparu fin mai. Il est parti en promenade un dimanche midi, et personne ne l'a jamais revu. Le garde champêtre m'en avait parlé mais je n'y avais pas prêté attention sur le coup.

– Je suis au courant. Tout le monde raconte qu'il a filé avec sa maîtresse, ce n'était un secret pour personne, il avait une poule du côté de Mantes.

– Ça tombe bien, vous ne trouvez pas ?

– Et alors ? Les coïncidences existent ! C'est toute la différence entre la vie et la fiction, Guy, vous êtes bien placé pour le savoir !

– Peu importe que Loubier ait filé avec sa douce parce qu'on lui a offert une belle somme pour cela ou que ce soit Fistoul qui l'ait éliminé pour libérer son poste, qu'il convoitait, l'essentiel est là : ce garçon a tout fait pour échouer dans une région dont manifestement il n'était pas originaire et que, au dire de tous, il n'avait même jamais fréquentée auparavant !

– S'il a planifié ses crimes, s'il a anticipé son passage à l'acte, je peux comprendre qu'il ait tout fait pour obtenir une affectation dans une campagne tranquille, loin de toute ville et de toute agitation malvenue pour sa sinistre occupation ! Enfin, Guy où voulez-vous en venir au juste ?

– Fistoul n'est pas son vrai nom. C'est apparemment le nom de jeune fille de sa mère. J'ai retrouvé des documents de famille cachés dans une boîte sous son lit. Il s'appelle Léon Marbec. Il n'aura eu aucune difficulté à en changer, de nos jours, il suffit d'alpaguer deux hères sur un banc de mairie, ces chiffonniers qui attendent exprès contre deux sous et qu'on appelle des « témoins de rencontre ». La présence de deux personnes qui certifient sur l'honneur vous connaître permet d'établir un document d'identité.

– Peu importe sa véritable identité, ce n'est pas un garçon du coin, je vous dis !

– J'ai télégraphié à un ami policier pour qu'il se renseigne.

– Perotti ? Votre compagnon d'enquête sur le Léviatemps, c'est lui, n'est-ce pas ?

Guy ne s'embarrassa pas d'une réponse, il continua sur sa lancée :

– Il va me préparer un dossier sur ce Marbec. Je sens qu'il y a quelque chose qui nous échappe. Cela manque de cohérence, d'explication.

– Bon sang, Guy, cessez de tout rapporter à la littérature ! La vie est ainsi ! Incomplète, parfois incohérente, certainement injuste ! Il n'y a pas de raison à tout, et il faut être humble et tolérer que, dans le grand ciel du savoir, nous n'attrapions que rarement les papillons de la connaissance, que nos filets se referment surtout sur de vulgaires mouches ! Et il faut faire avec ! C'est déjà une bonne fortune que d'être les témoins d'un tel spectacle.

Guy se leva.

– Dans ce cas, je vous laisse à vos coups de filet vains, mon cher.

– Où allez-vous ?

– Préparer mes affaires. Je pars demain matin pour Paris. Tout n'est pas limpide et je refuse de me croiser les bras et d'oublier Faustine. Bonne nuit.

Guy fila dans le hall et disparut dans le grand escalier, laissant Hencks aux crépitements de son feu et au tic-tac de l'horloge au loin.

Elle lançait ses petits cliquetis hypnotiques dans tout le château.

Égrenant le temps.

Ce précieux temps.

Fruit d'un arbre maudit dont l'humanité avait croqué la chair létale.

Le temps filait comme le sang des hommes dans les veines de leur mortalité.

43

Paris avait emprisonné les cieux.

Sous d'immenses verrières d'acier, l'homme était parvenu à ériger un ciel artificiel avec ses nuages blanc et gris qui défilaient selon des courants invisibles.

La vapeur des locomotives envahissait le chapiteau métallique de la gare Saint-Lazare dès qu'elles passaient dans l'immense hangar qui dominait les voies.

Guy remontait le quai dans le vacarme des crissements de freins, des soupapes qui vociféraient, au milieu d'une foule bavarde et excitée.

Les nouveaux venus arrivaient à Paris avec une appréhension teintée de rêves, une illusion construite par les mots des revues, des journaux ou des livres, et qui prenait corps ici, au milieu d'un brouhaha de promeneurs, de visiteurs, de cochers et de bagotiers attendant le client, d'interprètes, de douaniers et de percepteurs de l'octroi de la ville de Paris, ainsi que d'hommes d'affaires.

Durant le court trajet, Guy avait assisté au ballet des voyageurs à l'arrêt de chaque grande gare, se rendant au buffet de celle-ci pour s'emparer d'un panier de victuailles qu'ils dévoraient en profitant du paysage avant de devoir redescendre à l'arrêt suivant pour rendre leur panier vide.

Jusqu'à entendre le « Paris ! Paris ! Tout le monde descend ! » du conducteur en charge de chaque wagon. Il s'était aussitôt précipité, impatient, bousculant le contrôleur dans son uniforme de la Compagnie de l'Ouest qui n'ouvrait pas la porte assez vite à son goût.

Guy espérait en Paris.

Qu'elle soit le sanctuaire de la vérité.

Qu'elle le libère et le porte jusqu'à Faustine.

Une petite silhouette moustachue fendait la foule à contresens pour apercevoir Guy.

Martial Perotti adressa un signe à Guy et parvint à le rejoindre. Il se tint un instant devant lui, hésitant, avant de finalement l'attraper pour le serrer dans ses bras.

– Je suis heureux de vous voir ! Votre télégramme m'a bouleversé ! Avez-vous des nouvelles de Faustine ?

– Hélas non.

– Diable, votre visage est amoché, vous vous êtes encore mis dans un sale pétrin !

– Avez-vous pu vous renseigner sur l'homme que je vous ai indiqué ?

– Venez, cet endroit ne sied pas à ce genre de conversation. Je vous invite en face, il y a des pâtisseries qui vous tiendront au ventre jusqu'à ce soir.

Martial Perotti se lissait la moustache d'un geste nerveux. Le petit inspecteur avait posé son chapeau sur la table du café, pardessus une fine pochette de papier cartonné.

Il attendit que leurs chocolats chauds arrivent pour se poster sur le bord de sa banquette, le plus près possible de Guy.

– Ce garçon, Léon Marbec, vous l'avez rencontré ?

– Oui.

Perotti fit une grimace de surprise.

– Le temps que je rassemble ces renseignements, il était trop tard pour vous prévenir, vous étiez déjà parti, ce matin même.

– Me prévenir de quoi ?

– Pouvez-vous encore le localiser ?

– Il est mort. Nous l'avons tué. Son corps est aux mains des gendarmes.

– Ah. Voilà au moins qui est rassurant.

– Pourquoi ?

Perotti prit son inspiration en attrapant sa pochette cartonnée.

– Parce que Léon Marbec était un dangereux criminel. Un assassin monstrueux. Tenez, regardez ça, ce sont les journaux que j'ai pu récupérer ce matin.

Il étala devant Guy plusieurs pages proprement découpées. Toutes dataient de décembre et mentionnaient l'arrestation d'un aliéné, d'un « assassin abject » ou du « boucher de la Vienne ».

– Il a tué cinq personnes au moins, commenta Perotti. Une femme dans un village près de Poitiers, et quatre membres d'une famille dans une ferme.

– Quand était-ce ?

– L'année dernière. Il a été arrêté au lendemain de son dernier crime, parce que le benjamin de la famille assassinée l'a reconnu.

– Il lui avait échappé ?

– Non, à vrai dire, il ne l'avait pas tué, tout simplement. Il l'avait enfermé dans sa chambre pendant qu'il s'occupait de tous les autres.

– La mère de famille a été… massacrée ?

– Égorgée, comme tout sa famille, enfin, c'est qui est écrit là.

– C'était sa première fois, réfléchit Guy tout haut. Soit la presse n'a pas osé écrire la réalité, soit il n'était pas encore prêt à renaître. Et il n'a pas pu éliminer cet enfant qui le représentait. Mais parce qu'il est tombé à cause de lui, cette première fois lui a appris à ne laisser aucun témoin. Même s'il lui en coûtait de tuer le petit garçon qui lui ressemblait.

Perotti faisait la moue.

– Il… Il a recommencé, c'est ça ?

– Oui. Et cette femme avant, qui était-elle ?

Perotti sonda ses coupures de presse à la recherche du bon article et dès qu'il l'eut retrouvé s'exclama :

– Ah oui, c'était sa logeuse. Il l'a éventrée. Un massacre.

Bien sûr, songea Guy. *La toute première. Il a commencé par ce qui le tentait tous les jours. Ce qui le renvoyait à son histoire, à ses obsessions. Sa logeuse devait être autoritaire. Et parfois maternelle. Elle a élevé le ton une fois de trop et il a perdu l'esprit. Il l'a tuée. Ça a été son déclencheur.*

– Dites-moi, Martial, comment se fait-il qu'il ait été dans le Vexin s'il a été arrêté l'année dernière ?

– Il s'est évadé. Sur le chemin entre la prison et le tribunal, il est parvenu à fausser compagnie à ses gardiens.

– Quand ça ?

– Au moment de son procès, le 7 mai dernier.

Guy fronça les sourcils.

Léon Marbec n'avait pas perdu de temps. Début mai, il s'évadait et montait immédiatement à Paris pour s'inscrire au concours des postiers. À peine accepté et formé, il obtenait sa titularisation loin des grandes villes, dans un secteur tranquille, isolé, où personne n'avait jamais entendu parler de lui.

Il avait choisi son affectation pour ne pas risquer d'être trop près de Poitiers.

– Vous ne voudriez pas me raconter ce qu'il s'est passé ? demanda Perotti. J'avoue que je n'y comprends rien, et vous ne cessez de jouer avec ma curiosité. Qu'est-il arrivé à Faustine ?

Guy entreprit alors de lui faire le récit complet de son exil ; au-delà du quotidien lénifié des lettres qu'ils s'étaient envoyées. Depuis sa lente préparation à l'écriture jusqu'au coup de fusil qui avait balayé Léon Marbec de la surface de la planète et les recherches qui avaient suivi.

– Je sais que Faustine est vivante. Cela vous paraîtra insensé, mais je le sens. S'il n'a pas laissé son corps en évidence, pour me briser, c'est qu'il ne l'a pas tuée.

– Il vous a pourtant répondu qu'elle avait disparu…

– Non, il a dit : « emportée ». Emportée par le temps, ce n'est pas la même chose.

– Je… J'avoue que ce n'est, dans la bouche de pareil individu, guère plus rassurant.

– Elle vit, je vous dis. Je le sais.

– Alors où serait-elle ?

Guy croisa les bras devant lui.

– C'est là que j'ai besoin d'enquêter, besoin de votre assistance.

– Dites-moi ! Où serait Faustine selon vous ?

– Avec un complice.

Perotti resta en arrêt devant sa tasse de chocolat chaud.

– Vous êtes sérieux ?

– « Elle a été emportée par le temps », a dit Marbec. Et si Le Temps, c'était une personne ? Un nom propre, par exemple ?

– Oh là, je ne suis pas sûr de vous suivre, Guy, c'est un peu…

– Osé ? C'est tout ce que j'ai pour la retrouver, vous comprenez ?

Perotti perçut toute la détresse du romancier. Il finit par hocher la tête.

– Vous pouvez compter sur moi. Je vais vérifier si l'on pensait que Marbec avait un complice, ou s'il avait pu rencontrer quelqu'un de ce nom. Je vais le loger, savoir où il vivait dans la capitale, quelles étaient ses habitudes, ses fréquentations. Où est-ce que vous resterez ?

– J'avais mes habitudes auparavant.

– Je peux vous offrir une vieille banquette, sinon.

– Merci, mais je suis curieux de revoir les filles du *Boudoir de soi*. L'enquête sur Hubris et l'Exposition universelle est terminée, n'est-ce pas ?

– Elle est enterrée profondément, et ne dérangera jamais personne. Vous êtes libre d'agir. Les deux inspecteurs, Legranitier et Pernetty, ne vous causeront plus aucun tort.

Guy récupéra son manteau, son chapeau, sa canne et sa besace en cuir.

– Martial, c'est bon de vous savoir présent.

Perotti lui adressa un signe de la main, sans parvenir à masquer totalement son scepticisme.

Il regarda Guy sortir dans la rue et serpenter parmi les passants en direction du boulevard où il se dissipa dans la foule.

Martial Perotti resta un long moment ainsi, à contempler le néant.

Puis il termina son chocolat tiède, rassembla ses coupures de presse et se frotta les mains.

Il avait du pain sur la planche.

44

Guy fut heureux de retrouver la rue Notre-Dame-de-Lorette.

Les marchandes de quatre-saisons de la place Saint-Georges continuaient d'y venir alpaguer le chaland en tapant le cylindre de bois accroché à leur ceinture avec un maillet, les bonnes s'y promenaient avec leurs paniers remplis de légumes, de fruits et de viande, les porteuses de pain tractaient leur carriole pour livrer de bonnes miches ou brioches encore chaudes, et les bourgeoises y déambulaient paisiblement, sous la protection de leur ombrelle.

À la vue des deux lanternes rouges du *Boudoir de soi* Guy se sentit apaisé.

Quel genre d'homme se sent chez lui en retrouvant un lupanar ?

Marthe hurla de joie dès qu'elle l'aperçut et Marguerite lâcha la soucoupe de madeleines qu'elle tenait pour se jeter dans ses bras.

Les unes après les autres, les filles défilèrent pour l'embrasser et le couvrir des questions auxquelles il ne répondit pas.

Julie l'attendait en bas des marches, auguste souveraine de son petit empire, toujours digne et quiète dans une robe stricte, elle n'arborait aucun sourire, rien qu'un air austère. Des mèches grises striaient sa chevelure sombre vers un chignon bien tiré, elle avait les joues roses, comme toujours, et les doigts entremêlés, déformés par l'arthrite.

– Parlons, fut son seul accueil.

Et elle l'entraîna dans les cuisines ou Gikaibo, l'immense Japonais obèse, ronflait doucement sur un tabouret.

– Je vois que vous avez toujours le don pour vous attirer des ennuis, fit-elle en désignant du menton ses traits encore tuméfiés.

– Julie, j'ai besoin de votre aide.

– Que voulez-vous ? dit-elle sèchement.

– Un toit pour veiller sur moi.

– Vous auriez dû me prévenir que vous rentriez. Faustine est avec vous ?

Guy se massa les tempes pour tenter d'apaiser l'impatience et la frustration qui le rongeaient.

– Non. Elle a disparu.

– Disparu ? répéta Julie avec circonspection.

– Oui. C'est compliqué. Je suis là pour la retrouver.

– Est-elle en danger ?

Guy jeta un coup d'œil sur Gikaibo avant de reporter son attention sur la tenancière de l'établissement.

– Oui.

– Je vous ai connu plus prolixe !

– L'enquête sur ce qui s'est passé au printemps est close, vous n'aurez pas d'ennuis. Tout ce dont j'ai besoin c'est...

– D'un bon bain ! Et que quelqu'un examine vos blessures, je suis sûre que vous ne les avez pas fait contrôler, n'est-ce pas ?

– Julie, c'est important.

– J'ai bien compris. Je n'ai pas touché à vos affaires sous les combles. Votre palace est comme vous l'aviez laissé. Gikaibo va monter votre bagage, pendant ce temps vous allez venir avec moi que je regarde votre état de plus près, et vous allez tout me raconter. Tout.

Elle donna un coup de pied dans le mollet du Japonais qui se réveilla en sursaut et elle poussa Guy vers la porte de service.

À seize heures, un télégramme de Perotti arriva pour Guy.

« *Marbec solitaire. Pas de connaissance sur Paris. Peu sorti. Logeuse le dit tjrs seul. Aucune trace d'un M. Le Temps. ATTENDU sinon RAYON.* »

Guy reconnut la dernière phrase tirée du code télégraphique

français qui avait défini certains mots pour remplacer des expressions entières. *Attendu* était un moyen court, et donc moins cher, de dire qu'il attendait des instructions, et *rayon* qu'il viendrait le rejoindre à demeure.

Perotti avait laissé son adresse personnelle pour répondre. Guy en déduisit qu'il ne désirait pas être contacté au commissariat. Le jeune inspecteur allait œuvrer une fois encore dans le secret.

Guy préféra ne pas répondre, ils feraient le point dans la soirée.

Il était déjà parvenu à se faire communiquer le nom d'un inspecteur de police de Poitiers capable de le renseigner sur l'évasion de Marbec. L'homme était absent et il lui avait été demandé de rappeler à quatre heures et demie.

Guy avisa la montre qui dormait dans son gilet et se mit en route pour le bureau de poste de la gare Saint-Lazare, ce dernier étant l'unique endroit à même de fournir un téléphone pour des communications extra-urbaines. Il acheta un ticket pour cinq minutes de conversation et attendit que le téléphoniste parvienne à joindre son correspondant et lui tende enfin l'appareil.

– Inspecteur, vos collègues vous ont parlé de ma demande ?

– Vous avez vraiment retrouvé Marbec ?

– Oui, avec les gendarmes de Magny-en-Vexin, en Seine-et-Oise. Vous serez rassuré d'apprendre qu'il est mort.

– C'est ce que les camarades m'ont répété. Ça fera du travail en moins pour le bourreau. Qu'est-ce que vous vouliez ?

– Je voulais savoir si Marbec avait toujours de la famille sur Poitiers ?

– Non, il n'a personne. C'était un orphelin. Ses parents adoptifs sont morts il y a déjà une dizaine d'années. Il a eu une existence difficile, mais notez que ça ne l'excuse de rien, hein ! Pourquoi ça ?

La communication n'était pas très bonne, Guy devait écraser son oreille contre le combiné pour entendre distinctement les propos du policier.

– Il traînait avec d'autres personnes, j'imagine ?

– Non. Un vrai solitaire. Les rares marginaux qui l'ont croisé en avaient peur, c'est dire ! Écoutez, s'il est mort, c'est une bonne nouvelle qui nous fera tous mieux dormir ce soir !

– Vous voulez dire qu'il était complètement isolé ? Pas de frère ou d'ami ? Même pas un compagnon de larcins ?

– Personne je vous dis, pensez bien qu'on a vérifié !

Guy sentit un agacement à l'autre bout de la ligne.

– Qu'il puisse avoir un complice, vous l'avez envisagé n'est-ce pas ?

– Après ce qui s'est passé, c'est évident !

– C'est-à-dire ?

– Eh bien, l'évasion pardi !

– Il a filé sur le chemin du tribunal, c'est ça ? Y a-t-il eu un problème de sécurité ?

– Ah, pas de l'intérieur, non ! Le filou avait les chaînes, et deux pandores pour le surveiller. C'est à l'extérieur que ça n'a pas été. Pensez-vous ! Personne n'avait prévu qu'on veuille faire évader une crapule pareille !

– Il y a eu intervention d'une tierce personne ?

– Un sabotage ! Sur la route. Le cocher abattu, et les deux gendarmes qui assuraient le transfèrement aussi. En pleine journée. En périphérie de la ville, personne n'a rien vu. C'était bien goupillé ! Alors vous pensez si on a vérifié son histoire pour remonter à un complice. Mais nous n'avons rien trouvé. Rien de rien, ce garçon n'avait personne. Pour moi, c'est encore un mystère. Il avait un complice quand vous l'avez abattu ?

Comme Guy ne répondait pas, le policier insista :

– Allô ? Allô ? Vous êtes encore là ?

Guy serrait le combiné si fort contre son oreille qu'elle en était affreusement douloureuse.

Léon Marbec ne s'était pas enfui.

Quelqu'un était venu le chercher.

45

Faustine respirait.

Quelque part, la belle jeune femme vivait encore.

Il ne pouvait en être autrement.

Marbec l'avait confiée à son complice. C'était la seule explication à l'absence de corps près d'Elseneur.

Guy en était à présent convaincu. Plus que jamais, il reprenait espoir, en même temps qu'un sentiment d'urgence lui devenait insupportable.

Chaque minute perdue à réfléchir, à enquêter, était une minute de calvaire supplémentaire pour elle.

Lorsque Guy rentra au *Boudoir de soi*, Marguerite et Diane l'assaillirent de questions sur son exil, sur l'absence de Faustine, et il ne put que les repousser fermement pour monter s'enfermer dans les combles.

La longue pièce n'avait pas changé. De vieux meubles rafistolés, anciens fauteuils en cuir craquelé, tapis taché, et tout un bric-à-brac d'affaires oubliées entassées dans des malles au fond, entre des sommiers cassés.

Il se sentait bien ici, entre deux pentes, la tête dans les étoiles qui, la nuit venue, surgissaient par les lucarnes. Dans cette odeur particulière de poussière et surtout de cigares fumés, parfum de feuilles séchées aux arômes de bois, de poivre ou de noisette grillée qui imprégnait les murs. Les relents huileux des lampes à pétrole aussi avaient apposé leur marque. Ce mélange, c'était lui, son domaine, sa réserve.

Son sanctuaire où il s'était longuement réfugié, où il s'était peu à peu reconstruit après avoir fui son identité, son succès, son éditeur, ses lecteurs et... sa famille.

Sa femme et sa fille.

C'était ici qu'il avait retrouvé sa conscience. Qu'il avait accepté ce qu'il était. Cette lâcheté qu'il avait rachetée autrement. En explorant le Mal. En démasquant Hubris et son sinistre projet.

Construire une horloge de chair, donner vie au temps, le matérialiser.

Les dernières paroles de Léon Marbec mettaient Guy mal à l'aise. Le temps avait emporté Faustine. Le temps. Encore une fois. Était-ce lui qui en faisait une obsession, qui interprétait mal ?

Guy se défit de sa veste et de son chapeau et s'allongea sur le lit qui était fraîchement fait.

Julie était contente de le revoir, elle n'en disait rien mais il le sentait.

Et terriblement inquiète pour Faustine.

Elle était sa fille adoptive, son élève, sa plus belle réussite dans un rapport plus qu'ambigu.

Guy pourrait demeurer ici aussi longtemps qu'il le souhaiterait, il le savait. Le temps de retrouver Faustine. De la sauver. Ensuite il aviserait.

L'avenir n'allait pas plus loin que ça.

Retrouver celle qui faisait battre son cœur autrement.

Il ignorait tout de l'amour, il s'était juré de ne plus écrire à ce sujet en quittant sa femme, mais il avait désormais une certitude, Faustine altérait son rythme cardiaque de sa présence et même de son souvenir, c'était là toute la définition de l'amour dont il avait besoin.

On cogna à sa porte, ce qui le fit sursauter.

Il n'avait pas entendu les marches grincer.

– Qui est-ce ?

– Louise, répondit une petite voix.

Il se redressa d'un bond.

La gamine qu'il avait sauvée chez le père Camille. Ce prêtre meurtrier, manipulé par Hubris, qui l'avait enlevée en découvrant qu'elle était sa fille. Il l'avait séquestrée, incapable de la détruire comme il le faisait avec les autres filles, les catins, ses victimes préférées.

Il lui ouvrit et recula pour la contempler.

Elle était encore plus jolie que dans son souvenir. Cette pauvre fille qu'il avait retrouvée à moitié chauve, sale et traumatisée.

Julie et les filles lui avaient acheté de beaux vêtements, robe en crêpe de soie jaune, corsage et manches en guipure, le tout orné de nœuds de velours noir. Un foulard joliment noué sur sa tête laissait entrevoir une chevelure courte. D'ici à un an, elle aurait à nouveau une toison dont elle pourrait être fière, se rassura Guy.

Ainsi apprêtée, elle n'avait plus rien de la petite fille qu'il avait connue quelques mois plus tôt, mais affichait fièrement ses quinze ans.

Elle le toisait avec une curiosité qui le mit soudain mal à l'aise.

– J'ai appris que vous étiez rentré, dit-elle. Je souhaitais vous remercier pour ce que vous avez fait. Pour m'avoir sauvée.

Guy présenta ses paumes de main abîmées par les brûlures devant lui, comme s'il refusait un présent :

– N'en faites rien, il n'y aucune reconnaissance à avoir. Je n'ai fait que vous ramener ici.

– Sans vous, je ne serais plus.

Guy voulut l'arrêter mais les mots ne venaient pas. Il ne savait comment lui dire.

– Et vous m'avez trouvé un foyer, je suis bien ici, se confia-t-elle.

– C'est une solution provisoire.

– Ce n'est pas l'avis de Julie. Elle m'a dit que je serais la bienvenue ici aussi longtemps que je le voudrais.

Cette fois, Guy s'approcha et lui prit les mains.

– Louise, je ne doute pas que vous serez très heureuse avec ces femmes, vous apprendrez beaucoup de choses, et vous pourriez devenir vous-même redoutable dans l'art qui est le leur, mais c'est un choix que vous devrez faire à un âge plus raisonnable. Je crois qu'il vous faudra tôt ou tard envisager de quitter cet établissement pour grandir dans une vraie famille.

– Je n'en ai plus, dit-elle sans tristesse visible. Et ici je suis utile, je fais des courses, je couds, je cuisine, je les aide !

Guy approuva, sans se départir d'une profonde mélancolie que ses traits ne parvenaient pas à dissimuler.

– Nous en reparlerons avec Julie, conclut-il. Quoi qu'il en soit, je vous remercie pour cette visite attentionnée.

Louise recula, contrariée.

– Je ne partirai pas, dit-elle. J'ai bien trop à apprendre ici. Elles sauront faire de moi une femme élégante et je trouverai un bon mari grâce à elles !

Louise se précipita dans l'escalier, en colère et peinée.

Guy soupira.

– C'est bien là tout le problème, murmura-t-il. Ici tu en trouveras beaucoup des maris. Mais aucun qui t'aimera comme tu en rêves.

Martial Perotti se présenta au lupanar peu après vingt heures.

Il entra dans les combles son chapeau à la main et d'un pas pressé s'installa devant le petit bureau à cylindre qu'occupait Guy.

Le front du romancier brillait d'un filet de sueur et ses pupilles en mouvement permanent, incapables de se poser un instant, témoignaient d'une longue séance de réflexion, presque une transe.

– Quel diable avez-vous aux trousses ? s'inquiéta Guy.

– Vous en voulez une bonne au sujet de Léon Marbec ?

– Il ne s'est pas évadé tout seul !

Perotti perdit de sa superbe.

– Je… Je l'ignorais, avoua-t-il, penaud.

– Et vous comprenez ce que ça implique ? Qu'il a un complice ! Que Faustine est vivante !

Soudain les rôles s'étaient inversés, Perotti qui était entré en trombe, prêt à le surprendre, se retrouvait pendu aux lèvres de Guy.

– Vous… Vous allez un peu vite en besogne, non ?

– Marbec a été libéré par un acolyte. J'ignore encore qui, mais je suis certain que c'est à lui qu'il a confié Faustine. Écoutez ça : Marbec est un criminel à la personnalité totalement déconstruite, il a besoin de tuer pour éprouver du plaisir, violence et amour confondus et, par-dessus tout, il éprouve un mal-être permanent qui le pousse à vouloir être différent, à renaître. Je pense même qu'il est profondément dépressif. S'il n'avait pas tué, alors il se serait donné la mort. Mais son esprit a trouvé un moyen de survivre, il s'est peu à peu inventé une solution avec tous les ingrédients de ses fantasmes d'enfant et d'adolescent. C'est devenu une obsession. Mais il la gardait au chaud sous son crâne. Jusqu'au jour où sa logeuse, à côté de Poitiers, a été trop loin. Son autorité, peut-être même mâtinée d'un maternalisme propre à sa profession, l'a poussé à bout. Ce chaud-froid soufflé en permanence sur une personnalité vacillante a été fatal. Il l'a tuée. Probablement sans préméditation, un excès de rage, une phrase de trop ou un geste, éventuellement une mimique qui lui a rappelé sa propre mère, et là il a vu rouge.

Perotti tira une chaise pour s'installer et croisa les bras sur son veston pour écouter.

– C'est le crime déclencheur, continua Guy, complètement absorbé par ses déductions. À partir de là, il éprouve un sentiment qu'il ne connaissait pas, du moins pas en vrai. Il se sent fort, puissant, il a pris la vie de quelqu'un, sa personnalité – d'habitude toujours étouffée – est à présent libérée, fière, car il est capable de prendre l'ascendant sur l'autre, de la manière la plus radicale et démonstrative qui soit. Désormais, ce sentiment de toute-puissance l'obsède. Il se confond avec ses fantasmes de nouvelle vie. Et il se met à fomenter son plan. Il passe à l'acte. L'assassinat de la famille est son premier crime de si grande ampleur. Il écoute ses besoins et épargne le petit garçon de la famille. C'est lui qui témoignera ensuite auprès des gendarmes, qui reconnaîtra Marbec. À partir de là, il le sait, il ne devra plus laisser le moindre témoin. Il s'évade grâce à un complice, se cache à Paris le temps de changer de métier, et se débrouille pour être affecté à la campagne, au calme. Et voilà où je veux en venir : Marbec a repris ses crimes, selon le même modèle, il a satisfait ses fantasmes.

– Oui, j'entends bien, mais qu'est-ce qui nous avance là-dedans ?

– Marbec était seul à Vétheuil. Sa petite maison n'était occupée que par lui. Même ses meurtres sont l'œuvre d'un solitaire qui tue pour ses propres besoins. Et pourtant Faustine disparaît ! Je n'ai pas arrêté d'y songer depuis que je suis rentré, et je pense que Marbec s'est débarrassé de Faustine parce qu'il n'avait pas le choix.

– Pas le choix ? Et pourquoi donc ?

– Marbec a déjà enlevé des femmes, pour les violer. Puis il les tuait. Elles n'étaient que des instruments pour assouvir son plaisir. Il aurait dû faire la même chose avec Faustine, mais elle n'était pas chez lui. Il s'en est pris à elle parce qu'elle m'était proche et il savait que j'étais sur son dos, son objectif était donc de me faire souffrir. Pour cela, il suffisait de disposer son cadavre au château d'Elseneur où il était sûr que je la trouverais. Au lieu de ça, il l'enlève et elle disparaît totalement. Ce n'est pas cohérent.

– J'ai peur de ne toujours pas vous comprendre.

– C'est une question de logique ! S'il ne la prend pas pour en faire un objet sexuel, ni pour la tuer presque sous mes yeux, alors ça n'a plus aucun sens. Sauf s'il obéit à un pacte, par exemple. S'il la prend pour la donner à son complice. Après tout, l'homme l'a fait évader, Marbec a une dette envers lui. Et ce genre d'homme ne peut fréquenter et s'entendre dans le crime qu'avec un individu du même acabit que lui ! Marbec était un gars intelligent, en tout cas très malin quand il s'agissait de tuer. Il a mis son génie au service de son ami. Voilà ce que j'en déduis ! Et on ne rencontre pas ce genre de personnage à tous les coins de rue. Le seul endroit où un criminel sadique peut en trouver un autre, c'est en prison ! Marbec avait déjà été enfermé avant le meurtre de sa logeuse, j'en suis désormais convaincu ! Il faut trouver où et avec qui.

Perotti fit une grimace contrariée.

– Je crois que nous allons nous épargner cette fastidieuse recherche, dit-il. Mais ce que j'ai à vous dire ne va pas vous plaire.

Ce fut cette fois au tour de Guy de s'assombrir.

– Dites-moi.

– Vous êtes prêt à vous prendre un coup sur la tête ? Marbec n'est pas le seul assassin à s'être évadé depuis le printemps. Trois autres garçons aussi peu recommandables que lui ont pris la fuite entre mai et juin. Tous dans les mêmes circonstances ou presque. Ils sont quatre meurtriers à avoir pris la poudre d'escampette. Et, si vous voulez mon avis, ce n'est pas un hasard. Il y a quelque chose qui les relie. Puisque Marbec est chronologiquement le premier, et parce que apparemment il a été aidé par quelqu'un de l'extérieur, je dirais même qu'il y a *quelqu'un* qui les relie !

Cette fois, Guy se sentit défaillir.

Faustine n'était pas aux mains d'un simple complice.

Mais d'une bande entière de pervers.

46

Guy avait la chair de poule.

– En cherchant des informations sur Marbec à Paris et d'éventuelles connaissances, expliqua Perotti, je n'ai rien pu trouver de concluant. Il sortait assez peu, ne recevait aucune visite, ne fréquentait apparemment pas de lieux régulièrement, bref, rien qui prouve qu'il avait une vie sociale. Je n'ai pas non plus trouvé la moindre référence à un monsieur Le Temps ou Temps, sous quelque orthographe que ce soit, ni parmi les surnoms connus par nos services. Par contre, cette histoire d'assassin évadé a fini par attirer l'attention d'un collègue. Il m'a renvoyé vers deux autres affaires dont il connaissait l'existence. Après renseignements, trois dangereux bonshommes, en plus de Marbec, se sont fait la belle entre mai et juin dernier ! Deux pendant un transfèrement, et le dernier en sortant du tribunal. En tout ça nous fait quatre assassins dans la nature !

– Attendez, pour faire évader un assassin, il faut tout de même de sacrés moyens !

– Apparemment pas tant que ça puisque personne n'avait envisagé que la menace puisse venir de l'extérieur. Les gendarmes avaient enchaîné les gaillards, cela fait, ils ne s'attendaient pas à ce qu'on vienne les libérer ! Qui voudrait faire une chose pareille ? Les membres d'une bande de voleurs à la rigueur, mais des tueurs que beaucoup considéraient comme aliénés ? Personne ne l'avait envisagé. Et le temps que la nouvelle se propage dans les différents services de police et de gendarmerie de France, il était trop tard.

– Donc, un homme seul pourrait être à l'origine de la première évasion.

– S'il y a bien un lien entre chacune, oui.

– Marbec est le premier à s'être enfui, dites-vous. C'est donc forcément quelqu'un qu'il connaissait.

– Pas nécessairement, contra Perotti.

– Pourquoi alors faire s'évader un criminel comme Marbec ? Dans quel intérêt ? Risquer sa vie pour remettre un tueur dans la nature ? Il faut une sacrément bonne raison pour cela !

– Pour ses compétences.

– De tueur ? À quoi bon ? Si c'est pour liquider un concurrent, un mignon cocufiant, ou n'importe quel ennemi, il est plus simple d'aller dans une gargote de banlieue et de proposer de l'argent au plus patibulaire des clients ! C'est en tout cas plus facile et moins dangereux !

– Manifestement, et si ces quatre affaires sont bien liées, il y a quelqu'un qui trouve un intérêt à s'entourer de meurtriers sans pitié.

Guy secoua la tête.

– J'ai un doute sur le lien entre les évasions. Sinon, pourquoi Marbec serait-il parti dans le Vexin, seul, reprendre ses sombres besognes personnelles ?

– Il n'a jamais été en compagnie ? Jamais eu de visites ?

– Je l'ignore, le garçon était discret, et il a pu recevoir chez lui dans la nuit, mais ses crimes ne servaient que lui, que ses propres obsessions, je vous le garantis.

– Vous n'avez jamais eu la moindre preuve qu'il puisse avoir un complice ?

– Jamais. Il tuait seul, j'en suis sûr. Par contre…

Guy se renfrogna et dissimula le bas de son visage derrière sa main pour réfléchir. À mesure que les détails des crimes lui revenaient en mémoire, le désagréable sentiment d'avoir oublié quelque chose le pénétrait.

– À quoi songez-vous ?

– Il y a un crime qui n'a pas été expliqué, avoua Guy après un instant de méditation. Du moins, un cadavre que nous n'avons pas retrouvé. Celui d'un gendarme, Eugène Barçi. Il a été saigné à mort, cela ne fait aucun doute. Marbec a joué avec lui, fort de son costume de Croquemitaine et armé sans doute d'une faux, il l'a massacré. Toutefois, nous n'avons jamais retrouvé son corps. Ni dans la région ni chez Marbec.

– Un collectionneur de cadavres ? C'est un peu étrange, non ?

– J'ai vu d'autres collectionneurs tout aussi bizarres, avoua Guy en songeant à Émile-Marie Duquénal.

– Voilà au moins une piste à étudier. Je vais vérifier dès demain matin s'il y a eu des disparitions de corps sur Paris, on ne sait jamais.

– Qui sait ? Un nécrophile qui n'a pas la force de tuer lui-même et qui se fournit auprès de ses troupes ? (Guy soupira.) C'est tiré par les cheveux.

– Je vérifierai tout de même.

Perotti se leva et enfonça son chapeau jusqu'à ses oreilles.

– Vous partez ?

– Hélas oui, votre arrivée imprévue ne m'a pas permis de prendre toutes mes dispositions pour me consacrer entièrement à vous, et j'ai un rendez-vous ce soir que je ne pouvais annuler.

– Pour une enquête ? fit Guy, inquisiteur, oubliant la politesse.

– Non.

– Une galante ?

– Je préfère la considérer comme une prétendante à mon annulaire.

– Martial, fieffé cachottier, vous ne nous avez pas tout écrit ! Connaîtrai-je au moins son nom ?

– Je ferai mieux : je vous la présenterai !

La boule de colère et d'impatience qui s'était dissipée un court moment revint dans l'estomac de l'écrivain.

– Dès que nous aurons retrouvé Faustine, nous partagerons un dîner à quatre, dit-il, tandis que sa joie s'était envolée. En attendant, bonne soirée, et faites-moi prévenir demain si vous trouvez quelque chose.

– Et vous, qu'allez-vous faire ?

– Je vais entrer en contact avec l'un de ces trois évadés, répondit Guy avec assurance.

Perotti se retint au bureau pour ne pas tomber.

Guy était devenu fou.

47

Les promesses ne comptent qu'à l'aune de la vérité.

Et Guy n'avait pas dans l'intention de tout raconter à Perotti.

La veille au soir, avant qu'ils se séparent, l'inspecteur lui avait fait promettre de ne prendre aucun risque sans lui, de ne surtout pas s'enfoncer dans les bas-fonds de Paris seul, et de ne pas non plus contacter la police sans son assistance.

En somme, Perotti lui avait fait promettre de ne rien faire.

Mais Guy se sentait incapable d'attendre. Il y allait de la vie de Faustine.

Le matin même, Guy expédia un télégramme à la gendarmerie de Magny-en-Vexin pour s'assurer du soutien de l'adjudant Bollart dans une enquête visant à faire la lumière sur l'évasion de Marbec. Guy connaissait maintenant assez bien l'adjudant pour savoir qu'il ne verrait pas d'un mauvais œil qu'on lui serve sur un plateau toute information qui l'aiderait à boucler un beau rapport complet pour ses supérieurs sur l'affaire Marbec.

Ensuite, il téléphona à la préfecture de Paris puis à la Sûreté générale pour savoir laquelle des deux enquêtait sur les évasions de prisonniers. Perotti, avant de partir, lui avait donné les noms des trois hommes en cavale ainsi que les dates et lieux de leur fuite et promis d'avoir rapidement plus d'informations sur leur parcours criminel.

L'affaire la plus récente avait eu lieu dans Paris même, l'évasion de Charles Montduc, dit « l'Égorgé » à cause d'une grosse balafre sur la gorge. À force d'insistance, de malice et de culot, Guy parvint à obtenir le nom de deux inspecteurs travaillant sur le dossier : Lafargue, de la deuxième brigade de recherches, ainsi que Prixon, de la première division de la Préfecture. Le premier coordonnait un service d'enquêteurs tandis que le second s'occupait du Bureau des Prisons à la préfecture.

Guy renvoya alors un télégramme à Bollart pour qu'il prenne personnellement contact auprès de ces hommes afin qu'ils acceptent de le recevoir.

Un coursier du bureau des télégrammes le plus proche vint se présenter peu avant midi pour remettre à l'écrivain une réponse du gendarme.

Il avait fait le nécessaire et Guy pouvait prendre contact avec Lafargue.

À treize heures, il sortait d'un fiacre sur l'île de la Cité, devant la caserne, juste en face du marché aux Fleurs, et suivit les indications qui lui avaient été données par téléphone pour enfin trouver un petit bureau au deuxième étage, dans un couloir étroit et sombre.

Guy était nerveux.

Même si Perotti affirmait que l'enquête sur le Léviatemps était close, il craignait de croiser les inspecteurs Pernetty et Legranitier. Si cela se produisait, il ignorait tout des conséquences possibles. Feraient-ils comme s'ils ne le reconnaissaient pas ? L'interrogeraient-ils à titre officieux ? Ou l'arrêteraient-ils pour élucider toutes les zones d'ombre quant à son rôle dans cette affaire ?

Guy frappa deux coups brefs contre la porte entrouverte et un quadragénaire dégarni mais à la carrure très sportive l'accueillit d'un regard pénétrant.

– Bonjour, je suis Guy Thoudrac-Matto, l'adjudant de la gendarmerie de Magny vous a contacté à mon suj…

– Oui, entrez, fit l'homme assez sèchement. Inspecteur Lafargue. Tenez, asseyez-vous.

Les deux hommes prirent place de part et d'autre d'un grand bureau très large sur lequel s'entassaient des piles de dossiers, et de nombreux objets tels que couteaux, loupes de différentes puissances, encrier, balles d'armes à feu et même deux pistolets en mauvais état.

– À vrai dire, je n'ai pas tout à fait compris qui vous étiez, monsieur Thoudrac-Matto.

– J'ai assisté la gendarmerie pendant l'enquête pour arrêter Marbec.

– Cependant, vous n'êtes pas policier, n'est-ce pas ?

– En effet. Toutefois, j'ai une perception assez juste de la nature criminelle.

– Ah. Et comment cela se fait-il ?

– Eh bien... J'étudie les assassins.

C'était un raccourci, non un mensonge, se rassura Guy qui ne voulait pas mentionner sa vraie profession qui risquait d'effrayer Lafargue. L'évasion était un sujet sensible que les services de police de la préfecture de Paris ne désiraient certainement pas voir ébruiter trop largement. Pour l'heure, la presse s'était tenue à l'écart du sujet, et personne n'avait envie de le lui agiter sous le nez.

– Vous êtes médecin ou criminologue ?

– Autodidacte.

Lafargue ne dissimula pas son étonnement.

– Vous n'êtes pas journaliste au moins ?

– Si tel était le cas, vous auriez déjà lu tout le récit de l'enquête effectuée sur Marbec ! Non, vous pouvez vous détendre, je ne suis ici que par intérêt personnel. Comme vous l'a peut-être dit l'adjudant Bollart, j'ai aidé ses services à cerner le criminel qui sévissait dans notre région.

– C'est en effet ce qu'il a dit. Et il a précisé que vous étiez bougrement doué. C'est l'expression qu'il a utilisée, « bougrement doué ». Et en quoi puis-je vous être utile ? Pourquoi l'évasion de Montduc vous intéresse-t-elle ?

Guy sentait qu'il le passait sur le gril. Lafargue était autrement plus méfiant et compétent que Bollart.

– La femme que j'aime a disparu, confia Guy en toute honnêteté. Marbec l'a enlevée et nous n'avons pas pu la retrouver. Je suis le seul à croire qu'elle n'est pas morte, quelque part dans un fossé, mais que Marbec l'a mise dans les mains d'un complice avant que nous lui tombions dessus. J'ai toutes raisons de croire que ce pourrait être un des évadés.

– Un *des* évadés ? répéta Lafargue, surpris. Vous êtes au courant de ça aussi ? Vous m'avez l'air bien renseigné !

– J'ai mes sources, ricana Guy, mais elles sont limitées. On a fait évader quatre dangereux assassins en à peine trois mois. C'est trop pour être une simple coïncidence.

Lafargue le scrutait attentivement.

– Et Marbec est de ceux-là, continua l'écrivain. Si Faustine, ma compagne, est encore vivante, alors j'ai tout lieu de croire qu'elle est entre leurs pattes.

Lafargue acquiesça doucement.

– En effet, c'est possible. Que savez-vous de ces évasions ?

– Rien de plus. Aucun détail.

Lafargue étudia encore Guy pendant plusieurs secondes, ses prunelles intrusives s'enfonçant en lui comme s'il était un maître d'école face à un jeune écolier.

– Très bien, soupira-t-il, Bollart n'a pas tari d'éloges à votre sujet et j'ai de la sympathie pour votre histoire. Pour avoir réglé le cas de Marbec, je veux bien vous faire un point sur notre situation, mais je vous préviens : un seul mot de tout cela sort dans la presse et je vous enferme dans les geôles de la Cité pour trois mois !

– Encore une fois, je vous le dis : je ne suis là que pour satisfaire ma curiosité et, pardonnez ma prétention, et peut-être, grâce à mon éclairage différent, aider à retrouver ma Faustine.

Lafargue attrapa une pipe posée sur un cendrier en porcelaine et l'alluma dans de petites bouffées de fumée odorante.

– L'affaire Montduc est celle que je connais le mieux, commença-t-il. C'est la plus récente, et je connais personnellement le loustic. C'est aussi là que nous sommes tous intervenus.

– Tous ?

– J'ai monté une brigade spéciale pour enquêter. Comme vous l'avez dit : quatre évasions en trois mois, ça fait beaucoup. Et il y a un cerveau de taille derrière tout ça. Mais allons tout d'abord au début : Charles Montduc, déjà connu de nos services pour viols, incendies criminels et suspecté de plusieurs affaires de mœurs…

– Des viols ? s'inquiéta Guy.

Lafargue le fixa dans les yeux et à contrecœur avoua :

– Oui, des viols.

– Monsieur Lafargue, je vous demanderais de ne m'épargner aucun détail. Ils peuvent être importants.

– Bien. Montduc est violent, un sacré cogneur. Il a fait la une des journaux l'hiver dernier en violant une sexagénaire devant son mari dont il avait pris soin de clouer les mains dans le parquet pour qu'il assiste à la scène. Le pauvre vieux a tout supporté, il a survécu, pas sa femme. Montduc a été arrêté peu après dans le douzième arrondissement où il traînait. Son procès était en cours quand il s'est évadé.

– Comment ça s'est passé ?

– L'évasion ? Très simplement. Il n'y avait que deux gardiens en plus du cocher. Pour surveiller un prisonnier seul et enchaîné durant un trajet entre la prison de la Santé et le tribunal, c'était suffisant. La voiture est tombée dans un traquenard peu avant d'atteindre la prison, le soir. Une automobile en travers de la rue pour faire stopper le fiacre, et trois hommes armés qui surgissent. Tout a été très vite, le cocher est mort, ainsi qu'un des deux gardiens, le troisième a survécu pour nous raconter qu'il n'a rien eu le temps de comprendre. Ils étaient organisés et déterminés. Et masqués ! Personne n'a pu voir leurs visages, ni même entendre leurs voix à part celle du meneur, ce qui ne nous a rien appris. Toutefois, le survivant a pu nous confirmer que même Montduc semblait perturbé, voire apeuré, comme s'il ne savait pas non plus ce que tout cela signifiait.

– D'après vous, il n'était pas au courant qu'on allait le faire fuir ?

– Les quelques témoins de la scène ont rapporté que le prisonnier a d'abord refusé de sortir du fiacre avant qu'un des hommes ne lui parle. Nous ignorons, bien sûr, ce qu'ils se sont dit. Ensuite, Montduc a suivi sans rechigner.

– L'automobile ? Ils sont partis avec ?

– Non, trop bruyante et voyante. Elle avait été volée le matin même.

– Une idée de l'identité des trois intervenants ?

Lafargue tira sur sa pipe en réfléchissant.

– Venez, dit-il en se levant, je vais vous présenter mes collaborateurs.

Il entraîna Guy dans le couloir jusqu'à une longue pièce tout au fond, une salle pleine de livres reliés, de bureaux encombrés, de vitrines avec des os, des photos ou des articles de presse anciens. Le soleil d'août entrait de biais par les trois fenêtres, illuminant les murs blancs et soulignant le parquet aux tons miel.

Un homme approchant la cinquantaine, tout le bas du visage mangé par une barbe pointue, le cheveu bouclé coupé assez court, engoncé dans un costume trop étriqué pour son gabarit, l'œil particulièrement malicieux, les accueillit avec un sourire amical.

– Je vous présente Alphonse Bertillon, criminologue de son état et...

Guy lui serra la main religieusement.

– Inutile, on ne présente pas M. Bertillon, célèbre inventeur de l'anthropométrie judiciaire que toutes les polices d'Europe ont reprise et même les Amériques, ai-je entendu dire.

– Soyons modeste, ce n'est que la Terre, plaisanta Bertillon, j'aurais fière allure si mon système atteignait le cosmos.

Lafargue introduisit brièvement Guy et un quatrième homme, resté discret jusqu'alors, s'approcha. Il avait à peine la vingtaine, les mêmes boucles brunes que Bertillon mais en beaucoup plus long, des mèches folles s'emmêlant dans une bataille aérienne qui retombaient sur le côté de son crâne, et une moustache épaisse pour son jeune âge. Il semblait presque fragile au milieu de ses deux collègues.

– Et voici Edmond Locard, assistant du professeur Lacassagne.

– Je connais le docteur Lacassagne, son précis de médecine légale est une bible pour moi. Enchanté.

– Un homme aux bonnes lectures ne peut qu'être un bon homme ! s'empressa de répondre Bertillon.

– Edmond est sur le point d'achever une thèse de médecine légale et il nous apporte son éclairage médical sur l'enquête. J'étais en train de relater ce que nous savons de l'évasion de Montduc à M. Thoudrac-Matto, et je préférais aborder l'aspect technique avec vous, Alphonse.

– À quel sujet exactement ?

Lafargue se tourna vers Guy.

– Nous avons identifié deux des assaillants.

– Formellement ?

– Avec certitude.

– Je croyais qu'ils étaient masqués !

– Et ils le sont restés tout au long de l'opération. En revanche, l'un d'eux a perdu son chapeau.

– Et il a marché dans du crottin ! ajouta Bertillon comme si ce détail était vital.

– Une empreinte de pas et un chapeau vous ont suffi pour identifier avec certitude un individu ? résuma Guy, circonspect.

– Disons qu'ils nous ont mis sur la bonne voie, enchaîna Bertillon. Laissez-moi vous expliquer. J'ai mesuré l'intérieur du chapeau pour obtenir le tour de tête de son porteur, tout en remarquant la présence de bandes de papier derrière le cuir intérieur, signe que le chapeau avait été ajusté pour être à la bonne taille, et j'ai donc retranché les six millimètres du papier pour obtenir la circonférence probable de la tête de notre homme. Ensuite, pour le soulier, outre les témoignages recueillis sur place, l'empreinte nous a permis de déduire qu'il s'agissait d'un gros soulier de type bottine, parfaitement ajusté au pied du porteur car l'empreinte était bien lisse, sans talon ou bout relevé, enfoncée de manière homogène. Puisque la différence entre la taille d'un sujet chaussé et son pied nu est de vingt-huit millimètres pour les chaussures à talons ordinaires, il m'a été simple de déduire la taille du pied de cet homme. Ensuite, sachant que la pointure de cordonnier vaut six millimètres trois quarts, il suffit de transformer la longueur du pied mesurée en ajoutant à cette mesure sa moitié pour obtenir la pointure ! Dans notre cas, du 39. Nous avions donc le tour de crâne et la pointure du malfaiteur !

– Et comment êtes-vous parvenu à y associer une identité ?

– Par le bertillonnage, pardieu ! Venez !

Alphonse Bertillon guida Guy vers la pièce mitoyenne où d'énormes armoires à petits tiroirs carrés masquaient les murs. Locard et Lafargue suivirent.

– Voici les vieilles fiches, commenta le criminologue, celles en activité remplissent six salles comme celle-ci. Puisque vous n'êtes pas sans connaître mon travail, j'ai réussi à imposer à la police des fiches identiques à remplir pour tous les criminels de notre pays. Celles-ci regroupent les informations d'état civil classiques, signes particuliers, description physique et, surtout, les mensurations anthropométriques de l'individu. Tout y est enregistré, taille, buste, envergure, mensurations précises de la tête sous tous ses axes, détail des oreilles, taille des avant-bras, des mains, jambes, pointure, empreintes digitales encrées, bref tout ! Il est ainsi impossible à deux hommes d'avoir la même fiche, impossible ! Les cabriolets dans ces armoires sont subdivisés par catégorie, taille, mesure de la tête, etc. Il a suffi de chercher dans les cabriolets par taille de tête, j'ai inclus une marge d'erreur de plus ou moins deux millimètres, puis de vérifier les pointures qui pouvaient correspondre et nous sommes tombés sur seulement huit individus avec seulement deux critères ! L'un des huit étant Joseph Landiron, le deuxième évadé !

Lafargue reprit l'exposé :

– Ce qu'Alphonse ne vous a pas encore dit, c'est qu'il a relevé des empreintes digitales sur la scène de l'évasion.

– Oui, confirma Bertillon avec fierté, de belles traces dactyloscopiques. Avec une solution de nitrate d'argent à 8 pour cent, les empreintes sur la portière du fiacre de transfèrement sont apparues magnifiquement ! Et j'ai même trouvé une belle paume avec les doigts entiers sur le carreau en verre, avec un peu d'acide fluorhydrique ! Les photos sont parfaites ! On voit les moindres détails des dessins digitaux palmaires ! Ensuite, et là Edmond nous a été d'une précieuse aide, il a fallu trier les empreintes, écarter celles des policiers, et classer celles qui restaient selon la méthode de Vucetich.

– J'ignore ce qu'est cette méthode, avoua Guy.

– Allez-y Edmond, expliquez-lui, demanda Bertillon.

Edmond Locard se racla la gorge bruyamment et se lança :

– Il faut savoir que tous les dessins digitaux possibles peuvent être ramenés à quatre catégories, selon l'agencement des boucles et des arcs qui les forment. Regardez vos doigts, monsieur, allez-y ! Voyez comme au milieu les boucles se disposent autour d'une zone triangulaire. C'est cette zone que nous étudions pour définir de laquelle des quatre combinaisons il s'agit. Pour les pouces, nous avons une lettre pour chacune des quatre catégories possibles, et ensuite un nombre pour les doigts. Premièrement si vous n'avez que des arcs sans triangle, nous l'appelons A pour le pouce, et si c'est un autre doigt qui est ainsi, c'est la catégorie 1. Ensuite, un triangle accompagné d'une boucle générale du côté interne, appelé I pour le pouce, 2 pour les doigts. Troisième option, un triangle accompagné d'une boucle du côté externe, c'est la E ou 3. Et pour finir, deux triangles, la boucle est médiane, nous l'appelons verticille, la V ou 4. Ensuite, vous comprendrez que chaque individu est classé d'abord par la catégorie de son pouce droit, A, I, E ou V, puis les chiffres de chacun de ses doigts de la même main, et pour la main gauche c'est la même opération. Par exemple, vous, si vous me permettez d'examiner votre main droite, vous seriez… E2342. Votre pouce comporte une boucle externe, votre index un triangle avec boucle interne, boucle externe pour votre majeur, médiane pour l'annulaire et boucle interne pour l'auriculaire.

– C'est presque enfantin.

– Et c'est surtout très pratique. Lorsque nous trouvons des empreintes, il suffit d'en faire le chiffrage selon la méthode Vucetich, et ensuite, nos cabriolets sont également répertoriés par lettres de pouce, puis subdivisés par chiffres de doigts.

– En moins d'une heure, compléta Bertillon, vous pouvez retrouver un individu dans ces milliers de fiches rien qu'avec ses empreintes digitales ! Un miracle !

– Et les empreintes trouvées sur le fiacre ont-elles parlé ?

Bertillon fit durer le suspense en le toisant avec amusement. Un sourire malin se profila à travers sa barbe.

– Elles l'ont fait, oui ! Ce sont celles de Gaspard Mercks, le troisième évadé !

– Nous sommes donc parvenus à prouver que Landiron et Mercks ont participé à l'évasion de Montduc ! triompha Lafargue. Quelqu'un a fait évader les deux premiers qui se sont associés pour en libérer un quatrième.

– Parce que vous considérez que Marbec est bien le premier ?

– Nous n'avons pas de preuves qu'il fait partie de leur groupe, mais c'est la même méthode, les mêmes circonstances ! Marbec d'abord, puis Landiron, Mercks et Montduc pour finir. Quatre assassins, quatre candidats à la guillotine dans la nature.

– Et quelqu'un au départ pour fomenter ce plan, pour libérer le premier, rappela Guy.

Lafargue hocha la tête sombrement.

– En effet. Et nous n'avons pas affaire à un amateur. C'est un malin. Un fourbe.

– Pourquoi dites-vous cela ?

– Pour Mercks, il a envoyé une fausse lettre du juge à la prison où il était détenu en attendant son exécution, car Mercks avait déjà été jugé et condamné. Le juge demandait à le voir expressément pour une autre affaire où son nom était cité. Les gardiens ont tout préparé, puis ils sont partis en voiture vers le bureau du juge. Inutile de préciser qu'ils n'y sont jamais arrivés.

– La lettre était convaincante ?

– Oui. Le tampon et la signature étaient parfaits. Et ce n'est pas tout. Lors de cette évasion, qui s'est déroulée sur un chemin à la sortie d'une forêt, les gendarmes sont intervenus assez rapidement mais sont aussitôt partis dans la mauvaise direction !

– Et pourquoi donc ?

– Ils ont suivi des traces de chevaux encore fraîches.

– Je ne comprends pas pourquoi c'était une mauvaise direction si elles étaient fraîches.

– Dans le jargon nous appelons ça des « hipposandales ». Les chevaux étaient ferrés à l'envers, de sorte que les empreintes au sol étaient à rebours. Vous arrivez par une direction, vous repartez par une autre et vos empreintes laissent à penser que c'est l'inverse. Le temps que les gendarmes comprennent, les fuyards étaient déjà loin. Le cerveau est un malin, je vous dis !

Guy contempla les interminables rangées d'armoires à cabriolets.

Combien de criminels étaient enregistrés ici ? Des dizaines de milliers assurément.

Et ce n'étaient que les vieilles fiches, comme l'avait précisé Bertillon.

Comment pouvaient-ils espérer localiser les complices de Marbec en partant d'ici ? Guy pensait obtenir des indices concrets, une piste à renifler, pas un exposé scientifique pour prouver le lien entre les évadés qu'il suspectait déjà.

– Il doit y avoir une connexion entre ces garçons et leur généreux bienfaiteur. Quelqu'un qu'ils auraient côtoyé en prison, proposa-t-il pour sonder ce qu'ils ne lui avaient pas encore dit.

– Mercks n'avait jamais fait de prison auparavant, et les autres n'ont jamais été dans la même, opposa Lafargue.

– Alors ils ont fréquenté un lieu en commun, ils se sont rencontrés, il doit y avoir un lien entre eux.

– Vous pouvez chercher, nous n'en avons pas trouvé un seul. Marbec n'avait jamais quitté la région de Poitiers avant son évasion, et Landiron celle de Lyon. Nous avons tout épluché, il n'y a rien, en tout cas rien de visible.

Guy leva les bras au ciel :

– Alors quoi ? C'est leur potentiel de dangerosité élevé qui a attiré un génie machiavélique pour les rassembler ? Si c'est le cas, autant dire que nous ne les retrouverons pas tant qu'ils ne tueront pas, et encore faudra-t-il que ce soit exceptionnel pour que cela captive notre attention !

Lafargue et Bertillon se regardèrent avant que l'inspecteur ne dise avec gravité :

– En fait, ils ont déjà commencé à sévir.

48

Les grands bateaux-lavoirs se tassaient les uns contre les autres, occupant une large partie des quais de Seine. Quelques blanchisseuses en sortaient, panier d'osier sur la tête. Cet assemblage de péniches, sans timonerie ni machinerie, destinées à ne jamais naviguer, était un endroit calme, loin de l'agitation frénétique du petit matin, lorsque des cohortes de lavandières se précipitaient pour avoir la meilleure place pour s'occuper du linge de tout Paris.

Guy remontait le quai de la Mégisserie, sa canne lui ouvrant le chemin d'un lancer rythmé.

L'écrivain avait trouvé un nom aux criminels en fuite. La bande à Moriarty. Qui mieux que le cerveau derrière ces spectaculaires évasions pouvait endosser le nom de ce génie du crime littéraire ? L'homme qui était derrière tout cela, quel qu'il fût en réalité, était motivé par un dessein bien particulier pour oser s'aventurer dans pareille entreprise. Un stratagème digne de Moriarty.

Et ils étaient déjà entrés en action.

Pour ce qu'il pouvait en déduire, Guy supposait que Marbec n'avait pas accepté l'offre de Moriarty. Il avait préféré s'exiler à la campagne et reprendre sa sombre besogne. De tous, il était sans conteste le plus solitaire, celui dont les fantasmes étaient les plus compliqués, les plus forts. Ce n'était pas le genre à travailler en équipe. Il n'avait qu'une obsession, et il était reparti l'assouvir. Jusqu'à une petite visite de ses compagnons d'un moment ? S'en était-il débarrassé en échange de Faustine ?

Pour les autres, Moriarty avait su les appâter.

Lafargue avait été clair. La bande était passée à l'action pas plus tard qu'au mois de juillet.

Une nuit, dans le onzième arrondissement, ils étaient entrés chez Romuald Franceschi et l'avaient assassiné. D'après l'état de l'appartement, ils y étaient restés un long moment. Lafargue était catégorique : ils ne l'avaient pas fouillé, mais seulement « retourné ». De nombreux endroits n'avaient pas été touchés, on s'était contenté de briser des objets, de renverser des étagères, bref, de faire pression sur Romuald Franceschi. Ils l'avaient interrogé. Avant de finir par l'étrangler.

Le bruit de leurs pas dans l'escalier avait réveillé la concierge qui, par un coin troué du rideau de sa loge, était parvenue à voir un visage.

Elle avait formellement identifié Montduc grâce à sa balafre.

Le sergent de ville sur place avait reconnu la description et fait prévenir le service de l'inspecteur Lafargue.

Franceschi n'était pas un homme riche, loin de là, il ne fréquentait pas de beau monde, et n'avait pas une famille influente.

Ce n'était qu'un simple médium.

Certains le disaient compétent, d'autre le traitaient de charlatan.

Lafargue n'aurait pas insisté sur sa profession s'il n'y avait eu un autre point important dans l'actualité criminelle de Paris durant l'été : trois médiums ou psychopompes avaient été tués en un mois et demi, et deux étaient portés disparus. Toute la profession était en émoi.

Le seul indice découvert chez Franceschi avait été des traces, à plusieurs endroits, dont une partie sur une chaise positionnée face au cadavre du médium, des traces de poussière brune.

Les experts chimistes de la police n'étaient parvenus jusqu'à présent qu'à identifier les deux éléments qui la composaient : du carbonate de sodium cristallisé et une gomme résineuse putréfiée.

Rien de concluant.

La bande de Moriarty s'en prenait au monde des spirites.

Lafargue n'avait pu ou voulu lui en dire plus. À l'entendre, ils en étaient là de l'enquête.

Le monde des spirites.

Qu'est-ce qui, dans cette profession, pouvait bien intéresser un homme malin au point qu'il lui faille faire évader quatre dangereux assassins ?

Guy avait aussitôt su quel serait son prochain mouvement.

Louis Steirn.

Le riche fondateur du Cénacle des Séraphins, ce club très sélect où se rassemblaient des gens influents autour d'une médium reconnue : la comtesse Bolosky. Une demi-douzaine de Séraphins avaient péri dans l'incendie déclenché par le père Camille. Une folie contre ceux qu'il considérait être des suppôts de Satan. Mais Steirn n'était pas présent ce soir-là et Guy avait sauvé la comtesse des flammes.

S'il y avait bien quelqu'un qui pouvait l'aider dans ce monde singulier, c'était Steirn.

Après l'incendie de son appartement, Steirn avait dû déménager et Guy devait à présent le retrouver. Il avait pour cela un plan. D'abord commencer par le plus simple : la concierge de son immeuble. Si cela ne marchait pas, il contacterait les compagnies d'assurances, si Steirn était assuré, on le renseignerait. Au pire, il pouvait aussi approcher les déménageurs les plus proches pour les sonder. Et, en désespoir de cause, passer une petite annonce dans les journaux pour que Steirn prenne contact avec lui.

Il se présenta devant la concierge en lui tendant une carte de visite comme le voulait l'usage des gens de la bonne société, cela devait la rassurer. C'était une carte à son vrai nom, il n'avait que celle-là sur lui, mais il sentait que c'était important de bien commencer.

– Je cherche à joindre mon ami Louis Steirn, j'ai dû m'absenter de la ville quelque temps et nous avons perdu contact.

– Oh, mais il n'est plus là !

– Je m'en doutais, après l'incendie.

– Ah, vous savez pour le feu !

– J'étais même présent, madame. C'est moi qui ai tiré des flammes la pauvre comtesse !

– Vous ? Elle doit être reconnaissante !

– Justement, j'aurais voulu revoir Louis, sauriez-vous où il s'est rendu ?

La concierge, fière de témoigner de son savoir, leva un index :

– Attendez-moi là, je vais chercher l'adresse.

Elle revint sur le palier de sa loge avec une carte griffonnée d'une petite écriture.

– Voilà, c'est là que je fais suivre son courrier. Tenez.

Guy la remercia vivement et sauta dans le premier fiacre qui passait.

Steirn s'était installé dans le septième arrondissement, non loin de la tour Eiffel et de l'Exposition universelle.

Lorsqu'il ouvrit en personne la porte de son appartement, son visage se figea en découvrant son visiteur.

– Guy ? Diable ! Que de temps sans vous voir ! Après ce que nous avons partagé ! Les lettres ne suffisent pas toujours à satisfaire les amitiés, vous savez !

– Un exil prudent, j'espère que vous me pardonnerez.

– Oui, je sais, vous ne désiriez pas être connu de la police. Soyez rassuré, je ne poserai pas plus de questions aujourd'hui que je n'en ai posé ce soir d'avril dernier où nous nous sommes séparés. Après ce que vous avez fait pour moi, et pour la comtesse…

Steirn n'avait pas changé d'un pouce. Petit homme barbu d'une quarantaine d'années, élégant et séduisant, le regard vif.

– Vous vous êtes battu ? s'inquiéta-t-il en désignant le visage abîmé de Guy.

– Une longue histoire.

– Entrez ! Vous savez comme j'aime les histoires. Vous partagerez au moins une liqueur avec moi !

Steirn s'était réinstallé dans un confort qui ne laissait pas deviner qu'il venait de tout perdre. Tableaux aux murs, banquettes capitonnées, meubles cirés, épais rideaux de satin et grands tapis aux tons bordeaux, le salon témoignait de son aisance. Une baie vitrée ouvrait sur un immense bâtiment de l'Exposition universelle, sorte de hangar titanesque dans l'esprit des gares parisiennes, avec poutrelles d'acier, dômes et verrières. La tour Eiffel se profilait pardessus, tel le phare de la civilisation.

– C'est parfois un peu bruyant, mais d'ici trois mois ils détruiront tout cela et je serai au calme, expliqua Steirn. Allons, je vois à votre mine que vous n'êtes pas seulement là pour une visite de courtoisie.

– En effet, avoua Guy sans honte. Faustine a disparu.

Steirn, qui s'apprêtait à servir deux verres, interrompit son geste pour pivoter vers l'écrivain.

– Elle vous a quitté ?

– Elle a été enlevée.

Steirn reposa la carafe en cristal.

– Diable. Par qui ? Quand ?

Guy fit un résumé de ce qu'ils avaient vécu à Elseneur.

– Ce Marbec a des complices, j'en suis désormais certain. Et tout porte à croire qu'ils s'en prennent en ce moment même aux spirites de la capitale, en avez-vous entendu parler ?

Steirn parut vieillir d'un seul coup. Il contempla le néant un petit moment puis se ressaisit pour servir les deux verres et venir s'asseoir en face de Guy.

– Il se prépare de terribles heures, dit-il sur un ton de conspirateur, le monde des morts couve quelque chose.

– Que savez-vous ?

– Des rumeurs.

– Vous réunissez toujours votre Cénacle des Séraphins ?

– Non. J'avoue que découvrir qu'il avait permis la rencontre entre Lucien Camille et Marcus Leicester, deux meurtriers infâmes, m'a profondément affecté.

Le nom de Leicester creusa le ventre de Guy. L'horloger démoniaque, Hubris, obsédé par le temps au point de le matérialiser avec la chair et le sang de ses victimes.

– La mort de mes autres compagnons fut le coup de grâce, reprit Steirn. J'ai d'abord pensé que les cercles ésotériques étaient finalement des aimants à personnalités singulières, potentiellement dangereuses, avant que le temps ne me raisonne. Lorsqu'une telle passion coule dans vos veines, il est difficile d'y renoncer. J'ai recommencé à fréquenter, ponctuellement, plusieurs cercles, mais je n'ai plus le mien.

– Et ces rumeurs, quelles sont-elles ?

Steirn trempa ses lèvres dans le breuvage puissant, en jetant un coup d'œil vers la baie vitrée.

– Elles ont commencé en juillet. Plusieurs réunions avaient tourné court, les esprits semblaient agités.

– Les *esprits* ?

– Oui. Je sais que vous êtes un sceptique, Guy, mais c'est pourtant la vérité. C'est parti d'un cercle reconnu, près du Panthéon, et très vite la nouvelle s'est confirmée : il se passait quelque chose dans le monde de l'au-delà. Il semblait… bouleversé !

– Pardonnez ma défiance, mais concrètement, comment cela se traduit-il ?

– Des séances qui ne parviennent pas à établir le contact, ou d'autres qui ont affaire à un esprit troublé, voire agressif. Des esprits qui viennent parasiter des « discussions », une sorte de chaos, une perturbation totale de nos communications avec les morts, voilà comment ça se traduit dans les faits !

– J'avoue que j'ai besoin de comprendre : qu'est-ce que le monde de l'au-delà, selon vous ?

– La comtesse Bolosky vous l'expliquerait mieux que moi, je n'ai pas sa science, ni son art de la vulgarisation. Disons pour faire simple que conscience et inconscient sont liés l'un à l'autre par la vie. À la mort d'un individu, sa conscience se dissout dans l'univers et libère l'inconscient qui se met alors à dériver sur un autre plan que le nôtre, parallèle. Le spiritisme consiste à ouvrir une brèche entre nos deux plans, par l'intermédiaire d'un médium, pour entrer en contact avec ces inconscients errants.

– Je vais être très franc, et peut-être brutal : mais je crois que tout cela c'est surtout de l'autosuggestion. Vous désirez tous quelque chose, et ensemble, galvanisés par l'énergie du groupe, vous finissez par vous persuader que tout ça est vrai.

– Cela arrive très souvent lorsque des personnes sont en présence d'un mauvais médium, autant dire la plupart d'entre eux ! Il se peut aussi qu'ils entrent en contact avec leurs propres inconscients qui guident alors la séance. Mais le vrai spiritisme est sans équivoque : ce sont les morts qui nous parlent. Du moins ce qu'il reste d'eux : leur inconscient.

– Soit. Et donc vous disiez que toutes les séances sur Paris ont subi des perturbations.

– Exactement. Comme si le plan des inconscients avait subi un traumatisme sévère.

– Vous avez une thèse là-dessus ?

Steirn haussa son verre devant lui et admira la lumière qui filtrait au travers du cristal et du liquide orangé.

– Quelque chose a traversé le monde des esprits. Une force tétanisante.

– C'est-à-dire ? Le Diable ? Un artifice des hommes ?

– Pour l'heure nous n'en savons rien. Mais les esprits sont à la fois furieux, désemparés et effrayés.

Guy soupira, ils n'allaient nulle part.

– Et dans le monde des gens vivants, s'impatienta-t-il, quel impact cela peut-il avoir ?

– Nous l'ignorons. Peut-être, au niveau de notre inconscient collectif, nous entraîner sur de mauvaises pentes, qui sait ?

– Et ces enlèvements et assassinats de psychopompes, en parlez-vous ? Qu'est-ce qui s'en dit ?

Steirn avala d'une traite le contenu de son verre et fixa Guy.

– Je préfère le terme de spirite, ou médium si vous voulez bien.

– Votre milieu doit être au courant de ces crimes, j'imagine ?

– Absolument. Tout le monde sait que tout est lié. Les agressions de spirites et ce qui se passe là-haut, dans l'au-delà. Il y a quelqu'un dans les rues de Paris qui est en train de vouloir changer l'ordre établi. Quelqu'un qui est en train d'accomplir le pire sacrilège possible, Guy.

– Eh bien quoi ? Il cherche à s'approprier l'inconscient collectif ?

Steirn haussa les épaules.

– Comment savoir ? Ce qui est certain, c'est qu'il y croit. Il est méthodique, sans pitié et, croyez-le ou non, ce n'est pas un charlatan.

– Pourquoi ?

– Parce que les médiums qu'il a tués nous sont connus. Ce n'étaient pas des gens sérieux. Des escrocs, des bonimenteurs. Pas des spirites compétents ! En revanche, les deux qui ont été enlevés, ceux-là, dans le milieu, sont connus pour obtenir des résultats. Si vous voulez mon avis, votre homme a testé tous les médiums qu'il pouvait, et ceux qui ne l'ont pas satisfait, il les a éliminés.

– Romuald Franceschi a été interrogé, torturé, semble-t-il.

– Il venait d'arriver à Paris. Il a fait trois ou quatre séances aux résultats impressionnants, voilà ce qui a dû attirer son assassin. Mais en réalité, c'était un escroc. Les vrais initiés n'étaient pas sans le savoir.

– Vous êtes sûr de ça ?

– Oui. Franceschi s'était déjà fait une mauvaise réputation à Nice et à Marseille. Celui qui enlève les médiums ne fréquente pas, ou plus, les meilleurs cercles, sinon il l'aurait su. Je suppose qu'il l'a torturé pour lui faire avouer sa supercherie ; se rendant compte qu'il était face à un menteur, il l'a éliminé.

– Donc, il ne fréquente pas les mêmes cercles que vous.

– Il faut se connaître de longue date pour cela, montrer patte blanche. Ça ne s'improvise pas en quelques mois. Toutefois, ce garçon connaît un peu le milieu. Il a frappé aux portes des médiums les plus connus de Paris. Il ignorait seulement lesquels sont compétents et lesquels affabulent. Il y a encore quelque chose que vous devez savoir, Guy. Plusieurs de ces médiums sont morts… étrangement. Des centaines de minuscules trous dans tout le corps. Transpercés de part en part. C'est absolument inexplicable. Aucune arme retrouvée. Un vrai mystère.

– Comment le savez-vous ?

– Nous avons un préfet parmi nous.

– Je pense que Moriarty (c'est ainsi que je surnomme le tueur) aime s'entourer d'un cérémonial, voilà tout.

– Quand bien même vous trouveriez une explication à cela, pourquoi s'embarrasser d'autant de complications ? Ça n'a aucun sens !

– Sauf s'il veut marquer les esprits, si je puis dire. Il sait que vous êtes des gens sensibles à ce genre de chose, il fait passer un message, il veut vous faire peur. Probablement pour obtenir plus rapidement ce qu'il cherche.

– Il a toutefois changé de méthode, avec Franceschi justement.

– Oui, il a été étranglé.

– Pas seulement. En plus ce Moriarty l'a interrogé. Alors que rien ne laisse supposer que c'était le cas pour les autres.

– Il perd patience. Il a certainement pris le temps de tester les autres, de les rencontrer dans des séances de spiritisme, pour enlever ceux qui l'intéressaient et faire payer le prix fort à ceux qui lui avaient fait perdre son temps. Mais maintenant il s'impatiente. Il accélère. Il n'a manifestement pas trouvé ce qu'il voulait avec ses deux prisonniers.

– Ils sont pourtant reconnus. Pas les meilleurs, mais ils sont doués.

Guy luttait entre son scepticisme naturel et la logique intéressante qu'exposait Louis Steirn. Moriarty cherchait des médiums capables de *véritablement* contacter les morts.

Cela semblait insensé. Démentiel.

La communauté ésotérique de Paris s'était-elle donné le mot et, dans un effet de panique générale, s'était-elle convaincue qu'il existait des perturbations parmi les esprits des morts, ou y avait-il réellement un au-delà en plein traumatisme ?

Moriarty veut des artistes de l'occulte, il s'entoure des meilleurs de la profession.

Soudain, Guy comprit qu'il ne pouvait pas atteindre le criminel tout seul mais qu'il avait là l'occasion rêvée.

– Louis, avez vous toujours des contacts avec la comtesse ?

– Bien sûr.

– Comment va-t-elle depuis l'incendie ?

– Elle souffre. Et elle souffrira pour le restant de ses jours.

– J'ai le souvenir d'une spirite d'une grande renommée, n'est-ce pas ?

– La meilleure de Paris, vous voulez dire !

– Pratique-t-elle toujours ?

– Pas depuis le drame. Elle s'est retirée pour se reposer.

– Elle s'est faite discrète donc ?

– Oui. À vrai dire, la plupart la croient repartie dans l'Est. Mais elle est à Charenton, elle soigne ses nerfs et sa peau.

– Il faut la contacter. Nous allons tenter une percée dans l'au-delà, tous ensemble, et nous allons lui faire toute la publicité possible.

– Pardon ?

– Il faudra que ce soit spectaculaire, qu'il n'y ait aucun doute sur ses compétences.

– Vous croyez que c'est aussi simple ? Bien souvent nos séances ne débouchent sur rien !

– Eh bien, il faudra compter sur ses compétences. La vie de Faustine en dépend sûrement.

– Puis-je vous demander ce que vous avez en tête ?

– Une souricière. Voilà à quoi je pense. Pour attirer ces traqueurs de spirites jusqu'à nous. S'ils cherchent encore un médium, alors ils ne pourront pas résister à la meilleure d'entre eux.

Steirn s'enfonça dans son siège.

L'air préoccupé.

49

Le soir même des retrouvailles de Guy et Steirn, ce dernier accueillait dans son salon plusieurs de ses connaissances initiées au domaine de l'occulte. Deux membres de l'ancien Cénacle des Séraphins, deux autres d'un ordre ésotérique dont Guy n'avait jamais entendu parler et deux invités grands amateurs du genre et anciens disciple d'Allan Kardec en personne. Un journaliste du quotidien *Le Temps* – le plus grand quotidien du soir –, contacté par Guy en toute fin de journée, vint les rejoindre juste après l'heure du souper. Il avait fallu convaincre Steirn que sa présence était obligatoire pour sauver Faustine pour que celui-ci accepte.

Pour Perotti, le télégramme expédié chez lui était demeuré sans réponse, l'inspecteur étant soit au travail, soit avec sa conquête féminine.

Louis Steirn avait fait chercher la comtesse Bolosky par fiacre après un rapide échange de télégrammes portés par coursier.

La vieille dame arriva pour vingt et une heures.

Guy ne la reconnut pas.

Un foulard de soie bleue cachait son crâne chauve. Elle n'avait plus de nez ni de lèvres, plus de sourcils, et ses traits n'étaient qu'un amas de peau fondue. Elle marchait lentement, en s'aidant d'une canne.

– Madame la comtesse, présenta Steirn, se courbant sur son passage.

Elle vint droit sur Guy et lui tendit une main brûlée comme son visage, que Guy s'empressa d'effleurer pour la saluer.

– Jeune homme, c'est ma vie que je vous dois, dit-elle avec son accent de l'Est. J'ignore si c'est une bonne chose, mais sans vous je ne me poserais même pas la question. Soyez assuré de ma pleine coopération dans votre entreprise. Louis m'a tout expliqué.

– Je vous en remercie, en mon nom et pour Faustine.

– Allons, ne tardons pas plus.

Guy l'aida à prendre place autour de la grande table qui occupait presque tout l'espace d'une salle à manger aux rideaux tirés.

Elle invita les neuf personnes présentes à ses côtés à se débarrasser l'esprit de toute pensée négative, toute image parasite, pour ne garder que l'idée du vide. Puis elle tendit ses mains fragiles à Guy et Louis Steirn, ses voisins, pour qu'ils forment le cercle. Les uns après les autres, ils se joignirent ainsi à la séance qui débutait.

Pendant cinq longues minutes, la comtesse leur répéta de faire le vide, de se concentrer sur sa voix, d'oublier ce qu'ils étaient, ce qu'ils faisaient, de se défaire de tout masque. Guy la suspecta de surtout insister pour créer une bulle et favoriser la concentration à venir. C'était une mise en condition avant l'auto-hypnose collective, il le devinait.

– Maintenant, poursuivit-elle, nous allons tous nous focaliser sur la flamme de cette bougie, au centre de la table. Nos yeux vont se river à ses minuscules ondulations jusqu'à ce que vous puissiez les sentir, les percevoir. La flamme. Rien que la flamme. Elle bouge à peine. Pourtant nous pouvons la voir danser. Soyez sur elle, sur sa forme chaude. Elle danse. Vous ne devez voir qu'elle. L'entendre également. Écoutez, vos yeux amplifient votre ouïe aussi. Vos sens se propagent là où vous projetez toute votre attention. Parce que vous êtes tout entier focalisés sur la flamme. Ses crépitements, le bruissement de sa combustion, un chuchotement continu. Vous le sentez. Cette flamme devient le prolongement de vos sens.

Elle parlait lentement, articulant chaque mot pour qu'il pénètre l'esprit de chacun.

Guy jouait le jeu, il était entièrement rivé à cette lueur oblongue, presque immobile dans la pénombre de la pièce. Et les mots de la comtesse Bolosky faisaient leur effet, il se sentait plus près de la bougie désormais, il avait presque l'impression de l'entendre brûler.

Autosuggestion, songea-t-il.

Et sa concentration se rompit.

Il dut reprendre le travail, mettre de côté son scepticisme et s'abandonner complètement à la voix de la spirite.

– À présent, et sans perdre la bougie de vue, continua-t-elle, nous allons sentir la chaleur de nos mains dans celles de nos voisins. Cette pellicule qui existe entre nos peaux, ce courant tiède qui circule. Sentez vos paumes, vos doigts, leur extrémité où votre sang afflue, votre cœur y bat, vous pouvez le sentir dans la pulpe de vos doigts. Il y a de l'énergie en vous, qui passe de l'un à l'autre, vous pouvez la deviner entre vos mains, une chaleur envahissante. Je la reçois, je la canalise. Et ensemble, concentrés, nous allons ouvrir une brèche dans l'au-delà, continuez de vous focaliser sur la bougie, sur vos mains, sur votre cœur. Votre respiration est lente, assurez-vous d'aller au bout de chaque expiration, elle doit être régulière, cadencée. Chaque inspiration instille l'énergie du cosmos en vous, c'est l'éther qui vous remplit, prenez-le, gorgez-vous-en, et il viendra au bout de vos mains, vers votre voisin, jusqu'à moi. Continuez…

Guy éprouvait des difficultés à rester concentré sur la voix de la vieille dame, elle était pourtant envoûtante, mais il percevait des consonnes sifflantes qui remontaient par ce visage sans nez, les faisant sonner presque comme des chuintantes. Il ne pouvait alors s'empêcher d'imaginer cette face déformée derrière la flamme de la bougie. Ce visage triste et inquiétant qui le renvoyait à l'incendie où le père Camille s'était immolé.

Elle poursuivit son monologue ainsi pendant plusieurs minutes, jusqu'à l'étourdissement, ou l'hypnose collective comme le pensait Guy.

Puis, après un silence d'une minute, elle dit sentencieusement :

– Nous y sommes, la brèche est ouverte. L'éther des esprits nous environne. Vous pouvez lâcher la flamme du regard, mais gardez bien les mains jointes, elles sont notre alimentation tout autant que notre protection.

La menace participait à l'effet d'excitation, songea Guy.

– Les verres, observez les verres, commanda la comtesse.

Devant chacun des dix participants, un verre était retourné sur la nappe, le pied en l'air. Guy ausculta le sien d'un œil méfiant. C'était un verre des plus communs.

– Ils approchent, ajouta la comtesse tout bas. Je les perçois, je les entends. Ils ont senti la brèche. Les esprits viennent à nous.

La table émit une vibration, légère, immédiate, quasi imperceptible, presque un frisson. Guy se demanda alors s'il avait rêvé, mais le visage effrayé d'une convive qui lui faisait face lui confirma qu'elle aussi avait perçu le mouvement.

Un coup dans un des pieds de la table ! C'est juste un coup sous l'effet de la nervosité !

À moins que Steirn et Bolosky aient mis au point un numéro ingénieux à base de mots codés déclenchant des réactions. La comtesse aux commandes pour attirer l'attention, et Steirn pour mettre en action.

– Les voilà ! s'écria la comtesse, manifestement surprise.

Cette fois, la table tout entière vibra, une oscillation brutale qui fit bouger les dix verres et qui arracha plusieurs cris de peur et de stupéfaction aux participants.

Guy lui-même avait sursauté. Le choc avait été lourd, intense. Cette fois, il était impossible que Steirn seul ait pu causer un tel impact avec ses jambes à moins de s'être fracassé les genoux.

Des complices. C'est lui qui dresse la liste des convives. Il peut avoir un ou deux affidés parmi nous.

La poigne de la comtesse se fit plus forte, surprenant l'écrivain qui ne s'était pas attendu à ce qu'elle puisse serrer avec autant de vigueur.

– Ils… Ils ne sont pas… satisfaits ! s'écria-t-elle avec ce qui ressemblait à de la panique. Ils sont en colère ! Pourquoi ? Pourquoi ?

Guy avait l'impression qu'elle perdait le contrôle de la situation. Les participants s'agitaient sur leur chaise, les regards se croisaient avec anxiété.

– Qu'avons-nous fait ? demanda la comtesse d'un ton oppressé.

Soudain, les verres se fendirent, tous en même temps, un éclair zébra les ballons en émettant un petit craquement cristallin.

– Ils… nous veulent du mal, s'alarma la comtesse. Ils sont furieux !

La femme en face de Guy poussa un cri effrayé et arracha ses mains à ses voisins.

Dans la seconde qui suivit, tous les verres se brisèrent et la flamme fut soufflée par une bouche invisible dont Guy sentit le courant d'air froid passer sur sa nuque.

Les cris moururent dans la gorge de chacun dès qu'ils furent plongés dans les ténèbres.

50

Le champagne déliait les cœurs serrés.

Les invités de Louis Steirn se détendaient et commentaient leur courte mais folle séance de spiritisme, une coupe à la main, tous rassemblés autour du journaliste qui prenait en note les commentaires des uns et des autres.

Les sourires étaient encore crispés, et chacun regardait en direction de la salle à manger avec une certaine angoisse.

Les débris tranchants des verres brisés captaient les reflets des globes de gaz qui illuminaient le salon. Ils brillaient comme autant d'âmes scintillantes dans la pénombre, tels les clins d'œil des morts aux vivants.

– Avez-vous déjà éprouvé une telle panique lors de vos expérimentations précédentes ? demanda le journaliste.

La femme qui était en face de Guy pendant la séance, une trentenaire très élégante dans une robe noir et vert foncé, se précipita pour répondre :

– Vous avez eu de la chance ! Ce soir, c'était le feu d'artifice ! Nous parvenons parfois à des contacts longs et très interactifs par le biais de verres qui se déplacent sur des lettres de l'alphabet pour former des mots, il nous est exceptionnellement arrivé qu'un esprit prenne possession de l'un d'entre nous pour s'exprimer directement, mais là, toute cette agressivité, cette rage, c'était formidable !

– Formidable, dites-vous ? répéta le journaliste en prenant ses notes.

– Qui peut encore se montrer sceptique après une démonstration pareille ?

– Justement, comment expliquez-vous que vous obteniez un résultat aussi… intense là où des centaines d'autres échouent, dans de vaines tentatives pourtant bien préparées ?

Louis Steirn intervint :

– Par le talent de la comtesse Bolosky, tout simplement. Sachez, cher monsieur, que le succès d'une séance de spiritisme dépend non seulement de la motivation profonde de ses participants, mais avant tout de la qualité de son médium. Et nous avons la meilleure !

Guy se mit un peu à l'écart et laissa les uns et les autres donner leurs impressions au journaliste. Ils semblaient tous flattés par sa présence, ce qui rassura le romancier qui avait craint leur méfiance à l'égard d'un homme de la presse. Après l'article qu'il allait écrire, nul doute que leur petite assemblée gagnerait une réputation sans pareille auprès du Paris ésotériste.

Cependant, Guy pouvait deviner le scepticisme du journaliste. Dès l'incident final survenu, Steirn avait ouvert les grandes portes de la salle à manger pour laisser entrer la lumière du salon et pour évacuer la pièce sous le regard circonspect du plumitif.

L'homme était de la même nature que Guy. Il envisageait toutes les explications possibles, et probablement que tous ici complotaient pour lui faire croire au surnaturel.

Tout de même, Guy devait bien l'avouer, le coup des verres et de la bougie était sidérant. Il en avait eu les jambes cotonneuses en se relevant. Sous le choc, comme tous les autres, il avait suivi le mouvement général sans poser de questions.

À présent qu'il avait repris ses esprits, son rationalisme revenait à la charge.

Il laissa ses compagnons tenter de convaincre le journaliste que ce qu'ils avaient vécu était vrai et alluma un cigare à l'aide d'une longue allumette.

Les premières bouffées lui fouettèrent le palais, notes boisées et herbacées, avant que le deuxième tiers de sa vitole ne s'ouvre sur davantage d'agressivité, vers des saveurs de cuir tanné et de chocolat noir.

Il les savourait en décortiquant ce qu'il avait vécu.

Comme pour exorciser la séance.

Il n'en avait rien attendu de particulier, il le réalisait seulement, elle n'avait été que le prétexte pour faire venir Moriarty jusqu'à lui, et maintenant il devait faire face à ses propres doutes. Comment Steirn obtenait-il ces effets formidables ? Quelle machinerie complexe pouvait abriter le centre de la grande table ? Était-ce la raison pour laquelle la nappe était si longue et tombait presque jusqu'au sol ?

Et si tout cela était vrai ?

Un nuage d'une fumée dense sortit des lèvres de Guy, une boule laiteuse dans laquelle se dessinèrent brièvement des visages monstrueux.

C'est exactement ça ! On ne voit que ce qu'on veut voir. Bolosky nous a longuement mis en condition, elle a préparé ce qui ressemble à une transe pour que le moindre signe étrange puisse être interprété avec toute la subjectivité ésotérique qui s'imposait.

Tout de même, les verres brisés…

Guy contempla le foyer ardent de sa vitole et chercha à se détendre, à relativiser ce qu'il avait vu. Ce n'était qu'une mise en scène, se répéta-t-il plusieurs fois.

Le journaliste, repu d'informations, mit une demi-heure à déplier son matériel photographique pour envelopper la table vide d'un flash de fumée piquante. La scène était immortalisée et Guy n'avait pas eu à prétexter un quelconque malaise pour éviter d'apparaître sur la photo.

Dès que l'homme de presse eut franchi le seuil de l'appartement, Guy se rapprocha de l'assemblée de passionnés pour leur demander :

– Maintenant qu'il est parti, vous pouvez me le dire : c'était un coup monté, n'est-ce pas ?

Des rictus embarrassés se mêlèrent à des froncements de sourcils réprobateurs.

– Vous êtes encore dubitatif ? s'étonna la comtesse.

– Je l'ai toujours été. Je ne suis pas sûr de vouloir partager vos croyances, avoua-t-il.

– Alors pourquoi être venu ? s'indigna un des invités.

Guy préféra l'ignorer et continua avec la comtesse :

– Vous voulez me dire que tout ça, c'était pour de vrai ? Qu'il existe réellement un monde parallèle avec les… inconscients morts qui flottent ? Allons ! C'est grotesque.

– Pas seulement les inconscients morts, les nôtres également. C'est une strate parallèle à celle dans laquelle nous évoluons, pas un autre monde, tout est lié. La vie et la mort ne sont séparées que par la force qu'exerce la première sur une enveloppe de chair et d'éther pour nous maintenir uni. Dès que la vie cesse, notre conscience se dissout dans le cosmos. Nous retournons au Grand Tout. Comme je l'avais expliqué à votre amie au printemps dernier, la strate qui sépare conscience et inconscient est comme une couche de papier séparant deux aimants. Et dès lors qu'un des deux aimants tombe, l'autre se met à circuler librement sur la feuille, il erre. La vie n'est que la cohésion de notre conscience avec notre inconscient par l'action d'un corps physique qui retient la matière et l'énergie. À la mort de la chair, la matière se répand et l'énergie se dissipe, libérant la conscience qui se disloque. Ne reste que l'inconscient, de l'autre côté, qui se met à glisser, seul.

Guy avait du mal à la regarder en face. Ses boursouflures, ses flétrissures et les deux cratères vides à la place de son nez le mettaient mal à l'aise.

Moins pour le physique effrayant qu'elle arborait que pour ce qu'il impliquait.

Cette souffrance que Lucien Camille lui avait infligée. Guy l'avait certes sauvée de la mort, mais il avait contribué à la survie d'une blessure vive.

Elle était devenue, d'une certaine manière, un monument vivant à la mémoire d'un tueur. Le monstre qu'il avait su dissimuler à l'intérieur sous un masque bienveillant avait pris forme chez sa dernière victime.

Elle était le prolongement de Lucien Camille.

– Vous ne m'écoutez plus, dit-elle.

– Pardon, j'étais… perdu dans mes pensées.

– Vous luttez avec vos convictions. Votre raison veut étouffer votre ressenti, l'acquis veut faire taire l'instinct. Mais au fond de vous, vous savez, comme nous tous, que ce que vous avez vécu ce soir est vrai.

Guy préféra changer de sujet, il ne pouvait demander à la

comtesse de se placer dans une position dangereuse et, en même temps, remettre en question tout ce qu'elle était.

– Est-ce que parmi vous quelqu'un connaîtrait personnellement l'un des spirites qui ont été agressés dernièrement ? questionna-t-il.

Après un silence embarrassé et de petits commentaires chuchotés de l'un à l'autre, la femme élégante expliqua :

– Tout le monde ici les connaissait de nom, sans toutefois les fréquenter. Pourquoi consommer l'ivraie quand on a le bon grain autour de soi ? dit-elle avec un sourire complice pour ses acolytes.

– Est-ce qu'il existe différents niveaux d'initiés dans le domaine de l'occulte ? Allant des amateurs aux fins connaisseurs, avec des rites, des secrets, des réunions…

– Naturellement, répondit un grand barbu aux lunettes rondes. Rien de vraiment codifié, mais entre nous, nous savons qui est qui.

– Les vrais passionnés, enchaîna une grosse femme, ancien membre du Cénacle des Séraphins, se retrouvent entre eux.

– Et les cinq médiums qui ont été tués ou enlevés n'en faisaient pas partie ?

– Non, pas vraiment. J'ai la prétention de dire que s'il existe une élite, vous en avez une partie face à vous, ce soir, répliqua la grosse femme. Et ces personnes n'en faisaient pas partie. Il faut parfois un peu de temps pour cerner les bons médiums mais une fois que c'est fait, nous savons ne pas nous entourer de n'importe qui.

Moriarty s'était donc intéressé à l'occultisme récemment, sinon il n'aurait pas perdu de temps avec des seconds couteaux du milieu. Il ne pouvait faire partie de ces gens-là, ni de leurs fréquentations.

– Les deux qui ont été enlevés sont différents, intervint Steirn.

– Ils n'ont pas prouvé leurs compétences ! contra la grosse femme.

– Ils ont eu des résultats, à ce que j'ai entendu dire chez le colonel Duchoy.

– Nous n'y étions pas !

Guy ne voulait rien omettre, il envisageait l'affaire sous tous les angles possibles. Pourtant, il avait l'impression que rien de nouveau n'apparaissait. Il avait abattu toutes ses cartes.

Avant de capituler, il demanda, plus par dépit que par espoir réel :

– L'un d'entre vous sait-il ce que du carbonate de sodium cristallisé et de la gomme résineuse putréfiée peuvent bien faire ensemble chez un médium ? Servent-ils à une pratique en particulier ?

– La gomme résineuse, c'est de l'encens, non ? proposa le barbu à lunettes.

– Oui, je crois bien, répondit Steirn.

– Le carbonate de sodium est utilisé dans la fabrication de l'émail pour céramique, expliqua un homme assis dans le fond du salon.

– Émail pour céramique et encens ? fit Guy. Ça ne m'avance pas beaucoup plus…

La comtesse Bolosky inclina la tête et se pencha vers l'écrivain, arborant le sourire de celle qui sait.

– Je vais vous donner un indice : autrefois les Égyptiens se frottaient de carbonate de sodium, ils s'en servaient comme savon.

– Du savon ?

– En vérité, c'est de natron que nous devrions parler. Et si je ne dis pas d'idiotie, la gomme résineuse pourrait être de la myrrhe.

– Comment le savez-vous ?

– Parce qu'à ma connaissance le natron et la myrrhe sont souvent associés.

– À quoi pensez-vous ?

– Aux momies.

– Pardon ? Aux momies égyptiennes ?

– Oui. Elles étaient gorgées de natron qui asséchait le corps, et la myrrhe aidait à la conservation tout en parfumant. Vous avez dit que la gomme était putréfiée. Comme si elle était très vieille. Des momies donc. C'est, à ce que je sais, la seule explication qui rassemble vos deux ingrédients.

Guy secoua la tête.

– Je ne crois pas que ce soit ça. Mais merci pour cette enrichissante digression.

– Pourquoi nous demandez-vous cela ?

Guy hésita avant de jouer cartes sur table :

– De la poudre a été retrouvée chez un de ces médiums morts. Manifestement laissée par celui qui l'a assassiné après avoir discuté en face de lui sur une chaise. Une poudre de carbonate de sodium cristallisé et de gomme résineuse putréfiée.

– *Mummia*, lâcha la comtesse, lugubre.

– *Mummia* ?

– C'est la poudre de momie ! On l'obtient en écrasant en petits morceaux des fragments d'une momie. Un puissant ingrédient de sorcellerie !

– À quoi sert-elle, cette poudre ? demanda Guy, qui redevenait curieux.

– Elle a de nombreuses vertus, elle est extrêmement prisée ! Pour des sortilèges de mort, de malédiction, mais aussi pour ses effets aphrodisiaques.

– Et comment s'en procure-t-on ?

– C'est bien là qu'est le problème ! On ne peut pas. C'est très rare, exceptionnel ! Il faut aller en Égypte, et même là-bas, c'est devenu presque impossible d'en trouver.

L'homme qui était resté très discret au fond du salon leva la main.

– Euh… eh bien, c'est-à-dire que j'ai peut-être une explication. Cependant je préfère prévenir : elle ne va pas vous plaire.

– Allez-y, l'incita Guy qui s'attendait à tout.

– Je travaille à la mairie de Paris, aux Archives historiques, nous essayons de reconstituer les anciennes archives qui ont disparu durant l'incendie de l'Hôtel de Ville en 1871. Et nous croisons beaucoup d'historiens ainsi que de conservateurs de musées…

Il semblait mal à l'aise à l'idée d'exposer ce qu'il savait.

– Où voulez-vous en venir ?

L'homme prit une profonde inspiration pour se lancer :

– J'ai appris que, le mois dernier, des momies avaient disparu dans plusieurs musées de Paris.

– Des vols de momies ? s'étonna Guy.

L'homme secoua la tête d'un air contrarié et désolé :

– Non, pas vraiment. D'après les témoignages que j'ai entendus, elles… elles sont sorties toutes seules. Du moins, c'est ce qui se murmure. Les vitrines étaient à chaque fois brisées de… l'intérieur ! Si vous voulez mon avis, il… il faudrait que vous envisagiez que ces médiums puissent avoir été tués par des momies.

Le silence tomba sur le grand salon.

On entendait presque l'effervescence des bulles du champagne dans les coupes.

51

La femme élégante se mit à rire.

Un rire excessif, forcé.

– Armand, vous plaisantez ?

– Non, pas le moins du monde. Il y a même eu des morts, à ce que j'ai cru comprendre.

– Des morts ?

– Oui, des gardiens ! La nuque brisée.

Guy ne savait que penser.

Des médiums tués ou enlevés, le monde des esprits qui perdait la raison et maintenant des momies revenant à la vie, cela commençait à faire beaucoup.

– Vous dites qu'il y avait de la poussière de momie là où a été tué un des médiums, insista Armand en s'adressant à Guy. C'est peut-être une momie qui était chez lui.

– Vous êtes sérieux ? Vous êtes en train de me dire qu'une momie pourrait avoir assassiné un homme, en plein Paris, en 1900 ?

Armand, encore plus mal à l'aise, haussa les épaules et revint en arrière sous la pression des moqueries :

– Peut-être pas, je veux dire qu'il pourrait s'agir d'une personne qui a touché une momie.

– Pour qu'il y ait de la poussière partout, il a fait plus que la toucher ! Il se promenait avec !

Armand ouvrit les mains devant lui comme pour signifier qu'ils en venaient enfin à sa théorie.

– Une momie chez le médium, donc !

Guy soupira.

– C'est grotesque.

Il avisa son cigare éteint.

Cela commençait à bien faire. Il avait besoin de prendre l'air, de finir sa vitole en profitant de la sérénité des rues de Paris la nuit. Mais, avant cela, il devait s'entretenir avec Louis Steirn et la comtesse.

– Vous auriez des noms à me fournir, demanda-t-il, concernant ces disparitions ? Un conservateur, un guide, un archéologue ?

– Oui, je vais vous donner cela.

Une fois ces renseignements en poche, Guy les remercia tous et Steirn les raccompagna jusqu'à la porte.

Lorsqu'ils ne furent plus que tous les trois, Guy pointa son cigare vers l'entrée.

– Un sacré phénomène, cet Armand.

– Vous ne devriez peut-être pas prendre trop à la légère ce qu'il vous a dit, lâcha la comtesse.

– En attendant, ce qui nous concerne, c'est votre sécurité, madame la Comtesse. Demain, dans l'édition du soir, notre ami journaliste fera un superbe compte rendu de sa présence lors d'une séance de spiritisme. Soyez certaine qu'il affirmera que nous sommes parvenus à contacter les morts ! Ce sera très vendeur pour le journal. Il y aura votre nom et celui de notre hôte, Louis. Ce qui signifie qu'à partir de demain soir vous serez potentiellement en danger.

– Comme je vous l'ai dit, répondit Steirn, je vais prendre mes dispositions dès demain matin. Je connais une agence de détectives, ce ne sont pas les Pinkerton, mais ils sont redoutables. Je pense pouvoir louer les services d'au moins deux, sinon trois d'entre eux pour la surveillance.

– Très bien. Il faudra jouer serré, laisser notre cible approcher avant de refermer le piège sur elle.

La comtesse attrapa le poignet de Guy. Sa main était glaciale.

– Mon cher ami, avez-vous seulement envisagé que notre ennemi puisse ne pas être fait de chair et de sang ?

– Sauf le respect que je vous dois, je ne crois pas en ces balivernes. Je n'ai pas encore d'explication, mais je ne doute pas qu'il en existe une bien plus rationnelle que des momies revenues à la vie.

– Il y a un esprit sournois à l'œuvre, Guy, insista la vieille femme brûlée. Et il a bouleversé le monde des esprits ! Vous l'avez ressenti ce soir ! Ne le niez pas ! Il a réveillé d'anciennes choses !

Guy se dégagea, mal à l'aise.

– Nous le verrons bien rapidement, je l'espère ! Pardonnez-moi, mais je dois m'éclipser. J'ai eu ma dose d'émotions pour la soirée.

Il récupéra son chapeau melon et sa canne et s'apprêtait à prendre congé lorsque le doute en lui fut trop grand pour qu'il résiste davantage.

Il fonça dans la salle à manger et tira une chaise pour saisir la nappe.

Tandis qu'il s'apprêtait à la soulever pour regarder sous la grande table, la main de Louis Steirn l'arrêta.

– Ne faites pas ça, dit-il d'un ton ombrageux. Quoi que vous voyiez là-dessous, vous ne pourrez être que déçu. Que vous y trouviez un mécanisme ingénieux ou qu'il n'y ait rien, dans les deux cas, avouez-le, vous seriez profondément désappointé. C'est le propre de ce que vous avez expérimenté ce soir. La vérité n'est pas le plus important, c'est qu'elle nous échappe qui nous excite le plus. Et vous n'avez pas envie de perdre cette excitation, n'est-ce pas ?

Guy se redressa face à Louis Steirn. Ce dernier semblait parfaitement sûr de lui. Guy fut tenté de forcer le passage pour en avoir le cœur net, mais il n'en fit rien. Il s'était montré déjà bien assez désagréable avec chacun.

Il observa la table une dernière fois puis planta le reste de son cigare entre ses lèvres pour rejoindre les rues de Paris.

Steirn avait peut-être raison.

Savoir les choses n'était pas le plus important.

Les vivre comptait davantage.

Et pour l'heure, il espérait de tout son cœur que Faustine était encore en vie. C'était là l'essentiel.

52

Trois coups secs.

La porte résonna à nouveau puis s'ouvrit sur la ravissante Marthe.

Guy se réveillait à peine.

Il avait erré une bonne partie de la nuit aux abords de l'Exposition universelle et ses myriades de lumière électrique, une constellation échouée sur le bord de la Seine. Terrassé par la frustration de ne pouvoir foncer quelque part, n'importe où, et arracher Faustine à son sort.

Il était rentré si tard que les lanternes rouges du lupanar étaient éteintes, les filles endormies.

– Il est déjà dix heures, dit la jeune femme en déposant un plateau sur le bureau de l'écrivain. Je vous ai préparé un toast avec du miel et un thé chaud.

Elle approcha du lit d'une démarche étrangement chaloupée.

– Vous êtes blessée ? s'inquiéta Guy en se frottant les yeux.

– Oh, ce n'est rien. J'ai eu la visite du docteur Espérandieu hier soir, vous le connaissez, gaillard comme il est, il m'a brisé les reins, le bougre !

Marthe n'avait rien perdu de son franc-parler.

Elle s'assit au bord du lit, sans aucune gêne.

– Vous allez la retrouver, pas vrai ? demanda-t-elle sur un ton soudain plus affecté.

– Oui. Julie vous a raconté ?

Marthe acquiesça.

– Elle a dit que nous ne devions pas vous perturber. Que Faustine avait été enlevée et que vous alliez la ramener au plus vite. Est-ce qu'elle va bien au moins ?

Guy baissa les yeux.

– Je n'en sais rien.

Marthe caressa affectueusement la joue de Guy.

– Je suis certaine qu'elle ne se laisse pas abattre. C'est une battante !

– C'est vrai.

Guy tira ses draps pour se lever et demanda :

– Gikaibo est là ?

– Dans la cuisine, comme toujours. Vous voulez que je lui demande de monter ?

– Non. Je passerai le voir en descendant. Je dois sortir.

– Si vous devez aller dans un coupe-gorge, vous feriez bien de l'emmener avec vous, Guy.

– Sa puissance est un atout, mais sa carrure est un handicap lorsqu'il s'agit de passer inaperçu.

Devant l'expression contrariée qu'affichait la jeune prostituée, Guy s'empressa d'ajouter :

– Cependant, j'y songerai, en cas de besoin. Je demanderai la permission de vous l'emprunter à Julie.

Il retrouva la propriétaire de l'établissement dans le salon de musique, assise devant un secrétaire, un livre de comptes entre les mains. La vie au *Boudoir de soi* restait la même. Rien n'avait changé depuis le mois d'avril. L'odeur des fragrances de roses qu'on aspergeait dans les couloirs le matin après avoir aéré les chambres, le repos des filles le midi, puis les parfums des douceurs qu'on cuisinait l'après-midi en prévision du soir, et enfin les rires, la musique, l'absinthe et les cris de jouissance qui chantaient la nuit venue. Cette constance rassurait Guy.

– Julie, je vais avoir besoin de votre aide. Ou plutôt de votre autorisation. J'ai besoin de vous emprunter Gikaibo un ou deux jours à compter de ce soir.

– Si c'est pour Faustine, vous savez que je ne peux refuser. Des nouvelles rassurantes ?

– Ce midi, peut-être. Du moins je l'espère.

Armand, l'archiviste de la mairie, avait envoyé Guy vers un homme en particulier. Alexis Gouget, conservateur du musée de Cluny. Il était, selon lui, le plus à même de le renseigner. Ami de longue date d'Armand, amateur lui-même de sciences occultes, d'humeur perpétuellement joviale et bavard comme personne.

Guy avait rendez-vous à l'heure du déjeuner et il fut reçu dans l'entrée, près d'une tourelle de ce bâtiment médiéval.

Gouget était grand et élancé, une barbe noire lui couvrait le menton et des moustaches aux extrémités roulées dessinaient deux cornes à sa bouche. Ses yeux étaient trop rapprochés, à peine séparés par un nez d'une finesse atypique, et il portait le cheveu un peu long.

– Vous êtes l'ami d'Armand ? demanda-t-il. J'ai reçu votre télégramme un peu tard, aussi vous m'excuserez de n'avoir que quelques minutes à vous consacrer. Que puis-je pour vous ?

Guy inspecta le petit hall dans lequel une vitrine présentait un coffre en plomb renfermant le cœur de Louis de Luxembourg. Un couple discutait à voix basse devant le petit écriteau.

– Pourrions-nous profiter d'un endroit plus… isolé ?

– Bien sûr, venez.

Gouget le conduisit sous une voûte et ils sortirent dans le jardin de Cluny où étaient exposés différentes sculptures et moulages d'anciennes églises ou édifices médiévaux. Ils marchèrent sur une allée de gravier et Guy se lança :

– Je partage avec Armand le goût des choses étranges, mentit l'écrivain, et il m'a récemment conté cette surprenante anecdote de momies disparues. J'avoue que cela a piqué ma curiosité.

La démarche de Gouget se mit à ralentir brusquement.

– Les momies…, répéta-t-il.

– Oui, pourriez-vous m'en dire plus ?

– Vous n'êtes pas journaliste au moins ? Ah, non, pardonnez-moi, Armand ne m'enverrait pas un journaliste.

– Non, mais j'aimerais comprendre ce qui a pu se passer.

Gouget s'arrêta pour poser une main sur l'avant-bras de Guy.

– Deux hommes sont morts dans cette affaire. Il ne s'agit pas d'une anecdote, corrigea le conservateur.

– Deux morts ?

– Des gardiens de nuit.

– Ici, au musée de Cluny ?

– Le deuxième, oui. Jacques. Début juillet. Une momie celte a disparu. Nous avons retrouvé le corps du pauvre homme au pied du présentoir, la nuque brisée. Il y avait de la poussière sur la peau.

– Une poussière brune ?

– Oui. Comment le savez-vous ?

– Comme si c'était la momie elle-même qui avait… serré la gorge du gardien ?

Alexis Gouget prit un air profondément affecté.

– En effet. Et ce n'est pas tout ! La vitrine… Elle était brisée de l'intérieur. Les morceaux étaient répandus tout autour de la table, presque aucun dans la boîte de verre qui contenait la momie !

– Et vous n'avez trouvé aucune explication à cela ?

– Oh, je ne m'en suis pas occupé ! C'est la police qui a fait son travail. Mais je peux vous dire que ce n'était pas la première fois ! Au Musée ethnographique, ils avaient une vieille momie égyptienne un peu perdue dans leur collection, dans un coin. Elle aussi, volatilisée ! Quelques nuits avant la nôtre et dans les mêmes circonstances ! J'ai discuté avec mon homologue qui m'a confirmé que les débris de la vitrine se trouvaient également à l'extérieur. Le gardien n'a rien vu. Rien entendu. Une porte de service a été fracturée… de l'intérieur aussi ! Personne n'est entré par effraction mais quelque chose est ressorti !

– Et le second mort ?

– Musée Carnavalet. Habituellement, ils n'ont pas de momies, mais exceptionnellement, ils en accueillaient une depuis un legs récent, pour décorer l'entrée de leur galerie des tombeaux. Une momie égyptienne. Cette fois aussi le gardien de nuit a péri, la nuque brisée. Un drame épouvantable !

– Quand était-ce ?

– À la mi-juillet.

– Pas non plus de traces d'effraction ?

– À ce que je sais, là aussi, un accès a été forcé, de l'intérieur, pour sortir.

Guy ne comprenait pas. Qui avait intérêt à pareille mise en

scène ? Quel voleur farfelu se serait embarrassé à faire croire au réveil d'une momie ?

– Dites-moi, l'endroit où il y a le plus de momies à Paris, c'est bien le musée du Louvre ?

– Et de loin ! Ils ont une collection immense.

– Et rien là-bas ?

– Non. Rien du tout.

– Sauf votre respect, ce ne sont donc que des petits musées qui ont été dévalisés.

– Si on peut dire.

– Vos mesures de sécurité sont restreintes, je suppose ?

– Vous voulez rire ? Même la vitrine de cette momie était reliée à une alarme électrique ! Nous ne plaisantons pas avec la sécurité ! Le gouvernement nous a demandé de prendre des assurances, et celles-ci exigent des moyens de surveillance modernes.

– Et l'alarme ne s'est pas déclenchée ?

– Non.

– Vous savez pourquoi ?

– Elle a été arrachée.

– Arrachée ? C'est possible ?

Gouget fit la lippe.

– C'est que… de l'intérieur de la vitrine, oui c'est possible. C'est apparemment ce qui s'est produit. Nous avons retrouvé le boîtier sur le plancher. Si la vitrine avait été brisée en premier, l'alarme se serait déclenchée.

De mal en pis.

– Est-ce qu'une personne est venue vous poser des questions sur cette momie dans les semaines précédentes ?

– Vous pensez bien que si tel était le cas, nous l'aurions répété à la police après la disp… après le vol.

– Vous tenez un registre des visiteurs ?

– Non, il suffit de prendre un billet à l'entrée. Et il en va de même avec les deux autres musées concernés.

– Une bande de déments a donc décidé de s'emparer des momies ! Existe-t-il un trafic d'antiquités ?

– D'antiquités, oui, ça peut arriver, mais pas de momies ! Plutôt des bijoux !

– Le premier à avoir été cambriolé, c'est le Musée ethnographique donc ?

– Si on parle de momies, oui.

– Pourquoi ? Il y a autre chose ?

Alexis Gouget frotta nerveusement le bout d'une de ses moustaches.

– Dans le genre vol atypique qui pourrait se rapporter aux disparitions de momies, il y a un précédent, à la Bibliothèque nationale, fin juin.

– Un livre ?

– Mieux que ça : au service des restaurations, le Louvre avait confié un ancien document égyptien pour qu'il soit mieux protégé contre les ravages du temps. Une nuit, il s'est volatilisé.

– Quoi donc ? Quel document ?

Gouget avala sa salive avec peine.

Il regarda à droite puis à gauche, comme un conspirateur craignant d'être pris en pleine trahison.

– *Le Livre des Morts égyptien.*

53

Les desseins de Moriarty se profilaient peu à peu.
Un homme aux désirs fous.
À l'ambition démesurée.
Vaincre la condition humaine.

Faire évader quatre des plus dangereux assassins de France pour s'entourer d'une fine équipe, puis s'emparer du *Livre des Morts égyptien* pour ensuite voler des momies afin de tester le précieux savoir.

Moriarty était fou.

Restait un point qui troublait Guy plus que tout.

Les perturbations rapportées par les spirites de Paris. Le monde des esprits qui s'affolait, les morts eux-mêmes enragés contre les vivants.

Ça ne pouvait être qu'une hystérie collective.

Il avait suffi du délire d'un médium pour que les autres suivent, entrent dans le jeu.

Guy se rassurait ainsi.

Pourtant, plusieurs points n'étaient pas clairs dans ce plan démentiel. Pourquoi faire évader des assassins, personnalités solitaires, incontrôlables ? Pourquoi pas plutôt des voleurs ?

Parce que ces derniers font souvent partie d'un réseau, qu'ils ont des connaissances, des complices et qu'ils sont donc plus protégés et surveillés finalement qu'un assassin que personne ne cherchera à faire sortir de cellule.

Moriarty appréciait les meurtriers. Il les comprenait. En était-il un lui-même ?

En outre, avec un assassin, Moriarty savait que ses associés pouvaient aller jusqu'au bout. Jusqu'au meurtre si nécessaire.

Jusqu'au sacrifice.

Guy eut la chair de poule.

Faustine !

Et si c'était là le pacte conclu entre Moriarty et Léon Marbec ? L'assassin pourrait reprendre sa vie de tueur en échange d'une femme ?

Une femme que Moriarty pourrait sacrifier pour redonner vie à ses momies.

Guy tira sur la sonnette d'alarme pour faire stopper son imagination débordante. Il ne savait rien du rituel exact du *Livre des Morts.* Alexis Gouget avait parlé d'un protocole précis pour la momification, pour préparer le trajet de l'âme du mort vers l'au-delà, il n'avait jamais mentionné un quelconque rite de résurrection, ni de sacrifice humain. À en croire le conservateur, il s'agissait essentiellement d'une méthode pour garantir la vie éternelle aux morts.

Guy se calma.

Il devait se recentrer sur ce qui était concret, et non se perdre dans de folles conjectures.

Ne pas perdre de vue le piège tendu à Moriarty.

Il devait rentrer se reposer, pour affronter la nuit en pleine possession de ses moyens.

De retour au *Boudoir de soi*, Jeanne l'attrapa par la manche avant qu'il ne disparaisse dans les marches vers ses combles.

– Votre ami est passé.

– Qui donc ? Perotti ?

– Le petit moustachu sympathique.

Martial Perotti. Ça ne pouvait être que lui.

– Vous n'étiez pas là, alors il a dit qu'il repasserait ce soir. Il m'a dit de vous dire qu'il n'avait rien de nouveau.

Perotti serait un atout supplémentaire pour la surveillance. En cas de problème, la présence d'un policier serait la bienvenue. Guy voulait à tout prix éviter du grabuge, encore plus d'y être publiquement mêlé. Il fallait coincer Moriarty et le forcer à les conduire jusqu'à Faustine, surtout rien d'autre. Il ne pouvait se permettre de voir sa véritable identité dévoilée, ou pis : une photographie dans un journal. Son beau-père, avocat influent et tenace, ne manquerait pas de le retrouver.

Et la dernière chose que Guy craignait, c'était de se retrouver face à sa femme et sa fille.

Il n'en avait pas le courage.

Comment leur dire qu'il avait dû les fuir pour survivre ? Comment leur faire comprendre que cette vie avec elles, qui n'était pas la sienne, faisait de lui un prisonnier, que leur quotidien le tuait à petit feu ? Il en était incapable.

Quel homme pouvait abandonner femme et enfant et ensuite leur avouer, droit dans les yeux, que ç'avait été indispensable à sa survie ? Qu'ils incarnaient ce qui l'étouffait, ce qui le consumait de l'intérieur ?

Sa douce Clara lui revint en mémoire avec un pincement au cœur. Sa fille lui manquait, c'était pourtant vrai. Mais il ne pouvait être un père intermittent, ni même épistolaire. Un enfant avait besoin de sérénité, certainement pas de l'instabilité d'un homme comme lui.

Et Joséphine reprendrait la main sur lui.

Elle était ainsi. Dévorante, autoritaire et même castratrice.

Elle avait contribué à enfermer Guy dans sa cage dorée, le poussant, après les succès de ses premières histoires, à continuer dans cette voie, même lorsqu'il lui faisait part de ses doutes, de ses envies d'une autre littérature moins dans la satire du réel, davantage dans l'imaginaire.

C'était elle qui avait contrôlé sa vie. Qui lui avait imposé un mariage rapide après quelques semaines de fréquentation. Le moment d'être père, ce qu'il devait écrire, comment se vêtir, se tenir, qui voir, qui snober.

Et la marionnette s'était rebellée. Elle avait coupé les fils, un beau matin.

Neuf mois qu'il ne les avait plus revues. Neuf mois sans nouvelles.

Elles et sa famille le cherchaient-elles encore ?

Son père ? Assurément. Il est de ceux qui s'acharneront jusqu'à me mettre la main dessus ou contempler mon cadavre.

Lorsqu'il aurait retrouvé Faustine, ils devraient quitter Paris. Définitivement. Ce serait plus prudent.

L'évocation de sa bien-aimée lui retourna les entrailles.

Elle lui avait demandé de vaincre ses fantômes. Elle les craignait.

Mais pourrait-il affronter cette épreuve ?

Un face-à-face avec Joséphine. Avec Clara. Pour tout dire. Et partir.

C'était cruel.

Et il ne s'en sentait pas les tripes. Il n'avait pas le cœur assez gros pour cela.

Pour Faustine…

Peut-être. Pour elle, tout lui semblait possible.

Et pour sa fille. Parce qu'elle ne méritait pas ça. Aucun enfant ne méritait ça.

Guy se faisait horreur. Il serra les poings.

Faustine lui ouvrait d'autres horizons. Avec elle, il se sentait plus fort. Son âme cessait d'errer et se fixait enfin. Oui, avec Faustine, il trouverait le courage de parler à sa fille.

Peut-être même à Joséphine. Malgré sa tyrannie, il le lui devait.

Guy songea à Faustine.

Il avait l'impression d'aimer pour la première fois.

N'est-ce pas le cas ?

Plus que jamais, son absence lui parut insupportable.

La souricière était imparable.

Dès la parution du journal *Le Temps*, Guy avait accouru chez Louis Steirn, flanqué de Gikaibo. Perotti tardant à se montrer, il lui avait laissé un mot au *Boudoir de soi* pour qu'il les rejoigne si le cœur lui en disait.

Trois détectives d'une agence privée attendaient dans le salon.

– La comtesse est dans la chambre d'amis, au bout du couloir, les informa Steirn. Elle se repose. Nous sommes au dernier étage, et il n'y a pas de balcon à sa chambre. Les volets sont tirés. Il n'y a donc qu'un moyen d'arriver jusqu'à elle : cette porte d'entrée et le long couloir qui suit. En surveillant à la fois de l'intérieur et depuis l'escalier, il me semble improbable que quiconque puisse nous glisser entre les pattes.

– Nous allons nous installer dans la chambre à côté de celle de Mme Bolosky, expliqua le chef des détectives. La porte sera à peine entrouverte, et nous serons dans le noir. Dès qu'il y aura un mouvement nous surgirons.

– Parfait ! s'exclama Guy. Je serai avec Gikaibo en bas de l'escalier, j'ai repéré un réduit dans lequel nous serons invisibles.

– Et moi ? demanda Steirn.

– Vous n'avez pas à vous mettre en danger. Vous en avez déjà assez fait.

– Aucun gentleman ne mettra sa vie en péril sous mon toit pendant que je dormirai confortablement ! J'exige de me joindre à vous ! En haut de l'escalier, il y a une trappe qui donne sur un grenier, je me posterai là, si personne n'y voit d'inconvénient.

– À votre guise. Dès que nous aurons repéré des intrus, surtout laissons-les entrer dans l'appartement, il faut que nous soyons certains que ce sont bien nos hommes, ensuite nous leur tomberons dessus tous en même temps. Vous êtes armés ?

– J'ai mon arme de service ! confirma un des détectives en tapotant sa veste.

– Moi aussi, fit son chef. Ces individus sont dangereux, d'après ce que nous a dit M. Steirn.

– Très, ne prenez aucun risque. Surtout ne les laissez pas atteindre la chambre de la comtesse.

Le Japonais se pencha vers Guy :

– Comment nous savoir qui est les méchants ? Plein gens habitent ici !

– Ne t'en fais pas, lorsque, en pleine nuit, nous verrons deux ou trois silhouettes patibulaires grimper les marches en toute discrétion, nous saurons ! Allez, en place, nous en avons pour jusqu'au petit matin !

– Et s'ils n'interviennent pas ? demanda Steirn.

– Jusqu'à présent, chaque fois qu'ils ont commis un acte criminel, c'était de nuit, je ne vois pas pourquoi ils changeraient de plan. Nous maintiendrons une surveillance de jour, par l'agence, mais je ne crois pas cela vraiment nécessaire. Ce sera pour cette nuit ou la prochaine. Moriarty n'est pas du genre à attendre pour prendre ce qu'il veut. Et croyez-moi, avec l'article qui est paru cet après-midi, il ne pourra pas résister.

Le gros Japonais tenait presque toute la place dans le petit réduit qu'il occupait avec Guy. Serrés l'un contre l'autre, ils patientaient dans l'obscurité, se raidissant dès qu'une personne accédait au hall et allumait les lampes à gaz de la cage d'escalier. Chaque fois, les deux hommes se tordaient le cou pour tenter de distinguer l'allure du visiteur par le minuscule interstice qu'ils avaient ménagé en refermant la porte.

Au troisième promeneur qui les fit sursauter, Guy chuchota :

– Nous saurons que c'est eux parce qu'ils n'allumeront pas la lumière. Ces gens préfèrent rester dans l'ombre, qu'on ne puisse voir leur visage.

– Si tu sais, se contenta de répondre Gikaibo, impassible.

Les heures filèrent. Les fourmis se mirent à égrener chaque minute, courant dans les jambes des deux surveillants jusqu'à les forcer à activer leurs muscles. Le mal de dos ne tarda pas à suivre.

À partir d'une certaine heure, il n'y eut plus aucun mouvement dans le hall ou la cage d'escalier.

Guy éprouvait de plus en plus de mal à rester en place.

– Ça va ? demanda-t-il au sumo. Tu tiens le coup ?

– Oui.

– Je me demande comment tu fais ! Je suis quatre fois plus petit et je n'en peux plus !

– J'ai une tâche accomplir.

– Une tâche *à* accomplir.

– Oui.

– Tu ne m'as jamais raconté comment tu avais échoué à Paris.

– Les baleines échouer, pas les hommes. Les hommes aller exprès.

– C'était ton choix ?

Le Japonais haussa les épaules d'un air fataliste.

– Pas eu le courage de faire mieux. Comme toi.

Guy observa le Japonais dans l'obscurité. Il discernait à peine un reflet brillant dans ses yeux.

– C'est-à-dire ? Ne me dis pas que tu as quitté ta famille ?

– Presque.

– Eh bien ! Dis-moi !

– Pourquoi ?

Guy fut désarçonné.

– Parce que… les amis se racontent qui ils sont, ce qu'ils font et d'où ils viennent !

– Nous pas amis.

Guy reçut la réplique comme une gifle.

– Je suis ce que tu as de plus proche d'un ami ! Ne dis pas le contraire !

– Toi et moi ? Manger ensemble, boire ensemble et parfois rire, c'est tout.

– Et n'est-ce pas là la définition d'un ami ? Que ferais-tu de plus avec un ami ?

– Raconter ma vie.

Cette fois, Guy prit un direct à l'orgueil et capitula. Il se mura à nouveau dans le silence.

Ils attendirent encore dix minutes et Gikaibo parla :

– J'ai déshonoré les miens.

Guy fut si surpris qu'il ne parvint pas à répondre. Il mesurait pleinement l'honneur qui lui était fait par cette confidence longuement mûrie.

– J'ai été entraîné longtemps pour sumotori, pour gagner. J'ai beaucoup gagné. Et puis un jour, j'ai perdu.

– Tôt ou tard, la défaite doit survenir, chuchota Guy, ce n'est pas déshonorant.

– J'ai perdu contre argent. Après ça, mon honneur perdu. Je devais mourir.

Le grand Japonais inspira profondément, et Guy crut qu'il étouffait un sanglot.

– Pas eu le courage, avoua-t-il. Alors fui sur bateau. Marseille. Gagné argent contre combat le soir, puis Paris. Et là, Mme Julie m'engager. Gikaibo honteux. Peureux.

– Ne dis pas ça, l'ami. Ne te juge pas trop vite. Un homme doit être jugé sur l'ensemble de ses actions, pas sur sa plus folle lâcheté. Tu étais marié ?

– Non. Une femme attendait pour moi.

– Une fiancée ?

– Oui.

– Au moins, tu ne lui auras brisé que le cœur, qu'un autre aura récupéré. J'ai fait bien pire, je le crains.

– Toi, femme et fille, c'est ça ?

– En effet. Tu as des parents encore en vie au Japon ?

– J'avais. J'ai déshonoré. Maintenant je suis mort pour leurs yeux.

– Ne dis pas ça.

– Au Japon, l'honneur est le plus fort. Tout est honneur. Pas comme ici, où tout est corrompu !

– Nous manquons, c'est vrai, un peu d'honneur, c'est la faute à l'argent, il nous a fait tourner la tête, mais c'est pour compenser cette petite perte de sincérité que nous avons les duels !

Gikaibo sembla approuver dans l'obscurité.

– Ton pays ne te manque pas ? questionna Guy.

– Tout le temps.

– Ne t'es-tu jamais demandé s'il ne valait pas mieux être un homme déshonoré chez toi qu'un étranger perdu ici ?

– Chez moi, je suis fantôme. Ici j'ai la vie.

– Dans l'alcool de riz tous les soirs ?

– Juste châtiment.

Guy lui donna une accolade.

– Tu es bien intransigeant avec toi-même. Et tu vas finir vieil alcoolique, seul, sans femme, dans un bordel ! Un vrai purgatoire !

– Ma vie, triste histoire. Un bon ami ne raconte pas ça à son ami.

– Au contraire, Gikaibo, c'est une belle preuve d'amitié.

– Non. Un bon ami ne veut pas attrister son ami.

– En définitive, nous nous ressemblons. La fuite des siens jusqu'au *Boudoir*.

Guy lui donna une tape amicale et le Japonais la lui rendit bien plus fort, pliant en deux l'écrivain.

– Oh ! Tu viens de me donner un tour de r…

Le sumo venait de lui poser une main immense sur la bouche. Il lui fit pivoter lentement la tête vers l'interstice.

Deux silhouettes venaient de pénétrer dans le hall sans un bruit et sans allumer la lumière.

La première s'approcha du fond du couloir, tout près de l'escalier et de Guy, tandis que la seconde inspectait l'entrée.

– Psssss ! Viens ! fit le premier homme.

– Non, attends, Moran a dégoté quèque chose en face !

– Y a p't'èt' des caves ici ! Les bourgeois y mettent leur vin et leur cric !

– Tu vas encore cracher un renard ! Viens ! J'te dis qu'il nous appelle !

L'homme qui se trouvait non loin de Guy et de Gikaibo pesta, fit demi-tour et ils ressortirent.

– Voleurs ! s'énerva le Japonais.

– Des doubleurs de sorgue ou peut-être juste des chiffonniers, analysa Guy. Un coup de sang pour rien.

Déçus, ils reprirent leur vigilance, heure après heure, s'empêchant mutuellement de sombrer dans la somnolence. Guy pensa à Steirn, tout seul là-haut, et eut de la peine pour lui.

Sur le coup de quatre heures du matin, ils entendirent du bruit dans la rue, un fiacre qui ralentissait, mais il ne s'arrêta pas. Cela suffit à leur redonner un coup de fouet pour une heure supplémentaire, jusqu'à ce que les premières bonnes apparaissent dans l'escalier, des paniers de linge dans les bras qu'elles descendaient pour les confier aux lavandières qui passaient de porche en porche prendre leur commande.

Puis ce fut au tour des laitiers de faire leur livraison au personnel de maison, et les marchands de pain finirent le premier tour du jour.

À cinq heures et demie, la rue reprenait vie, l'immeuble aussi, les premières odeurs de fours chauds et de poêles incandescents envahirent la cage d'escalier et Guy décida de lever la garde. Il était trop tard, Moriarty n'interviendrait plus, pas avec autant de témoins potentiels.

Il remonta, tout courbaturé, et informa chacun que c'était terminé pour la nuit. L'agence de détectives accepta de fournir deux hommes pour la surveillance diurne et Guy s'apprêtait à rentrer au lupanar lorsque Louis Steirn l'interpella :

– Par chance, la comtesse ne se déplace que peu et ne sort presque jamais à cause de son… handicap. Mais nous ne pourrons tout de même pas la garder ainsi indéfiniment. Êtes-vous sûr que l'article du journal suffira à le faire venir ?

– S'il cherche toujours un médium, oui. Mais nous saurons si je me suis trompé demain matin. Il n'attendra pas, il n'a aucune raison d'attendre. Il a toujours agi rapidement. S'il ne vient pas la nuit prochaine, alors mon plan aura échoué.

– Et ensuite ? Que ferons-nous pour Faustine ?

Guy se raidit.

– Je l'ignore, lâcha-t-il entre ses dents. Allons Gikaibo, rentrons. Nous serons de retour peu après l'heure du souper.

Une fois dehors, Guy refusa la proposition du grand sumo de prendre un fiacre. Il avait besoin de se dégourdir les jambes avant d'aller s'allonger quelques heures.

Ils remontèrent le boulevard en direction de la Seine, tandis que le soleil se levait et propageait sa blancheur aveuglante entre les façades haussmanniennes.

Ils allaient ainsi bon train, sans une parole, harassés et fourbus, lorsque Guy s'arrêta à deux reprises pour renouer son lacet.

Quand il se releva, il empoigna le Japonais discrètement et, sans le regarder, l'avertit :

– Surtout ne te retourne pas, mais nous sommes suivis. Depuis l'immeuble de Steirn. Deux hommes qui n'ont rien de sympathique.

54

Les passants dévisageaient le géant japonais dans sa tenue traditionnelle.

– Tu veux je les corrige ? demanda-t-il à Guy.

– Non, il faut se séparer, voir qui ils suivent. Dans l'idéal, il faudrait même les semer pour en fait les suivre à leur tour !

– Je n'ai pas idée comment faire.

– Moi non plus, avoua Guy. Commence par prendre la prochaine à droite, s'ils se séparent, va m'attendre au café en face de chez Steirn, je t'y retrouverai dès que possible. S'ils ne te prennent pas en filature, fonce chez Steirn récupérer deux des détectives pour qu'ils se mettent derrière eux, je vais tenter de gagner du temps dans le quartier.

– Et si ça marche pas ? Que tu vas faire ?

– Improviser.

Guy profita du passage d'une automobile pour se retourner et feindre de l'admirer.

Un des deux poursuivants leva le bras et un milord se mit alors à accélérer pour les rejoindre. L'homme n'eut qu'à tendre la main en direction de Guy pour que la voiture reprenne sa course vers l'écrivain.

Qu'est-ce que ça voulait dire ? Allaient-ils l'attaquer ici, en pleine rue ?

Il se prépara à riposter, la canne bien en main.

Le milord ralentit à son approche et la porte s'ouvrit.

Une main gantée de cuir se tendit pour l'inviter à grimper.

Guy n'était plus sûr de rien. Il hésitait.

Moriarty lui proposait-il une rencontre en terrain découvert ?

Un échange ?

Guy ne pouvait distinguer l'intérieur du véhicule, rien que l'homme qui l'invitait à entrer ; le visage sec, les joues grises d'une barbe naissante, il ressemblait à un comptable, strict et ennuyeux.

Gikaibo le retint par la manche.

– Non. Pas bon, dit-il.

Un pistolet apparut dans l'autre main du comptable.

– Montez, monsieur de Timée.

Guy eut l'impression que tout son sang le fuyait brusquement.

Ils connaissaient son véritable nom.

– Montez, je ne vous laisse pas le choix.

Guy obtempéra mais, au moment où Gikaibo allait le suivre, le pistolet se pointa sur lui :

– Pas le Japonais ! Juste vous.

– C'est bon Gikaibo, le rassura Guy, sur le marchepied, rentre à la maison.

– Mais…

– Fais ce que je te dis, s'il te plaît. C'est ton ami qui te le demande.

Comme à son habitude le Japonais ne laissait rien paraître de ses émotions, mais Guy l'entendit grommeler en reculant sur le trottoir.

Lorsqu'il fut à l'intérieur, la voiture fut secouée par le départ des chevaux et Guy tomba sur la banquette face à une silhouette qui occupait une large partie de l'habitacle.

Il reconnut aussitôt ses traits.

Cette fois, il en était certain, son sang avait quitté ses organes. Jusqu'à la dernière goutte.

Hippolyte de Rambé.

Le père de sa femme.

L'avocat avait rasé sa moustache, mais il avait toujours le cheveu court, blanc comme l'innocence qu'il avait perdue depuis longtemps, des maxillaires très développés et de fines lèvres perpétuellement humides.

Plus que tout chez Hippolyte de Rambé, ce qui frappait ses

interlocuteurs, c'étaient ses yeux. D'un bleu si pâle qu'ils paraissaient blancs. Des prunelles qui avalaient celui qui osait les fixer et qui lui avaient valu son surnom au barreau : le Basilic.

– Je savais que je remettrais la main sur vous, dit-il. Ce n'était qu'une question de temps.

Guy vérifia aussitôt la portière. Fermée. Le milord prenait de la vitesse.

– N'y pensez pas. Vulfran n'hésiterait pas à vous tirer dans les jambes, nous n'avons pas attendu si longtemps pour vous voir détaler maintenant.

Guy était pris au piège. Il se laissa aller contre la banquette.

– Comment m'avez-vous retrouvé ?

– Vous avez laissé votre carte de visite à une concierge. Depuis novembre dernier, je fais paraître régulièrement des annonces dans les journaux demandant tout renseignement sur votre disparition. Elle a reconnu le nom et a appelé les détectives que j'ai engagés pour leur dire que vous étiez passé et que vous cherchiez quelqu'un. Elle leur a donné l'adresse de ce M. Steirn, vous pouvez imaginer la suite.

Guy s'en voulut aussitôt de son imprudence.

– Alors ? demanda le Basilic. Vous allez certainement m'expliquer ce qui a causé autant de remous dans notre famille, la raison de votre subite disparition.

Guy le toisa et, pour la première fois depuis qu'ils se connaissaient, soutint son regard puissant.

– Je dois avouer que vous êtes opiniâtre, lâcha-t-il. Vous ne m'avez pas cru mort depuis tout ce temps ?

– Ma fille le pense, Joséphine ne peut concevoir que vous soyez parti volontairement sans donner de nouvelles, ni à elle, ni à votre fille. En ce qui me concerne, j'ai moins foi en la nature humaine. J'ai toujours vu en vous un esprit sauvage, un trublion.

Guy contempla le paysage qui défilait à toute vitesse.

– Je le sentais, ajouta l'avocat. Je sentais que vous prépariez un mauvais coup. Les semaines qui ont précédé votre fuite, j'ai perçu ce grain de folie en vous.

– Bravo. Vous l'avez deviné avant moi.

– Bon sang ! tonna Hippolyte de Rambé, que vouliez-vous de

plus ? Vous aviez tout ! De l'argent ! Une femme ravissante, une fille aimante, la renommée, la reconnaissance, le pouvoir, tout !

– Tout ce que vous vouliez pour moi. Ce n'était pas mon monde.

L'avocat explosa :

– Votre monde ? Êtes-vous insane ? Faut-il être dément pour se plaindre de votre existence ! Poète ! Vous, avec votre littérature, vous n'êtes qu'un enfant qui n'a pas grandi ! Vous plaindre de votre condition ! Ah ! Je l'avais prévenue de ne pas vous épouser !

Guy désigna Vulfran et son pistolet.

– Pourquoi tout ce cirque ? Vous et moi savons très bien que je ne reviendrai pas en arrière. Vous ne pouvez m'y contraindre.

Hippolyte se jeta sur lui, l'attrapant par son faux col pour le plaquer contre le dossier de la banquette :

– Vous lui devez du respect ! éructa-t-il, rageur. Ma fille ne mérite pas ce que vous lui faites vivre !

Guy ne se sentait pas en danger, du moins il n'éprouvait aucune crainte. Il méritait ce qu'il endurait. Au centuple.

Sa lâcheté lui interdisait d'y résister.

– C'est vrai, dit-il. Elle ne mérite pas cette souffrance. Mais je crois pouvoir affirmer qu'elle mérite encore moins ce que j'aurais à lui dire si je devais m'en expliquer. Je n'étais pas fait pour elle. J'ai été le jouet de Joséphine pendant plusieurs années, et le jouet a préféré glisser entre d'autres mains plutôt que d'être cassé.

Hippolyte de Rambé le repoussa, l'œil brillant de colère. Il avait l'habitude d'obtenir ce qu'il voulait. Par une forte insistance à laquelle on ne pouvait résister, par la coercition des différentes sphères d'influence qu'il fréquentait s'il le fallait, les affaires politiques, les enjeux financiers, les scandales judiciaires, il savait manipuler à peu près tout.

Sauf les émotions.

Il n'admirait que la rigueur de la raison, et à présent, Guy voyait clair en lui ; il avait cru pouvoir ramener le petit écrivain bohème sur le droit chemin rien qu'en le retrouvant, en le sermonnant comme un enfant. Du moins il l'avait espéré, car il n'existait aucun moyen de faire pression sur lui. Guy était libre.

– Croyez-moi, ajouta Guy, elle comme Clara préféreront me

savoir mort plutôt qu'en cavale, à les fuir. N'entretenez pas l'espoir. S'il vous plaît. Pour elles.

L'avocat secoua la tête.

– De quelle trempe êtes-vous fait pour ne pas endosser votre rôle d'homme ? Ma Joséphine ne mérite-t-elle pas le sacrifice d'un idéal romantique loufoque ? Ne mérite-t-elle pas qu'on range dans le cynisme de l'âge adulte ses passions adolescentes ? Enfin, quel homme êtes-vous ?

Guy lui fit face sans baisser le regard.

– Un homme qui n'a pas peur de regarder l'enfant qu'il a été, et de lui demander s'il est fier de ce qu'il est devenu. Un homme qui croit encore à une certaine forme d'idéalisme. Je suis un rêveur. Et il en faut des comme moi, pour maintenir un peu d'illusion au milieu des êtres comme vous.

Hippolyte de Rambé avait retrouvé son calme. Seule une incompréhension glaciale marquait son visage.

– Vous allez me déposer là où je vis désormais, dit Guy. Je ne changerai pas de domicile pendant un bon moment. Vous saurez ainsi où me trouver. Mais prenez le temps d'y réfléchir : il est parfois mieux de passer pour mort aux yeux de ceux qui nous aiment que de leur dévoiler notre véritable nature.

55

Les démons intérieurs d'un individu se nourrissent de ses rêves.

Et Guy ne pouvait pas dormir. Il ne pouvait se résigner à s'abandonner à leurs griffes.

Hippolyte de Rambé avait ranimé la faim qui les tiraillait.

Guy fit ses ablutions matinales au lupanar de Julie mais ressortit aussitôt dans le Paris grouillant de celles et de ceux qui en tissaient la maille jour après jour.

Comment trouver le repos après sa confrontation avec son beau-père ?

Il lui avait tenu tête. Et, pour la première fois, il était parvenu à mettre des mots sur ce qu'il ressentait. Il ne pouvait revoir sa femme et sa fille sans les détruire par sa vérité.

Était-ce une forme de lâcheté ?

Ne pouvait-il, comme l'avait voulu Hippolyte de Rambé, se contraindre, brider ses idéaux de liberté, accepter de se plier à la loi de sa femme, au moins pour le bonheur de sa fille ?

Guy n'était pas de ceux-là. Il était comme ces oiseaux qui se meurent dès lors qu'on les met en cage.

Au moins leur mentir. Ne pas avouer qu'elles étaient elles-mêmes les barreaux de sa prison. Inventer un prétexte, une maladie…

Il en était incapable.

Le vide. L'absence. La disparition. C'était tout ce qu'il pouvait leur donner plutôt que la vérité dévastatrice. L'aveu d'un nonamour, d'une incompatibilité, d'une erreur. D'un sentiment d'oppression. D'enfermement.

La vérité était effroyable, impitoyable, elle les tuerait.

Guy marcha jusqu'aux abords de la Trinité, où il grimpa dans un omnibus tracté par des chevaux.

Être en mouvement. Dans l'action. Il en avait besoin pour ne pas se laisser envahir par la culpabilité. Par le souvenir de Clara.

Qui suis-je, pour vouloir tirer ainsi un trait sur mon enfant ?

C'est pour son bien-être, tenta-t-il de corriger.

Il se sentait comme l'un de ces mustangs américains incontrôlables. Il avait lu que certains refusaient totalement l'asservissement ; une fois capturés, il était impossible de les dompter, ils se laissaient mourir. Ils étaient rares, mais les Indiens savaient les reconnaître et ils préféraient les voir repartir plutôt que d'assister à leur suicide. Guy était semblable à ces chevaux sauvages. Ses plaines infinies à lui étaient les pages blanches de ses carnets. Le vent de ses galops, il le trouvait dans les mots. C'était plus fort que lui. Plus fort que toute bride, que tout licol.

Guy changea d'omnibus à l'approche des Halles pour gagner l'île de la Cité.

Il espérait que Lafargue serait présent, disposé à le recevoir, il avait besoin de mobiliser tout son intellect sur autre chose que lui-même.

L'inspecteur au crâne dégarni le reçut non sans surprise. Il chercha d'abord à le congédier avant que Guy n'insiste :

– Je sais ce qu'est la poudre retrouvée chez Romuald Franceschi.

Lafargue, intrigué, finit par le laisser entrer dans son bureau.

– Je vous écoute.

– Ce sont des fragments de momie. Ou de la poudre obtenue en en écrasant une, de la *mummia*.

– Et comment pouvez-vous en être aussi sûr ?

– Parce que le carbonate de sodium cristallisé et une gomme résineuse – la myrrhe – était utilisés en très grande quantité pour embaumer les momies égyptiennes. De plus, si la gomme est putréfiée, cela prouve que c'est très ancien ; et parce que trois momies ont été dérobées le mois dernier. Momies et médiums, les affaires sont liées, ça ne fait aucun doute.

– Qu'est-ce que vous me racontez là ? C'est quoi cette histoire de vol de momies ?

Guy hésita.

– Selon les premières constatations, ce n'est pas tout à fait ça. Les momies semblent… eh bien, elles ont été dérobées de l'intérieur.

– Je ne comprends pas : qu'est-ce que ça signifie, de l'intérieur ? Un membre du personnel ?

– Tout a été fait pour qu'on pense qu'elles sont parties de leur propre chef.

Lafargue éclata de rire avant que son hilarité ne se transforme en une grimace cocasse.

– Vous… vous êtes sérieux ?

– Je ne fais que relater les faits. Les systèmes d'alarme ont été arrachés de l'intérieur de la vitrine, puis celle-ci a été brisée, de l'intérieur également. Et aucune trace d'effraction, sinon une porte ou une fenêtre forcée, là aussi depuis l'intérieur du musée.

– C'est ridicule, enfin !

– Vérifiez auprès de vos collègues qui ont ouvert les enquêtes.

Lafargue prit sa pipe qui fumait encore et tira dessus nerveusement.

– Trois momies vous dites ?

– Et deux gardiens morts dans l'opération. Momies, médiums, *mummia*, il y a un lien au moins thématique : l'occulte.

– Très bien, je vais me renseigner.

Lafargue semblait réellement impressionné. Guy en profita pour demander :

– Je vous avais dit que je pouvais aider. À ma manière, j'obtiens des résultats. Des nouvelles de nos trois évadés et de leur bienfaiteur ?

Lafargue resta planté dans sa chaise, à étudier Guy à travers les vapeurs de sa pipe odorante. Il cligna des paupières et acquiesça imperceptiblement.

– Oui. Pas plus tard qu'avant-hier, pendant que nous discutions, avoua-t-il. Ils se sont introduits dans une bijouterie près de l'Opéra pour y dérober du matériel. Un habitant de l'immeuble en face a reconnu Charles Montduc, et Alphonse l'a confirmé ce matin même avec ses empreintes digitales.

– Du matériel ? Des pierres précieuses ?

– Non. Et c'est là le plus curieux ! Ils n'ont pas touché aux pièces de valeur, ils n'ont même pas cherché à forcer le coffre. Ils n'ont pris que du matériel d'horlogerie.

Le cœur de Guy se serra.

– C'est-à-dire ?

– Des roulements, des mécanismes, des ressorts, bref, tout ce qui permet de réparer ou fabriquer une montre.

Guy eut soudain très chaud. Il étouffait dans cette petite pièce.

– Pas de montre déjà assemblée ?

– Apparemment pas. Ils ont pris de grandes quantités, peut-être pour un trafic, pense le bijoutier en question.

– Ce n'est pas votre avis ?

– Non. Il n'y a pas de marché pour ça. Et si c'était pour faire de l'argent, ils auraient embarqué les bijoux au passage. Nous penchons vers une autre piste qui expliquerait beaucoup de choses.

Comme Lafargue ne continuait pas, Guy dut insister :

– Eh bien ? À quoi pensez-vous ?

Lafargue se pencha sur son bureau.

– Je vous aime bien, monsieur Thoudrac-Matto, vous m'êtes sympathique, je l'avoue, et vous avez joué franc jeu avec moi en revenant me conter cette histoire de momies. Votre femme a disparu et je comprends que vous vous impliquiez là-dedans, mais, à présent, je pense qu'il serait préférable de laisser la police agir.

– Je… Je suis venu partager mes informations avec vous !

– Et je vous en suis reconnaissant. Dorénavant laissez-nous faire. Je vous assure que nous avons les meilleurs hommes. Vous avez rencontré Bertillon et Locard, ils sont compétents, nous allons retrouver les coupables. Soyez-en sûr. Et nous retrouverons votre femme si elle est avec eux.

Guy secoua la tête.

– Je peux vous aider, je vois les choses autrement, je ne suis pas policier, j'apporte un regard singulier et il peut vous être utile !

Lafargue l'arrêta en levant les mains devant lui, paumes ouvertes.

– Notre collaboration s'arrête ici. Je vous en ai déjà bien assez dit. À présent, c'est une affaire d'État.

Guy inclina la tête, surpris.

– Une affaire d'État ?

– Stop ! Cette conversation est terminée. Maintenant, si vous voulez bien me laisser, j'ai beaucoup de travail.

Guy comprit qu'il n'y avait plus rien à faire, il n'obtiendrait plus d'aide de Lafargue. Avant de se lever, il sonda rapidement le bureau toujours aussi encombré de l'inspecteur en quête d'une information.

Il repéra plusieurs petits ressorts et des roues crantées minuscules.

Lafargue le repoussa d'une main ferme dans le dos en direction de la sortie.

Du coin de l'œil, il repéra un fauteuil de lecture dans l'angle près de la fenêtre, un livre ouvert posé sur le coussin. Guy toussa pour prétexter un arrêt et lut le titre : *Explosif, de la poudre à l'allumage mécanisé à retardement.*

Et un mot s'imposa à son esprit :

Terrorisme.

Ça ne pouvait être que les anarchistes.

Qui avaient assassiné le président de la République six ans plus tôt, ou même fait sauter une bombe à la Chambre des députés. Ces terroristes de la nation, se réclamant de la branche des anarchistes individualistes, enfants idéologiques de Pierre Joseph Proudhon.

Voilà pourquoi Lafargue avait parlé d'une affaire d'État.

Ils suspectaient Moriarty et sa bande d'avoir volé les mécanismes d'horlogerie pour préparer une bombe. Avec un déclencheur mécanique à retardement. Après tout, cela expliquait qu'ils aient été libérés un à un, s'ils avaient précédemment fait partie d'un réseau anarchiste souterrain, Moriarty n'était pas le meneur, mais un simple camarade de lutte. D'autres anarchistes célèbres pour être passés à l'action avaient commencé par une carrière de criminels, tel Ravachol, qui avait au moins tué un vieil homme pour le dépouiller.

Des terroristes.

Guy avait tout envisagé sauf la piste politique.

Elle le prenait de court.

Quel lien pouvait-il y avoir entre les anarchistes préparant une attaque à la bombe et les enlèvements de momies ou de spirites ?

Ça n'avait plus aucun sens.

Guy était plus que dérouté : complètement perdu.

Les médiums n'étaient pas les cibles symboliques habituelles, ce n'étaient pas des petits-bourgeois capitalisant sur le dos des ouvriers, ni même des proches de politiciens ; et que venaient faire là-dedans les momies ? Allait-on les remplir d'explosifs puis les faire sauter au milieu d'une foule de promeneurs curieux dans un musée ? Absurde. Les anarchistes ne visaient jamais au hasard, leurs cibles étaient toujours en corrélation avec leurs revendications politiques.

Non, plus il y songeait et plus cette piste-là lui paraissait improbable.

Alors pourquoi Lafargue et ses troupes se focalisaient-ils dessus ?

À cause des mécanismes d'horlogerie.

Pourquoi les voler et ignorer les bijoux ?

Pourquoi ne pas voler des montres déjà assemblées ?

À l'évocation de ces méfaits, Guy avait ressenti un début de malaise.

Marcus Leicester.

L'horloger anglais qui avait fabriqué le Léviatemps quelques mois plus tôt.

Une fois encore, il en revenait au temps.

Les assassins gagnaient-ils avec leurs sinistres forfaits une compréhension intuitive de la nature même de la vie ?

Le sang est le fluide qui anime le temps, il étalonne les secondes et cristallise l'essence même du temps : un ruisseau inéluctablement entraîné vers la mort.

Guy était troublé.

Il avait cependant fort à faire. Il ne pouvait obéir à Lafargue et attendre. Faustine ne le pouvait pas non plus.

Il héla le premier fiacre disponible qui passait et se fit transporter à l'Opéra.

Il n'allait pas en rester là. Si Lafargue prenait pour acquise la piste des anarchistes, lui préférait en explorer une autre.

Il commença par faire le tour du quartier et repéra plusieurs bijouteries, dont un grand nombre rue de la Paix. Aucune devanture ou porte endommagée. Soit l'intrusion s'était faite en douceur, soit les réparations avaient déjà été faites. Guy se décida pour une boutique tenue par deux vendeuses et il se fit passer pour un journaliste du *Gil Blas*, célèbre rapporteur des rumeurs amoureuses du Tout-Paris, des commérages et cancans mondains. Il espérait ainsi les mettre en confiance et se voir offrir quelques confidences sur les bijoutiers des environs. Mais les deux femmes restèrent très réservées, elles écoutèrent ses divagations, ses plaisanteries et lorsqu'il aborda les ragots sur une bijouterie cambriolée, elles ne cillèrent pas. Prudentes et discrètes, c'était bien sa veine.

Guy tenta à nouveau sa chance dans la boutique qui présentait le plus de modèles de montres en vitrine et se présenta cette fois comme journaliste au *Gaulois*, journal conservateur très lu dans le monde aristocratique auquel le bijoutier en face de lui semblait appartenir, avec son port altier, sa redingote aux coutures en fil d'or et sa cocarde blanche, insigne des royalistes convaincus. Il lui posa des questions sur l'attaque d'une bijouterie par de redoutables anarchistes et l'homme s'empressa de vivement critiquer l'action des politiques parisiens qui manquaient de fermeté dans la répression des criminels et qui ne donnaient pas à la police les moyens nécessaires à son travail. En quelques minutes, Guy sut le nom de la bijouterie attaquée, celui de son propriétaire, ses inquiétudes de n'être pas bien remboursé par son assurance, et à peu près tout ce qu'il y avait à savoir sur la lâcheté démagogique des républicains au pouvoir.

Avant midi, il poussa la porte d'un magasin discret, aux présentoirs sobres, et approcha un quinquagénaire presque chauve mais dont la moustache, elle, foisonnait au-dessus des lèvres comme du lierre sur un mur.

– Monsieur Talco, je suis Ferdinand Maure, de votre cabinet d'assurances ! se présenta Guy avec le plus de hardiesse possible.

– Ah, bonjour ! Enchanté ! J'angoissais à l'idée de ne pas voir mon assureur avant longtemps !

– Je ne suis hélas pas celui qui réglera votre problème, j'ai un tout autre rôle auprès de notre entreprise, celui de calculer et d'anticiper les risques. C'est pourquoi je viens vous poser quelques questions sur votre cambriolage, si vous le voulez bien.

Déçu, Talco acquiesça mollement. Guy enchaîna, pour ne pas le laisser trop réfléchir :

– La nature insolite des biens dérobés nous invite à mieux comprendre ce qui a pu se passer, car vous n'êtes pas notre seul client horloger, et nous ne voudrions pas qu'une nouvelle forme de délinquance se mette en place sans avoir pu l'anticiper et ainsi prévenir nos clients pour qu'ils prennent les dispositions adéquates. Vous avez donc déclaré que seuls des mécanismes d'horlogerie vous avaient été volés ? Aucune montre ?

– Non, fit Talco, toujours étonné par ce fait. Pourtant elles étaient rangées avec.

– Pour que je me représente bien ce qui vous manque, pourriez-vous m'expliquer ce dont il s'agit exactement ?

Talco alla décrocher une montre pendue en vitrine par sa chaîne et, à l'aide d'un petit tournevis, il défit le cache intérieur du garde-temps pour en exhiber les entrailles mécaniques.

Les fins organes d'acier palpitaient. Un petit cœur d'argent se balançait à toute vitesse sur un rythme parfaitement constant, entraînant dans sa foulée tout un système complexe qui donnait vie au temps.

– Vous voyez toutes ces pièces ? Ces rouages ? C'est ça qu'ils m'ont pris !

– Des pièces de rechange ?

– Essentiellement des pièces dont je me sers pour fabriquer mes créations.

– Vous me direz si je me trompe, mais ces pièces ne valent pas des sommes folles, n'est-ce pas ?

– Non. Elles sont relativement coûteuses à l'achat car il faut les faire forger par des artisans spécialisés, il y a un délai d'attente important, mais tant qu'elles ne sont pas assemblées par un horloger digne de ce nom, ça n'a pas grande valeur. C'est ça qui est incompréhensible !

– Et ils vous ont pris tout votre stock ?

Talco secoua la tête avec encore plus d'incompréhension.

– Non, même pas. Ils n'ont pris qu'un certain calibre. Le plus gros que j'avais !

– Le calibre, c'est la taille de la montre ?

– Oui, de son boîtier. Ils m'ont pris les six que je conservais. Ils sont gros, vous savez ! C'était pour des horloges murales ou d'ornement !

– Et c'est d'à peu près quelle taille ?

Talco ouvrit la main.

– Un peu plus petit que ça. De quoi recouvrir ma paume.

– Ah, tout de même.

Guy demeurait circonspect. Il ne voyait pas l'utilité que pouvaient avoir ces mécanismes.

– Pourquoi vous ont-ils volé, vous ? Qui pouvait savoir que vous entreposiez ces calibres ici ? En avez-vous une idée ?

Talco afficha une mine chagrinée.

– J'ai un stand à l'Exposition universelle, je suis le seul à Paris à faire ce format-là, ni trop grand, ni trop petit. Parfait pour les manteaux de cheminée, les secrétaires ou les étagères de bibliothèque ! Je fais du sur-mesure, jusque dans la peinture à la main ! Tous mes concurrents sont suisses, figurez-vous ! Tous les visiteurs ont bien vu ce qu'il en était ! Et mon assistant sur place n'est pas avare en commentaires ! C'est que nous faisons de belles commandes là-bas !

– Je comprends. Donc, si les voleurs s'en sont pris à vous, c'est parce que c'est ce format précis qu'ils recherchaient et pas un autre.

– Vraisemblablement. Et parce que je suis maintenant le meilleur à Paris dans l'assemblage de ces calibres. Ici on ne trouve que de la qualité.

– « Maintenant » ? répéta Guy, intrigué par la précision.

– Oui, depuis le décès de Rablois.

– Qui était-ce ? Un grand horloger ?

– Pas un, mais *le* plus grand ! Il s'est jeté sous un fiacre cet été. Piétiné par les chevaux. Un drame.

– Un suicide ?

– Apparemment. Il était fragile, c'est le prix du génie. Mais désormais, ma maison est la plus en vue, qualité et savoir-faire !

– Vous faites ce qu'il y a de mieux et de plus complexe, j'ai compris.

Talco renifla nerveusement et finit par dodeliner de la tête, un peu embarrassé.

– Complexe, ce n'est pas tout à fait vrai. Il y a les tourbillons que je ne maîtrise pas. Rares sont les horlogers d'ailleurs qui le peuvent.

– Qu'est-ce que c'est qu'un tourbillon ?

– Une invention de Breguet, il y a quelques siècles de cela. Il s'est rendu compte qu'obtenir le mécanisme parfait était impossible à cause de la force exercée par la gravité terrestre. En effet, nos rouages sont si petits, si sensibles, qu'en tournant, le simple fait de remonter, donc de s'arracher à l'attraction, entraîne invariablement une infime perte d'énergie, donc des répercussions sur la traduction du temps ! C'est minime certes, quelques secondes de retard au bout de plusieurs mois de fonctionnement, mais tout de même ! Ce n'est pas parfait ! Alors Breguet a eu le génie de travailler à un système qui permettrait aux mécanismes de se soustraire à l'attraction terrestre ! N'est-ce pas formidable ?

– Et il a réussi ?

– Oui ! C'est le fameux tourbillon ! Une cage qui tourne sur elle-même et qui, par son mouvement permanent, sa rotation dans la rotation, compense la force exercée par la gravité ! C'est très compliqué à fabriquer ! Il faut un savoir-faire et une minutie, pour forger, assembler et équilibrer parfaitement un tourbillon, que très peu d'hommes possèdent.

– Pas vous ?

– Non, avoua le moustachu. Rablois, lui, savait tout faire, mais personnellement, je me concentre sur le calibre. Lorsque j'ai une commande avec tourbillon, et notez que c'est assez rare compte tenu du prix que cela implique, je passe par un collègue.

– Est-ce que l'absence de tourbillon sur vos gros calibres les rend vraiment moins fiables ?

– Certainement pas ! Je fais ce qu'il y a de mieux en la matière ! Ma traduction du temps approche le divin, monsieur Maure ! Aussi régulier qu'un métronome. Mes créations sont une référence pour le cliquetis des secondes, j'ai un temps terrestre parfait ! Disons que l'ajout d'un tourbillon c'est… la quintessence. Le temps cosmique.

La perfection, si vous préférez. Le mouvement perpétuel sans aucune variation, ce qui, il faut bien l'avouer, est impossible autrement.

– Ce fournisseur à vous, il est parisien ?

– Oui.

– Et ces fameux tourbillons, il doit les fabriquer à la demande uniquement, j'imagine, il n'a pas de stock de ce genre ?

– Il n'a pas le choix, la création d'un tourbillon requiert tant d'ouvrage qu'il ne peut prendre le risque d'être débordé, il en a toujours quelques-uns d'avance qu'il fait naître dans les périodes plus calmes.

– Où puis-je le trouver ?

– Vous voulez lui proposer un contrat d'assurance ?

– Je crains surtout qu'il puisse être la prochaine victime de vos cambrioleurs. Ils cherchent ce qui se fait de mieux, alors, s'ils vont au bout de leur démarche, ils s'attaqueront à votre confrère et ses précieux tourbillons.

Moriarty ne se contenterait pas du temps terrestre.

Ambitieux et dément comme il était, ça n'était pas suffisant.

Il voulait voler le temps cosmique.

56

L'homme avait violé la terre.

Il l'avait perforée pour passer sous sa peau les veines de la civilisation. D'abord ses déjections, puis à présent son système nerveux.

Après les égouts, le métropolitain.

Guy s'était aventuré à le prendre pour la première fois. Et si les stations tout en faïence émaillée dégageaient une certaine beauté rassurante, il en allait tout autrement du tunnel qui les reliait. Un interminable souterrain sinistre, étouffant, à l'éclairage timide, comme si l'homme préférait se faire discret le temps du trajet, comme s'il craignait quelque chose de ces ténèbres qu'il avait ouvertes.

Les voitures étaient belles, rutilantes, les banquettes de bois épousaient parfaitement la forme du dos et des reins, mais l'odeur, décuplée par la chaleur, rendait le voyage encore plus désagréable. Le remugle des freins chauds, de la transpiration et des travaux encore récents, en l'absence de courant d'air, prenait à la gorge.

Les visiteurs accouraient à chaque bouche du métropolitain pour l'emprunter, saturant ses quais et surtout ses wagons où les hommes s'écrasaient contre les fenêtres pour ne surtout pas indisposer ces dames.

D'ailleurs Guy s'était interrogé sur le choix du mot « bouche ». Fallait-il y voir une métaphore de la terre engloutissant les hommes ou celle d'un monstre d'acier puant qui vomissait femmes et hommes à chaque reptation ?

Guy ressortit de cette expérience au Trocadéro, par une des

ramifications de l'unique ligne, avec un sentiment très mitigé. Entre la reconnaissance du progrès humain et une impression d'oppression et de mélancolie profonde, comme si l'homme n'avait pas seulement creusé ici la promesse d'un avenir glorieux, mais également enfoui une partie de la simplicité naturelle qui faisait encore de lui un enfant de cette terre, et non un colonisateur du monde qui l'avait pourtant vu naître. Le métropolitain n'était que le début d'un maillage complexe destiné au transfert des corps, des cerveaux, de l'information ; un maillage qui prendrait de nombreuses formes portées par la science pour accélérer la civilisation. Il eut soudain la certitude d'avoir foulé les premières galeries de ce qui apparaîtrait un jour comme une nécropole où l'humanité avait enterré le souvenir de son animalité, de son harmonie avec la vie. Elle venait d'y abandonner les dernières mues de son évolution.

Ici reposeront bientôt les reliquats de notre innocence, songea-t-il en remontant les marches, vers le grand air frais.

Les tours du palais du Trocadéro étendaient leur ombre gigantesque sur l'écrivain, cathédrale néogothique du progrès.

Il fut traversé d'un irrépressible frisson en les contemplant dans le contre-jour.

Une femme était morte là-haut, traquée et tuée par Hubris.

Par Marcus Leicester. Un horloger.

Le parallèle avec ce qu'il vivait maintenant dérangeait Guy. Il le renvoyait à ses convictions sur le libre arbitre, sur l'absence de destinée.

Comment pouvait-il encore en être aussi sûr désormais ?

Deux fois qu'il plongeait dans le crime en quatre mois.

Et pas le meurtre plus classique de l'amour ou de la cupidité, mais celui plus extrême, exceptionnel, répétitif, de la perversion.

Et les deux fois, lié au temps.

Quelle folie habitait l'esprit des hommes à l'aube de ce vingtième siècle ?

Guy acheta un ticket d'entrée et s'empressa de redescendre l'esplanade en direction de la Seine, circulant au milieu d'une foule dense qui profitait autant des vacances que du ciel bleu pour venir dans ce qui était la fin de la plus formidable Exposition universelle de toute l'histoire de l'humanité.

Il reconnut ses bâtiments spectaculaires, à l'architecture si variée, une miniature du monde sur quelques kilomètres seulement, ces bois d'essences rares plantés en quelques semaines, ces promeneurs aux yeux encore vitrifiés par les déferlantes de splendeur qu'ils venaient de découvrir, des grottes avaient été creusées sous Paris, des reconstitutions de mines souterraines, des peuples de tous horizons, de toutes cultures, au milieu de dioramas d'un réalisme confondant. L'émerveillement semblait ne jamais prendre fin.

De l'autre côté du fleuve, les immenses halls d'exposition faisaient presque paraître la tour Eiffel petite, abritant un panel complet de ce que l'industrie et la science avaient rendu possible au cours des cinquante dernières années, auquel s'ajoutaient toutes les nouvelles inventions et les projets de demain.

Les métiers du monde entier aussi étaient présentés, le savoir-faire de chacun et, en particulier, celui de la France.

C'était là-bas, sous un de ces titanesques temples à la gloire de l'Homme, que Guy devait se rendre.

Rencontrer Auguste Rangor, l'horloger fabricant de tourbillons.

En contournant les murailles blanches agrémentées de carreaux de mosaïques du palais de l'Algérie, Guy vit un peu plus loin de hautes statues qui le firent ralentir.

Le pavillon égyptien.

Y exposait-on des momies ?

Guy se détourna de sa route et, après avoir fait la queue quelques minutes, il pénétra dans le pavillon. Il préférait tout vérifier.

Bien que surprenant avec sa reproduction d'un temple ancien de l'époque des pharaons, puis d'un bazar arabe typique, l'endroit ne lui en apprit guère sur son affaire. Il tenta brièvement de discuter avec un groupe de commissaires d'exposition au sujet d'éventuelles momies disparues, mais préféra s'éclipser devant leurs mines perplexes.

Il gagna l'esplanade des Invalides et, après avoir demandé plusieurs fois son chemin dans ce labyrinthe d'arcades, d'escaliers, de dômes et de tourelles, il trouva enfin la section de l'horlogerie.

Ce n'était ni le même bâtiment ni le même secteur que ceux qu'avait occupés Marcus Leicester.

Il tourna encore quelques minutes jusqu'à repérer le stand d'Auguste Rangor où deux jeunes apprentis répondaient aux questions tout en sortant parfois certaines pièces d'horlogerie de leur vitrine pour les plus curieux des amateurs.

La foule rassurait Guy. Moriarty ne pouvait intervenir avec autant de monde.

Il n'arrivait pas trop tard.

Un homme à l'allure athlétique, blond, sans barbe ni moustache, apparut derrière une porte de service, l'air préoccupé. Le portrait exact que le bijoutier de l'Opéra lui avait fait d'Auguste Rangor. En découvrant sa démarche claudicante, Guy n'eut plus aucun doute, Rangor avait un pied bot.

– Monsieur Rangor, je m'appelle Guy Thoudrac-Matto, je travaille avec la préfecture de police, dit-il. Je viens de parler avec votre collègue, M. Talco, et nos services sont préoccupés par votre sécurité.

Auguste Rangor fit craquer ses phalanges. Il rendait une tête et demie à Guy et il semblait difficile de l'impressionner.

– Ma sécurité dites-vous ? Pourquoi donc ?

– C'est à cause d'une effraction commise chez M. Talco. Nous avons toutes raisons de craindre que vous puissiez être la prochaine victime de ces malfaiteurs. Vous fabriquez des tourbillons, n'est-ce pas ?

– C'est vrai, dit-il avec une pointe de fierté malgré l'inquiétude qu'avait fait naître la présence de Guy.

– Des tourbillons de grande taille, adaptés aux mécanismes de gros calibre assemblés par M. Talco ?

– Oui.

– Et vous les conservez où, ces tourbillons ?

– Ici même, dans l'arrière-boutique.

– Dans un coffre ?

– Non. (Il haussa les épaules.) Qui voudrait les voler ? Aucun malandrin n'a les compétences pour les assembler à un mécanisme !

– Vous et votre personnel quittez les lieux à quelle heure le soir ?

– Les portes de l'Exposition ferment à onze heures, mais les visiteurs ne sont pas tous dehors avant minuit, et nous sortons avec les tout derniers. Ensuite, il y a des gardiens qui patrouillent la nuit ! Pourquoi voudrait-on me voler mes tourbillons ? Qui ferait ça ?

– C'est bien la question que nous nous posons. À quoi servirait un tourbillon, en plus de rendre plus parfait le compte du temps ?

– Je ne sais pas ! Ils n'existent que pour ça, et uniquement pour ça.

– Vous n'avez pas idée de ce qu'on pourrait en faire ? Un détonateur de bombe, par exemple ?

– Non, ça ne servirait à rien, une montre toute bête suffirait pour cela, je suppose.

– Il y a bien des fonctionnalités qu'on peut pervertir ? J'ai rencontré un horloger, ici même à l'Exposition, en avril dernier, un certain Marcus Leicester, et il débordait d'idées saugrenues pour dévier de leur usage premier des mécanismes de montre ! fit Guy, espérant susciter un peu plus d'intérêt chez Rangor en évoquant un horloger singulier.

– J'ai connu Leicester, en effet. Je ne dirais pas qu'il était des plus innovants, toutefois !

Guy se demanda si Rangor aurait maintenu son avis s'il avait vu le Léviatemps.

Auguste Rangor continua sur sa lancée :

– Leicester et Gustave, son assistant, ont tous les deux disparu, d'ailleurs, voilà sur quoi vous devriez enquêter ! Du jour au lendemain !

Guy revit l'horloger anglais happé par les mâchoires terrifiantes du crocodile, puis il songea au corps totalement écorché de son assistant. L'enquête s'était close comme elle avait commencé : dans le sang.

– Qu'est-ce qu'apporte le tourbillon en plus d'une absence de décalage ? insista Guy.

Auguste Rangor se frotta le visage pour réfléchir.

– Ma foi, c'est délicat... Un tourbillon, c'est un tourbillon et rien d'autre. C'est comme de vouloir pervertir la fonction d'une loupe ! Elle sert à agrandir, et c'est tout !

– On peut s'en servir pour mettre le feu également. C'est ce genre de chose que nous cherchons, vous comprenez ?

– Mais là, nous avons un mécanisme qui tient quasiment de

l'art ! Une régularité et une précision infaillibles, proches de la perfection ! C'est comme un cœur qui n'aurait plus jamais de palpitations inégales, comme le moteur d'une automobile qui n'aurait plus de ratés, comme le galop parfait d'un cheval, ou comme une peinture qui rendrait réel et mouvant le paysage qu'elle a voulu figer ! Là où toutes ces folies sont impossibles, nous, horlogers, nous avons réussi ! Le tourbillon, c'est exactement ça : l'impossibilité horlogère résolue ! Et il ne peut être dévié de son usage car il ne peut en avoir qu'un : la restitution parfaite du temps. Sa concrétisation. Un garde-temps à tourbillon donne la vie à ce qui n'existe pas : le temps !

Rangor s'était emporté ; en passionné, il s'était laissé griser par les mots et il essuya à l'aide d'un mouchoir en tissu son front humide d'excitation.

– Ce que je veux vous faire comprendre, c'est qu'un tourbillon ne peut servir à rien d'autre. Sa fonction est trop précise pour être corrompue.

– Bien. Vous êtes clair sur ce point, je vous en remercie. Par précaution, je vais revenir en soirée, lorsqu'il y aura moins de monde, pour garder à l'œil vos œuvres d'art, on ne sait jamais.

Guy salua l'horloger et ressortit du grand bâtiment.

Il n'était guère plus avancé.

Pourtant, une idée folle germait lentement dans son esprit, poussée par son imagination.

Il marcha parmi la foule jusqu'à gagner les bords de Seine.

Il était déjà venu par ici avec Faustine. Les mimiques de la jeune femme lui revinrent en mémoire. Son odeur sucrée aussi. La profondeur de ses yeux, la chaleur de sa bouche, la douceur de ses seins et l'infini de son sexe l'envahirent.

Il eut un instant le goût de sa sueur sur la langue.

Elle glissa sur sa nuque, la caressa de ses mains fines.

Le fantôme de Faustine l'effleurait.

Elle le regardait, transparente, il n'y avait que le bleu étincelant de ses prunelles qui semblait vraiment avec lui.

Je vais te retrouver. Je vais te sortir de leurs griffes. Et ensuite, je t'offrirai le monde. Nous irons où bon nous semble. Nous ferons ce que tu voudras. Ensemble.

Il crut l'entendre rire, avec cette insouciance d'enfant qu'il retrouvait lorsqu'elle s'abandonnait totalement à ses émotions.

Tout ce que Guy n'était pas, elle l'était.

Un couple le bouscula et Guy revint à la réalité face aux eaux verdâtres de la Seine. L'azur tacheté de balles de coton glissait à sa surface, dans des tons plus tristes que la réalité qui la surplombait.

Il fallait prévenir Gikaibo. Il ne pouvait compter sur Perotti qui, pour l'heure, plongé dans ses affaires au commissariat, ne lui serait pas d'une grande assistance.

Il voulut se remettre en marche mais ses jambes ne lui obéirent pas.

L'eau coulait au milieu de Paris, la Seine fendait la France, artère d'un pays, veine d'une terre.

Elle charriait la vie depuis les pluies jusqu'à l'océan. Elle était la boucle perpétuelle d'un système naturel, une autre mesure du temps, une montre géologique et biologique dans le gousset de la planète.

Guy plongea son regard dans ce miroir piqué de vase et de limon, ce reflet assombri du ciel et de son éternité.

Il comprit soudain quel était le plan de Moriarty.

Son ambition profonde.

Tout s'assembla d'un coup.

La chair de poule lécha sa peau.

Moriarty était fou.

Et une plus folle vérité se profilait dans l'esprit de Guy, mais il n'était pas prêt à la recevoir.

Alors il l'écarta.

Faustine.

57

Paris parlait beaucoup. Et vite.

Lorsque les cartes postales expédiées et reçues dans les deux heures, que les correspondances pneumatiques et les télégrammes ne suffirent plus, que le téléphone, ne s'étant pas démocratisé assez vite faute d'installation des lignes nécessaires, montra ses limites, naquirent les Véloces Chasseurs dans presque tous les cafés de la capitale.

Ces garçons en bicyclette attendaient le bavard ou le pressé devant les terrasses et, pour dix à vingt sous selon la distance, s'envolaient délivrer le message et revenaient si nécessaire avec la réponse à une vitesse défiant les lois les plus élémentaires de la prudence sur la chaussée encombrée.

Ainsi en allait-il de Paris. Tous les jours s'inventaient de nouvelles professions, ce qui au moins rassurait les plus farouches opposants à l'ère industrielle, laquelle, à les entendre, prenait aux hommes leurs fonctions et leurs emplois pour les donner à des machines. Selon eux, « le jour où les nécessiteux ne pourraient plus inventer de nouveaux métiers pour manger, alors l'industrialisation aurait gagné et tué toute humanité ».

Mais pour l'heure Paris grouillait d'idées et chacun s'y faisait une place.

Guy trouva l'un de ces Véloces Chasseurs à un café proche d'une des entrées de l'Exposition et l'envoya déposer un mot au *Boudoir de soi*.

Gikaibo arriva moins de vingt minutes plus tard, affublé de son éternel costume traditionnel qui ressemblait à l'un de ces pyjamas modernes.

– Tu as besoin moi pour quoi ?

– Nous allons planquer mon ami. Et cette fois, nous ne serons pas bredouilles, tu peux me faire confiance.

Guy semblait si sûr de lui que le Japonais le harcela de questions pour savoir de quoi il retournait mais Guy ne répondit pas.

Il guida son compagnon jusque dans le hall des bijoutiers et de l'orfèvrerie, et lui trouva un emplacement confortable, assis sous une grande statue en albâtre.

– D'ici tu as vue sur le stand d'Auguste Rangor, tu dois t'assurer que personne d'autre que cet homme là-bas et ses deux apprentis n'entre dans l'arrière-boutique. Je doute que ce soit le cas avant la nuit, mais si jamais tu dois intervenir, empêche qu'on prenne quoi que ce soit. La vie de Faustine en dépend.

– Elle encore vivante ? Tu as vu elle ?

– Tant que Moriarty et sa bande n'auront pas les tourbillons qui sont derrière cette porte, elle vivra. Enfin, je l'espère.

– Comment tu sais ?

– Quelque chose que Rangor a dit à propos d'un cœur qui serait parfait.

– Et toi, où tu vas ?

– Convaincre les meilleurs enquêteurs de France que ma folle théorie est la vérité. Nous avons besoin d'eux.

Lafargue était agacé.

– Très bien, s'énerva-t-il, vous avez deux minutes pour m'exposer vos idées, monsieur Thoudrac-Matto, après quoi vous repartirez, pour ne plus venir m'importuner jusqu'à ce que je vous ramène votre douce.

– Ce ne sont pas les anarchistes.

– Comment savez-vous…

– Vous faites fausse route, le coupa Guy. Les voleurs ne veulent pas fabriquer une bombe, mais des mécanismes de montre parfaits, assez gros pour être puissants, et ils veulent ce qui se fait de mieux côté fiabilité.

– Et que vont-ils en faire de leurs montres ?

– Elles sont à peu près de cette taille, fit Guy en fermant le poing devant son visage. Et si je vous dis qu'ils ont enlevé les meilleurs médiums de Paris qu'ils ont pu trouver, qu'ils ont volé *Le Livre des Morts égyptien* et plusieurs momies, est-ce que la vision d'ensemble vous apparaît ?

– Pas le moins du monde. Je me demande encore où vous voulez en venir.

– Les médiums vont établir une communication avec les esprits des morts, les mécanismes de montre vont servir de cœurs pour les momies, qui n'en ont plus, et je crains qu'ils ne sacrifient ma Faustine pour son sang, ou quelque chose dans ce goût-là.

Lafargue manqua s'étrangler avec la fumée de sa pipe.

– Vous… vous fichez de moi ?

– Je n'ai jamais été aussi sérieux de ma vie.

– Redonner vie à des momies ? Avec des cœurs mécaniques et *Le Livre des Morts* pour leur âme ?

– Et des médiums pour les invoquer.

– Des fadaises ! Vous me faites perdre mon temps avec des âneries !

– Je n'ai pas dit que je croyais à leur folie, mais c'est ce qu'ils vont faire.

– C'est idiot ! Nous parlons d'assassins, pas d'illuminés satanistes !

– Ce n'est pas plus dément que de faire croire à la résurrection de momies pour les dérober !

– Justement, j'ai eu le rapport des enquêteurs qui sont allés dans ces musées et il n'y a rien de surnaturel là-dedans ! La veille de chaque vol, une grosse caisse a été livrée juste avant la fermeture. Chaque fois, les conservateurs ou chercheurs étaient déjà partis et la caisse restait fermée dans les coulisses du musée. Et, comme par hasard, on retrouvait cette caisse ouverte et vide au petit matin. Vos réveilleurs de momies ne faisaient que s'introduire avec ruse à l'intérieur, attendaient la nuit pour sortir de leur cachette et repartir avec leur butin !

– Et pour l'alarme et le verre brisé de l'intérieur ?

– Manifestement, ils utilisent un électroaimant puissant, très puissant, qui, une fois activé, attire le boîtier métallique de l'alarme, c'est pour ça qu'il était arraché de l'intérieur, il traverse la vitrine et la brise au passage, nous faisant croire que c'est l'occupante qui a voulu prendre la poudre d'escampette ! Des filous, rien que des filous ! Pas des sorciers !

Guy prit une profonde inspiration et se lança :

– Je sais que j'ai raison, je le sais ! Je vous en prie, venez avec quelques hommes, juste pour la nuit. Ces fous veulent donner aux momies un cœur parfait, et pour ça il faut qu'ils ajoutent un tourbillon aux mécanismes.

– Non, mais est-ce que vous vous entendez ? Et dites-moi seulement pourquoi ils se lanceraient dans une entreprise pareille ? Pourquoi essayer de ranimer des momies mortes il y a des milliers d'années ? Hein, pourquoi ?

Guy balaya la question d'un geste ample :

– Je l'ignore, mais je vous donne une chance de les intercepter. Ils seront à l'Exposition universelle cette nuit. Ils n'attendront pas plus longtemps pour s'emparer de ce qui leur manque.

– Oubliez ça, l'Exposition est chasse gardée du gouvernement. Aucune action policière exceptionnelle sans dérogation exceptionnelle, ces messieurs de l'Assemblée et des ministères ne veulent surtout pas de vagues avec l'Exposition, encore moins à un mois de sa fermeture.

– Inauguration, fermeture, au diable les politiciens avec leur Exposition ! hurla alors Guy, à bout. Ça commence à bien faire ! C'est la vie de ma bien-aimée dont nous parlons !

Lafargue se recula dans sa chaise et observa Guy avec réprobation.

– Les deux minutes sont écoulées, dit-il calmement.

Guy changea de ton, se fit suppliant :

– J'ai un bon ami dans la police, l'inspecteur Martial Perotti, demandez-lui !

– Je connais l'inspecteur Perotti, c'est un bureaucrate de première, un carriériste, je ne ferai certainement pas confiance à ce genre de garçon ! Maintenant sortez. Vous avez épuisé tout le crédit que je vous portais.

Il ne pouvait compter sur personne.

Guy envisagea un instant de mettre Steirn et ses détectives à contribution mais il ne pouvait continuer à exposer la comtesse. Moriarty allait agir cette nuit même. Il n'avait aucune raison d'attendre plus longtemps.

Il fallait redoubler de vigilance. Chez Steirn et à l'Exposition universelle.

Guy expédia un autre Véloce Chasseur chez Louis Steirn pour l'inciter à la plus grande prudence. Il hésita à prévenir Perotti et à tenter sa chance chez Maximilien Hencks, mais le premier rentrerait certainement trop tard de son travail et le second n'avait manifestement pas encore quitté Elseneur.

Ce sera Gikaibo et moi. Nous seuls contre Moriarty et sa bande.

Il passa par le *Boudoir* pour convaincre Julie de lui confier l'arme qu'elle gardait dans sa chambre et dont toutes les filles connaissaient l'existence en cas de vrai problème avec un client.

Il avait, pendant un temps, envisagé de mettre Marthe, Jeanne, Marguerite et Eugénie dans le secret, et de les embarquer pour multiplier les guets, mais il renonça. Il ne pouvait mettre davantage de vies en danger. Il avait déjà été assez loin avec la comtesse Bolosky.

À contrecœur, Julie lui donna son petit pistolet et les quelques cartouches qu'elle avait, seulement après qu'il eut expliqué avec insistance que c'était pour retrouver Faustine.

Gikaibo n'avait pas bougé de sous la statue. Jusqu'à ses mains posées au même endroit sur ses genoux, il était un véritable prolongement de l'albâtre qui le dominait.

– Personne entré par la porte, dit-il. Mais beaucoup de clients sur stand. Police est avec toi ?

– Non. Nous sommes seuls.

Le Japonais ne parut pas contrarié.

– Pour dame Faustine nous réussir, ajouta-t-il après un long silence.

Guy lui donna une tape amicale sur l'épaule.

– Je sais.

Il laissa le sumo monter la garde et étudia longuement la configuration des lieux.

Soit Moriarty se laisserait enfermer en esquivant les rabatteurs du soir qui poussaient les derniers visiteurs vers la sortie, soit il avait dans l'idée d'escalader l'une des nombreuses palissades qui délimitaient l'Exposition pour s'introduire discrètement jusqu'ici.

La première hypothèse semblait la plus simple. Moins risquée aussi.

Et pour ce qu'il savait de Moriarty, outre un goût prononcé pour la théâtralisation de ses crimes, il était malin et prudent.

Il est déjà là.

Quelque part dans ces allées.

Il est venu repérer une nouvelle fois la scène de son intervention. Il connaît les lieux, il a déjà tout planifié. Il est quelque part parmi nous, et il attend son heure.

Moriarty n'avait plus le choix. Après le suicide de Rablois, pour obtenir des tourbillons de gros calibre il lui fallait passer par Talco puis par Rangor.

Et si Rablois ne s'était pas suicidé ? S'il avait été poussé à bout par Moriarty ? Une pression trop forte sur un esprit faible pour obtenir un mécanisme précis, un cœur de métal…

Il va venir.

Ne risquait-il pas de repérer Gikaibo ?

Le gros Japonais n'était pas ce qui se faisait de plus discret en matière de surveillance.

Mais il est à l'autre bout.

Guy n'aimait pas ça. Il aurait dû y penser plus tôt.

Il retourna auprès de son ami et lui fit signe de se lever.

– Plus surveillance ?

– Non, ils n'interviendront pas avant la nuit. Viens, avant qu'ils ne finissent par remarquer ta présence.

– Où nous aller ?

– Nous allons nous faire enfermer. Et je connais un bon endroit pour se faire oublier en attendant. Viens.

Guy entraîna Gikaibo à l'extérieur puis sous la tour Eiffel jusqu'au Champ-de-Mars et au palais démesuré qui le dominait. Ils filèrent sous les cascades du château d'eau et entrèrent dans la section métallurgie.

Tout était si vaste qu'ils avaient l'impression d'être des insectes perdus chez les hommes, dans un monde trop grand où rien n'était à leur portée.

Guy attendit un mouvement de foule pour pousser le colosse japonais derrière une porte de service.

– Où allons ? s'inquiéta-t-il.

– Nous réfugier dans le souvenir du crime, fit sombrement le romancier.

Ils marchèrent dans une galerie de service avec des tuyaux au plafond et contre les parois et, après plusieurs coudes, Guy poussa une autre porte jusqu'à parvenir à une grande salle circulaire qui empestait. Odeur âcre de l'essence mâtinée d'un relent de pourriture, comme de la viande avariée.

Les lampions de service ne fonctionnaient plus ici.

Il dut allumer son vieux briquet à amadou pour y voir quelque chose.

Lorsque la petite flamme monta, ils surent pourquoi.

Les murs étaient noirs de suie, et le centre de la pièce encombré de débris entassés.

– Mon Dieu, lâcha Guy, ils n'ont pas nettoyé…

– Quoi est-ce ?

– C'est… c'est ici qu'est né le Léviatemps.

– Qui est-il ?

– Qui ou quoi, nul ne le saura jamais. C'était la création d'Hubris. Une machine constituée d'organes humains pour défier le temps, pour représenter l'essence même de la vie. Une folie, Gikaibo, une folie.

– Le temps ? Comme l'homme là-haut avec montres ?

– Exactement.

– Alors, vieille histoire ici pareille que maintenant ?

Guy leva le briquet devant lui pour mieux distinguer les vestiges du cauchemar créé par Hubris.

– Non, dit-il, l'esprit ailleurs. Hubris est mort. Mais il y a quelque chose avec le temps, en effet. J'ignore pourquoi, cependant, il est omniprésent dans l'esprit des criminels. Il se trame une tragédie dans l'ombre de notre société dont les gens sains, qui se maintiennent à la surface, n'ont pas idée.

– Beaucoup passage, dit le Japonais en montrant de nombreuses empreintes de pas dans la suie.

– Les gens de l'Exposition se sont probablement demandé ce

qu'ils allaient faire de cet endroit avant de finalement l'abandonner. Afin que l'Histoire ne pose pas son regard dessus ; qu'il ne puisse entacher la magnifique réussite de ces messieurs.

– Non, passages récents, regarde.

Guy s'agenouilla et constata que l'humidité avait noyé une bonne partie des traces. Les murs suintaient, et aucune empreinte ne pouvait demeurer plus de quelques jours sans y être peu à peu diluée. Pourtant, plusieurs semelles avaient déposé leur marque sur des planches, des lamelles d'acier ou même dans la boue.

– Tu as raison. Nous ne sommes pas les premiers à attendre ici.

Quelque chose déplaisait à Guy. Il ne se sentait pas à l'aise.

Hubris est mort. Sous mes yeux.

Il l'avait vu vomir un flot de sang lorsque le crocodile s'était emparé de lui.

Perotti a tiré une balle dans la tête de l'animal...

Il se souvenait encore de la détonation fracassante. Le crocodile avait plongé après ça, emportant le corps de Marcus Leicester.

Il est mort !

Aucun homme ne pouvait survivre à cela.

Guy hocha la tête.

Des techniciens ou des ingénieurs devaient venir ici de temps à autre pour s'assurer que les dégâts de l'incendie ne fragilisaient pas la structure, après tout, ils étaient juste sous un hall.

Guy se détendit.

Et il comprit alors que c'était comme lorsqu'il avait marché sur les bords de Seine, quelques heures plus tôt. Les fantômes n'existaient pas tout seuls. Ils étaient rattachés à un lieu. À la mémoire.

Les fantômes ne sont que les souvenirs que nous ne parvenons pas à contrôler.

Et le Léviatemps ne pouvait être maîtrisé. Il serait à jamais un monstre errant dans la mémoire de ceux qui l'avaient contemplé.

Le briquet devenait brûlant.

Guy l'éteignit avant de se blesser.

– Et maintenant ? demanda le Japonais.

– On fait la paix avec nos souvenirs.

58

La lune tombait à travers les immenses verrières, plombant de sa lumière spectrale les allées désormais désertes du bâtiment.

Elle renforçait les ombres.

Guy et Gikaibo avait chacun un poste d'observation à bonne distance du stand d'Auguste Rangor. Ainsi placés, rien ne pouvait leur échapper.

L'attente était insupportable.

Chaque heure qui passait sonnait comme une heure de perdue pour retrouver Faustine. Guy était au supplice.

Plus le temps filait et plus ses certitudes du jour s'effilochaient.

Et s'il s'était trompé sur toute la ligne ?

Il avait tour à tour les mains moites ou glacées et ne tenait pas en place.

Il avait dormi deux heures dans la salle du Léviatemps pour attendre la fermeture de l'Exposition universelle, mais il était encore épuisé par la nuit blanche qu'il avait passée à veiller chez Louis Steirn. Et dès qu'il parvenait à taire son impatience, la fatigue lui tombait dessus. Commençait alors un autre combat pour rester éveillé.

Sa cachette, sous le rideau d'un présentoir, ne laissait rien deviner de sa présence, à condition qu'il puisse se contenir et ne pas bouger.

Le poids de son arme dans la poche de sa veste le rassurait autant qu'il l'énervait. Il avait envie de la brandir pour régler tous ses problèmes, comme si elle avait le pouvoir de faire surgir Moriarty.

Il était deux heures du matin passées.

Que faisaient-ils ? Pourquoi attendre plus longtemps avant d'agir ?

À cinq heures, Paris commencerait à se réveiller, les artisans de l'aube sortiraient pour préparer un nouveau jour, des témoins potentiels, une gêne en cas de fuite, bref, Moriarty devait intervenir avant.

Guy soupira.

Une heure de plus s'écoula, et ses paupières se refermaient par intermittence, il dormait par tranches d'une ou deux minutes avant de se réveiller en alerte, luttant contre l'appel d'un sommeil plus profond.

Ce fut le crissement de chaussures en cuir qui le sortit de sa léthargie.

Les gardiens circulaient dans le bâtiment au rythme d'un toutes les deux heures. Équipés d'une lampe, ils traversaient les couloirs pour jeter un œil rapide autour d'eux. Depuis combien de temps était passé le précédent ?

Moins d'une heure.

Guy se mit à genoux pour approcher son visage du bord du rideau.

Il y avait bien quelqu'un qui approchait.

Seul.

Et sans lumière.

Guy fut parcouru d'une décharge d'excitation. Cette fois, il était bien réveillé.

Le laisser venir. S'assurer de son intention.

La silhouette était massive, marchant à bonne allure, sans hésitation.

Après avoir jeté un rapide coup d'œil par-dessus son épaule, elle bifurqua pour entrer sur le stand d'Auguste Rangor et se pencha sur la serrure de l'arrière-boutique.

Il n'y avait plus aucun doute possible.

Guy rampa hors de sa cachette et fit plusieurs pas lentement pour refaire circuler le sang dans ses jambes. Il ne pouvait distinguer Gikaibo de là où il se tenait, il fallait se rapprocher du stand.

Il est attentif, il l'a forcément vu.

Le coincer en tenaille.

Guy avait très vite abandonné l'idée de laisser Moriarty commettre son forfait pour le prendre en chasse ensuite et espérer se faire conduire là où Faustine était détenue. Jamais ils n'auraient pu réaliser une filature dans ces conditions sans se faire repérer, tôt ou tard. Le plus sûr était encore la confrontation directe.

Ne lui laisser le choix qu'entre Faustine ou la guillotine.

Guy n'était plus qu'à une quinzaine de mètres.

L'homme s'affairait sur la serrure.

Dix mètres. Et l'éclat de la lune juste au-dessus de lui, à travers un dôme de verre.

Guy se dépêcha de traverser le cercle argenté pour rejoindre les ombres, mais cela attira l'attention du voleur qui tourna la tête vers lui au même moment.

Avec la célérité de celui qui ne se laisse pas paralyser par la surprise, l'homme se jeta en arrière et, avant même que Guy ne puisse s'élancer à son tour, il courait vers le grand escalier tout proche.

Gikaibo surgit à ce moment-là : l'homme s'écrasa contre la masse du sumo qui ne broncha pas.

Le voleur se retint à un présentoir et décocha aussitôt un direct du droit en plein estomac du Japonais. Gikaibo n'avait pas bougé. Il donna deux violentes gifles à l'homme qui vacilla et l'empoigna par les épaules pour tenter de l'immobiliser.

D'un coup de genou dans le ventre, l'intrus fit lâcher une des deux mains du sumo. Guy arrivait au même moment. Il voulut passer un bras autour du cou du forcené pour l'immobiliser mais reçut un coup de coude dans les côtes qui le plia en deux.

Un second coup le cueillit à la mâchoire et le renversa.

L'homme n'était pas un simple voleur. Il excellait dans le corps-à-corps, c'était un garçon de la rue qui s'était battu toute sa vie et qui en avait retenu le meilleur : toujours en mouvement, frappant fort et vite, un dur au mal.

Malgré sa pratique de la savate, Guy s'était laissé étourdir d'un geste. Le temps qu'il se redresse, la respiration coupée, l'esprit totalement en déroute, son adversaire avait sorti un couteau et le plantait dans le ventre de Gikaibo.

Le Japonais ne lâcha pas l'épaule qu'il tenait. Il donna à

l'homme deux nouvelles gifles si puissantes qu'elles auraient pu sonner un cheval.

Gifles contre coups de couteau.

Et aucun ne cédait.

Brusquement, l'autre s'arracha à sa veste, ne laissant qu'un habit largement déchiré dans la paume du Japonais qui saignait abondamment.

Guy clignait des paupières, encore sonné, il se précipita sur Gikaibo en titubant.

Le sumo se toucha le ventre et leva sa main ensanglantée devant lui.

– Toi, cours, dit-il.

Guy ne savait quoi faire, son ami risquait l'éventration d'un instant à l'autre, dès que les lambeaux de muscles déchirés finiraient de se rompre, tous ses intestins se déverseraient à ses pieds.

– Vas-y ! commanda le Japonais.

– Fais-toi conduire à l'hôpital, dépêche-toi !

Le Japonais acquiesça et poussa Guy dans le sillage du fuyard.

– Cours ! ordonna-t-il.

L'homme dévalait les marches, il sautait d'un palier à l'autre. Guy ne devait pas se laisser distancer.

Il était sa dernière chance de retrouver Faustine.

L'écrivain se concentra sur sa respiration, chassant la douleur loin dans son esprit, comme une information secondaire. Ses leçons de savate lui revinrent en mémoire. Tout était dans la gestion du souffle. Un homme qui perdait le contrôle de sa respiration perdait le défi physique.

Guy avala les marches à son tour, puis les présentoirs défilèrent de part et d'autre.

Le voleur était juste devant, à moins de cinquante mètres.

Il fonçait droit vers un cul-de-sac. La section de l'orfèvrerie, à cause du nombre trop important de bijoux de valeur, fermait ses portes chaque soir, d'immenses battants d'acier infranchissables.

Mais, au dernier moment, l'homme ralentit pour tourner et se retint à un moteur en exposition qu'il renversa sur le parquet, avant de se précipiter vers une sortie que Guy n'avait pas repérée.

Il enjamba les débris et évita les roulements à billes avant de gagner l'extérieur à son tour.

Il reçut l'air frais de la nuit comme un surplus d'énergie et accéléra en apercevant le voleur détaler en direction des pavillons étrangers.

Il courait vite.

Soudain, un faisceau jaune découpa des lamelles de lumière devant un kiosque et captura momentanément l'homme dans un de ses éclats frénétiques.

– Arrêtez ! s'écria un gardien. Vous là-bas ! Arrêtez-vous tout de suite !

Guy n'eut d'autre choix que de passer à son tour dans la lumière.

Et le gardien se mit à souffler de toutes ses forces dans son sifflet.

Guy commençait à avoir les jambes en feu et il peinait à conserver une respiration régulière. L'autre était à plus de soixante mètres maintenant.

L'échec n'était pourtant pas une option envisageable.

Guy évoqua l'image de Faustine pour se redonner du courage et de la force et il continua sa course folle.

L'homme semblait hésiter mais il se décida finalement pour le pont des Invalides. Les lampadaires électriques illuminaient sa silhouette détalant à toute vitesse, ses bras battaient la cadence, et il ressemblait soudain à l'un de ces spectacles capturés par le cinématographe, succession d'images animées et syncopées d'ombre et de lumière.

Guy s'accrochait pour ne pas se faire distancer.

Il le rattrapait même.

D'autres coups de sifflet retentirent derrière eux, puis, tout d'un coup, devant.

Deux gardiens se précipitaient vers le voleur pour lui barrer la route.

C'était la chance de Guy.

Les gardiens levèrent les bras et l'un sortit une matraque noire en bois. Il n'eut pas le temps de l'abattre qu'il se faisait percuter de plein fouet par l'intrus qui n'avait même pas ralenti.

Ils roulèrent au sol et, avant qu'il ne puisse porter assistance à son camarade, le second gardien fit un tour sur lui-même, cueilli par un formidable coup de poing.

Le voleur était déjà reparti, mais Guy n'était plus qu'à une vingtaine de mètres.

L'homme était essoufflé, il toisa Guy un court instant et, parvenant sur l'autre berge, se précipita dans l'obscurité d'une allée sans éclairage.

Il va me sauter dessus dès qu'il le pourra, comprit le romancier.

Alors, il attrapa son pistolet et passa l'index sur la détente, prêt à en faire usage. Instinctivement, il avait ralenti l'allure.

Il longea une grande bâtisse dont la toiture en pignons élancés rappelait celle de l'Hôtel de Ville et continua jusqu'à zigzaguer entre des bancs, des pots de fleurs, puis s'immobilisa en haut d'un escalier qui descendait dans une galerie couverte au niveau de la Seine.

Guy ne voyait plus le voleur. Il l'avait perdu dans l'allée obscure. Il tourna sur lui-même. Il ne pouvait être bien loin.

Soit en bas, soit derrière l'un de ces bâtiments, soit caché derrière un de ces bancs...

Le grincement d'une porte qui se refermait l'alerta.

Les gigantesques serres. Longues comme un train et hautes comme un immeuble haussmannien. Des constructions de verre à l'ossature métallique.

Guy se jeta sur la porte et il entra, l'arme dressée devant lui, le sang battant aux tempes, le souffle bruyant.

Des cocotiers et des dattiers jalonnaient une allée serpentant entre pelouses fleuries et massifs luxuriants de fougères, orchidées et rhododendrons géants. Là encore, la lune filtrait à travers l'immense dôme translucide, nappant la nature d'un voile cendré.

Il était juste là. Caché parmi la végétation, Guy en était certain, il ne pouvait avoir traversé toute la serre en dix secondes.

La crosse de son arme pesait lourd, et il avait la sensation qu'elle ne tenait pas bien dans sa paume moite.

Guy serra de toutes ses forces.

Ce n'était pas le moment de flancher.

Il se concentra sur les feuilles, les tiges et les pétales, guettant un mouvement.

Les rhododendrons dépassaient les trois mètres de diamètre, de véritables monstres colorés.

Guy retenait son souffle pour ne pas trahir sa présence.

Une fleur bougeait, elle oscillait.

Le romancier allait braquer son arme dans cette direction lorsqu'une silhouette jaillit d'un buisson pour l'entraîner au sol.

Le coup de feu partit.

Puis Guy se sentit écrasé et, pendant un instant, il crut bien qu'il venait d'abattre son agresseur, avant que celui-ci ne lui décoche un crochet dans le flanc.

Une salve de coups de poing s'abattit sur lui, renversant le paysage, saturant ses sens, et Guy lutta pour lever son arme.

Son assaillant balaya le pistolet d'un revers de la main et l'arme glissa un peu plus loin, au milieu du gravier.

Un coup de genou dans les côtes, et tout l'air fut expulsé des poumons du romancier.

Il devait faire quelque chose tout de suite.

L'autre allait le tuer.

Guy leva les mains devant lui pour parer une partie des coups et poussa sur ce qui devait être la poitrine de l'homme. Il devina son cou mal rasé du bout des doigts et y enfonça ses ongles.

L'autre poussa un râle de colère et de douleur et lança une nouvelle série de coups de poing que Guy repoussa au mieux. Il vit la jambe d'appui de son assaillant et la saisit : ils roulèrent ensemble et Guy se retrouva sur le dessus. Sans attendre, il claqua ses phalanges sur le nez de son adversaire, aussi vite et fort que possible, et répéta le geste quatre fois d'affilée.

L'autre le repoussa des deux pieds et Guy atterrit contre un latanier qui l'aida à ne pas perdre l'équilibre. Il n'arrivait presque plus à respirer.

Le voleur rampait pour s'enfuir.

Il saignait, une longue traînée noire l'accompagnait.

Soudain, Guy le vit prendre quelque chose dans les graviers et, comprenant que c'était son arme, il plongea sur l'homme, cherchant à lui attraper les mains avant qu'il ne puisse se retourner.

Les quatre mains se battaient autour de l'acier froid du revolver. Avec acharnement.

Désir de vie contre pulsion de mort.

La gueule létale de l'arme amorçait une orbite dangereuse au-dessous de Guy.

Il y mettait tout ce qu'il avait, sa volonté, sa rage, et tout l'amour qu'il éprouvait pour Faustine.

Il savait que s'il lâchait l'arme d'une main pour frapper son adversaire, il ne pourrait empêcher le canon de l'aligner dans sa trajectoire.

Ensuite, il n'aurait pas le temps d'entendre le coup de feu que sa cervelle se disperserait avec son âme dans le cosmos.

Guy était moins fort que son ennemi.

Il serrait les mâchoires. Il ferma les yeux et cria pour libérer toute sa haine.

Son besoin de vaincre.

Et, brusquement, ses bras retombèrent au sol, ses mains s'emparèrent de l'arme. L'autre n'exerçait plus aucune pression dessus.

Il clignait des paupières.

Pour la première fois, Guy put distinguer ses traits fins encadrés de mèches sales trop longues. Il n'avait pas spécialement l'air vicieux ni méchant.

Au contraire, il faisait pitié et cherchait l'air, la bouche grande ouverte, le regard paniqué, les mains recroquevillées sur la poitrine.

Guy remarqua l'impact sanglant au milieu du torse.

Il l'avait touché au premier tir.

Il avait fait mouche dès le début.

Dehors, les gardiens sifflaient à s'en éclater les joues, il pouvait voir les halos de leur lanternes courir dans toutes les directions.

Guy se posta au-dessus du blessé. Il étouffait.

La balle était haut dans le torse, cœur ou poumons, Guy ne savait pas bien. Ce n'était pas bon.

– Où est Faustine ? demanda-t-il.

L'homme tourna ses pupilles vers lui mais seuls des hoquets humides sortirent de ses lèvres.

– Je dois savoir ! fit Guy en lui soulevant la nuque. Où est-elle ?

L'homme ne parla pas, Guy ignorait s'il ne le pouvait ou ne le voulait pas, il anhéla pendant une minute avec le regard désespéré de celui qui se voit partir et se relâcha brutalement.

Il était mort.

Guy s'effondra à ses côtés.

Les gardiens accouraient tout autour de la serre sans même leur jeter un coup d'œil, ils se précipitaient dans les allées.

Guy était dévasté.

Il enfonça ses doigts dans le gravier, ivre de colère et de frustration.

Il ne devait pas s'attarder, les gardiens allaient tôt ou tard investir les lieux. Si on l'envoyait croupir dans une cellule, alors il n'y aurait plus aucun espoir.

Quel espoir me reste-t-il désormais ?

Il n'avait plus rien.

Il s'assit à côté du cadavre et lui fit les poches.

À mesure qu'il sondait chaque vêtement, il priait pour qu'il contienne une adresse, un télégramme froissé ou n'importe quoi pouvant le conduire jusqu'à Faustine.

Il ne glana que quelques pièces au milieu desquelles un morceau de papier était roulé.

Il s'empressa de l'ouvrir, les doigts tremblants.

Il n'y avait que trois mots et des chiffres.

« *Tourbillon pour calibre 145.* »

Mais cela suffit à faire vaciller Guy.

En un coup d'œil, toutes ses certitudes s'envolèrent.

Il comprit qu'il s'était fait berner.

Depuis le tout début.

59

Guy avait charrié le mort sur ses épaules.

Il en avait pleinement senti le poids.

Tout d'abord pour sortir de l'enceinte de l'Exposition universelle sans se faire repérer par les gardiens en alerte, puis pour trouver un fiacre en prétextant que l'homme qu'il portait était ivre et blessé.

Il avait ramené le corps du voleur jusqu'au lupanar de Julie. Profitant que les filles étaient pour la plupart couchées ou occupées avec des clients, il avait hissé le cadavre jusque dans ses combles pour l'allonger sur une table.

Gikaibo n'était apparemment pas revenu et Guy espérait que le grand Japonais s'en était sorti, qu'il était dans un hôpital parisien en train de recevoir des soins.

Il fallait maintenant trouver un moyen de faire parler le mort.

Guy n'avait pour cela que deux options dont la seconde lui semblait complètement démente.

Il devait commencer par ce en quoi il avait foi. Le pragmatisme, le concret. Ausculter le corps, les vêtements et répertorier tous les indices qui pouvaient, mis bout à bout, l'envoyer sur une piste.

L'autre possibilité ne pouvait qu'être envisagée en dernier recours.

Guy ne pouvait pas croire qu'il songeait à cela.

Invoquer l'esprit d'un mort.

Il irait à l'aube chez Louis Steirn s'assurer que tout le monde allait bien, et si cette nuit ne lui apportait aucun autre renseignement, alors, peut-être se résoudrait-il à tenter l'expérience.

Pour Faustine.

Guy n'avait eu aucun message pendant son absence, ce qui signifiait que Moriarty n'était pas intervenu chez Steirn.

Guy se frotta les mains.

Il devait procéder avec méthode.

D'abord, les chaussures.

Il les inspecta attentivement en promenant une lampe sous le cuir usé.

En mauvais état et pourtant relativement propres. Il a marché dans l'eau. Semelles à clous. Bas du pantalon largement taché, humide.

Il se pencha dessus pour le humer.

Odeur nauséabonde. On dirait qu'il a traîné dans de l'eau sale. Teinte.

Jusqu'à mi-mollet, le tissu était maculé de taches sombres.

Le reste : sur les cuisses, beaucoup de poussière blanche.

Guy releva d'importantes quantités de poussière dans les cheveux également et de minuscules fragments qui ressemblaient à de la pierre. Il s'intéressa alors à ses mains.

Noires, comme s'il s'était appuyé contre de la suie !

À bien y regarder, il retrouva cette pellicule à différents endroits du cadavre, et elle n'était pas grasse du tout comme la suie pouvait l'être, mais, au contraire, très sèche et sans parfum particulier.

L'homme était passé par un endroit crasseux et avait marché dans un liquide qui l'avait taché.

Guy réprima un profond sentiment de désespoir ; cela ne le menait nulle part. Pour autant qu'il le sache, le sbire de Moriarty pouvait avoir marché dans un caniveau d'eaux usées n'importe où dans Paris et sa banlieue !

Et ce pouvait même être Moriarty en personne, car, s'il connaissait Léon Marbec, il n'avait jamais vu la moindre photographie ni le moindre portrait des tueurs évadés.

Guy faisait les cent pas autour de la table.

Il sortit le mot plié de sa poche et l'observa une nouvelle fois.

Cela ne faisait aucun doute.

J'ai faux depuis le début.

Il reconnaissait cette écriture. Jambages anguleux, hampes étirées.

Il l'avait longuement étudiée.

Hubris.

Marcus Leicester.

Lors de son enquête, l'horloger lui avait adressé plusieurs missives, par provocation, par jeu, et Guy s'était attelé à ce qu'il savait le mieux faire : donner du sens aux mots. Il avait disséqué ces lettres par une étude graphologique pour cerner la personnalité de l'assassin.

Toutes ces lettres que Guy avait minutieusement décryptées, analysées, l'avaient aidé à en comprendre l'auteur, du moins l'avait-il cru.

C'était à la fois impossible et pourtant sous ses yeux.

L'homme qu'il avait tué d'une balle dans la poitrine portait une note écrite de la main même de Marcus Leicester.

Je l'ai vu mourir ! Le crocodile l'a englouti !

Personne ne pouvait survivre à cela, se répétait-il. Il l'avait vu cracher du sang et sombrer dans les eaux noires des égouts.

Pourtant, cette même obsession du temps liait les deux affaires.

Le fait qu'il ait pu anticiper le vol des tourbillons était la preuve que sa théorie n'était pas erronée. Moriarty voulait ce qui se faisait de mieux en mécanisme d'horlogerie d'un certain calibre.

Gros comme un cœur.

Les médiums enlevés, les momies, *Le Livre des Morts*... Guy s'en tenait à sa première déduction, ça ne pouvait être que ça. Défier la mort.

Comme l'avait fait, à sa manière, Hubris avec son Léviatemps.

La même écriture. La même personne.

C'est insensé !

Guy devenait fou.

Tout ça n'était qu'un long tour joué par son cerveau malade. Rien n'était vrai.

Il observa le cadavre devant lui.

Le sang ne coulait presque plus par le petit trou au milieu de la chemise devenue rouge. Guy lui avait fermé les paupières. Il ressemblait presque à un dormeur, mais c'était une illusion qui passerait d'ici quelques heures, lorsque tout le sang aurait progressivement glissé, sous l'effet de la gravité, vers le bas du corps. Alors, il prendrait une teinte blanchâtre, sa peau serait cireuse et, sous l'effet de la déshydratation rapide, les paupières se soulèveraient un peu, laissant apparaître, pour les plus attentifs, des yeux vitreux.

Ce n'était pas une invention de son esprit dérangé, l'homme était bien mort. Sa conscience dispersée.

Guy repensa à sa deuxième possibilité. C'était ridicule.

Cet homme seul était son unique…

Guy se figea.

Pourquoi est-il venu seul ? Ils sont au moins trois dans la bande, et ils n'envoient qu'un seul homme pour dérober un précieux élément de leur plan…

Guy n'aimait pas ce qui lui venait en tête.

Et s'ils étaient sur le point de passer à l'action, de tenter leur expérience et qu'ils ne voulaient plus attendre ? Récupérer les tourbillons avec un seul homme parce que les autres devaient se concentrer sur une autre mission qui exigeait plus de monde…

Guy n'avait pas eu de nouvelles de Steirn, et il réalisait que finalement ça ne signifiait pas pour autant que tout allait bien.

Il se précipita sur son chapeau et sa veste pour dévaler les marches.

Un terrible pressentiment au cœur.

60

La porte de l'appartement était entrouverte.

Plusieurs paires de clés, deux cannes, trois revolvers, un briquet, de nombreuses pièces de monnaie et deux montres s'amoncelaient dans l'entrée, repoussés dans un coin par le battant.

Deux hommes gisaient un peu plus loin.

Méconnaissables. Le visage déformé par des dizaines de petites blessures. Guy songea aux médiums morts dans des conditions similaires.

Il arrivait trop tard.

L'arme à la main, il explora le salon, puis trouva un troisième cadavre dans le couloir, garrotté. Guy reconnut le chef des détectives privés engagés par Louis Steirn. Personne dans les chambres.

Ni Steirn ni la comtesse Bolosky n'étaient là.

Qu'est-ce qui est arrivé ? Comment vous êtes-vous fait surprendre ?

Guy fulminait. Contre leur incompétence, et surtout contre lui-même.

Dans quoi vous ai-je entraînés ?

Il fouilla brièvement tout l'appartement dans l'espoir d'y déceler un indice oublié par les ravisseurs pour se rendre à l'évidence : Moriarty avait pris ce qu'il cherchait, la meilleure médium de Paris, et il n'avait rien laissé dans son sillage.

Guy retourna dans l'entrée, à côté des deux morts.

Pourquoi étaient-ils ici plutôt que dans la chambre jouxtant celle de la comtesse ?

On a frappé à la porte et ils sont venus voir, méfiants.

C'était à ce moment qu'ils avaient été traversés par… Guy s'arrêta au-dessus des corps. Il n'avait jamais vu ou lu quelque chose sur une telle pratique.

Il nota qu'ils n'étaient pas dans l'axe du couloir mais sur le côté, près du mur, tous les deux.

Que faisaient-ils ici ?

La trappe de l'aération gisait sur le parquet.

Ils l'ont démontée ?

Les objets derrière la porte attisaient encore plus sa curiosité.

Il les inspecta pour se rendre compte qu'il ne s'agissait que de métal.

« *Un électroaimant puissant* », avait dit Lafargue !

Moriarty devait en avoir un portatif.

Guy leva le nez et s'immobilisa face à la porte refermée.

Des centaines d'aiguilles étaient fichées dans le bois.

Cette fois Moriarty n'avait plus de temps à perdre, il n'avait pas récupéré l'arme du crime. Il suffisait de vérifier chez les autres médiums assassinés, Guy en était certain, on trouverait des centaines de petits trous dans leurs portes.

En auscultant encore plus attentivement le battant, il repéra un orifice plus gros, et de la sciure autour.

Tu perces un trou avec un vilebrequin pour les voir approcher !

Et comment faisait-il pour introduire toutes les aiguilles ? S'introduisait-il au préalable chez ses victimes pour les y déposer ? Ou, par le biais d'une sarbacane, pouvait-il les projeter par le même trou par dizaines ?

Guy se faisait une représentation précise de la scène.

Les deux morts près de la trappe d'aération finirent de lui donner la clé de l'énigme.

Un complice parle dans les conduits, pour capter leur attention. Ils viennent voir, et c'est là que Moriarty actionne sa machine démoniaque. Le métal est attiré brusquement, et toutes les aiguilles, dans le fond du couloir, se soulèvent et fusent à toute vitesse dans l'air pour venir répondre à l'attraction phénoménale, transperçant tout ce qui est sur leur passage…

Quel esprit malade pouvait inventer pareil stratagème ?

Débarrassé des deux premiers gardes, Moriarty et ses compères n'avaient eu aucun mal à prendre le dernier par surprise.

Pourquoi enlever Steirn ? Il n'est pas lui-même médium !

Il repensa à Hubris. Lorsqu'il avait voulu mettre son Léviatemps en action, il s'était donné du mal pour attirer Steirn et tous les acteurs principaux de son entourage pour qu'ils participent, par leur mort, à sa gloire.

L'histoire se répétait.

Guy secoua la tête. Il ne pouvait l'accepter.

Il devait rentrer, prévenir la police, ameuter Lafargue et ses troupes, tout raconter à Perotti, et traquer Moriarty, ou Hubris, peu important son nom.

Il n'avait plus de temps à perdre.

Les rues de Paris défilaient à une vitesse étrange, parfois en accéléré, parfois au ralenti.

Guy avait l'impression, par moments, que son propre esprit n'était pas tout à fait dans son corps, mais au-dessus. Il se sentait à la fois dévasté par ce qu'il vivait et complètement détaché. Même la douleur des coups qu'il avait reçus un peu plus tôt ne l'atteignait pas.

Il réalisa en arrivant rue Notre-Dame-de-Lorette qu'il n'avait dormi que deux heures depuis jeudi matin.

L'aube du samedi se profilait à l'est.

Il devait s'allonger, au moins deux heures. Reprendre ses esprits.

Avant que la folie ne l'emporte.

De retour sous ses combles, il vit le cadavre sur la table. Du sang avait goutté dessous et s'était infiltré entre les lattes du parquet.

Guy vint dévisager le mort et, pour cela, il tira un fauteuil à hauteur de sa tête.

Il scrutait son oreille lorsqu'il vit les cartilages se mettre à bouger.

Ils formèrent une spirale tourbillonnante autour du trou noir, happant Guy vers l'âme du mort.

Et, avant même qu'il puisse hurler, une main se posa sur son épaule.

La lumière du jour l'aveugla, le soleil de midi s'infiltrait par les lucarnes.

– Guy ? Guy ? l'appelait une voix familière avec inquiétude.

Martial Perotti apparut dans la clarté.

– Martial ? balbutia l'écrivain, la bouche pâteuse.

Guy était dans le fauteuil, il avait mal partout, des courbatures, des ecchymoses, et même ses organes lui semblaient douloureux lorsqu'il s'étira.

– Pouvez-vous m'expliquer ce que vous faites avec la dépouille de ce malheureux ?

Guy se leva et s'aspergea d'eau fraîche au-dessus d'une cuvette en faïence.

– C'est un des hommes qui détiennent Faustine, dit-il.

– Il ne nous sera pas d'une grande utilité dans son état ! Avez-vous pu en tirer quelque chose ?

– Il n'a pas parlé, mais il avait ça sur lui.

Guy lui tendit le morceau de papier.

– Et vous savez ce que ça signifie ?

– Que j'ai eu tort depuis le début. J'ai été berné.

– Comment ça ?

Les gouttes d'eau tombaient une à une du visage de l'écrivain.

– Ne reconnaissez-vous pas l'écriture ? Hubris n'est pas mort. Il ne l'a jamais été.

– Ne dites pas de sottises, j'étais avec vous, j'ai même tiré sur le crocodile ! J'ai vu Marcus Leicester agoniser et vomir du sang quand le monstre l'a dévoré !

– Alors, si Leicester est bien mort, ça ne nous laisse qu'une solution : il n'était pas Hubris.

Perotti affichait une mine préoccupée, manifestement peu rassuré par l'état mental de son compagnon.

– Guy, c'est lui qui m'a assommé et ligoté dans les sous-sols de l'Exposition, vous vous souvenez ? Vous m'avez libéré ! Tout comme Faustine et Steirn !

– Mais ni vous ni eux n'avez vu son visage, il vous a tous pris par surprise !

– C'était pourtant Leicester qui était présent parmi nous dans cette cave sordide. Leicester qui a tenté de s'enfuir ! Pas un autre homme, mais bien Marcus Leicester, horloger de son état ! Seul un professionnel pouvait se lancer dans le défi de sa cruelle invention ! Son horloge de chair.

– L'écriture, Martial, c'est la même ! Et pas seulement cela, l'obsession du temps, le machiavélisme aussi ! C'est lui, je le sais !

– Très bien, très bien, ne vous énervez pas. Je vous crois. Ça me semble dément, mais si vous me le dites, je veux bien l'envisager. Et alors, comment fait-on maintenant ?

Perotti ne jouait pas très bien la comédie, il désirait avant tout apaiser Guy en allant dans le même sens que lui.

L'écrivain pointa le doigt vers le mort.

– Je l'ai inspecté de près, il est couvert de poussières différentes, il a marché dans de l'eau sale et... Il faut des professionnels, Martial. Je suis arrivé au bout de mes compétences, avoua un Guy brutalement désespéré.

Perotti examina le corps avec attention.

– C'est vrai, il est couvert de petites choses. Ça peut valoir le coup d'essayer.

– Je vais tenter de joindre Lafargue, il a les meilleurs autour de lui, s'il veut bien me croire, cette fois, et s'il ne m'enferme pas parce que je lui apporte un cadavre que j'ai moi-même refroidi...

Perotti l'interrompit dans son mouvement vers la porte.

– Un samedi ? Il m'étonnerait que vos petits génies soient disponibles, nos supérieurs sont de plus en plus absents, dans la police, le samedi. J'ai peut-être une idée qui vous épargnera de convaincre Lafargue et vous préservera au moins d'un séjour temporaire en prison. Mais pour cela, il faudrait que vous m'aidiez à charger le corps dans un fiacre pour mon commissariat.

– À quoi pensez-vous ?

– Un nouvel inspecteur, chimiste à l'origine. Il nous a aidés plusieurs fois sur des crimes ou des vols, rien qu'avec l'analyse de particules !

– Il travaille aujourd'hui ?

– Il est de permanence jusque ce soir. Trouvez-moi un drap pour recouvrir le mort et descendons. Ensuite, si pour une fois je pouvais vous donner un ordre, restez ici et reposez-vous jusqu'à mon retour. Vous faites peur à voir, on dirait l'un de ces tueurs.

61

Le train cahotait sous l'effet de la vitesse.

Puis il se mit à ralentir en approchant d'une gare.

Guy quitta la fenêtre par laquelle il avait surveillé le paysage urbain lorsque le chemin de fer de ceinture n'était pas tout simplement enfoncé dans des ravines creusées par l'homme ou carrément sous des tunnels pour ne pas déranger la vie en surface.

Le chemin de fer de ceinture encerclait Paris, délimitant une bordure périphérique au-delà de laquelle le vrai citadin ne voulait pas vivre, voire parfois même pas se rendre. Il avait l'avantage d'être régulier, peu coûteux et rapide.

Et Guy n'avait pas de temps à perdre.

Peu après le départ de Perotti, il avait reçu un télégramme de Maximilien Hencks l'informant qu'il rentrait sur Paris le midi même.

La présence du chasseur lui avait redonné espoir.

Elle le rassurait. Avec Hencks non loin, il se sentait plus fort.

Et Guy n'avait pas cherché à interpréter ce sentiment puéril que pouvait éprouver un enfant au retour de son père, Hencks était un prédateur redoutable, le meilleur chasseur qui soit, et, pour lutter contre Hubris, il ne serait pas de trop.

Ce qui comptait, en premier lieu, c'était de retrouver Gikaibo.

En attendant d'avoir des nouvelles de Perotti – et Guy priait du fond de son cœur pour qu'elles soient bonnes –, il avait déplié un plan de Paris pour y répertorier les hôpitaux les plus proches de l'Exposition universelle.

Le premier était celui des Dames-Françaises, au sud du seizième arrondissement. Boucicaut était trop loin, enfoncé sur l'autre rive dans le quinzième, et Laennec au milieu d'un quartier trop militaire pour que Gikaibo s'y soit aventuré.

Il descendit à la station du Point-du-Jour, juste avant le grand aqueduc sur lequel filaient les trains, dispersant leur panache immaculé au-dessus de la Seine.

Le physique du sumo ne pouvait être passé inaperçu, et Guy se renseigna à l'accueil pour s'assurer de sa présence. Il fit chou blanc.

Il débusqua finalement le colosse à Beaujon, près de Saint-Philippe-du-Roule, en début d'après-midi. Le Japonais, ayant profité de la diversion de Guy et de son voleur pour s'enfuir de l'enceinte de l'Exposition, s'était ensuite traîné dans un fiacre qui l'avait prestement déposé ici.

Son gros ventre était recouvert de bandes blanches salies ici et là d'auréoles pourpres.

– Docteur dit que j'ai chance, rapporta-t-il avec un demi-sourire qui voilait à peine sa souffrance. Pas organes touchés, trop loin à l'intérieur, bien cachés !

Une grimace de douleur lui déforma les traits lorsqu'il voulut rire.

– Je suis désolé, dit Guy. Désolé de t'avoir entraîné là-dedans.

Le Japonais secoua la tête.

– Pour dame Faustine, répondit-il.

Guy se sentait mal. Une demi-douzaine de coups de couteau lardaient le ventre de son ami et si aucun n'avait mis sa vie en danger, il n'était pas sans savoir que les risques d'infection demeuraient grands.

– Tu as attrapé l'homme ? osa enfin demander Gikaibo.

Guy plissa les lèvres.

– Il est mort.

Gikaibo lui adressa un regard amical.

– Tu es malin, tu vas quand même la trouver.

Guy s'assit près du lit sur un tabouret en bois.

– Je ne sais pas, soupira-t-il. J'ai découvert que tout ce que je croyais savoir depuis plusieurs mois était faux. Ce tueur après lequel nous avons couru avec Faustine en avril, ce n'était pas celui que nous pensions. Toutes mes analyses, toutes mes déductions étaient fausses. Depuis le départ, j'ai pointé du doigt la mauvaise route.

Gikaibo déploya son immense bras et posa sa main sur le genou de Guy pour le consoler.

– Je me suis trompé, poursuivit Guy, tant et si bien que je ne sais plus ce qui est vrai et ce qui relève de mon imagination. Parce que c'est ce que j'ai fait : imaginé des réponses !

Le sumo arracha un sourire à Guy :

– Un Chinois, un jour, a dit moi que personne n'a jamais tout à fait tort. Même horloge arrêtée donne bonne heure deux fois par jour.

– Je sais, dit Guy, mais à présent tout se confond en moi, et je ne sais même plus laquelle est la petite et laquelle est la grande aiguille.

– Ça va revenir. Confusion disparaît toujours.

– C'est moi qui devrais te réconforter l'ami, et voilà que je viens pleurer sur mon sort ! Non, mais quel homme suis-je ? Veux-tu que je t'apporte quelque chose à manger ?

Le Japonais désigna ses blessures.

– Non, estomac douloureux.

– Alors voilà l'occasion de retrouver un tour de taille plus conventionnel !

– Moi, j'aime moi ainsi. Ma force.

– Je comprends.

– Et si toi raconter toute histoire depuis le début ? Pour reconnaître à nouveau les aiguilles ?

Guy sourit.

– Je suppose que Perotti ne sera pas à la maison avant ce soir au mieux. Je dois bien avoir un peu de temps.

Et l'écrivain entreprit de conter toutes ses aventures précédentes au Japonais, pour se rendre compte au fur et à mesure de son récit qu'il n'y avait aucun doute sur un point en particulier.

Il avait croisé la route d'Hubris.

Car c'était lui qui avait pris contact avec eux par le biais de ces lettres.

Lors de son enquête, Guy avait attiré l'attention sur son petit groupe.

De la rue Monjol et son roi des Pouilleux au Cénacle des Séraphins dirigé par Louis Steirn en passant par les bouchers des Halles, le docteur Ephraïm à la morgue, Mégnin au Muséum d'histoire naturelle, la fumerie d'opium du père Camille et même les inspecteurs Pernetty et Legranitier, Hubris était forcément l'un de ceux-là.

Tout avait commencé avec Milaine. L'indécente Milaine et son ambition de quitter la profession pour se trouver un amant riche. Elle avait été le point de départ.

Guy songea aussi aux autres victimes d'Hubris et du père Camille. Anna Zebowitz, Viviane Longjumeau et, indirectement, sa fille, Louise, et tous les autres. Ces corps démembrés trouvés sous la tour Eiffel. L'assistant de l'horloger, dépecé, Bomengo le Congolais qui avait rejoint sa femme et, enfin, la jolie Rose.

Qui se cachait derrière Hubris ?

Ça ne pouvait être que quelqu'un qu'il avait croisé, qu'il avait attiré, pour qu'il se mette à lui écrire.

Il devait reprendre la liste de ses suspects.

Je les ai tous suspectés !

Même Louis Steirn avait fait un coupable idéal. Faustine avait depuis appris à Guy que le petit homme avait vécu un moment à Londres à partir de 1887, dans le quartier de Whitechapel, comme un certain Jack l'Éventreur...

Pas lui. Il nous a aidés depuis le début...

Ce n'était pas tout à fait exact. Son attitude avait changé après que Guy l'avait sauvé des griffes d'Hubris, avec Faustine et Perotti. Probablement très reconnaissant, il s'était montré particulièrement amical depuis et n'avait pas hésité à se mettre en danger pour aider Guy à retrouver Faustine.

Alors qui ? Il en restait tant...

– Tu as arrêté au milieu de phrase, fit Gikaibo.

– Pardon, je réfléchissais à tout ça.

– Tu n'as pas raconté comment Faustine été enlevée.

– C'est vrai. J'ai...

Guy se pencha, les coudes sur les genoux, les mains sur les joues.

– Attends une seconde, dit-il, comment... Comment ai-je pu négliger ce point dès le début ?

– Quoi toi dire ?

Le début de chacune des deux histoires. Si Hubris était encore en vie, l'enlèvement de Faustine n'avait rien de hasardeux, il avait été prémédité.

Hubris avait fait évader quatre hommes dangereux.

Et Léon Marbec n'avait pas refusé l'offre qui lui était faite, il avait volontairement postulé comme facteur dans le Vexin. La disparition de son prédécesseur n'était pas accidentelle, il s'était arrangé pour libérer la place. Pour être certain d'être le plus près possible de Guy et Faustine.

Hubris voulait redonner la vie à des momies ? Peut-être... mais il avait convaincu Marbec qu'une seconde chance était possible. C'était Hubris qui avait orienté Marbec vers cette folle éventration pour renaître, ou du moins lui qui l'avait conforté dans ses fantasmes.

En véritable maestro des pulsions criminelles, Hubris avait orchestré la symphonie du sang et du temps. Un requiem de la civilisation. Il avait su sonder les plus profonds abysses de chacun, et en avait joué en virtuose. Lui, l'incarnation des excès, le maître des abysses.

Et Hubris avait poussé Marbec dans la direction de Guy et Faustine, pour servir ses plans.

Pour leur faire payer le prix d'avoir détruit son Léviatemps.

Son œuvre.

Tout avait été prémédité !

Les meurtres de Marbec pour attirer l'attention de Guy, pour jouer avec lui tout en satisfaisant ses pulsions, l'utile et l'agréable...

Hubris connaissait Guy, il savait où le trouver.

Qui était au courant pour l'exil à Elseneur ?

Perotti, Louis Steirn et Julie.

Guy ne parvenait pas à l'envisager. Aucun des trois ne pouvait être Hubris.

Les deux premiers avaient même été enlevés par le tueur, sauvés in extremis par Guy.

Julie.

Guy refusait de le croire. Elle n'avait aucune raison pour cela. Il la connaissait, c'était une femme parfois dure, mais aimante.

Et c'est une femme ! Une femme ne commettrait jamais de telles atrocités !

En était-il seulement sûr ? Et si, au contraire, elle était capable du pire...

Pourquoi ?

C'était absurde. Quelles connaissances avait-elle en horlogerie pour bâtir le Léviatemps ?

Il n'en avait pas fallu, rien qu'une folle et perverse imagination...

Pourtant l'obsession du temps, les mécanismes de montres, les tourbillons, il l'avait bien constaté avec Talco et Auguste Rangor, tout cela ne s'improvisait pas en...

Guy se redressa d'un coup.

– Toi inquiéter moi ! fit Gikaibo.

– Je dois te laisser.

– Quoi tu penses ?

Guy enfila sa veste et prit canne et chapeau en se dirigeant vers la sortie.

– Je dois fouiller le passé, s'écria-t-il en sortant.

62

Plusieurs pendules tictaquaient, le même rythme régulier mais pas simultanément, sur une tonalité propre à chacune, et l'ensemble formait une conversation sans fin. Le temps dans tout son paradoxe. Unique et démultiplié à la fois. Des temps parallèles.

Voilà ce qu'était Hubris.

Démultiplié. Deux êtres en parallèle et pourtant de la même essence.

Les deux fruits du même arbre, de la même branche, du même rameau.

Un être, deux visages.

Guy alpagua Auguste Rangor :

– Ah, vous ? s'étonna-t-il. Êtes-vous au courant qu'il y a eu une intrusion cette nuit ? On a retrouvé du sang un peu partout là-bas !

Guy balaya la question d'un revers de main.

– J'ai une question à vous poser, elle concerne Marcus Leicester. Hier vous m'avez dit le connaître, n'est-ce pas ?

– L'horloger anglais ? Oui, c'était une petite célébrité tout de même. J'en parle au passé car tout le monde dit qu'il ne réapparaîtra pas. Je sais ce qu'on dit des rumeurs, mais là, ça...

– Je vais vous demander d'être très précis, le coupa Guy. C'est une question de physique.

Guy s'entretint avec l'horloger pendant plusieurs minutes, il exigea des réponses précises, jusqu'à ce que le doute qui le taraudait se lève.

Gikaibo avait raison. Même une horloge arrêtée donne la bonne heure deux fois par jour.

Guy n'avait pas eu tort.

Pas totalement.

Alors il se précipita jusqu'au bureau de poste le plus proche pour faire porter un télégramme au domicile de Perotti, afin de lui réclamer son aide aussi vite que possible.

Ensuite, il s'écarta de la foule de l'Exposition et regagna la place de la Concorde pour y trouver un cocher.

Avisant deux Véloces Chasseurs discutant devant un kiosque à journaux et cigares, il en alpagua un :

– Vous avez une enveloppe ?

– Tout ce que vous voudrez pour rédiger une note, monsieur !

Guy emprunta de quoi écrire et rendit au jeune garçon son enveloppe qu'il avait pris soin de refermer.

– Tenez, portez ceci à la Villa Montmorency, l'adresse précise est dessus. Pour Maximilien Hencks, c'est très urgent et très important.

Il devait s'assurer que le chasseur ne prenait aucun engagement pour la soirée. Qu'il restait bien chez lui.

– Une réponse est désirée ?

Guy hésita.

– Non. Voici vingt sous, et ne vous perdez pas en route ! C'est une question de vie ou de mort.

Guy ne pouvait rester en place.

Il attendait des nouvelles de Perotti.

Sans lui, il ne pouvait rien faire.

Le jeune inspecteur n'arriva qu'en toute fin de journée avec précipitation, les bras encombrés de plans, les joues roses d'excitation.

– Martial ! Enfin, où étiez-vous ? Vous n'avez pas eu mon télégramme ?

– Au commissariat ! riposta Perotti avec empressement et en se débarrassant de ses documents sur la table. Avec les meilleurs limiers de la rive droite ! Croyez-moi !

– Je vous attends depuis trois heures ! Il faut que…

– Je sais où se cache Hubris, le coupa Perotti avec fierté et exaltation. Les vêtements du mort ont parlé !

Guy croisa les bras.

– Je vous écoute, dit-il, surpris.

– Tout d'abord, cette poussière caillouteuse blanche, un peu poreuse, s'effrite aisément, et plusieurs morceaux plus conséquents retrouvés dans les cheveux du mort montrent que c'est une pierre irrégulière, trouée même, vraisemblablement de la meulière ou du moellon ! Votre homme en avait assez pour témoigner d'une longue présence dans un environnement bâti avec ce matériau. Ensuite, les particules noires sont du carbone à la siccité exceptionnelle ! Savez-vous ce que ça signifie ?

– Au toucher, j'avais pensé à du charbon ?

– En si grande quantité et à ce point desséché, non, plus certainement du coke.

– Les briquettes que nous mettons dans les poêles ou les cheminées pour garder le feu longtemps ?

– Exactement ! Mais en poudre ! Et il en était couvert !

Martial jubilait de ses trouvailles.

– Une fabrique de coke ?

– Et savez-vous qui fournit les briquettes de tout Paris ? Les usines à gaz ! Elles se font livrer entre trois cents et un millier de tonnes de houille chaque jour ! Cette houille qui est aussitôt brûlée pour obtenir le gaz qui alimente nos lampes et réverbères ! Il en ressort ce coke compact qu'ils revendent aussitôt aux marchands ambulants ! Mais pendant tout le processus de refroidissement, de grandes quantités de poussière se dégagent !

– Des usines à gaz, il y en a plusieurs dans Paris !

– Attendez ! Maintenant, les traces sur le pantalon, c'est du sang ! Entre autres. Cet homme a marché dans un liquide jusqu'à mi-mollet, une eau mêlée de sang car ce dernier était tout de même dilué ! Et nous avons également remarqué des souillures d'excréments.

– Les égouts ? proposa Guy en se basant sur la dernière indication.

– Et pas n'importe lesquels ! Des égouts près d'abattoirs ! C'est la seule explication à tout ce sang ! Or, nous le savons, les abattoirs de Paris déversent des milliers de litres de sang dans les égouts chaque jour pour fournir les cinq cents tonnes de viande que la ville absorbe quotidiennement !

– Un égout près d'une usine à gaz et d'un abattoir... Le quartier Saint-Lambert dans le quinzième !

– Non, le modéra Perotti, sans lui-même se départir de son ardeur. Regardez.

Il déplia un plan de Paris avant de le repousser pour s'emparer de celui du système des égouts.

– Les trois grandes artères ici sont des collecteurs, les fleuves du monde souterrain, si vous préférez, et toutes les ramifications sont les égouts qui s'y déversent, les rivières affluentes en somme. Un collecteur seulement pour la rive gauche, si vous regardez bien, qui récupère les eaux de la Bièvre, passe sous le boulevard Saint-Michel, et voyez comme il se tient éloigné du sud de Paris. Si vous suivez le tracé des égouts qui circulent sous les abattoirs de la rive gauche, ils ne se mélangent à ceux situés sous l'usine à gaz de Saint-Lambert que bien tardivement, le sang a eu le temps d'être largement dissous dans le flot ! En revanche, tout au nord, nous avons un réseau juste sous le marché aux bestiaux et les abattoirs de la Villette, qui se prolonge sous l'usine à gaz juste à côté !

Perotti déplia alors un troisième plan, plus ancien, avec un maillage bien moins important.

– Voici le premier réseau d'égouts clairement répertorié en 1631 jusqu'aux grands travaux de 1855. À l'époque, les sections voûtées, souterraines donc, étaient construites en meulière. Depuis, nous les fabriquons en ciment, pour sa solidité et sa résistance bien supérieure à l'humidité. Maintenant, comparez ce plan au nouveau. Et regardez ; sous l'usine à gaz de la Villette, il manque une portion importante. Plusieurs anciens égouts ont été abandonnés. Je pense que ce cloaque oublié, dans lequel votre mort pourrait s'être couvert de meulière, est la tanière d'Hubris. C'est là qu'il cache Faustine.

Guy siffla d'admiration.

– Vous êtes un petit génie, Martial.

– Je dois avouer que je me suis chargé de récupérer ces plans et les données qui vont avec pour les étudier, mais l'analyse scientifique de base est de mon collègue chimiste.

Guy attrapa Perotti par les bras pour le tenir devant lui.

– J'ai moi aussi une grande révélation à vous faire, Martial.

– Quoi donc ?

– Je sais qui est Hubris.

Ébahi, Perotti ouvrit lentement la bouche et la garda grande ouverte.

– Vous… vous êtes sérieux ?

– Toutefois, votre précieuse découverte change mes plans. Nous allons d'abord récupérer Faustine avant de le confondre.

– Mais qui est-ce ? Une personne de notre connaissance ?

– Maximilien Hencks est Hubris.

Le monde sembla tomber sur les épaules du petit inspecteur.

– Le chasseur ?

– Lui-même.

– Mais… comment… comment en êtes-vous si sûr ?

– Je vous expliquerai. En attendant, Faustine est à portée de main. Martial, courez au bureau de poste pour télégraphier à Hencks que nous devons nous voir de toute urgence. Il sera chez lui, je m'en suis assuré tout à l'heure. Donnez-lui rendez-vous à l'entrée de l'usine à gaz de la Villette et venez me rejoindre au plus vite.

– Mais il va comprendre que vous l'avez démasqué !

– La police ne l'ayant pas arrêté chez lui, il saura que je veux en faire une affaire personnelle. Il accourra d'autant plus vite. Prenez votre arme et quelques hommes en qui vous avez confiance. D'ici là, j'aurai récupéré Faustine.

63

Tout était une question de temps.

Et Guy en disposait de très peu.

La Compagnie générale du gaz occupait plusieurs hectares le long des remparts de Paris : d'immenses gazomètres circulaires, de petits immeubles administratifs, des voies de chemin de fer si nombreuses et parallèles qu'elles ressemblaient sous la lune à une mèche de cheveux argentés oubliée par un titan, des hangars vertigineux où séchaient des terrils de houille et, enfin, l'usine de transformation.

Personne ne veillait sur l'entrée, un large passage ouvert aux vents, donnant sur une cour pavée, des bâtiments anciens d'un côté, et un chemin conduisant à l'usine de l'autre. Nulle âme pour empêcher Guy de franchir les voies de chemin de fer par un passage de traverses posées entre les rails et sur le ballast.

Un train déchargeait sa marchandise, ce précieux or noir qui allait libérer Paris des ténèbres cette nuit encore, la locomotive sifflant, des jets de vapeur jaillissant par ses naseaux d'acier. Les hommes n'étaient que des silhouettes sans visage, aux gestes mécaniques, réguliers et précis ; pelletée après pelletée, ils remplissaient l'estomac d'une ville assoiffée de lumière au point d'en vider les entrailles de sa terre, et d'asservir ses enfants.

D'après les plans rassemblés par Perotti, les égouts abandonnés étaient accessibles par un puits de service près des fourneaux de l'usine.

Guy longea les murs de tôle, hauts comme les contreforts d'une montagne, et passa devant de grandes ouvertures d'où soufflait une vague de chaleur étouffante. Des batteries de fours et de cornues crachaient par leurs gueules incandescentes une haleine brûlante qui incendiait l'atmosphère. Une langue de lave en fusion tournait au milieu de geysers d'un jaune vif, telle la salive du Diable en personne. Et, face à cet enfer, des hommes courbés, crispés par la fièvre, rôtissaient pour assurer l'alimentation continue de ces goinfres affamés. D'autres nettoyaient les cornues de leur matière résiduelle ; une fois la houille déshydrogénée, ils récupéraient des lingots roses mouchetés d'escarboucles, palpitants de chaleur, que les déluteurs s'empressaient de porter au-dehors, à bout de bras, couverts d'une sueur grasse et noire, et qu'ils renversaient au milieu d'autres tas de graphite refroidi. Alors un homme arrosait à grande eau les postillons infernaux qui rugissaient une fumée âcre avant de s'éteindre rapidement.

Guy s'empressa de dépasser cette fournaise et, dès qu'il eut traversé les nuages tièdes de fumée, se rendit compte qu'une fine couche de poussière noire l'avait enveloppé.

Comment Hubris avait-il amené Faustine jusqu'ici ? Au milieu de ce bouillonnement incessant, de quelle manière avait-il pu conduire une femme sous la contrainte sans qu'on le remarque ?

Parce que personne ne lève les yeux de son ouvrage.

Tout ici était parfaitement mécanisé, chacun son labeur, sa cadence, et ce rituel ne souffrait aucune distraction. Nul ne se souciait de sa présence, avait constaté Guy. Il suffisait de transporter un gros sac, voire de trouver un chemin de l'autre côté, praticable en carriole, et d'y apporter quelques caisses bien remplies.

Guy ralentit. Il y était presque. Il voyait des citernes, le puits de service ne devait plus être loin.

Il tenait une lampe à pétrole et avait gardé une main libre pour l'arme qu'il conservait dans la poche de sa veste.

Car la libération de Faustine n'allait pas être simple.

Il aurait été moins risqué pour sa propre vie de prévenir la police, tenter de convaincre un sergent de ville que toute son histoire était vraie, et d'investir les souterrains avec plusieurs policiers armés. Moins risqué pour sa propre vie, pas pour celle de Faustine. Ces rustres, galvanisés et nerveux à l'idée de retrouver deux assassins évadés, auraient foncé, prêts à abattre le premier venu. La police n'avait pas la réputation de faire dans la dentelle.

Quant à retourner voir Lafargue, Guy ne pouvait perdre autant de temps.

Il faisait avec les moyens du bord.

Libérer Faustine en premier lieu. Ensuite, il improviserait.

Tout dépendrait de la célérité de Perotti.

Guy circula entre de petites cuves et, repérant de nombreuses traces de pas dans la terre, les suivit jusqu'à une écoutille munie d'un bras.

Il y était.

Son cœur battait rapidement.

Faustine était là-dessous.

L'écrivain tira sur le bras pour ouvrir la trappe de fer et dégager une échelle de barreaux. Il alluma sa lampe et descendit précautionneusement.

Le boyau en bas était plus étroit qu'il ne s'y était attendu. De la pierre meulière recouvrait la voûte.

Il était temps de sortir son arme.

Guy était en alerte. Hubris n'était pas là, mais les deux acolytes qui lui restaient pouvaient veiller, ils ne laisseraient pas Faustine, Louis Steirn, la comtesse Bolosky et les deux médiums sans surveillance.

Il marchait sur de la terre humide, jonchée de petits squelettes, chats, rats, parfois même des chiens. Guy fut aussitôt pris à la gorge par la puanteur. Une charogne pourrissante, cela ne faisait aucun doute.

Et il s'en rapprochait.

Il posa la main sur le mur pour se retenir tandis qu'il franchissait un angle et ne vit pas venir la gueule gigantesque du monstre.

Longue mâchoire couverte de dents pointues, assez grande pour happer tout un membre humain, surmontée de deux petits yeux jaunes, le monstre apparut d'un coup, lançant ses crocs dans l'air pour déchiqueter la jambe de Guy.

Tout alla ensuite très vite, trop vite. Guy ne perçut qu'un mouvement rapide et, avant que son attention se porte sur la créature énorme, elle était sur lui. Il n'eut pas le temps, ni le réflexe, de presser la détente de son revolver.

Il comprit qu'il allait se faire arracher la jambe d'un coup, et tout ce qu'il put faire fut d'anticiper la violence de la douleur. Pour ne pas perdre conscience. Pour survivre si c'était possible.

Les dents claquèrent dans le vide tandis qu'un cliquetis d'acier résonnait.

Une chaîne retenait le crocodile et elle venait de se tendre.

Les mâchoires s'ouvraient et se refermaient rageusement.

Guy s'éloigna aussitôt en titubant sous l'effet de la peur.

Le crocodile qui était sous la tour Eiffel.

Celui qui avait dévoré Bomengo et Marcus Leicester.

Le gardien d'Hubris. Fidèle à celui qui l'approvisionnait en nourriture .. Un crocodile volé à un cirque porte de Vitry au printemps, Guy l'avait finalement découvert en épluchant la presse pendant son exil. Il se raccrocha à cette idée, un animal volé, pour chasser la terreur d'une créature surnaturelle.

Guy leva la lampe pour y voir le plus loin possible et s'assurer que le crocodile ne pourrait pas le suivre, et il poursuivit sa route, haletant et désorienté par ce qu'il venait de vivre.

Puis il atteignit un passage transversal, un égout moderne, un peu en contrebas, tout en ciment, peu large, bas de plafond, mais infesté d'une eau où l'odeur d'ammoniaque se mêlait à un parfum plus métallique.

Le sang. Le sang des abattoirs.

L'ancien boyau continuait sa route en face. Guy n'avait pas le choix, il descendit et mit les pieds dans le liquide froid. Un frisson lui grimpa le long de l'échine.

Une fois de l'autre côté, il dut se pencher pour franchir deux passages très bas, avant qu'une lueur tremblante n'apparaisse après un coude.

Il coupa aussitôt sa lampe et l'abandonna sur place.

Il y était. Faustine était à quelques mètres, la délivrance aussi.

Ne pas faire de bruit, ne pas trahir sa présence, profiter de l'effet de surprise sur lequel il comptait tant.

Guy se sentait prêt à tout pour retrouver sa douce, il n'hésiterait pas à tirer.

À tuer s'il le fallait.

Il franchit la dernière portion très lentement, s'assurant de ne pas marcher n'importe où, se tenant à la paroi de sa main libre.

Un homme fredonnait :

Qu'avez-vous fait ? Oh, pas grand-chose,
De la misère et des enfants.
Il est temps que je me repose,
J'ai soixante-dix ans.
Allons-y tout de suite
Et fusillez-moi vite.

Guy reconnut une vieille chanson de la Commune.

L'homme était tout proche. Guy rampa encore un peu pour tenter de distinguer la scène.

Il releva la tête et aperçut un élargissement du boyau, presque une petite salle. Une vieille porte en bois vermoulu en fermait le fond.

Le chanteur se tenait à moins de trois mètres, de dos, assis par terre, les bras serrés autour des jambes qu'il avait repliées contre lui. La lampe était suspendue à un vieux clou et éclairait une personne tout au fond.

Guy reconnut la comtesse Bolosky, bâillonnée et ligotée.

Ni Faustine, ni Steirn, ni même les deux médiums enlevés.

Léon Marbec mis hors d'état de nuire ajouté à l'homme occis par Guy dans la serre de l'Exposition universelle, Hubris ne disposait plus que de deux complices. Si la police n'était passée à côté d'aucune autre évasion.

Et Guy n'en voyait qu'un. Où était l'autre ?

Avec Hubris ? Ou derrière cette porte ?

Il ne pouvait se servir de son arme sans avoir au préalable localisé l'autre tueur et Faustine. Ne pas risquer une prise d'otage, un bain de sang.

Pourtant Guy doutait. S'il parvenait à se rapprocher suffisamment du type, il lui faudrait l'assommer, son expérience de la veille lui déconseillait le corps-à-corps. Ces hommes-là étaient de vraies bêtes, capables de le mettre en pièces avec leurs mains nues.

Il ne pouvait attendre, il avait déjà bien trop tardé en marchant doucement dans les couloirs.

Hubris allait arriver.

Guy fut pris d'un brusque coup de sang, la frustration accumulée depuis la disparition de Faustine explosa. Il se redressa et, d'un bond, atterrit dans le dos du chanteur qui n'eut que le temps de tourner la tête avant qu'un terrible coup de crosse ne le cueille à la tempe.

L'homme s'effondra dans les débris de pierre, la conscience arrachée par le choc.

Le cœur de Guy battait à se rompre.

Il hésitait. La comtesse ou la porte ?

La sécurité de Faustine avant tout.

Il se précipita vers le fond de la petite salle et repoussa le battant fragile. Une odeur infecte l'étourdit immédiatement.

À nouveau ce relent de putréfaction, acide et écœurant.

Des vêtements s'entassaient en pagaille, plusieurs dizaines.

Que faites-vous ici ?

Et lorsqu'il leva la tête, il sut qu'Hubris était de retour, sans doute possible.

Le couloir se rétrécissait et la pierre disparaissait.

À la place, des parois de peau, de tendons, de muscles s'aggloméraient pour former un boyau de plus en plus resserré.

Un déclic sonore derrière lui le fit se raidir.

C'était impossible. Le gardien avait pris un tel choc que Guy pensait même lui avoir perforé la boîte crânienne. Quant au second tueur, il ne l'avait vu nulle part.

– Je vois que vous avez trouvé mon petit antre, dit une voix très familière.

Et ce n'était pas celle de Maximilien Hencks.

64

Guy de Timée laissa sa colère contre lui-même sortir en un long soupir résigné.

Il aurait dû aller plus vite. Il le savait. Le temps était la clé de son succès, depuis le début.

Il leva les mains et pivota pour se tourner face à Hubris.

– Doucement ! ordonna celui-ci. Que je voie bien vos mains, ne jouez pas avec moi.

Guy se tenait face à lui. La lumière de la lampe l'éclairant à contre-jour, il ne distinguait pas bien ses traits mais apercevait les reflets sur le pistolet qu'il braquait sur lui.

– Lâchez votre arme à vos pieds, commanda Hubris.

Guy s'exécuta.

– Où est Faustine ? demanda-t-il.

– Vous allez la retrouver bientôt.

Hubris fit un pas vers lui, il sortit de la lumière et son visage apparut.

Martial Perotti avait l'air sévère. Le petit inspecteur n'avait plus rien de cette excitation presque juvénile qu'il arborait encore une heure auparavant.

– Je veux la voir. Vous me devez ça, Martial.

– Je ne vous dois rien du tout. C'est vous qui m'avez joué des tours ! Vous vous rappelez ma création ? Vous l'avez brûlée !

Cette fois, il s'était départi de son calme, la colère l'avait brièvement envahi.

– C'était l'œuvre de toute une vie ! insista-t-il.

– Vous avez fui ce jour-là.

– Je n'avais plus le choix ! Vous aviez été trop loin ! Je savais que si je ne vous donnais pas un coupable crédible, vous n'abandonneriez jamais ! Ni vous ni Faustine. J'ai tenté de vous faire peur, de vous dissuader, mais non ! Vous étiez plus bornés chaque fois ! Je n'ai plus eu le choix.

– Vous avez participé à notre investigation !

– Oui, et j'ai joué avec vous.

Il avait prononcé cette dernière phrase avec une pointe de plaisir.

– Jouer avec les vies des autres, c'est votre besoin, n'est-ce pas ?

– Un romancier qui se prend à rêver de m'attraper, comment résister ? Je vous ai vu, ce soir-là, avec les policiers, au chevet de Milaine, j'ai observé, j'ai écouté. Quand je vous ai ensuite abordé, mon objectif était de récupérer le journal intime de Milaine. Je savais qu'elle en tenait un et je devais m'assurer qu'elle ne me mentionnait pas dedans. Ni moi ni le père Camille.

– Vous avez inventé cette histoire de grossesse.

– En effet. Qui pouvait affirmer que je mentais ? Pas elle ! s'esclaffa Perotti.

Guy se souvint des conclusions du médecin de la morgue : Milaine n'attendait aucun enfant. Avec Faustine, ils avaient naïvement songé qu'elle avait menti à Perotti pour le manipuler et obtenir son affection afin de la sortir de sa condition de courtisane.

– Je n'avais simplement pas prévu que vous décideriez de vous lancer dans une croisade personnelle, ajouta Perotti. Je me suis laissé griser par ces séances, tous ensemble, où l'on parlait de moi ! Oui, je l'avoue, c'est par orgueil que j'ai abondé dans votre sens. Votre choix de me surnommer Hubris avait quelque chose de très ironique dans cette situation. J'ai tenté parfois de vous entraîner sur de mauvaises pistes, de vous inciter à tout arrêter, mais on ne peut interrompre brusquement un train lancé à pleine vitesse !

– Vous n'êtes pas policier, n'est-ce pas ?

– Pas plus que vous. J'ai seulement aperçu Legranitier et Pernetty sur les lieux de mes… actions. J'ai fait avec eux comme avec vous, j'ai suivi, j'ai cherché à comprendre qui ils étaient. Martial Perotti est un vrai inspecteur que je n'ai jamais rencontré, j'ai seulement subtilisé l'identité d'un homme dont j'avais entendu le nom.

– Voilà pourquoi le Perotti dont Lafargue m'avait parlé était un rond-de-cuir, et pourquoi je ne devais jamais vous joindre au commissariat, mais toujours chez vous. Et les archives de la police que nous avons consultées ensemble ?

– Je ne vous ai pas menti ce soir-là : j'avais graissé la patte au gardien. Tout homme est corruptible, il suffit de connaître son prix.

– Je dois reconnaître que vous avez été habile.

– Vous n'imaginez pas le nombre de fois où vous m'avez causé de l'embarras ! Et lorsque vous avez mis au jour ma petite réserve de corps, sous la tour Eiffel, j'ai d'abord été vraiment très très contrarié. Et c'est là que j'ai eu l'idée de jouer, et d'inventer des lettres. Ah, vos interminables séances de graphologie ! J'en ris encore !

– Tout vous désignait pourtant. La vie que vous m'aviez racontée, c'était la vraie, n'est-ce pas ?

– Oui, jusqu'à ma prétendue entrée dans la police. Mais pour ce qui est de votre analyse, c'était risible !

– Parce que c'était exactement vous, tel que vous êtes et non comme vous vous voyez.

– Ne comprenez-vous pas ? Depuis le début j'ai accompagné vos faits et gestes ! Vous étiez tellement persuadé que vous pouviez comprendre la vérité par le biais de vos méthodes de romancier que ça en devenait pathétique ! Vous vouliez tellement avoir raison, tellement y croire, que vous avez tout fait pour me pousser à vous servir Leicester sur un plateau !

– Je vous ai percé à jour.

– Non, si je n'avais pas envoyé Marbec dans vos pattes cet été, vous auriez toute votre vie cru à *votre* vérité ! Celle que vous avez fabriquée en mélangeant réalité et fiction ! Tout ce que j'ai eu à faire, c'était de répondre à vos délires, à mettre la réalité en scène pour qu'elle corresponde à vos fantasmes. Faites face, l'ami, vous vous êtes pris à votre propre piège ! Vous avez cru en votre propre création. Votre fiction, vous l'avez transposée dans la réalité, et j'ai simplement ajusté cette dernière pour ne pas vous décevoir.

Guy secouait la tête.

– Faustine, je veux la voir.

Hubris acquiesça avec un rictus sadique.

– Ah oui, Faustine ! Vous savez, quand j'ai compris que je ne pourrais jamais vous empêcher d'aller jusqu'au bout de vos idées, j'ai instantanément su qu'il me faudrait accélérer ma création, pour la présenter au monde avant que vous ne vous en mêliez. Vous étiez peut-être en train de confondre réalité et fiction mais, tôt ou tard, vous alliez me mettre des bâtons dans les roues. Ce jour-là, j'ai attiré Louis Steirn, ce nasillard prétentieux, pour lui régler son compte. Nous n'étions pas du tout d'accord sur la substance du monde des esprits. Faustine aussi est venue. C'était plus que je ne pouvais en espérer. Et là, vous êtes arrivé. J'ai dû improviser. J'ai tranché les liens de Leicester et je suis parti me réfugier dans un coin, en attendant que votre obsession fasse le reste du travail. Et j'ai eu raison !

– Leicester était innocent, dit Guy tout bas.

– Ce garçon effrayé qui s'enfuyait courait pour sauver sa vie, avec la peur au ventre, et vous avez vu un coupable désireux de vous échapper.

– Si le crocodile n'avait pas tué Marcus Leicester, vous l'auriez abattu, n'est-ce pas ?

– Oh, je n'avais qu'à prétendre l'avoir vu sortir une arme et le tour était joué. Mais comme dans un bon roman, vous, l'auteur de cette histoire, nous avez offert une fin spectaculaire digne des plus grands ! Le combat dans la fange et le monstre qui dévore le monstre, j'adore ! C'était imprévisible !

– Vous êtes dégoûtant, murmura Guy.

– Et vous voulez savoir ce qui a été le plus dur dans tout ça ? Parvenir à tirer assez fort avec les dents sur la corde pour m'attacher les mains et que ce soit crédible !

– Assez parlé, je veux voir Faustine.

Hubris s'assombrit brusquement.

– Vous avez brûlé ma création avant que le monde ne la découvre, reprocha-t-il d'un ton dénué d'émotion. Avant que je puisse révolutionner la perception du temps. Et de la vie. Je comptais sur ça pour bouleverser la communauté scientifique, vous savez ? Ils m'auraient aidé. Au lieu de ça, j'ai dû tout faire moi-même.

– De quoi parlez-vous ?

Hubris alternait lucidité et épisodes délirants.

– Pourquoi croyez-vous que j'aie fait tout cela, hein ? Pour moi ? Non, certainement pas. C'est pour elle !

– Elle ? Qui elle ?

– La seule qui ait jamais eu de l'amour pour moi. La seule qui méritait mon amour. C'est pour elle.

Soudain des tics nerveux déformaient le visage de Perotti.

Guy ne comprenait plus.

Hubris désigna le boyau de sang et de chair avec le canon de son arme.

– Entrez là-dedans.

– Vous n'êtes pas sérieux ? Je ne...

– Rampez ! hurla soudain Perotti. Votre Faustine est de l'autre côté !

Alors Guy se mit à genoux et posa les mains sur la viande froide.

– C'est une purification, s'écria Hubris dans son dos. Une renaissance.

Guy se fraya un chemin à l'intérieur de cet intestin recompose, il réprima son envie de vomir, de refuser d'obéir à Hubris, et, pas à pas, il franchit la membrane de chair.

Une salle beaucoup plus grande l'accueillit lorsqu'il souleva la peau qui en masquait l'entrée.

Un homme l'attendait, un couteau à la main, l'air paniqué.

Il arborait une large balafre sur la gorge.

– Du calme, Charles, ordonna Hubris en surgissant à son tour. Je te présente Guy de Timée, notre... Némésis !

Guy ignora l'assassin et chercha Faustine du regard.

Des lanternes diffusaient un éclairage régulier, jusqu'à un autel de pierre couvert de flacons, de mécanismes rutilants, où reposait un long rouleau de parchemin : *Le Livre des Morts égyptien*.

Tout au fond, il remarqua deux caisses en bois, semblables à des sarcophages.

Plusieurs momies étaient renversées au milieu de la cavité, sans aucun ménagement. Une toile recouvrait des formes dans un autre coin et Guy devina des mouvements en dessous.

Faustine.

– Je veux la voir ! s'énerva Guy.

– Crois-tu en moi, Guy ?

Le ton facétieux plus que le soudain tutoiement inquiéta l'écrivain.

– Crois-tu en ce que je suis ? continua Hubris. En la trajectoire d'Hubris ?

– De quoi parlez-vous ?

– Ce que je fais ! Est-ce que tu y crois ?

– Vous massacrez des êtres vivants, comment pourrais-je y adhérer ?

Hubris parut chagriné. Il marcha jusqu'au fond de la salle et s'agenouilla devant une des longues caisses.

– Je ne suis pas un aliéné, Guy, j'ai un but ! Je suis sur le point de démontrer ma théorie. Quand tu as brûlé ma création, c'est une œuvre d'art que tu as détruite, et l'affirmation que le véritable temps humain, c'est l'homme ! C'est la vie qui coule en lui, voilà le seul temps qui existe ! Le sang ! Et l'âme qui le porte.

Hubris caressa le dessus de la caisse puis se redressa pour désigner les momies à ses pieds :

– J'ai beaucoup appris de l'Égypte ! Pour la conservation des corps, c'est vrai, mais surtout sur le voyage de l'esprit vers l'au-delà. Et sais-tu ce qu'il manque à un être mort, pour revenir à la vie ?

– Son âme et son cœur ? fit Guy en espérant qu'entrer dans son jeu allait l'amener plus rapidement à Faustine.

– Exactement ! Pour ce qui est du cœur, nous savons les faire désormais ! Ces parfaits petits mécanismes réguliers ! répliqua Hubris en attrapant un calibre de montre sur l'autel. Certes, à cause de tes exploits de la nuit dernière, ce ne sont pas des cœurs parfaits, mais cela pourra faire l'affaire, du moins pour commencer.

– Vous comptez vraiment ressusciter ces momies ?

Hubris balaya leur présence d'un revers de bras.

– Ça n'a pas marché, avoua-t-il, elles sont trop vieilles, je pense. Leur âme est trop loin désormais. Même avec le gendarme que

Léon nous avait offert, ça ne fonctionnait pas, même avec la *mummia* dans ses veines pour le rendre plus fort, nous n'avions pas de cœur ! Ce couard de Rablois nous a filé entre les pattes avant de nous les fabriquer ! Il n'a pas supporté le génie de ma vision, je crois.

Hubris retourna près de la longue caisse et en souleva le couvercle avec délicatesse.

La lumière ambrée lécha le corps d'une femme âgée, la peau cireuse, les mains jointes sur le ventre.

Hubris eut un regard tendre pour elle.

– J'ai opéré avec une précision inouïe, dit-il, pour lui donner cet aspect. J'ai suivi les instructions des Égyptiens à la lettre. Je suis certain qu'ils auraient été fiers de moi.

Hubris effleura le front de la morte du bout des doigts.

– Maman sera fière de moi, ajouta-t-il.

Guy avait la tête qui tournait.

Tout depuis le début était l'œuvre d'un fanatique pour sa mère. Un esprit dérangé qui avait basculé à cause d'elle dans l'obsession, puis le crime. Guy repensa à toute l'analyse graphologique qu'il avait faite d'Hubris quelques mois plus tôt. Gikaibo avait raison, un homme ne pouvait avoir tort tout le temps. Et la première personne à qui il avait pensé à ce moment-là, ç'avait été le doux Martial Perotti.

Ce petit inspecteur introverti qui avait très tôt pris en charge la vie de sa famille à la mort de son père, qui s'était occupé des siens, et de sa mère.

Jusqu'à quel point ? Quelle relation avait-il eue avec sa génitrice ?

– Vous êtes fou, dit Guy tout bas, sans s'en rendre compte.

– Oh, vous croyez vraiment ? Le cœur n'est qu'une pompe amorcée par un faible courant, on peut le remplacer. Le corps et une partie de ses fluides peuvent perdurer, pour peu qu'on ait pris soin de les conserver selon les vieilles méthodes égyptiennes. Lorsque j'ai travaillé à ma création dans les entrailles de Paris, j'ai beaucoup correspondu avec un médecin viennois, Karl Landsteiner, il fait des travaux formidables sur les compatibilités de sang entre humains. Il affirme qu'il sera bientôt à même de présenter les conclusions de ses travaux pour expliquer les échecs et les succès des transfusions sanguines, mais je suis moi-même parvenu à des résultats parfois concluants ! C'est possible ! Même s'il y a un risque de rejet, cela peut fonctionner. Reste l'âme ! Celle-ci est là, autour de nous, sur un autre plan, et elle n'a besoin que d'un bon guide pour revenir dans son enveloppe ! D'ailleurs, merci de m'avoir livré la comtesse sur un plateau, les deux médiums que j'avais ne faisaient pas l'affaire. Il me faut la meilleure !

– Nous n'avons rien à voir avec votre affaire, tenta de le raisonner Guy, ni Faustine, ni même Steirn, laissez…

– Ah, ce bon Louis Steirn ! Nous nous sommes querellés, le saviez-vous ? À propos de l'au-delà. Il est convaincu qu'à la mort, la conscience se délite, et qu'il ne reste plus que l'inconscient. Et donc qu'on ne pourra pas réanimer un mort, sans quoi il serait vide, voire monstrueux. J'ai décidé de lui prouver qu'il se trompe.

D'un geste, Hubris commanda à Charles Montduc d'aller vers la toile et l'assassin tira dessus pour dévoiler deux cadavres, que Guy devina être ceux des médiums, et Louis Steirn, entravé et paniqué.

– Louis va offrir son sang pour le retour de ma mère, dit Hubris avec cruauté.

Steirn avait les yeux exorbités, il secouait la tête dans tous les sens.

Guy réalisa qu'il était impossible de faire entendre raison à Hubris. Hubris était la démesure, l'excès. Il irait jusqu'au bout de sa folie.

– Ne faites pas ça, dit Guy.

Hubris fixa de ses prunelles vides celles de Guy.

– Vous n'avez pas foi en moi, je le sens.

– C'est de la démence…

– Oh vous ne devriez pas dire ça ! (Il tendit l'index vers Guy.) Tous vos espoirs désormais reposent en moi !

Et, d'un coup de pied dans la seconde caisse en bois, il dévoila le corps de Faustine.

65

Peau cireuse.

Mains jointes sur le ventre.

– NON ! hurla Guy en se précipitant sur Faustine.

Montduc fut plus prompt et le retint par les épaules juste avant que Guy ne puisse la saisir.

– Ne l'abîmez pas ! prévint Hubris. Elle est fragile !

– Qu'avez-vous fait ? rugit Guy. Qu'avez-vous fait, monstre !

– Je vous fais payer le prix de votre fatuité. Les horreurs que vous avez proférées sur mon compte tout ce temps et la destruction de ma création ! Maintenant, vous n'avez plus le choix. Vous devez croire en moi.

Guy était à genoux, son univers entier venait de basculer. Il découvrait le véritable sens du mot chaos.

– Si vous voulez qu'elle vive, vous allez devoir lui offrir votre sang, expliqua Hubris avec une jouissance qui sourdait par tous les pores de son visage. Alors, elle sera ma femme. Je lui pardonnerai. Et nous serons une famille harmonieuse.

Guy n'entendait plus que le cri de sa détresse. Ses sens étaient anesthésiés. Il n'était plus tout à fait lui-même dans ce sous-sol oublié.

Faustine était morte.

Probablement la nuit même de son enlèvement.

Hubris l'avait détruite.

Et par là même, il avait détruit Guy.

Tout ce stratagème avait été mis en place avec Léon Marbec

pour attirer Guy, parce que Hubris savait qu'il ne pourrait résister à l'odeur du sang, qu'il accourrait dès les premiers crimes pour refermer sur lui les mâchoires de son terrible piège. Pour provoquer l'enlèvement de Faustine. Marbec avait-il prévu de fuir après cela ? De retourner à Paris pour échapper à Guy ?

Hubris avait su s'entourer d'hommes comme lui. Il avait épluché la presse pour les trouver, débusquer ses semblables, se montrer ingénieux et les faire évader pour se constituer une armée d'assassins à qui il avait fourni un prétexte pour continuer leur sombre besogne. Des esprits faibles qu'il pouvait contrôler.

Il avait tout provoqué, jusqu'à l'arrivée de Guy à Paris.

Pour finir ici.

Hubris lui tendit la main.

– Allons, levez-vous. Il est temps. Nous allons commencer par votre Faustine.

Guy n'était plus qu'une coquille vide. Son esprit vagabondait au loin, refusant de réintégrer cette réalité de souffrance.

– Votre vie pour la sienne, insista Hubris. Je sais que vous tenez à elle, bien assez pour lui offrir de revivre.

– Votre esclave, dit Guy du bout des lèvres. Elle sera votre esclave.

Ce n'était pas lui qui parlait mais une forme de conscience primitive, la seule chose encore capable d'interaction qui demeurait en lui.

– Son cœur ne sera pas parfait, et pour cela, tu ne t'en prendras qu'à toi, dit-il en reprenant le tutoiement, mais si l'opération fonctionne comme prévu, je trouverai un tourbillon pour ma mère. Et Faustine pourra se targuer d'avoir été la première. Une pionnière. Vois-le sous ce jour aussi. Elle entrera dans l'histoire, et nous tous par la même occasion.

Guy ne sentait même plus les battements de son propre cœur.

Toute vie l'avait déserté.

Louis Steirn gémissait à travers son bâillon, il tentait de ramper vers la sortie. Charles Montduc vint lui donner un coup de pied dans les côtes pour le faire taire et l'immobiliser.

– Charles, fit Hubris, monte à l'entrée de l'usine. Hencks va arriver, amène-le-moi ici.

Une petite étincelle s'alluma alors en Guy.

Et elle embrasa la haine qui se déversait dans son âme.

L'énergie de rage ainsi libérée le réveilla, avec un seul objectif.

Faire payer à Hubris ses actes.

– Vous avez tout de même envoyé le télégramme à Hencks ? dit-il.

Hubris émit un petit rire sec.

– Je n'allais pas manquer une opportunité pareille ! Faire venir à moi le grand chasseur blanc ! Je veux qu'il assiste à mon triomphe, et ensuite, nous verrons qui chasse qui ! dit Hubris en se penchant à l'oreille de Guy. D'ailleurs, je me demande bien quelle nouvelle obsession vous a conduit à le soupçonner d'être moi ?

– Rien.

Hubris se redressa, circonspect.

– J'espérais juste que votre ego démesuré sauterait sur cette occasion de faire venir à vous Hencks, le grand chasseur blanc, comme vous dites.

– Et pourquoi ?

Le doute avait changé de camp.

– Parce qu'un ami m'a dit qu'un homme ne pouvait jamais avoir tort tout le temps. Et je me suis souvenu des lettres écrites par Hubris, de la graphologie qui désignait quelqu'un dans votre genre. Et aussi que c'était forcément un membre du Cénacle des Séraphins puisqu'il y avait rencontré le père Camille. Et que c'était probablement un horloger, pour en savoir autant et avoir cette obsession du temps. Comme Leicester. Mais une fois ce dernier mort, il ne restait plus personne. Sauf son assistant, dont personne n'avait pu identifier le corps. Je me suis aussi souvenu que vous aviez toujours fait en sorte d'éviter d'être à mes côtés lorsque j'allais voir Louis Steirn. Et pour cause, il aurait reconnu en vous non Perotti, le gentil inspecteur, mais l'assistant de son ami horloger.

Perotti, d'un geste théâtral, se désigna.

– Quelle pertinence ! Tardive, hélas ! Votre intérêt pour le Cénacle m'a causé quelques inquiétudes, Guy, mais finalement, vous étiez tellement dans votre rôle de romancier, à vouloir croire en l'histoire que vous vous racontiez plutôt qu'en la vérité, que je n'ai jamais été en danger de ce côté. Et pourtant, il aurait suffi de très peu.

– Le cadavre sous le Léviatemps ?

Hubris eut un sourire froid à l'évocation de sa création.

– Celui que vous avez pris pour l'assistant de Marcus Leicester ? Un indigent ramassé sur le trottoir et pelé comme une orange pour lui faire perdre toute identité.

– Il aurait suffi que je demande à rencontrer l'assistant de Leicester, répéta Guy, pour que tout s'arrête.

– Les hommes de l'ombre. Vous autres romanciers ne vous focalisez que sur les grands hommes, sur les meneurs, ceux de la lumière ! Mais ce sont les gens comme moi, les petites mains, qui rendent le monde possible ! Et nous sommes invisibles.

Guy était lassé de ce discours vaniteux et pleurnichard. Il lança l'assaut final :

– Et enfin, je me suis souvenu de la fumerie d'opium, lorsque nous avons rencontré ensemble le père Camille.

– Où voulez-vous en venir ? s'impatienta Hubris avec une pointe d'anxiété.

– Vous rappelez-vous quelles furent les premières paroles du père Camille ? Il a dit : « Gustave ? » J'ai cru sur l'instant qu'il s'adressait à moi et qu'il était perdu sous l'effet de la drogue. Mais c'est à vous qu'il s'adressait. Vous, Gustave Legrand, l'assistant de Leicester qu'il avait rencontré au Cénacle des Séraphins. Vous, Gustave, qui l'avez pris sous votre aile en reconnaissant en lui un être perdu, prêt à tout, et surtout à vous servir. Un être avec lequel jouer, parce que vous aviez pris goût à la mort, et que c'était trop tentant. Et ainsi, vous vous fabriquiez un écran de fumée. Le jour où tout aurait capoté, vous pouviez projeter le père Camille sur scène et vous enfuir en paix.

Hubris applaudit, en tapant sa paume contre la crosse de son arme.

– Bravo, on dirait que la réalité a fini par rattraper le romancier ! Mais c'est un peu tard…

– Alors je me suis souvenu d'un horloger, ce brave Auguste Rangor, qui venait de mentionner la disparition de Leicester et de son assistant : Gustave. Et là, j'ai su que c'était vous. Je suis retourné auprès de lui ce matin, je lui ai demandé une description physique de Gustave et elle vous ressemblait beaucoup. Mais il me fallait une preuve, une certitude. Comparer votre écriture à celle d'Hubris.

– J'ai pris soin de faire rédiger tous mes courriers à votre intention et à celle de Faustine par un proche, intervint Hubris sur la défensive. Pour que vous ne puissiez pas recouper mon écriture avec celle des lettres expédiées à l'époque par Hubris.

– Je sais. C'est pourquoi j'ai inventé la culpabilité de Hencks. Pour que vous lui expédiiez un télégramme. Mon plan a été modifié par votre arrivée et cette prétendue découverte de la tanière d'Hubris. Mais je m'en suis arrangé. Je savais que vous étiez en train de m'envoyer dans la gueule du loup, mais je n'avais pas le choix, pour Faustine.

– Alors pourquoi Hencks ? s'inquiéta Hubris.

– Avant de vous recevoir, je lui ai fait parvenir une enveloppe avec le mot que vous aviez confié à votre homme de main, la référence du calibre qu'il devait prendre. J'ai dit à Hencks qu'il allait recevoir un télégramme de votre part. Et je lui ai demandé de comparer les deux écritures. Si c'était bien la même, alors il avait pour consigne de prévenir la police et d'accourir à l'adresse mentionnée dans le télégramme. Je pensais à un lieu neutre, pour vous confondre et vous faire avouer, mais vous avez pris une longueur d'avance sur moi, sur ce coup-là.

Soudain, comprenant qu'il s'était piégé, Gustave Legrand recula vivement.

– Charles ! aboya-t-il, va chercher la charrette, nous embarquons tout le matériel ! Il faut évacuer maman d'ici !

– Ce ne sera pas nécessaire, fit une voix grave.

66

Les flammes des lanternes peinaient à éclairer toute la surface du visage creux et anguleux de Maximilien Hencks.

En revanche, elles captaient parfaitement les reflets métalliques du long canon de fusil qui était braqué sur Gustave Legrand.

– Je peux vous abattre l'un et l'autre avant que vous n'ayez pu presser votre détente, messieurs, ne mettez pas à l'épreuve mes compétences de chasseur, dit-il froidement.

Hubris se mit à trembler de rage.

– Qu'as-tu fait ? demanda-t-il à Guy avec un regard fou.

Guy ne détacha pas les yeux des prunelles ardentes de Gustave Legrand.

Il n'était plus qu'un bloc dénué d'émotions, un monolithe lisse constitué d'une unique matière : la vengeance, une roche sur laquelle glissait tout sentiment.

– Hubris doit périr, dit-il en se relevant.

– Charles ! hurla Gustave. Fais quelque chose !

L'Égorgé hésitait, le couteau à la main. Il jaugea le grand homme qui le mettait en joue et, malgré l'assurance qu'il dégageait, il décida de tenter sa chance.

Le fusil donna naissance à la mort.

Une gerbe assourdissante illumina le souterrain momentanément et Charles Montduc s'envola, emporté par la puissance du coup de feu.

Hubris en profita pour tirer sur Guy.

Une balle en pleine poitrine.

Puis il s'élança et se plaça derrière lui pour couper la ligne de mire du chasseur et riposter par deux tirs qui effleurèrent Hencks.

– Si vous tentez quoi que ce soit, j'abats Guy, menaça-t-il d'une voix qui partait dans les aigus.

– Vous êtes pris au piège, répondit calmement Hencks. Vous ne pouvez pas sortir, la police est dehors, elle vous attend.

– Non ! hurla Gustave Legrand. Non ! Non !

Il poussa un cri enragé et tira à nouveau sur Hencks qui dut reculer pour se protéger.

Guy sentait le sang couler sur lui, mais il n'était accompagné d'aucune douleur.

Il n'avait que sa détermination implacable, peu lui importait la vie qui filait de son corps, ou le sifflement qui accompagnait chacune de ses respirations.

D'un coup de coude bien placé dans le sternum, il se débarrassa de Gustave Legrand et, lorsqu'il lui fit face, Hubris était redevenu un petit homme pathétique aveuglé par ses obsessions perverses, un tueur lâche qui ne passait pas à l'acte sans une ingénieuse préméditation, qui avait besoin de stratagèmes perfides pour tuer. Sa fine moustache se souleva sur sa lèvre tremblante, lorsqu'il vit l'expression totalement impassible qu'affichait Guy.

Il braqua son arme et tira une nouvelle balle sur l'écrivain qui la reçut sous le bras.

Hubris hurlait. Sa furie l'aveuglait.

Guy posa la main sur l'arme et la lui arracha avant de le saisir à la gorge.

Le canon chaud vint s'appliquer doucement contre la tempe de Gustave Legrand.

– Non ! implora-t-il.

Une autre voix, plus posée celle-ci, s'adressa à Guy :

– Ne vous laissez pas griser par la haine, dit Hencks. Ne laissez pas l'ivresse du sang prendre le contrôle.

Guy fixait celui qu'il avait pris pour son ami.

Martial Perotti. Le petit inspecteur gauche et candide.

Le masque était tombé.

Il avait fomenté son plan pendant plusieurs semaines et, tandis qu'il préparait le réveil de sa mère, il s'était lancé le défi de faire payer le prix fort à ceux qui l'avaient pourchassé.

Toutes ces lettres qu'il leur avait envoyées à Elseneur pour entretenir l'illusion.

Il avait savouré le châtiment dicté par sa rancune.

En parfait maître des parts les plus obscures de l'homme, il avait joué avec celles des autres. Il avait tiré les ficelles.

Jusqu'à tuer Faustine.

Guy sifflait lugubrement à chaque inspiration.

– Gustave, dit le romancier, tout ce temps, depuis la mort de Milaine, vous avez su mettre en avant ce qu'il y avait de plus noir en moi. Vous m'avez montré la voie, et je suis parvenu à sonder mes profondeurs, ces abysses où naissent les pires pensées des hommes. Écoutez, vous entendez ?

– Guy, ne faites pas ça, ordonna Hencks.

– Non, non, supplia Gustave en levant les mains devant lui et en s'agenouillant.

Le canon était à présent face à Hubris, son œil létal pointé sur son front.

Une flaque de sang apparut aux pieds de Guy.

Sa propre vie le quittait, elle refusait de participer à ce qui se jouait en lui.

– Écoutez, répéta Guy froidement. Écoutez le chant de mes abysses.

– Pitié ! implora Gustave Legrand dans une écume de salive.

– Écoutez ces abysses auxquels vous m'avez confronté. Ils chantent. Ils chantent un requiem.

– NON ! hurla Hubris en comprenant ce qui allait suivre.

Et le feu jaillit par le bout de l'arme.

Un claquement violent.

Le glas d'Hubris.

67

Paris, octobre 1900

La petite Louise aida Guy à enfiler sa chemise.

Il pouvait presque tout faire seul maintenant, mais elle avait gardé le reflexe.

Il parlait toujours aussi peu, cependant, elle savait qu'il retrouverait les mots, ce n'était qu'une question de temps.

Le temps était capable de tout, elle le savait plus que quiconque après ce qu'elle avait vécu rue Monjol en vendant son corps puis dans les geôles du père Camille. Son père.

À moins que ce ne soit l'homme qui soit capable de tout.

Après tout, le temps n'était que son serviteur.

C'était sa conviction d'adolescente.

Elle vit Guy prendre l'un de ses petits carnets noirs et le fixer longuement sans l'ouvrir.

Il n'avait pas écrit une ligne depuis le soir du drame. Cette sinistre nuit où il avait été admis à l'hôpital.

Celle que tous appelaient Faustine était morte, avait compris Louise. Et à voir l'état des filles de Julie, c'était une nouvelle terrible.

La police n'avait pas fait d'affaire au *Boudoir de soi*... Un grand homme assez âgé, à la voix grave et au charisme écrasant, avait tout pris en charge. Il y avait eu une arrestation et plusieurs cadavres. Une « sinistre folie », avait dit un des policiers.

Gikaibo était revenu dans l'établissement et, chaque soir, les clients avaient continué à affluer, pendant que Louise remontait assister Guy dans sa chambre avant de se rendre dans la sienne jusqu'au lendemain matin.

Guy n'était resté que dix jours à l'hôpital. Depuis, il n'était que très peu sorti. Il passait ses jours et ses nuits à regarder le ciel par la fenêtre.

Un soir, alors que Louise aidait Guy à changer ses pansements, il avait reçu la visite d'un petit homme barbu et d'une vieille dame à l'accent de l'Est et au visage totalement brûlé. Ils avaient longuement parlé de conscience et d'inconscient et de la possibilité de chercher, et peut-être de créer, un lien avec Faustine.

Tout ça n'était pas clair pour Louise, mais elle se souvenait très exactement des mots qu'avait répondus Guy et, surtout, de toute la mélancolie qui était la sienne :

– Faustine n'est plus, ni ici ni ailleurs. Elle n'est tout simplement plus. N'en faites pas un fantôme.

Cela avait été terrible pour Louise, elle aurait voulu le prendre dans ses bras et le serrer jusqu'à absorber toute sa peine.

Car Louise savait vaincre la peine. Elle la transformait en espoir.

– Pourquoi n'écrivez-vous plus ? demanda-t-elle soudain.

Guy releva la tête, surpris.

– Parce que pour écrire il faut avoir envie de chercher quelque chose.

– Et vous n'êtes plus curieux ?

– Disons que j'ai trouvé.

– Et qu'est-ce que c'était ?

Guy la contempla un moment avant de répondre :

– Une définition.

– Vous ne voulez pas me dire laquelle ?

– Ma définition du Mal.

– Et maintenant vous savez ce que c'est ?

– Oui.

– J'aimerais le savoir.

Guy acquiesça à peine, posant un regard tendre sur l'adolescente.

– Ce n'est pas un monstre, dit-il. Mais il leur donne naissance.

– Alors qu'est-ce que le Mal ?

– Le Mal est inhérent à l'homme, il n'existe qu'à travers lui. Car le Mal, c'est ce hiatus entre ce que l'homme croit être, ses prétentions, et ce qu'il est vraiment. C'est ce vide entre l'animal et le modèle civilisé. Et ce hiatus ouvre nos abysses, ces profondeurs où naissent et se développent les perversions. Le Mal, c'est un malentendu, un malaise entre l'homme et la réalité. Nous avons grandi trop vite, ma Louise. Et nous avons mal grandi. Voilà ce qu'est le Mal.

– Alors maintenant vous n'allez plus écrire ? Vous n'avez plus rien à chercher ?

Il la gratifia d'un sourire affectueux.

Mais il ne répondit pas. Au lieu de quoi, il fit une petite pile de ses carnets et la remercia pour son aide.

Louise savait ne pas insister. Elle prit son linge qu'elle plia avant de le saluer pour redescendre auprès des filles. Aujourd'hui, elles lui avaient promis de lui enseigner l'art de la pâtisserie, de quoi satisfaire n'importe quel homme, clamaient-elles. Ce n'était pas cet art-là que Louise attendait d'elles, mais cet autre enseignement devrait attendre encore. Elles ne croyaient pas Louise prête à se confronter à ce qu'il y avait encore d'animal en l'homme civilisé, malgré tout ce qu'avait déjà vécu l'adolescente. Les filles cherchaient à préserver son illusion d'une certaine candeur le plus longtemps possible.

Un jour viendrait où Louise serait parfaite. Elle n'en doutait pas.

Alors elle rattraperait toutes ces sombres heures qu'elle avait perdues, elle s'exercerait au bonheur et trouverait un bon mari, et ils seraient heureux.

Elle dompterait l'animal civilisé.

Alors la vie coulerait docilement, et à eux le temps ne ferait plus peur.

Ce jour-là, sur le coup de seize heures, une dame jolie mais à l'air sévère se présenta à l'entrée du *Boudoir de soi*. Elle demanda à parler à Guy.

Un milord rutilant l'attendait devant, avec un monsieur aux yeux presque blancs.

Guy ouvrit la porte des combles et recula en découvrant sa femme.

Il avait souvent rêvé ce moment.

Mais il n'éprouva ni la honte qu'il craignait, ni les remords, ni même la tristesse. Il se contenta de hocher la tête et de la laisser entrer.

Joséphine parcourut la pièce lentement, avant de finalement se planter devant lui.

– Sortons, se contenta-t-elle de dire.

Ils roulèrent plusieurs minutes sans un mot, avant que Joséphine demande au cocher de s'arrêter.

Elle et Guy descendirent et marchèrent sur les bords de Seine, près de la place de la Concorde.

La monumentale porte d'entrée et ses minarets couverts d'ampoules électriques n'étaient plus, déjà détruits. Au-delà des palissades, toutes les richesses de l'Exposition universelle étaient abattues une par une, ces merveilles d'architecture et d'exotisme s'effondraient, ne laissant derrière elles qu'un nuage de poussière, comme une âme se dispersant dans le vent.

Joséphine regardait droit devant elle, au loin.

– Lorsque mon père m'a dit qu'il vous avait retrouvé, j'ai pensé que mon cœur s'arrêtait à jamais de battre. Je vous avais cru mort. À cet instant, je vous ai espéré mort. Il m'a fallu tout ce temps pour accepter de venir.

Elle garda le silence une longue minute que Guy respecta.

– Pourquoi ? demanda-t-elle simplement.

Guy était face à ses choix, à ses convictions.

La vérité.

Se montrer tel qu'il était. Pour ne pas créer un fantôme qui le pourchasserait tout autant que Joséphine.

– Le mensonge m'est apparu et je n'ai pu le supporter, dit-il doucement. Le mensonge d'une vie rangée, des attentes placées en moi, et de notre amour. Tout ça, ce n'était pas vrai.

– Vous ne pouvez pas dire ça.

– Ne vous voilez pas la face, votre famille l'a voulu ainsi et nous avons suivi ce qu'ils attendaient de nous. Je n'écrivais pas les histoires qui me rendaient heureux, je commettais celles que mon éditeur me commandait. Je n'étais pas l'homme que vous espériez, mais je faisais semblant de m'y plier. J'étais juste le mauvais homme au mauvais endroit. Une mascarade qui me tuait à petit feu. Il fallait que je parte.

– C'est lâche.

– Non, je ne le crois plus.

– Et nous ?

Guy marchait lentement, sans savoir si c'était l'envie ou les séquelles de ses blessures qui le lui ordonnaient.

– Je pense qu'il vaut mieux se reconstruire avec la souffrance, mais dans la vérité, que de vivre toute sa vie dans l'illusion et mourir en ayant tout raté.

– C'est ce que vous voulez que votre fille entende ?

– Clara mérite une vraie présence, pas un spectre qui prétendrait être son père.

– Ce n'est qu'une enfant.

– Comme nous tous, elle n'a que moins d'expérience. Je sais que vous trouverez un homme plus à même de répondre à vos attentes, Joséphine. Et il sera meilleur pour Clara.

Elle secoua la tête, triste et dépitée.

– Alors c'est ainsi, vous capitulez ? Vous baissez les bras et vous abandonnez derrière vous vos responsabilités ?

Guy contempla ce qu'il restait encore de la grande Exposition du nouveau siècle, célébration du voyage accompli par l'humanité.

– Ce sera mieux ainsi, dit-il tout bas.

Joséphine ne pleura pas. Elle avait déjà versé bien assez de larmes pendant tous ces mois d'absence et d'incertitude.

En aval de la Seine, l'horizon de l'homme n'était plus que ruines, il avait causé sa propre destruction. La débauche d'excès pour célébrer sa gloire s'était naturellement soldée par une mise en pièces générale, son triomphe sur ce monde ne pouvait être que provisoire.

– Nous avons tous assez souffert, ajouta Guy.

Joséphine respirait fort, l'émotion gonflait sa poitrine.

– Et vous ? Qu'allez-vous faire, Guy ? Qu'allez-vous faire de votre vie maintenant ?

Guy prit une profonde inspiration en admirant la Seine et les façades des immeubles au loin, en amont, puis la foule de passants anonymes sur l'autre berge qui défilait.

– Écrire. Je vais écrire.

ÉPITAPHE

Les tremblements de mes mains ont cessé.

Ma mémoire est libérée.

J'ai écrit.

Toute une vie durant, j'ai noirci de mots des pages vierges pour remplir le monde. Pour faire jaillir ma pensée, en observateur, et proposer à mes semblables d'amusantes historiettes, prétexte à mieux nous comprendre. J'ai raconté ce que je savais et inventé ce que j'ignorais ou supposais.

J'ai vécu ce siècle dans son entier et j'ai assisté à la mutation progressive de cette société.

Ce que j'avais perçu en cette année 1900 s'est révélé tout à fait juste.

Et je ne peux achever le récit de ma mémoire sans cet épilogue funèbre, car je sens que je pars pour toujours.

Les époques passent mais les hommes ressassent encore et encore les mêmes choses. Ce sont les mentalités qui changent, pas ce que les hommes vivent.

L'écriture a été ma muse jusqu'à aujourd'hui. Je lui ai sacrifié ma vie.

Elle fut mon amour. Bien sûr, j'ai, avec le temps, toujours lui, finalement repris goût au besoin de partager mes sens, ma trajectoire, au besoin d'être deux pour filer à travers la vie. J'ai retrouvé quelqu'un pour partager mes jours et mes nuits, et je sais qu'avec cette vision très moderne de l'amour, mes contemporains ne me pardonneront pas cette relation. Car quatre ans après les événements relatés ici, j'ai épousé la jeune Louise, le jour de ses dix-neuf ans. Ce ne sont pas nos treize ans de différence qu'on me reprochera le plus en définitive, mais bien que j'aie accepté l'amour d'une jeune femme qui voyait en moi son sauveur plus que son mari et qui a voulu me sauver en retour.

Peut-être est-ce là la condition cynique de celui qui se voue tout entier à l'écriture : n'être capable que d'une relation tronquée avec l'amour des humains, car l'écriture est une maîtresse exclusive.

À la question de la culpabilité, du remords, je n'en ai jamais éprouvé aucun pour avoir tué Gustave Legrand de sang-froid. Jamais. Les mots m'ont permis de décortiquer ce que je sentais, et mes livres s'en sont nourris. Pas ma conscience.

Du fond de mon grand âge, je m'apprête à quitter ce monde sans regret. Car je sais désormais ce qui l'attend. J'ai compris que la vie des hommes était une damnation. Un éternel recommencement.

Alors que ce vingt et unième siècle se profile, j'entends les enfants de ce temps me dire qu'ils vivent une ère nouvelle, pleine de défis, de crises, et de découvertes à venir, qu'ils sont sur le seuil d'un siècle gorgé de promesses, d'incertitudes.

Et je sais que c'est faux. Cette ultra-communication dont on me parle n'est guère différente d'autrefois. À Paris, nous avions tant de levées de courriers et de distributions quotidiennes que nous conversions plusieurs fois par jour par cartes, nous avions la correspondance pneumatique pour aller encore plus vite, les télégrammes pour aller encore plus loin, et même les Véloces Chasseurs sur leurs bicyclettes à chaque café ou coin de rue, capables de dépêcher un message n'importe où pour trois fois rien. Nous n'avions pas cet Internet naissant, mais seize grands quotidiens rien qu'à Paris, du matin jusqu'au tirage du Soir *à vingt et une heures trente pour nous tenir informés à tout moment, chacun en chasse d'une information différente de son voisin, nous ne connaissions pas l'uniformisation de l'information actuelle. Vous n'avez rien créé, mes enfants, vous n'avez fait que remplacer et parfois même perdre.*

Perdre en humanité. En liberté. En simplicité.

Remplacer et mettre de la vitesse. Pour que tout aille encore plus vite.

Mais nous sommes les mêmes. Et c'est une répétition de la même époque. Les mêmes peurs. Nous avions peur des étrangers, des immigrés si différents de nous, des bandes de banlieue que nous allions appeler les apaches et qui détroussaient les bourgeois en venant sur Paris. La science était à la fois riche d'espoirs et aussi effrayante d'excès possibles. Nous vivions dans la peur du terrorisme anarchiste qui sévissait et, parfois, des ultranationalistes. La spiritualité était en pleine crise, avec la séparation de l'Église et de l'État, les croyants faisaient la guerre aux athées et inversement. La pauvreté était un fléau qui ravageait la France et ses voisins, qui poussait à bout des millions d'êtres vivants, rongeant la population jusqu'à de petites révoltes nombreuses mais locales que l'Histoire a oubliées. Les Bourses du monde entier s'emballaient, couvant les futures guerres.

Nous avons vécu tout cela.

Et, au fond, beaucoup savaient que tôt ou tard, cela s'accumulerait et que tout exploserait, faute de solution.

Mais avant que l'Europe puis les autres pays du monde ne se soulèvent, avant que nous ne volions en éclats, la guerre est survenue.

Je ne dis pas qu'elle fut voulue, mais je me suis souvent demandé si nous avions vraiment tout fait pour qu'elle ne survienne pas. Parce que la guerre a réglé tous ces problèmes, pour un moment. Les angoisses de surpopulation pour une économie alimentaire dépassée, les problèmes de cohésion sociale, de violence, de spiritualité errante, de surproduction industrielle, de marchés financiers qui s'étaient mis à dos l'opinion publique avec de nombreux scandales, dont celui de l'Union générale ou celui de Panamá et qui n'étaient que deux parmi bien d'autres, bref, tout ce qui préparait une révolution majeure, tout le terreau d'une colère qui finirait par être incontrôlable, tout ceci a été balayé par la guerre.

La nation s'est resserrée comme elle sait le faire dans ces moments-là, l'économie de reconstruction a relancé les marchés financiers, les emplois, le besoin et l'acceptation de main-d'œuvre étrangère, a calmé les guerres spirituelles, a apaisé les violences, et ainsi de suite.

Je ne dis pas qu'elle fut voulue cette guerre, mais elle a probablement sauvé la société telle que nous la connaissons encore.

Et j'observe que c'est le même schéma qui se répète encore et encore depuis. Les guerres servent à affermir les sociétés moribondes.

Les crises se répètent par cycles. Et les crises qui sont réglées par des conflits extérieurs ne font que repousser les problèmes à plus tard.

J'ai le sentiment que nous sommes aujourd'hui dans l'exacte situation que j'ai vécue autrefois.

Un malaise général si vaste qu'il ne pourra plus se soigner par l'action souvent fantaisiste – et perpétuellement démagogique – des politiques. Une accumulation de crises qui engendreront à un moment ou à un autre une explosion.

Je ne dis pas que nous voulons une guerre.

Mais je pense que notre situation l'appelle. Elle la commande.

Et elle viendra. D'une manière ou d'une autre. Nous la subirons.

Son spectre se profile et pourtant, une fois encore, l'humanité ne fait pas tout ce qui est en son pouvoir pour la repousser.

Un affrontement majeur. Sous une forme probablement inattendue.

Et nous en serons tous les victimes. Une nouvelle fois.

Ce n'est qu'un perpétuel recommencement.

Et si le monde continue, jusqu'à mon dernier souffle, de me fasciner par sa beauté, la civilisation des hommes, elle, m'a lassé.

Je n'ai aucun regret à quitter la seconde pour me confondre dans le premier.

C'est là la bonté de la mort.

Le reste n'est que littérature.

DU MÊME AUTEUR

Aux Éditions Albin Michel

Le cycle de l'homme :
LES ARCANES DU CHAOS
PRÉDATEURS
LA THÉORIE GAÏA

Autre-Monde :
T. 1 L'ALLIANCE DES TROIS
T. 2 MALRONCE
T. 3 LE CŒUR DE LA TERRE

Le diptyque du temps :
T. 1 LÉVIATEMPS
T. 2 LE REQUIEM DES ABYSSES

LA PROMESSE DES TÉNÈBRES

Chez d'autres éditeurs

LE CINQUIÈME RÈGNE, Pocket.
LE SANG DU TEMPS, Michel Lafon.

La trilogie du Mal :
L'ÂME DU MAL, Michel Lafon.
IN TENEBRIS, Michel Lafon.
MALÉFICES, Michel Lafon.

www.maximechattam.com

Composition IGS-CP
Impression CPI Firmin Didot en avril 2011
Éditions Albin Michel
22, rue Huyghens, 75014 Paris
www.albin-michel.fr

ISBN 978-2-226-22141-4
N° d'édition : 19094/01 – N° d'impression : 104628
Dépôt légal : mai 2011
Imprimé en France.